本书由人文在线出版基金资助出版

张素丽◎著

鲁迅与中国传统美术

图书在版编目（CIP）数据

鲁迅与中国传统美术 / 张素丽著. —北京：中央编译出版社，2019.1
ISBN 978-7-5117-3631-4

Ⅰ. ①鲁…
Ⅱ. ①张…
Ⅲ. ①鲁迅研究②民间美术－研究－中国
Ⅳ. ① I210 ② J528

中国版本图书馆 CIP 数据核字（2018）第 240527 号

鲁迅与中国传统美术

出 版 人：	葛海彦
责任编辑：	谭　伟
责任印制：	刘　慧

出 版 发 行：中央编译出版社
地　　　址：北京西城区车公庄大街乙 5 号鸿儒大厦 B 座（100044）
电　　　话：（010）52612345（总编室）　　（010）52612370（编辑室）
　　　　　　（010）52612316（发行部）　　（010）52612346（馆配部）
传　　　真：（010）66515838
经　　　销：全国新华书店
印　　　刷：北京市金星印务有限公司
开　　　本：710 毫米 ×1000 毫米　1/16
字　　　数：224 千字
印　　　张：17
版　　　次：2019 年 1 月第 1 版
印　　　次：2019 年 1 月第 1 次印刷
定　　　价：68.00 元

网　　　址：www.cctphome.com　　　邮　　箱：cctp@cctphome.com
新浪微博：@中央编译出版社　　　微　　信：中央编译出版社（ID：cctphome）
淘宝店铺：中央编译出版社直销店（http://shop108367160.taobao.com）　　（010）55626985

本社常年法律顾问：北京市吴栾赵阎律师事务所律师　闫军　梁勤
凡有印装质量问题，本社负责调换，电话：（010）55626985

代　序

　　我属于对年龄比较敏感的人,把替人作序视作年老的标志,因而婉拒过几位年轻朋友的请求。好在我学问做得平淡,且又不占据学术要津,不用太担心有人向我索序。最近,有畏友批评我太在乎开始变老的事实,他批得对,我今后得多向孔夫子、王羲之等"无视"衰老的高人学习。据《论语·述而》载,叶公曾向子路打听孔子是什么样的人,子路当时没有回答,孔子知道此事后对弟子们描述他本人是"其为人也,发愤忘食,乐以忘忧,不知老之将至云尔"。东晋的时候,王羲之跟朋友们在会稽郊外的兰亭聚会,大伙玩得太开心,"快然自足,不知老之将至"(王羲之《兰亭集序》)。拜读了这些颇为励志的故事后,我立志向这些具有大追求、大情怀的古代高人学习,向着忘记"老之将至"的大境界靠近。

　　谦虚使人进步！在古代高人的熏陶和启发下,我决定退让一步,帮助张素丽即将刊行的专著《鲁迅与中国传统美术》写篇代序。况且素丽不是普通的年轻朋友,她是我指导的第一位博士生,给她这部根据博士学位论文修改而成的专著写篇短序,应是导师的义务,我不能总纠结衰老的问题。素丽于2005年9月进入首都师范大学文学院跟我念硕士学位,她的学位论文是《〈故事新编〉"对话"诗学研究》,显示了学术研究的素质和潜力,2008年她通过考试成为我的博士生。

　　素丽博士一年级第二学期的专业课是我们两人的学术讨论课,互动的话题渐渐往鲁迅身上集中,我建议她继续把鲁迅作为博士学位论文的研究对象。那段时间素丽对美术兴趣比较大,她希望做鲁迅与美术关系的研究。检索了相关的研究成果，发现学术界已有对鲁迅与西方现代主义（表现主义）美术开展研究的博士学位论文了，我们商定她从鲁迅与中国传统美术关系的角度切入研究论域去做博士论文。虽然自20世纪40年代以来，学术界陆续有前辈学者和美术家致力于整理和挖掘鲁迅与中国古代美术、民间美术的关系，还有比较多的学者就鲁迅对现代木刻（版画）艺术的理论倡导和实践指导进行了研究，但是鲁迅与中国传统美术的深层关系还有待深入开掘。

2009年上半年确定了鲁迅与中国传统美术关系的论题后，师徒俩有过动摇，毕竟素丽不是美术专业科班出身，换过别人也会担心她的知识结构和美术感知能力是否能够跟这个选题相匹配。博士选题阶段学生和导师心理上的摇摆不定，其实是正常的学术现象。记得20年前在导师钱理群先生建议下，我初步确定了"文革"时期诗歌研究的博士学位论题，面临着图书馆不开放"文革"史料和意识形态方面对此敏感论域有所限制等多重压力。我找导师诉苦，钱先生批评了我的胆怯，他认为如果没有研究难度就说明所选论题学术价值不高，一个有所作为的学者不应该有过多畏难情绪。在钱先生的鞭策下，我最终克服了诸多困难，通过特殊的途径阅读了上千种、一万多份"文革"时期的"小报"和其他大量珍贵学术资料，撰写出26万字的博士学位论文，并如期通过答辩，获得北京大学文学博士学位。

我与素丽分享了自己多年前博士学位论文选题和研究的这段经历，素丽稳住了心态，埋头于美术专业知识研读，并通过观摩大量的中国古代美术作品以培养和磨砺自己的艺术感知能力。过了近一年，素丽渐渐捕捉到了鲁迅和中国传统美术的关联性，她在学术讨论中曾精敏地指出，鲁迅对汉魏六朝美术、典籍的异乎寻常的兴趣让认不禁想到，汉魏至唐代可能是鲁迅复归传统的精神故乡，以魏碑、六朝文、汉代石刻为代表的汉唐文艺，可能为文学家鲁迅的成熟提供了最初的思想资源和艺术动力。学术研究需要素丽这种刨根问底的追问，我们之间除了当面讨论问题，更多的是通过电子邮件交换看法。

翻看当年素丽进入博士学位论文研究之后我们之间往返的电子邮件，她努力寻找研究路径，确定学术思路的脉络还清晰可见。在此摘录几封2010年素丽写给我的邮件，便能大体看到她当时的思考和探索状态。素丽写道："我现在的初步认识是，鲁迅的美术趣味主要表现在三个方面：力的艺术，人的艺术，美的艺术。诸方面结合起来才能整体理解鲁迅的艺术趣味。目前学界片面强调'力的艺术'，是对鲁迅一个精神侧面的'附和'与'加强'。"素丽写道："鲁迅身上毋庸讳言地遗留有一些旧文人的习惯，文人画、篆刻、陶俑、古泉、笺谱等也都为鲁迅所喜爱、收藏、把玩、观赏，他还是个不折不扣的'毛边党'。那么，这种旧文人情趣与鲁迅的'反传统'姿态是不是构成了某种矛盾呢？……鲁迅的旧文人习惯是本乎'天性'，是美感意识的全面开启，是他对'美'的事物的敏感意识的丰富呈现。"素丽还写道："鲁迅在中国传统美术领域总体秉持的是一种'非主流'的美术观念。他呼唤气魄雄大的汉唐美术和自然泼辣的民间美术，他希望以视觉之'力'刺激国民们精微、颓靡的神经，迫使他们从灵魂深处发出反抗的真的'恶声'。"这些零星、独特的想法，逐渐凝练统合成系统的学术问题，成为素丽学位论文的重要观点。

经过一年多的读书和思考，素丽比较清晰地探视了鲁迅的中国美术思想和他所从事美术实践活动的轨迹，并比较敏锐地把握到了鲁迅文学作品与中国传统美术在审美和艺术上的内在关系。2011年年初，素丽提交了近20万字的博士学位论文定稿，她给自己确定的学术目标是：以鲁迅对中国传统美术的接近与接受为出发点，从"思想对话"与"审美分析"两个层面展开论述，先把鲁迅的美术思想置放于晚清以降中国近现代美术转型的文化语境中做出宏观介绍，再对鲁迅与汉画像、民间艺术、文人画、碑刻书法等传统美术的重要关联点、对话点进行深入阐析，最后对鲁迅文学文本与传统美术语言的内部艺术关系进行影响或平行研究。素丽认为，中国传统美术作为中国古典文化的一个场域，不仅是少年周树人感触美、体验美的认知渠道，更是成年鲁迅启蒙大众、为文从艺的一扇思想窗口。她希望打通文学与美术两个学科的壁垒，深入鲁迅艺术观念的腹地，体察其文学文本的视觉逻辑与绘画美感，追索词句遗留在图画线条色彩里的生命和芳香。

经过不懈努力，素丽的博士论文抵达了自己预定的学术目标。2011年4月素丽的论文通过了校外专家严格的盲审，5月中旬，素丽通过了博士学位论文答辩。

素丽毕业后找到了合乎自己理想的大学职位，并在不久生下孩子，实现了事业和生活的双丰收。她工作之后我们还保持着交流。2012年年底，我找她一起合译英国著名汉学家秦乃瑞先生的鲁迅评传《鲁迅的生命和创作》(中国国际广播出版社2014年版)，素丽在译著的后记中叙写了她从事那本著作翻译工作的甘苦："而今回想起来，那段时光虽辛苦，但还是非常快乐的。我的心中每天盘旋的除了孩子的稚嫩笑语，就是关于鲁迅的译稿内容。傍晚时分，淡淡的花荫下喧嚣敛尽，向日葵落落大方地怒放着，我们带女儿散步休憩，整个世界像诗一般单纯宁静。"她和我都把合作完成译稿，当作我们6年师生生活的一份特殊纪念礼物。

素丽在高校担任中国现当代文学专业教师，两年多后就评上了副教授。如今素丽在鲁迅研究及相关领域发表十多篇学术论文，是低调而有实力的"80后"青年学者。素丽在这部《鲁迅与中国传统美术》专著的后记里谦虚地写道："对于形式诗学的过分注意，在一定程度上遮蔽了本书在思想视界上理应达到的广度与深度，这是我已经意识到并在着力完善的地方。"我倒是觉得，这即使不能算是素丽专著的优点，至少显示了她的学术个性。在文学研究中，形式层面的研究比思想层面的探讨难度要大得多。素丽专著下半部分从鲁迅作品形式要素入手，探索鲁迅创作与中国传统美术之间的对话关系，这是值得充分肯定的学术探索。

1998年9月初我的第一部专著《鲁迅精神世界凝视》(首都师范大学出版社出版)即将出版时，恩师钱理群先生为我写序，当时我是他招收的第一位博士生。近20年过去了，轮到我给自己指导的第一位博士生张素丽专著写序。前天我为3个月前去世的王富仁老师撰写了悼念文章，今天我为自己指导过的学生专著写序。这不能不让人想起王羲之《兰亭集序》那段文字"后之视今，亦犹今之视昔"而有所感慨。

置身于学术代际链条中，我成为鲁迅生命哲学意义上的"中间物"。我健在的老师们还在思考和工作着，我也不敢懈怠，更期待年轻的素丽永不停下探索的步伐，收获更新鲜的学术成果。

是为代序。

王家平

2017年8月15日凌晨于京西花园村

目 录

绪 论 ··· 1
 一、研究对象、论域及方法的提出 ································· 1
 二、本论题研究现状综述 ·· 8

上 篇　鲁迅与中国传统美术的思想对话

第一章　鲁迅与"五四""美术革命" ································· 27
 一、发端：备受攻讦的"文人画" ································· 28
 二、写实：作为"革命"的一剂药方 ······························ 32
 三、传统：改良"中国画"的必要参照 ··························· 37
 四、民间：激活现代美术的重要资源 ····························· 40

第二章　鲁迅与中国传统美术的历史关联（上） ······················ 44
 一、"力的艺术"的崇尚：鲁迅与汉代石刻造像艺术 ··············· 44
 二、"生产者"艺术的倡导：鲁迅与中国传统民间美术 ············· 56

第三章　鲁迅与中国传统美术的历史关联（下）……67
　　一、"思想"与"趣味"之辩：鲁迅与中国传统文人画……68
　　二、笔墨仪式和艺术修行：鲁迅与碑刻书法艺术……76

下　篇　鲁迅作品的"绘画性"审美形式分析

第四章　白描与漫笔：鲁迅作品与中国传统人物画……93
　　一、鲁迅小说的白描笔法……95
　　二、鲁迅杂文的漫画笔法……105

第五章　诗意与空白：鲁迅作品与中国传统文人画……121
　　一、从"题画诗"到"散文画"：鲁迅诗性小说与中国文人画……122
　　二、文学的"写生"：《野草》与鲁迅旧体诗的诗情画意……132
　　三、文学的"写意"：《野草》的思想景深与象征图式……142
　　四、"画簿式"结构：鲁迅作品的空间布局与中国卷轴画……165

第六章　黑·白·红：鲁迅作品与中国美术的色彩传统……177
　　一、鲁迅作品的"色彩"运用统计……178
　　二、鲁迅作品的具体色彩表达……180
　　三、鲁迅作品的色彩品性与艺术意蕴……201

尾　章……205

附　录……212
　　一、鲁迅书籍封面装帧艺术新论……212

二、鲁迅藏阅中国传统绘画统计简表 …………………………… 224

三、鲁迅美术活动及美术散论统计简表 …………………………… 232

四、鲁迅书籍封面装帧概况统计简表 ……………………………… 237

参考文献 ………………………………………………………………… 241

后　记 …………………………………………………………………… 258

绪　论

一、研究对象、论域及方法的提出

在 20 世纪"插图史"上，鲁迅以及鲁迅的作品（尤其是小说）成为民国以来美术家创作的重要灵感资源和文本依据，刘岘、司徒乔、李桦、丰子恺、孙福熙、夏同光、丁聪、蒋兆和、叶浅予、赵宏本、李可染、张怀江、程十发、顾炳鑫、张守义、范曾、裘沙、赵延年等数十位颇具影响的画家，都为鲁迅的作品画过单幅或成套插图。《中国现代美术全集·插图卷》遴选辑录 20 世纪书籍插图精品，其中十余位画家的入选作品是以鲁迅的作品为创作对象的。剧作家吴祖光说："在我们的现代文学里竟找不出一本再比《阿 Q 正传》更值得画上图的书。"[①]《阿 Q 正传》是 20 世纪文学史上插图最多的一部作品。这在现当代美术史上是一个非常罕见的艺术现象。

鲁迅的作品能够赢得这么多插画家的青睐，个中原因大概有三：一是鲁迅显赫的文学地位；二是鲁迅对书籍插图的大力倡导；三是鲁迅作品的经典性及视觉丰富性。其中第三点最为重要。约翰·韦勒特说："对鲁迅来说，视觉艺术和文学差不多具有同等意义。如果说他对这两个领域的趣味毫无联系，

[①] 吴祖光：《阿 Q 正传·序二》，见丁聪绘：《阿 Q 正传漫画》，浙江文艺出版社 1992 年版，第 15 页。

那倒是奇怪的事。他对漫画、动画、木刻的提倡肯定超过了它们的实际效果。他的短篇小说的深刻的单纯和表现方法的曲折也许正可以和这些艺术形式单纯的线条及表现的曲折相比美。"①鲁迅与视觉艺术的深刻关联不只关乎私人兴趣,更与他日后的文艺思想、艺术活动、文学创作息息相关。

我们知道,"文学家"鲁迅的意识转型一般被追溯到著名的"幻灯片事件",在这之前,鲁迅接受的教育是关乎"矿产"和"医学"的"科学",《人之历史》《科学史教篇》等写于日本的早期杂论是他在"科学"与"艺术"之间寻求合理化融合的艰辛尝试。"幻灯片事件"这个关于"看"和"被看"的故事成了注解文学家鲁迅的一个隐喻;而在藤野先生的解剖课上,鲁迅有意画错一根血管的位置,为的是求得视觉上的美观,这种"艺术"战胜"科学"的象征性表达,在某种程度上可以看作青年鲁迅决计"以文艺为归途"的一次行动隐喻。据萧红回忆,晚年病榻上的鲁迅,"不看报,不看书,只是安静地躺着。但有一张小画是鲁迅先生放在床边上不断看着的"。这张画是苏联木刻家毕柯夫为波斯诗人哈菲兹做的《哈菲兹抒情诗集首页》,"那上面画着一个穿大长裙子飞散着头发的女人在大风里边跑,在她旁边的地面上还有小小的红玫瑰花的花朵"②。这个留在鲁迅生命里的最后细节数年来备受研究者猜测甚至已遭过度阐释。需要补充的是,那幅插画的左侧还有一位行吟诗人,这充满虔信和青春的画面潜在表达了作家的心灵希冀与价值自况。在鲁迅近乎遗嘱的《死》中,他写道:"孩子长大,倘无才能,万不可去做空头文学家或美术家。"③换个角度理解,正因深谙作为"文学家"和"美术家"的种种不易,鲁迅才调侃式地敲了这一记警钟,这警钟与其说表达了一位父亲对后代的殷切期望,毋宁说是一位思想家对狂躁世风的委婉批评。

鲁迅文学生命的始末均与"美术"存在隐喻性关联,他与木刻青年的交

---

① 引自美国知名汉学家韩南(Patrick Hanan)《鲁迅小说的技巧》一文的脚注,见乐黛云编:《国外鲁迅研究论集(1960—1980)》,张隆溪译,北京大学出版社1981年版,第332页。

② 萧红:《回忆鲁迅先生》,重庆生活书店1946年版,第54页。

③ 鲁迅:《且界亭杂文末编·死》,见《鲁迅全集》第6卷,人民文学出版社2005年版,第635页。

往一向是中国现代艺术史上的美谈佳话。当代画家陈丹青说:"一个文人和一个画家的关系,和一段艺术史的关系,如鲁迅和木刻家那样的交谊,那样的美谈,此前的中国,没有过,此后,也没有了。""鲁迅留下了迄今最漂亮的批评语言,通俗,平实,高贵,富有见解,十二分精确,亦且处处留有余地。"[①] 文学家与美术家的私情交谊,在某种意义上,是文学与艺术的彼此成就、彼此依托和彼此眷恋;鲁迅之于中国绘画的高屋建瓴的精准论断,他那些平实而又高贵的文字背后,奔涌着的是绘画艺术赋予他的喜悦与欢欣,是绘画艺术在一个善感生命中积蓄爆发的美的感动。

出于对作家鲁迅与美术家鲁迅的双重兴趣,结合"鲁迅与美术"论域当下的研究状况,笔者决意把本书选题框定在"鲁迅与中国传统美术"的跨学科关系研究上。目前,关注这一论域的学者多把目光投向鲁迅的中国现代木刻运动导师的身份,讨论鲁迅的艺术理念、创作活动与左翼木刻运动、西方表现主义美术的历史关联。相形之下,对鲁迅与文人画、汉画像、碑刻书法、民间艺术等中国传统美术论题的关系考察,虽有张望、李允经、王观泉、张光福等几位研究者注意到,但眼下仍普遍停留在史料的搜集、考证、释义阶段,尚缺乏系统深入、细致密切的整体性研究。笔者以为,倘能把鲁迅的艺术修养和美育观念放置于晚清以降"美术界"革命的宏大语境中,将鲁迅的"钞碑"行为与清代朴学兴盛以来"碑学"代替"帖学"的研究潮流结合起来,思考鲁迅启蒙观念的独特之处,研究他与蔡元培的"以美育代宗教"说,陈独秀"为西洋画是从"的"美术革命"论,和林纾痴守"文人画"遗老态度的迥异所在,这应该是有助于呈现鲁迅美术思想的独异性的。在此基础之上,如果我们能够不只停留在对史实的挖掘和梳理,满足于旧有观念和框架的束缚,而是深入美术(包括书法)与鲁迅文学文本的内部关联上,体察视觉思维带给文学想象的美学力量,那么,"鲁迅与美术"依然是一个富于生长

---

① 陈丹青紧接着说:"我们知道,十九世纪的法国,波德莱尔和马奈、左拉与塞尚及印象派画家,有过珍贵的关系;十九世纪的俄国,别林斯基、斯塔索夫,和文学家艺术家也有过珍贵的关系,托尔斯泰与列宾的关系,更是形同父兄;二十世纪上半,毕加索和阿波利奈尔的关系,和萨特的关系,和阿拉贡的关系,杜尚和超现实主义文学同仁的关系,也都是美谈。"陈丹青:《鲁迅与艺术》,载《南方周末》2011年1月27日。

性的研究领域,"美术"视野的引入将为当下的鲁迅研究拓展相当大的学术空间。

从鲁迅美术活动年谱来看,幼年鲁迅对图画类读物非常喜爱,据二弟周作人回忆:"鲁迅与《山海经》的关系可以说很是不浅。第一是这引开了他买书的门,第二是使他了解神话传说,扎下创作的根","此外有图的书先后买来的,有《海仙图谱》《百将图》《点石斋丛画》《诗画舫》《古今名人画谱》《海上名人画稿》《天下名山图咏》《梅岭百鸟画谱》,都是石印本。又王冶梅的《三十六赏心乐事》,马镜江的《诗中画》,和《农政全书》本的王磐的《野菜谱》,大概因为买不到的缘故,用荆川纸影写,合订成册,可以归在一类。"① 童年的习画经验为鲁迅一生产生了重要影响,成年鲁迅从事的文艺活动大多都能从少年周树人那里找到渊源。从日本留学归国两年多后,鲁迅到北京教育部任职,担任教育部社会教育第一科科长(后升为佥事科长),主管图书博物和美术事业,参加美术调查处的领导工作,负责清点、调查古代美术和蒐集、复印现代美术,联络并组织画家创作。② 此外,"在初入教育部工作的几年(1912—1917)里,鲁迅还参加过美术专门学校的教学课程讨论,指导过美术专门学校成绩展览会,负责过对外文物书画展览的展品选择工作,翻译过外国美术家的美术论文,甚至连辛亥革命后的国徽也是由鲁迅负责设计的"③,除了古物类调查研究与美术课程指导,依据鲁迅日记,S会馆时期的他还辑校了《嵇康集》《后汉书》等,并主要以抄录魏碑、编制六朝墓志造像目录、搜集汉画像拓片和佛经刻本等打发日子。其中,鲁迅对汉画像拓片的搜集工作一直持续到他生命的终点。1926年鲁迅前往厦门大学任教的条件之一,就是校方答应出版他收藏的汉画拓片,结果只是举办了一次小小的展览会。1935年前后鲁迅再度多方求购汉画像,犹以南阳汉画像为主,但他的出版愿望生前一直未能实现。

鲁迅对汉魏六朝美术、典籍的异乎寻常的兴趣让笔者不禁常常去想,汉

---

① 周遐寿:《鲁迅的故家》,人民文学出版社1957年版,第70—71页。
② 参见孙瑛:《鲁迅在教育部》,天津人民出版社1979年版,第14—30页。
③ 王观泉:《鲁迅与美术》,上海人民美术出版社1979年版,第17页。

魏至唐代可能是鲁迅复归传统的精神故乡，以魏碑、六朝文、汉代石刻为代表的汉唐文艺大概为文学家"鲁迅"的成熟提供了最初的思想资源和艺术动力。据鲁迅挚友许寿裳回忆，鲁迅"搜集并研究汉魏六朝石刻，不但注意其文字，而且研究其画像和图案，是旧时代的考据家赏鉴家所未曾着手的。他曾经告诉我：汉画像的图案，美妙无伦，为日本艺术家所采取。即使是一鳞一爪，已被西洋名家交口赞许，说是日本的图案如何了不得，了不得，而不知其渊源固出于我国的汉画呢"①。鲁迅从汉人墓室的动物雕塑、图案花纹中不仅得到美的喜悦，更从中观测到一个逝去时代的历史精神，他的艺术"接受"在纯粹美学之外，还潜在蕴含了一份价值诉求，那就是以"闳放""雄大"的视觉之"力"来刺激颓靡、衰弱的社会人心。从鲁迅为国务院国徽拟图做的说明书来看，1913年的他对汉画已甚谙熟，曾在国徽构图中大胆汲取汉画像的图案元素。

在以汉画为主的古代美术之外，鲁迅对传统的民间美术也充满兴趣。漫画、年画、剪纸、连环图画等，就像日本的"浮世绘"一样，是与老百姓们的喜怒哀乐紧密相连的图画"乐府"，是可以从中体察"民风""民情"的。鲁迅几度为连环图画和漫画立言辩护，除去"文艺大众化"的政治合法性，更表露了他那一代知识分子的乌托邦梦想。鲁迅的美术偏好整体表现出一种"反传统"的美学趣味。当然，他身上毋庸讳言地遗留有一些旧文人的习惯，文人画、篆刻、陶俑、古泉、笺谱等也都为鲁迅所喜爱、收藏、把玩、观赏，他还是个不折不扣的"毛边党"。那么，这种旧文人情趣与鲁迅的"反传统"姿态是不是构成了某种矛盾呢？就笔者目前的认识，鲁迅的旧文人习惯是本乎"天性"，是美感意识的全面开启，是他对"美"的事物的敏感意识的丰富呈现。鲁迅的艺术世界不是只有金刚怒目的一面，他的艺术性格中也有变幻绚丽的多彩基调，有阳性也有阴性，有坚硬也有柔软："珂勒惠支是深沉的、悲剧的、浓黑色的、自觉归属无产阶级的；梅菲尔德是热烈的、神经质的、敏感于阴郁的力度，倾向自我毁灭；而比亚兹莱是情色的、戏谑的、没落的、颓废的，属于一战前后的欧洲资产阶级文明"，"秦汉的石像、瓦当、铜镜、

---

① 许寿裳：《亡友鲁迅印象记》，上海峨嵋出版社1947年版，第45—46页。

拓片，质朴高古、凝练而大气，是鲁迅趣味的一面；他与郑振铎反复甄选重金刊印的《北平笺谱》，精雅而矫饰，格局之小，气息之弱，私淑气之重，无以复加，是明末清末文玩工艺趋于烂熟的产物，又可见鲁迅私人趣味的另一面"。[1] 从总的倾向性而言，鲁迅在中国传统美术一域的审美趣味较为偏向民间绘画而非官方主流绘画，这就如同他在五四语境下支持白话而贬抑文言一样；传统民间美术自唐以来渐趋衰落，鲁迅对汉魏美术与宋元以降版画艺术的喜爱，其实正好构成他审美取向上的一个潜在脉络，因为从艺术创作主体的角度，汉魏以前的美术大多都是民间艺人的智慧结晶。

绘画心理学认为："绘画的发展从开始就与思维的发展携手并进，而思维又是与儿童言语的发展一起发展的。"[2] 幼年时代就大量接触绘画艺术的鲁迅，在形象记忆力[3]、审美观察力[4]、艺术感知力与文字表达力诸方面无不受到这种视觉艺术的积极影响，绘画活动增强了童年鲁迅第一信号系统与第二信号系统的联系性与协同性，"绣像和插图在儿童的阅读中起着使人物故事直观化，从而帮助理解作品的作用；同时，也起着偏重培养儿童依照绣像、插图进行'再造想象'能力的作用"，久之，"'词'的刺激非常容易引发他生动的表象，也就是说，语言形式在他能够迅速地、通常恰切地转化为头脑中想象的和纸上直观的图画。从幼年到老年，他的这一习惯一直保持下来，且被不

---

[1] 陈丹青：《鲁迅与艺术》，载《南方周末》2011年1月27日。

[2] 〔苏〕E. N. 伊格纳契也夫等：《绘画心理学》，孙晔等译，科学出版社1959年版，第451页。

[3] 阎庆生认为："幼年鲁迅在影描绣像的过程中，练习和提高了两方面的形象记忆力：一是绣像小说的故事情节、人物形象的记忆；二是绣像人物作为绘画作用于观者的眼睛的形象特征。鲁迅不管是影描绣像，还是自己'创作'，都是全神贯注、沉醉其中的。这种精神状态，使他得以更好地记忆形象的东西。"阎庆生：《论美术活动对鲁迅的影响》，载《陕西师范大学学报》1996年第3期。

[4] 绘画所需要的精审观察力让鲁迅从小就学会了"细看"，"在三味书屋读书期间，鲁迅还经常到绍兴城里的木雕作坊、印纸坊看雕木作和木刻印制书画，给他的印象是很深的，直到晚年在与木刻青年通信时，还曾提起这些事并记得雕工所用的雕刀的形状"。王观泉：《鲁迅美术系年》，人民美术出版社1979年版，第256页。

断强化"①。换言之，童年的美术经验在一定意义上规训并养育了作家鲁迅的视觉思维品性与艺术感知能力，孙郁说："鲁迅的小说是有绘画的因素的，陈老莲式的写意，法复尔斯基式的遒劲，都有一些。你看陶元庆、司徒乔的线条、构图，显得多么幽玄和惊悸，鲁迅其实和这些已融入了一起，构成了民国艺术的底色。"②这不仅是美术向文学的渗透和靠拢，更是艺术心灵向想象世界的全面敞开。

基于上述种种考虑，笔者希望以鲁迅对中国传统美术的接近与接受为主，从"思想对话"与"审美分析"两个层面展开论述，先把鲁迅的美术思想置放于晚清以降中国近现代美术转型的文化语境中做出宏观介绍，再对鲁迅与汉画像、民间艺术、文人画、碑刻书法等传统美术的重要关联点、对话点进行深入阐析，最后对鲁迅文学文本与传统美术语言的内部艺术关系进行影响或平行研究。中国传统美术作为中国古典文化场的一个重要方面，不仅是少年周树人感触美、体验美的认知渠道，更是成年鲁迅启蒙大众、为文从艺的一扇思想窗口。笔者希图在本论题的写作过程中，尽可能的打通"文学"与"美术"的学科壁垒，深入鲁迅艺术观念的深邃腹地，体察其文学文本的视觉逻辑与绘画美感，追索词句遗留在图画线条色彩里的生命和芳香。

英国美术史论家贡布里希借用埃内亚·西尔维奥·皮科洛米尼的名言说："学科彼此相爱。"③法国著名文学批评家伊夫·塔迪埃说："也许应该回到语言之外的其他艺术形式带给我们的乐趣，才能更好地理解文学，还文学敏感细腻的真面目，才能把富有生命活力的形式和意义带给读者……愿微小的贝壳留住大海的涛声。"④释放艺术贝壳记载的文本秘密，还孤立、冰冷的语词以鲜活的视觉生命，这是一名文学研究者必须面临的挑战和职责。鲁迅是一个美感意识与理性观念同样强大的作家，笔者期望通过本论题的完成，一方

---

① 阎庆生：《论美术活动对鲁迅的影响》，载《陕西师范大学学报》1996年第3期。
② 孙郁：《民国间的美术》，见《鲁迅藏画录》，花城出版社2008年版，第12页。
③ 〔英〕E. H. 贡布里希：《木马沉思录——艺术理论文集》，徐一维译，北京大学出版社1991年版，第141页。
④ 〔法〕让-伊夫·塔迪埃：《大海和贝壳》，见《20世纪文学批评》，史忠义译，百花文艺出版社1998年版，第333页。

面能够扩展鲁迅研究的学术空间,另一方面能把"鲁迅与美术"论域尽可能的向纵深推进。

最后,笔者谨对本书使用的"美术"概念作一说明。鲁迅在《拟播布美术意见书》一文中说:"美术云者,即用思理以美化天物之谓。苟合于此,则无间外状若何,咸得谓之美术;如雕塑、绘画、文章、建筑、音乐皆是也。"他根据人体的接受感官把美术分为"目之美术""耳之美术""心之美术",说"属于目者为绘画雕塑,属于耳者为音乐,属于心者为文章"①。可以看出,鲁迅这里的"美术"概念是广义的"美术"概念,大致相当于今天的"文艺"。本书的"美术"一词基本沿用鲁迅的用法,取宽泛的"美术"概念,也即"广义的美术"。"广义的美术"指艺术家运用一定的物质材料,如颜料、纸张、泥土、石头、金属、木料等,塑造平面或立体的视觉形象以反映自然与社会生活,表达艺术家思想观念和感情的一种艺术活动,主要包括绘画、雕塑、建筑、工艺等,在中国还包括书法和篆刻艺术。以人民美术出版社、文物出版社20世纪80年代出版的60卷本《中国美术全集》为例,就把中国古代部分的美术分作绘画、雕塑、工艺美术、建筑艺术和书法篆刻五大编。因此,笔者把鲁迅抄录的金石碑拓、鲁迅自己的书法艺术也划归宽泛的"美术"类属来指称。

二、本论题研究现状综述

"鲁迅与美术"这一课题早在1942年即已纳入"鲁迅研究"的考察视域,这就是已故画家张仃写就的《鲁迅先生作品中的绘画色彩》一文。张仃以职业家的敏锐感知力最先注意到鲁迅文学文本的视觉特征,他说:"鲁迅先生的作品,猛看上去很像单色版画,但在凛冽的刀尖所刻画的景色和人物

---

① 鲁迅:《集外集拾遗补编·拟播布美术意见书》,见《鲁迅全集》第8卷,人民文学出版社2005年版,第51页。

上，罩了一层薄雾，迷蒙中具有色彩，不过这色彩太黯淡了，倘不仔细辨别，很难看出。""鲁迅先生是没有画过画的画家，是没有画过画的现实主义的画家，这不仅指鲁迅先生扶植了中国大众美术运动——提倡版画，介绍美术理论，而是鲁迅先生的绘画才能和绘画上的丰富知识，充分地表现在文艺作品中。"①把鲁迅对绘画的志趣和素养与其文艺作品联系起来，从"色彩"角度阐释鲁迅的文学，可以说是张仃贡献给鲁迅研究界的一个非常有见地的"发现"。

几十年来，关于鲁迅美术工作年谱、鲁迅与中国画遗产等方面的文章林林总总已有上百篇。②新时期以来，人民美术出版社整理出版了"鲁迅与美术研究资料"系列丛书，熟悉与关注"鲁迅与美术"论域的专家学者也取得一些新的研究成果。③与此同时，鲁迅的手稿与书籍封面设计、鲁迅收藏的金石

---

① 张仃：《鲁迅先生作品中的绘画色彩》，载《解放日报》（延安）1942年10月18日。
② 这些文章中写于早期的主要有张望：《鲁迅美术工作年谱》（初稿），载《美术》1955年第9期；王逊：《鲁迅和美术遗产的研究》，载《美术》1956年第10期；刘炳善：《鲁迅与美术》，载《河南大学学报》（社会科学版）1978年第2期；高信：《鲁迅先生的画》，载《美苑》1981年第1期；段云惠：《浅谈鲁迅与美术遗产》，载《新疆师范大学学报》（哲社版）1981年第2期；周积寅、马鸿增：《鲁迅与中国画遗产》，载《新美术》1981年第3期；李亮：《〈野草〉诗中的绘画美——〈野草〉艺术美管窥之一》，载《辽宁师范大学学报》（社科版）1981年第5期；吴步乃：《伟大的取火者——试论鲁迅先生与外国美术介绍》，载《美术》1981年第9期；张望：《鲁迅与汉画像——兼谈〈俟堂专文杂集〉的古画砖》，载《美苑》1984年第3期；张望：《鲁迅与蕗谷虹儿的画》，载《美术研究》1985年第2期等。
③ 这些成果主要包括陈烟桥：《鲁迅与木刻》，上海开明书店1949年版；张望：《鲁迅论美术》，人民美术出版社1956年版；姜维朴：《鲁迅论连环画》，人民美术出版社1956年版；王观泉：《鲁迅与美术》，人民美术出版社1979年版；王观泉编：《鲁迅美术系年》，人民美术出版社1979年版；人民美术出版社编：《回忆鲁迅的美术活动》，人民美术出版社1979年版；人民美术出版社编：《回忆鲁迅的美术活动》（续编），人民美术出版社1981年版；刘思平、邢祖文：《鲁迅与电影：资料汇编》，中国电影出版社1981年版；张光福：《鲁迅美术论集》，云南人民出版社1982年版；〔日〕内山嘉吉、奈良和夫：《鲁迅与木刻》，韩宗畸译，人民美术出版社1985年版；马蹄疾、李允经：《鲁迅与中国新兴木刻运动》，人民美术出版社1985年版；李允经、马蹄疾：《鲁迅木刻活动年谱》，人民美术出版社1986年版；李允经：《鲁迅与中外美术》，陕西人民出版社1992年版等。

图录与画册等也陆续得到出版或重印①，这些工作都为深入拓展"鲁迅与美术"研究论域打下了翔实的资料基础。总体而言，早期的"鲁迅与美术"研究重在对鲁迅与中国现代木刻运动的关系以及鲁迅美术思想、美术活动的回顾与阐述。②笔者接下来主要聚焦于"鲁迅与中国传统美术"这一特定的关系视域（鲁迅在汉代石刻、连环图画、年画、漫画、剪纸、篆刻、碑碣、文人画、书法等方面的美术志趣和思想观念），对学术界现有的研究成果进行梳理评析。

（一）关于汉代石刻造像

鲁迅对汉画像的兴趣由来已久，他对汉画像拓片的搜集整理工作在任职北京教育部以前已经开始。许寿裳说："鲁迅的爱好艺术，自幼已然，爱看戏，爱描画，中年则研究汉代画像。"③查阅鲁迅的日记和书账记录，结合肖振鸣的《民元前的鲁迅美术年谱》④等可以知道，寓在S会馆里"钞碑"的鲁迅在1915年到1920年间最重要的活动之一就是对石刻碑碣拓片的搜集。许广平在《关于汉唐石刻画像》一文中就鲁迅在1915年至1922年间搜集研究造

---

① 这些出版品主要包括上海鲁迅纪念馆：《鲁迅诗稿》，文物出版社1959年版；鲁迅：《俟堂专文杂集》，文物出版社1962年版；上海鲁迅纪念馆：《鲁迅与书籍装帧》，人民美术出版社1981年版；《鲁迅编印画集辑存》（4册），人民美术出版社1981年版；鲁迅手稿全集编辑委员会：《鲁迅手稿全集》（8卷），文物出版社1983年版；北京鲁迅博物馆、上海鲁迅纪念馆：《鲁迅藏汉画像》（一、二），上海人民美术出版社1986年版，上海人民美术出版社1991年版；北京鲁迅博物馆：《拈花集：鲁迅收藏苏联木刻》，人民美术出版社1986年版；北京鲁迅博物馆：《鲁迅辑校石刻本手稿》（3函18册），上海书画出版社1987年版；上海鲁迅纪念馆：《版画纪程：鲁迅藏中国现代木刻全集》（5册），江苏古籍出版社1991年版等。

② 王颖：《美术视野中的鲁迅——鲁迅美术活动研究述评》，载《鲁迅研究月刊》1993年第1期；崔云伟：《新时期"鲁迅与美术"研究述评》，载《东岳论丛》2004年第9期。对这两篇述评文章关注的鲁迅美术活动、鲁迅与版画的研究、鲁迅与外国美术的比较研究等论题，为免文献重复，笔者避重就轻，仅就本书论域框架内涉及者给予评述。

③ 许寿裳：《亡友鲁迅印象记》，上海峨嵋出版社1947年版，第45页。

④ 肖振鸣：《民元前的鲁迅美术年谱》（一），载《鲁迅研究月刊》2009年第2期；《民元前的鲁迅美术年谱》（二），载《鲁迅研究月刊》2009年第4期。

像、墓碑等金石拓片的情况做过初步说明："一般研究碑石的，向多倾注于文字；对于画像，大抵很少留意。鲁迅本其自幼爱好图画的心情，发展为两方面：一为提倡西洋木刻，到如今几已风行全国，大有成效。又其一为中国古代石刻画像探研，曾下过很多年的苦心。目下所保存的，除原拓碑帖画像外，又有先生亲自编好的《六朝造像目录》，及未完成的《六朝墓志目录》。另外还有些手写的画像缩写和从碑帖之类中抄录的字等。可惜限于资力，未能在他生时整理复印，到如今，艺术研究上还是一件很可遗憾的事。"①1947 年，郑振铎发表的《鲁迅与中国古版画》②也涉及鲁迅收集、整理汉画像拓片的基本概况，他对鲁迅从事这一工作的意义做了热忱肯定。此后几十年间，张望、陈烟桥、丰中铁、白危、郑野夫等曾受鲁迅指点的青年木刻家写了不少回忆文章，然而大多集中于对鲁迅美术活动、美术思想的介绍，对鲁迅在碑拓、造像拓片方面的研究整理工作鲜有论述。

  1973 年，王冶秋写了一篇他与鲁迅交往的回忆文章③，其中谈及鲁迅收集南阳汉画像的诸多情形，如鲁迅购买汉画拓本的迫切期待心情，鲁迅对汉画像的渊博知识和精准判断力等，提供了不少颇为难得的历史细节。1979 年，王观泉在其《鲁迅美术系年》一书中对鲁迅早期美术活动做了系统考察，并对鲁迅的拓片搜集工作做了详细统计，他说："拓片搜集工作一直持续到鲁迅先生逝世……藏品中有汉画象砖，汉魏六朝隋唐的碑碣墓志和造象石刻拓片，据统计约有五千多张……现存鲁迅手订拓片目录有《汉画象目录》、《六朝造象目录》、《唐造象目录》、《俟堂专文杂集》等，还有手抄或影描别家拓片书籍如《秦汉瓦当文字》、《汉石存目》、《直隶现存汉魏六朝目录》等等。"④"美术爱好者"鲁迅的工作轨迹在王观泉的细心整理下较之

---

① 许广平：《关于汉唐石刻画像》，载《大公报》（上海）1938 年 10 月 20 日。
② 郑振铎：《鲁迅与中国古版画》，载《文艺复兴》1947 年第 4 卷第 2 期。
③ 王冶秋：《鲁迅和南阳汉画象石》，载《鲁迅研究月刊》2008 年第 3 期。这篇文章 1973 年未刊，后由家属提供给《鲁迅研究月刊》，遗稿这才得以发表。
④ 王观泉：《鲁迅先生早期美术活动》，见《鲁迅美术系年》，人民美术出版社 1979 年版，第 260 页。

以前更为清晰完整。汉代石刻以人物、故事的表现题材为主，不仅图案绚烂精美，更为理解"中国早期叙事文学与叙事绘画之间关系的一般性问题提供一些线索"①，这大概是鲁迅一见倾心的重要原因。1984年，张望的《鲁迅与汉画像》一文，对鲁迅收藏汉代石刻（砖刻）的图案纹饰、人物画像等的绘画内容、体式、分类、意义做了颇为精审的分析："鲁迅先生早年在其故乡绍兴时，就锐意搜集古砖和瓦当，耗费了十多年的岁月"，"鲁迅收集、研究汉画像石、画像砖的用意是非常鲜明的正确的。绝非'为收藏而收藏'，用今天的话来说：是'古为今用'"。②1986年，上海美术出版社出版了两卷本《鲁迅藏汉画像》③，其中"南阳卷"选录拓片200幅，"山东卷"（含江苏、甘肃、四川等地）选录拓片278幅。这两卷画像集的问世一方面了却了鲁迅生前的出版愿望；另一方面也为研究者深入了解鲁迅的艺术世界提供直观的图本资料。

20世纪90年代以来，北京鲁迅博物馆编辑出版了《鲁迅藏书研究》《从鲁迅遗物认识鲁迅》系列著述④，就鲁迅对汉画像拓片的搜集整理情况做了扼要的汇编说明，具有重要的文献价值。其中收录的李允经的《鲁迅与南阳汉画像》一文，不仅对鲁迅搜集南阳汉画像概况作出梳理，更对鲁迅所藏汉画像拓片的形式内容给予分类介绍，他发现"汉代艺术与商周、春秋战国时代艺术的显著不同，就在于它不只是以动物形象和图案花纹装饰器物，乃是重在以或动或静的人物形象来反映和表现社会生活"⑤。也就是说，汉画像在气魄

---

① 〔美〕巫鸿：《汉代艺术中的"白猿传"画像——兼谈叙事绘画与叙事文学之关系》，见《礼仪中的美术：巫鸿中国古代美术史文稿》，生活·读书·新知三联书店2008年版，第186页。
② 张望：《鲁迅与汉画像——兼谈〈俟堂专文杂集〉的古画砖》，载《美苑》1984年3月。
③ 北京鲁迅博物馆、上海鲁迅纪念馆编：《鲁迅藏汉画像》（一、二），上海人民美术出版社1986年版，上海人民美术出版社1991年版。
④ 北京鲁迅博物馆编：《鲁迅藏书研究》，中国文联出版公司1991年版；陈漱渝编：《世纪之交的文化选择——鲁迅藏书研究》，湖南文艺出版社1995年版；叶淑穗、杨燕丽：《从鲁迅遗物认识鲁迅》，中国人民大学出版社1999年版。另外，冯光廉编著的《多维视野中的鲁迅》（山东教育出版社2001年版）也是此类著作。
⑤ 《鲁迅与南阳汉画像》一文原载《鲁迅研究月刊》1985年第8期。

雄大、精美绝伦的绘画技艺之外，更具备一种反映汉代社会生活、人民愿望的独特史学价值。2005年，《鲁迅珍藏汉代画像精品集》[①]在百花文艺出版社出版，这部集子在上海美术出版社《鲁迅藏汉画像》的基础上，精选了图案清晰、拓工精湛的193幅石刻拓片，配上鲁迅的说明文字结集成册。这些图本文献的出版让研究者深入研究"鲁迅与汉画像"论题成为可能。牛天伟的《鲁迅藏南阳汉画像中的独角神兽考》[②]和戴晓云的《鲁迅藏汉画像中伏羲女娲形象释读》[③]两篇文章，对鲁迅藏汉画像中的独角兽、伏羲、女娲等常见形象做了知识性考察。

总的来看，学术界对鲁迅与汉代石刻造像的关系研究目前尚处于资料梳理、辨识的初步阶段。汉画像多以神话传说中的英雄人物和王公贵族为主角，笔法凝重有力，色彩鲜艳浓烈，形象栩栩如生。在鲁迅的《致国务院国徽拟图说明书》中，其国徽的构图即以汉代石刻"五瑞图"为主，结体附丽美观，寓意丰富深刻，而祥龙、华虫就是汉画像中经常出现的"角色"，可见那时的鲁迅对汉画像艺术已经熟稔于心。周作人在《关于鲁迅》中说："对于画的爱好使他后来喜欢外国的板（版）画，编选北京的诗笺，为世人所称，但是他半生精力所聚的汉石刻画像终于未能编印出来，或者也还没有编好吧。"[④]笔者以为，如果我们能在钻研图本文献的基础上，把鲁迅"半生精力所聚"的汉画像和古代美术给予他的图像观念、视觉熏陶，与凝结他哲学和想象力的《野草》《故事新编》结合起来，把一个民族原初的形象记忆与一位伟大后人的天才演绎结合起来作综合考察，想必能够带给我们极富创造力和启发性的审美喜悦。

[①] 鲁迅博物馆编：《鲁迅珍藏汉代画像精品集》，百花文艺出版社2005年版。
[②] 牛天伟：《鲁迅藏南阳汉画像中的独角神兽考》，载《鲁迅研究月刊》2005年第8期。
[③] 戴晓云：《鲁迅藏汉画像中伏羲女娲形象释读》，载《鲁迅研究月刊》2009年第1期。
[④] 周启明：《关于鲁迅》，见《鲁迅的青年时代》（附录二），中国青年出版社1957年版，第123页。

（二）关于连环图画、年画、漫画等民间美术

鲁迅从小就非常喜爱连环图画、年画、剪纸、漫画、日本浮世绘等民间美术，他的朋友画家陈衡恪（字师曾）就是描摹北京风俗画的好手。鲁迅曾说："我并不劝青年的艺术学徒蔑弃大幅的油画或水彩画，但是希望一样看重并且努力于连环图画和书报的插图；自然应该研究欧洲名家的作品，但也更注意于中国旧书上的绣像和画本，以及新的单张的花纸。"① 在《朝花夕拾》的回忆里，幼年鲁迅对老鼠成亲、八戒招赘等新年花纸爱不释手，在俗的民间艺术的精神里，他看到一种火辣辣的人间气。他曾评价梅兰芳的戏剧说："他未经士大夫帮忙时候所做的戏，自然是俗的，甚至于猥下，肮脏，但是泼刺，有生气。待到化为'天女'，高贵了，然而从此死板板，矜持得可怜。"② 可以看出，鲁迅对生长于"小百姓"之中，裹挟几分清新的泥土气甚至混浊的粉尘气的民间艺术，抱有某种价值上的道德信念。虽然"大众""人民"在一定意义上是个乌托邦概念，但在鲁迅的美学理想里，艺术应当成为吟唱民众哀乐的乐府诗，应能将底层人民的悲欢、希冀描摹在属于他们自己的画纸上。钟敬文认为鲁迅对民间文艺的见解，"是跟他对当时的社会、文化的感想和批评密切地结合着的，是为他那些感想和批评有效地服务的。这是使他那些见解能够显出异彩的主要原因"③，这是很有眼见的精准之论。

在过去的研究中，关于鲁迅与民间文化、民间艺术关系的主要研究成果，主要有李允经的《鲁迅与漫画》《鲁迅与连环图画》、朱晓进的《鲁迅与民俗文化》、王奇的《鲁迅提倡风俗画》、张云龙的《鲁迅与插图艺术》、胡辉杰的《从目连戏看鲁迅和他的文本世界》、毛晓平的《鲁迅与民间美术》、包立民的《鲁迅笔下的"无常"》、凌云岚的《鲁迅与民间文化》和陈力君的《剥离、吸纳与

---

① 鲁迅：《南腔北调集·"连环图画"辩护》，见《鲁迅全集》第4卷，人民文学出版社2005年版，第461页。

② 鲁迅：《花边文学·略论梅兰芳及其他》（上），见《鲁迅全集》第5卷，人民文学出版社2005年版，第610页。

③ 钟敬文：《作为民间文艺学者的鲁迅》，见《寻找鲁迅·鲁迅印象》，北京出版社2002年版，第120页。

整合——鲁迅民间意识的阐析》等文章。① 其中,《鲁迅与漫画》一文从"漫画的生命——真实""漫画的题材——时弊和痼疾""漫画的方法——夸大""漫画家的修养——人格、思想和技巧"等几个层面对鲁迅的漫画思想做了系统深入的阐述。《鲁迅与民间美术》一文从鲁迅幼年对《花镜》《荡寇志》《西游记》《山海经》等的浓厚兴趣谈起,对鲁迅感兴趣的"花纸"中《老鼠成亲》《八戒招赘》的故事形态做了民俗性知识考察,把鲁迅对连环图画的倡导与春秋时期的壁画《孔子家语》,和屈原的《天问》中"仰见图画,因书其壁"的说法等结合起来,称《山海经》为中国最早的以图叙事的书","中国绘画史上有关连环图画的最早记载,是东汉时期新疆拜城的克孜尔千佛洞壁画,其中《须大拏本生故事》就是以连环图画的形式讲述佛教故事","1884年《点石斋画报》刊有记录朝鲜东学党世变过程的十幅图画,是连环图画最早见于石印画报的实例"②,该文还查考了曹植在《画赞·序》及顾炎武在《日知录·画》中对图画功能的表述,勾勒清晰,用例准确,是后世研究者沉潜到历史脉络中建构民间美术"谱系学"的重要文献。另外,王树村的《鲁迅与年画的收集和研究》③对鲁迅收集湖南邵阳、四川绵竹、河南开封、上海等地的年画概况做了整理说明。

整体而言,学术界对鲁迅与中国古代版画、风俗画、画谱等关系的研究尚较薄弱,目前的研究视点主要局限于以《朝花夕拾》为主的文本文献,对鲁迅提倡民间美术的思想动因和审美偏向尚缺乏深刻洞察,而能把鲁迅的文学创作与他对民间美术的挚爱之情结合起来作综合考察的研究更是微乎其微。

---

① 李允经:《鲁迅与漫画》,载《鲁迅研究月刊》1987年第10期;李允经:《鲁迅与连环图画》,载《鲁迅研究动态》1987年第11期;朱晓进:《鲁迅与民俗文化》,载《鲁迅研究月刊》1991年第10期;王奇:《鲁迅提倡风俗画》,载《鲁迅研究月刊》1995年第7期;张云龙:《鲁迅与插图艺术》,载《鲁迅研究月刊》1998年第11期;胡辉杰:《从目连戏看鲁迅和他的文本世界》,载《鲁迅研究月刊》1999年第7期;毛晓平:《鲁迅与民间美术》,载《鲁迅研究月刊》2000年第9期;包立民:《鲁迅笔下的"无常"》,载《鲁迅研究月刊》2001年第11期;凌云岚:《鲁迅与民间文化——游子的精神返乡之旅》,载《鲁迅研究月刊》2003年第1期;陈力君:《剥离、吸纳与整合——鲁迅民间意识的阐析》,载《鲁迅研究月刊》2005年第8期。

② 毛晓平:《鲁迅与民间美术》,载《鲁迅研究月刊》2000年第9期。

③ 王树村:《鲁迅与年画的收集和研究》,载《美术研究》1982年第1期。

事实上，鲁迅对民间美术的爱好潜在影响了他的小说笔法，如他写人写景爱用"白描"手法，他的文学场景描写常有强烈的舞台感等。细读鲁迅的有些短篇小说，他的叙事的推进总像连环图画的场面叠加，又像电影镜头一个个闪过，《示众》就是这样的文本。深化鲁迅与传统民间美术的关系研究，一方面要在基础性工作上加大力度，另一方面也应注意研究视点的扩宽与转换。

（三）关于碑拓、篆刻与文人画等

就美术趣味而言，鲁迅既喜欢西方现代派美术[①]，对中国传统的碑拓、篆刻、古玩、画谱、笺谱等也甚是赏爱。蔡元培在1938年版《鲁迅全集》序中对鲁迅的学术贡献做过这样的总结："鲁迅先生本受清代学者的濡染，所以他杂集会稽郡故书、校《嵇康集》，辑谢承《后汉书》，编汉碑帖，六朝墓志目录，六朝造像目录等，完全用清儒家法。惟彼又深研科学，酷爱美术，故不为清儒所囿，而又有他方面的发展，例如科学小说的翻译，《中国小说史略》，《小说旧闻抄》，《唐宋传奇集》等，已打破清儒轻视小说之习惯；又金石学为自宋以来较发展之学，而未有注意于汉碑之图案者，鲁迅先生独注意于此项材料之搜罗；推而至于《引玉集》，《木刻纪程》，《北平笺谱》等等，均为旧时代的考据家赏鉴家所未曾著手。"[②] 这段论述基本概括了鲁迅的文化志趣与学术贡献，对鲁迅在传统美术一域的"旧文人"情趣也略有涉及。鲁迅是一位既冷静、理性又敏感、热烈的艺术家，这就注定他对美术的选择和取向不会完全受制于社会观念的引导。鲁迅对碑拓、篆刻、古钱等金石遗存不只是收藏观赏，更动手辑录、影描、刻写，他的这种旧文人趣味表现在文学上，是"旧体诗"，表现在出版上，是《北平笺谱》《十竹斋笺谱》等。

---

① 崔云伟的博士学位论文《鲁迅与西方表现主义美术》（山东师范大学，2006年），以鲁迅与梵高、蒙克、罗丹、凯绥·珂勒惠支的精神相遇为基点，深入剖析了鲁迅作品的表现主义版画感、表现主义油画感和表现主义漫画感，寓思想"对话"于美术形式的语言分析之中，是目前颇见功力的一部综合性论著。

② 蔡元培：《鲁迅先生全集序》，见鲁迅先生纪念委员会编：《鲁迅全集》第1卷，上海复社出版社1938年版。

绪 论

1987年，上海书画出版社出版了《鲁迅辑校石刻手稿》（3函18册），对鲁迅于1915年至1919年间收录的两汉、三国、两晋、南北朝及隋唐的石刻拓本做了系统整理，算是对鲁迅"钞碑"工作的一个郑重交待。目前，对鲁迅的"钞碑"情况进行深入考察者，主要有孙瑛的《鲁迅藏碑辑述（附辑）》、王士菁的《关于"钞古碑"》、顾农的《鲁迅与碑刻文字》、夏晓静的《鲁迅与魏碑》《鲁迅的书法艺术与碑拓收藏》《鲁迅藏瓦当拓片》和强英良的《鲁迅藏碑拓研究》等。[①] 其中，《鲁迅的书法艺术与碑拓收藏》一文对鲁迅收藏的金石拓片做了详细的分类统计："鲁迅收藏的历代金石拓片5100余种，6200余张，其数量仅次于他的藏书数量，其主要类型大致可以分为三类：一是刻石类，即碑碣、汉画像、摩崖、造像、墓志、阙、经幢、买地券；二是吉金类，即钟鼎、铜镜、古钱；三是陶文类，即古砖、瓦当、砚、印。这些拓片是研究鲁迅手抄手稿、考镜汉字、校勘典籍和书法作品最为珍贵的原始资料。"[②] 强英良的《鲁迅藏碑拓研究》系列文章则把鲁迅所藏重要碑刻拓本，如"石鼓文""大隋开府仪同三司龙山公墓志铭""大秦景教流行中国碑""诸葛武侯祠堂碑""刘丑奴等造像""龙门山造像题记"等与鲁迅的日记、书信结合起来逐一作出知识性考察，颇见研究功力。

在金石碑拓之外，鲁迅在篆刻、古钱币、笺谱、宣纸、藏书票、文人画等方面的兴趣爱好也有一些研究者做过史料考察。[③] 周积寅、马鸿增的《鲁迅

[①] 孙瑛：《鲁迅藏碑辑述（附辑）》，载《鲁迅研究月刊》1991年第2期；王士菁：《关于"钞古碑"》，载《鲁迅研究月刊》1991年第4期；顾农：《鲁迅与碑刻文字》，载《贵州大学学报》1992年第2期；夏晓静：《鲁迅与魏碑》，载《鲁迅研究月刊》1997年第10期；夏晓静：《鲁迅藏瓦当拓片》，载《鲁迅研究月刊》2007年第7期；夏晓静：《鲁迅的书法艺术与碑拓收藏》，载《鲁迅研究月刊》2008年第1期；强英良：《鲁迅藏碑拓研究》，载《鲁迅研究月刊》2006年第5期；强英良：《鲁迅藏碑拓研究》（二），载《鲁迅研究月刊》2006年第8期；强英良：《鲁迅藏碑拓研究》（三），载《鲁迅研究月刊》2007年第10期；强英良：《鲁迅藏碑拓研究概说》，载《鲁迅研究月刊》2009年第2期。

[②] 夏晓静：《鲁迅的书法艺术与碑拓收藏》，载《鲁迅研究月刊》2008年第1期。

[③] 王新文：《鲁迅与古钱币》，载《鲁迅研究月刊》1986年第3期；郑欣淼：《鲁迅与佛教造像》，载《鲁迅研究月刊》1993年第9期；王得后：《鲁迅书信的笺纸》，载《鲁迅研究月刊》2002年第6期；肖振鸣：《鲁迅与笺纸》，载《鲁迅研究月刊》2002年第9期等。

与中国画遗产》、周铭的《鲁迅与古钱币》、曹天生的《鲁迅与中国宣纸》、陈朴的《鲁迅与篆刻》、李允经的《鲁迅和藏书票艺术》、《鲁迅对中国文人画的评议》等是这方面的代表性成果。[①] 其中，《鲁迅与中国画遗产》一文就鲁迅在中国传统美术领域诸多方面的思想认知做了全面梳理，如鲁迅对中国古代人物画的"以形写神"论、"形神兼备"论、"传神"论的深刻体悟，对唐代帝王画、佛画以及连环画的肯定，以及中国画线描、写实写意技法的探讨等。李允经的《鲁迅对中国文人画的评议》则对鲁迅的"文人画观"做了历史性的客观评析。

总体观之，目前研究界对艺术家鲁迅在传统美术方面的兴趣考察还未全面展开，对"十年沉默期"鲁迅的发掘也未引起足够的重视。对"碑拓""文人画"的欣赏表露了鲁迅艺术生命中非常唯美的一面。在中国传统美术一域，鲁迅虽在价值观念上对"文人画"不以为然（他并不否认"文人画"技艺高妙），却对遗留在金石文物上的花纹图案情有独钟，而这不仅助使他在书籍封面装帧上新意迭出，也让他在文学创作上时有"古典"情怀的表现。深入体察鲁迅的旧文人艺术趣味，既有助于我们对鲁迅自身的全面了解，亦有助于对鲁迅艺术观念、文学创作的深刻认知。

（四）关于鲁迅的书法艺术

从鲁迅"钞碑"的碑刻文字到"钞碑者"鲁迅的书法艺术，是一个问题的两个方面。鲁迅的书法艺术在20世纪书法史上占有重要地位。对鲁迅书法艺术的论述最早见之于日本学者增田涉的《鲁迅的印象》一书，他说："他（鲁迅）写的字，决不表现这锐利的感觉或可怕的意味。没有棱角，稍微具着

---

① 周积寅、马鸿增：《鲁迅与中国画遗产》，载《新美术》1981年第3期；李允经：《鲁迅对中国文人画的评议——兼论中国画的推陈出新》，载《鲁迅研究月刊》1987年第2期；周铭：《鲁迅与古钱币》，载《鲁迅研究月刊》1993年第7期；曹天生：《鲁迅与中国宣纸》，载《鲁迅研究月刊》1994年第5期；陈朴：《鲁迅与篆刻》，载《鲁迅研究月刊》1995年第7期；李允经：《鲁迅和藏书票艺术》，载《鲁迅研究月刊》1998年第8期。

圆形的,与其说是温和,倒象有些呆板。"①1931年春天,增田涉来到中国,经内山完造介绍认识了鲁迅,他以学生身份每天午后到鲁迅家里谈论学问3至4小时,历时近10个月。因此,他对鲁迅"字"和"人"的描述有一种"现场"眼光,透着质朴、妥帖的鲜活感,他由"字"及"人",为我们呈现了鲁迅身上一个久被遮蔽的重要侧面。稍后对鲁迅书法价值给予公允定位的要算郭沫若了,他在《〈鲁迅诗稿〉序》中说鲁迅的书法是"融冶篆隶于一炉,听任心腕之交应,朴质而不拘挛,洒脱而有法度。远逾宋唐,直攀魏晋。世人宝之,非因人而奖也"②,可谓是中肯、适度的经典评论,对鲁迅书法的神韵特质和渊源所自做了较准确的概括。

几十年来,学术界对鲁迅书法艺术的讨论时见报刊。胡卓君、章剑深的《鲁迅书法风格与成因探析》、赵雁君的《鲁迅书法艺术论》、晓黎、老唐的《听任心腕之交应 融冶篆隶于一炉——鲁迅书迹介绍》、赵英的《鲁迅手稿书法艺术刍议》、汤大民的《鲁迅书法的特质和渊源》、江平的《鲁迅书法论》、肖振鸣的《鲁迅与民国书法》等文都对鲁迅书法做出过颇有见地的论述。③2007年10月31日,北京鲁迅博物馆与中国鲁迅研究会在江西省联合主办了"鲁迅与书法"学术研讨会,来自全国各地的鲁迅研究专家、书法家对鲁迅书法的价值、艺术特色以及鲁迅书法与传统文化的关系做了系统深入的

---

① 〔日〕增田涉:《鲁迅书法的风格》,见《鲁迅的印象》,钟敬文译,湖南人民出版社1980年版,第35页。增田涉的《鲁迅的印象》一书1948年由日本讲谈社出版,1956年部分增补后再版。

② 郭沫若:《〈鲁迅诗稿〉序》,见上海鲁迅纪念馆编:《鲁迅诗稿》,上海人民美术出版社1961年版。

③ 胡卓君、章剑深:《鲁迅书法风格与成因探析》,载《绍兴文理学院学报》(社科版)1991年第3期;赵雁君:《鲁迅书法艺术论》,载《绍兴文理学院学报》(社科版)1991年第3期;晓黎、老唐:《听任心腕之交应 融冶篆隶于一炉——鲁迅书迹介绍》,载《中国书法》1995年第5期;赵英:《鲁迅手稿书法艺术刍议》,载《鲁迅研究月刊》1996年第10期;汤大民:《鲁迅书法的特质和渊源》,载《南京艺术学院学报》(美术及设计版)2001年第3期;江平:《鲁迅书法论》,载《中国书画》2003年第9期;肖振鸣:《鲁迅与民国书法》,载《鲁迅研究月刊》2007年第7期;蔡显良:《融冶篆隶于一炉 听任心腕之交应——鲁迅书法的主要特点及其成因》,载《荣宝斋》2008年第6期。

讨论。总体而言，对鲁迅书法艺术的讨论主要来自书法界专家，他们一般把鲁迅书法放置于书法史上考量地位高下。而从文学研究者的角度，笔者以为我们可能更应关注，在书法意蕴之外，雄劲、拙朴的魏碑是不是也赐予鲁迅一种文风气质上的滋养？而这或许才是鲁迅与书法关系视域急需关注的深层问题。

（五）关于鲁迅作品的"绘画性"分析

在鲁迅与汉画像、民间美术、魏碑、文人画等传统美术重要关联点的研究之外，还有一些学者注意到鲁迅文学文本的绘画感与视觉性，他们在论述中不同程度的涉及鲁迅与中国传统美术的关系探讨。李希凡的《形象·色彩·声音——漫话〈野草〉的语言艺术》、李亮的《〈野草〉诗中的绘画美——〈野草〉艺术美管窥之一》、刘艳的《鲁迅小说的绘画效果及其成因探寻》、孙中田的《色彩的意蕴与鲁迅小说》、阎庆生的《论美术活动对鲁迅的影响》、安危的《论〈野草〉的色彩美》、顾晓梅的《仿佛是木刻似的——鲁迅小说艺术形象的造型特色及其成因》、周怡的《鲁迅作品中的色彩意象》、曹新发的《黑·白·红：鲁迅作品色彩运用及其意蕴》和杨霞的《鲁迅二十年代小说中的视觉因素解析》等就是这方面的代表性成果。[①] 其中，刘艳的《鲁迅小说的绘画效果及其成因探寻》一文，难能可贵地指出民间美术对鲁迅小说创作的影响，如鲁迅"善于用绘画思维来设置小说背景和情节"、鲁迅

---

① 李希凡：《形象·色彩·声音——漫话〈野草〉的语言艺术》，载《当代》1981年第4期；李亮：《〈野草〉诗中的绘画美——〈野草〉艺术美管窥之一》，载《辽宁师范大学学报》1981年第5期；刘艳：《鲁迅小说的绘画效果及其成因探寻》，载《文艺理论研究》1993年第2期；孙中田：《色彩的意蕴与鲁迅小说》，载《鲁迅研究月刊》1993年第10期；阎庆生：《论美术活动对鲁迅的影响》，载《陕西师范大学学报》1996年第3期；安危：《论〈野草〉的色彩美》，载《鲁迅研究动态》1989年第4期；顾晓梅：《仿佛是木刻似的——鲁迅小说艺术形象的造型特色及其成因》，载《山东师范大学学报》1999年第4期；周怡：《鲁迅作品中的色彩意象》，载《鲁迅研究月刊》2001年第3期；曹新发：《黑·白·红：鲁迅作品色彩运用及其意蕴》，吉林大学硕士论文，2004年；杨霞：《鲁迅二十年代小说中的视觉因素解析》，载《鲁迅研究月刊》2006年第4期。

"小说人物的素描勾勒"以及他的作品"强烈的黑白对比和浓厚的木刻'刀味'"等①,颇具艺术眼光。阎庆生的《论美术活动对鲁迅的影响》通过心理学视角,把童年鲁迅的习画经验与其后来的美术活动、文学构思特点结合起来,做了令人信服的精审分析。曹新发的《黑·白·红:鲁迅作品的色彩运用及其意蕴》②把鲁迅作品中出现频率较高的色彩(黑色、白色、红色)意象运用,与鲁迅的思想个性特征"'冷'与'热'""'爱'与'憎'"结合起来做了整体论述。向红的《关于鲁迅的文学与美术之关系的跨学科研究》③简要涉及鲁迅文学作品与国画、版画(木刻)、漫画的关系。总的来看,学界关于鲁迅作品的"绘画性"阐析目前还处于较粗浅的感悟性描述阶段,现象陈述多于形式考察,观念总结多于艺术探究,尚缺乏系统深入的综合性著述。

最后,笔者谨就"鲁迅与美术"论域目前比较有洞察力的几篇文章略做评析介绍。李欧梵的《鲁迅与现代艺术意识》一文在谙熟西方艺术传统的基础上,从美术视野对鲁迅的艺术趣味与文学特质的关联做了透视性考察,他的初步论点是:"一个对世界文艺思潮非常关心的人不可能不在他的作品中呈现某些与西方文艺契合的现象。"④李欧梵从上海大陆新村鲁迅旧居会客室与二楼卧室所挂画幅出发,重点论述了鲁迅艺术观念里的"现代"和"颓废"(唯美)意识;郑家建的《论〈故事新编〉的绘画感》⑤一文则主要考察了《故事新编》的印象画派色彩感、木刻画的线条感、德意志画家格罗斯式略带夸张的漫画感;江弱水的《论〈野草〉的视觉艺术及其渊源》⑥一文,把《野草》的视觉艺术渊源追溯到三个方面:木刻、中国画与李贺诗。江弱水注意到《野草》部分篇章的中国画构图特征,并把鲁迅与国画的联系指向他与画家朋友陈衡恪的长期交往,开启了一条非常难得的研究思路;钱理群的《作为艺

---

① 刘艳:《鲁迅小说的绘画效果及其成因探寻》,载《文艺理论研究》1993年第2期。
② 曹新发:《黑·白·红:鲁迅作品色彩运用及其意蕴》,吉林大学硕士论文,2004年。
③ 向红:《关于鲁迅的文学与美术之关系的跨学科研究》,湖南师范大学硕士论文,2008年。
④ 〔美〕李欧梵:《鲁迅与现代艺术意识》,载《鲁迅研究月刊》1986年第11期。
⑤ 郑家建:《论〈故事新编〉的绘画感》,载《中国现代文学研究丛刊》2000年第1期。
⑥ 江弱水:《论〈野草〉的视觉艺术及其渊源》,载《浙江学刊》2002年第6期。

术家的鲁迅》一文对鲁迅与美术、音乐、电影、摄影等的艺术关联做了感性、深入的介绍。他提醒鲁迅研究者应珍视来自美术家（孙福熙、张仃、吴冠中、陈丹青、裘沙、王伟君等）的观念看法，加深对"艺术家鲁迅"的认识和了解。文中说孙福熙是第一个强调鲁迅艺术家气质的画家，孙福熙曾这样谈论鲁迅的文笔和美术的关系："先生完全描写社会的阴暗一面。但他的阴暗中都用美丽的色彩，比他人的光明还要美丽。这美丽使人要看，爱看，看了倾向到光明一方面去……这是艺术的使命。"[①] 这就把美术与鲁迅创作的深刻关联结合起来。钱理群对旧材料的"再发现"，意味着"鲁迅与美术"论域研究视点的转换和角度的更新。

英国艺术史家贡布里希说："中国人的画是画在绢本卷轴上，保存在珍贵的匣椟之中。只有在相当安静时才打开来观察和玩味，很像是人们打开一本诗集对一首诗再三地吟诵咏叹。"[②] 的确是这样，文人画家以画笔代文字，在山水、花鸟里描摹自己的心灵诗篇，诗人和画家运用的都是"毛笔"这样一种颇具民族象征意味的书写工具，画家以画笔作诗，就像诗人以词句作画，只是艺术体式的不同选择而已。然而，鲁迅的艺术趣味偏偏并不钟情于此，他在中国传统美术领域总体抱持的是一种"非主流"的美术观念。他呼唤气魄雄大的汉唐美术和自然泼辣的民间美术，他希望以视觉之"力"刺激国民们精微、颓靡的神经，迫使他们从灵魂深处发出反抗的真的"恶声"。可能正由于鲁迅在美术观念上的"非主流"，关注"鲁迅与美术"的研究者虽已做了大量资料性的基础工作，但打通"文学""美术"学科界限的深层研究却迟迟难以展开，因为中国的传统画论多集中于主流的"文人画"。相形之下，伴随现代派思潮兴起的西方表现主义美术，在理论资源上反倒成为一种优势，珂勒惠支、麦绥莱勒、比亚兹莱、苏联版画等的"美术"语言与鲁迅的"文学"语言变得似乎更容易相通，这从前几年产生的几篇学位论文即可看出，得到现代派理论支撑的论述一般显得更坚实有力，反之则几乎难以抵达理想的研究目标。

---

① 钱理群：《作为艺术家的鲁迅》，载《中国文化》2006 年第 2 期。
② 〔英〕贡布里希：《艺术与人文科学》，范景中译，浙江摄影出版社 1988 年版，第 81 页。

不过，在艺术研究中，任何单一维度的考察都难以达到对学术问题全面深入的探究，对鲁迅与西方美术关系的片面倚重，难以碰触、阐释鲁迅艺术思想与文学创作中的全部关键问题。这就使得对鲁迅与中国传统美术的关联性研究显得极为迫切和紧要。近几年来，美术界关于先秦美术、汉魏美术与民间美术等的研究论著已陆续出版，不仅为后世学人深入了解汉唐、古代美术提供了可能性，也为笔者考察鲁迅与中国传统美术的关系性研究提供前提和基础。我们注意到，在中国现代文学中，除了鲁迅与"美术"有密切关系的作家还有不少，譬如倪贻德、艾青、闻一多、废名、萧红、张爱玲等，深入开展"鲁迅与中国传统美术"跨学科关系研究，一方面可以提高本论域的研究水平，另方面亦可为中国现代文学探索新的研究范式，扩宽现代文学的学术生长空间。

上 篇
鲁迅与中国传统美术的思想对话

第一章　鲁迅与"五四""美术革命"

第二章　鲁迅与中国传统美术的历史关联（上）

第三章　鲁迅与中国传统美术的历史关联（下）

第一章　鲁迅与"五四""美术革命"①

晚清以降的"美术革命"是新文化运动的一个艺术"战场"。在以思想革命挽救民族危亡的进步知识分子眼里,"文人画"已入"末途",国画写意(山水)、写趣(花鸟)的美学合法性受到西洋写实主义的严峻挑战。康有为慨叹"中国近世之画衰败极矣"②,徐悲鸿也痛感"中国画学之颓败,至今日已极矣"③,画家吕澂惊呼"我国美术之弊,盖莫甚于今日"④,五四运动主将陈独秀遂倡导"要革王画的命"⑤。在这种近乎一边倒的讨伐声中,陈衡恪、金拱北坚守"文人画"价值的声音显得有些势单力薄。作为新文化运动的重要作家,

---

① "五四""美术革命"是中国近现代美术转型的重要发展阶段。"美术界"革命与黄遵宪、康有为、谭嗣同、梁启超等引导的"诗界革命""文界革命""小说界革命"一样,是1898年前后发生在社会上的文艺改良思潮的重要组成部分,对后来的新文化运动产生了很大影响。本章节把鲁迅的美术思想放置于近现代美术转型的文化语境中进行考察,主要以五四运动时期文化界提出的重要"美术"论题作为讨论参照。另外,本书关于"五四""美术革命"概念的用法与含义,主要参考当代画家栗宪庭在《"五·四""美术革命"批判》(载《黄河》1999年第5期)一文中的阐述运用。

② 康有为:《万木草堂藏画目》(1917年手书),载《康有为先生墨迹丛刊》(二),中州书画社1983年版,第7页。

③ 徐悲鸿:《中国画改良论》,载北京大学绘学杂志社编:《绘学杂志》第一期,1920年6月出版。

④ 吕澂:《美术革命》,载《新青年》1918年1月15日第6卷第1号。

⑤ 陈独秀:《美术革命——答吕澂》,载《新青年》1918年1月15日第6卷第1号。

鲁迅没有直接参与这场论争，但自教育部任职以来，鲁迅先后写就了数篇颇有见地的美术专论，如《拟播布美术意见书》《"连环图画"辩护》《连环图画琐谈》《漫谈"漫画"》《漫画而又漫画》等。仅以他与聂绀弩（耳耶）辩驳、对话的《论"旧形式的采用"》[①]（1934年）为例，文章虽主要涉及中国美术的历史传统，论争的核心是文艺大众化的问题与旧形式的改造利用问题，不过，同样的议题如果"挪用"到民初、五四语境下，那么所谓"旧形式的采用"，也就是"传统"的吸收转化问题，传统包括中国的传统和外国的传统，所谓"新形式的探求"，也就是选用何种"主义"的问题，是中国的写意主义，还是西方的写实主义？而"传统"和"主义"几乎可以囊括中国近现代美术转型时遭遇的所有热点问题。正如我们所知道的，文学家鲁迅的另一重要身份是"中国现代木刻之父"，对美术拥有杰出眼光的鲁迅在"国画"何去何从问题上，从"理论"到"实践"给出过自身的"看法"和"做法"，其"理论"视野之开阔、"实践"方式之多样，完全不逊于当时声名显赫的"职业"理论家或美术家。从这个意义上，把鲁迅的美术思想放置于中国近现代美术转型的文化背景中进行系统梳理就显得非常必要，笔者本章拟从四个层面集中阐述这一问题。对鲁迅美术思想、艺术志趣的宏观考察，一方面将为本书后面章节的展开奠定语境与基调，另一方面也有利于笔者把艺术语言体式的审美分析统摄到艺术观念的思想讨论之中。

一、发端：备受攻讦的"文人画"

"五四""美术革命"的真正开端要从1918年陈独秀在《新青年》6卷1

[①] 1934年4月24日，聂绀弩在《中华日报·动向》上发表《新形式的探求与旧形式的采用》一文，认为连环图画对"旧形式的采用"是为"整个"旧艺术捧场，提出艺术大众化的唯一出路是对"新形式的探求"。对此鲁迅在1934年5月4日《中华日报·动向》上发表文章予以反驳，详见鲁迅：《且介亭杂文·论"旧形式的采用"》，见《鲁迅全集》第6卷，人民文学出版社2005年版，第23—27页。

号上发表的《美术革命》说起。在这篇通讯中，陈独秀承接吕澂提出的"美术界"革命议题，从元末的倪云林、黄公望到明代的文征明、沈周，一路清理到清初的"王画"，责其"专重写意，不尚肖物"，宣称"人家说王石谷的画是中国画的集大成，我说王石谷的画是倪黄文沈一派中国恶画的总结束"①。陈独秀这里的"中国画"，指的也就是我们通常所谓的"文人画"。从严格意义上说，"文人画""国画""中国画"这三个概念的内涵与外延②并不一致，但具体到中国近现代美术转型的文化语境中，"国画"也好，"中国画"也好，指的主要就是"文人画"。早在康有为1917年手书的《万木草堂藏画目》中，他对中国画的批判也是针对"文人画"而言，"惟中国近世以禅入画，自王维作《雪里芭蕉》始，后人误尊之。苏、米拨弃形似，倡为士气。元、明大攻界画为匠笔而摈斥之……中国既摈画匠，此中国近世画所以衰败也"③。可以说，与宫廷院体画、民间绘画基本成三足鼎立之势的"文人画"是康、陈"美术革命"的公共矛头。

"文人画"既受攻评，执守"文人画"传统的一派也不能坐视旁观。陈衡恪的《文人画之价值》就是当时为"文人画"正名的重要篇章。陈衡恪是晚清著名画家吴昌硕的高足，他与师傅一样擅诗文、精刻印、能丹青，是北京文化界声名极大的才子画家。陈衡恪历任教育部编审、北京美专教授等职，他与鲁迅有密切交往，在山水、花果、风俗画方面成就卓著。针对康、陈等对文人画用笔粗率、不求形似的诟病，《文人画之价值》证诸历史，从汉魏六朝文人画的萌兴到元四家的登峰造极，梳理了文人画的脉络传统，并以自信的口吻总结道："文人画之要素，第一人品，第二学问，第三才情，第四思想。据此四者，乃能完善。盖艺术之为物，以人感人，以精神响应者也。有此感想，有此精神，然后能感人而能自感也。所谓感情移入，近世美学家所推论视为重要者，盖此之谓也欤。"④所论不仅申明文人画的艺术自足性，更把

---

① 陈独秀：《美术革命——答吕澂》，载《新青年》1918年1月15日第6卷第1号。
② 详可参阅蔡星仪：《文人画的传统和中国画的创新》，载《美术史论》1986年第2期。
③ 康有为：《万木草堂藏画目》（1917年手书），载《康有为先生墨迹丛刊》（二），中州书画社1983年版，第10—12页。
④ 陈师曾：《文人画之价值》，载《绘画杂志》1921年1月第2期。

近世西洋印象派的画风趋向也一并拉拢过来，为文人画架构体系，重建美学合法性。在陈衡恪之外，创办中国画学研究会的金拱北也是文人画的坚定捍卫者，他在演讲中曾说："有明诸家，既以写意之画得名，当时虽有仇十洲、林良、吕纪、蓝田叔、边景昭辈，以工笔为长，而传播之盛，流派之长，卒在诸家下者。其故何哉？此易而彼难，此新而彼旧也。"① 其贬抑工笔画、抬高文人画的审美价值取向显而易见。

五四新文化运动时期的鲁迅没有参与这场"文人画"论争。文人画、院体画的高下之分，他在1934年写就的《论"旧形式的采用"》中曾偶然论及："宋的院画，萎靡柔媚之处当舍，周密不苟之处是可取的，米点山水，则毫无用处。后来的写意画（文人画）有无用处，我此刻不敢确说，恐怕也许还有可用之点的罢。"② 从这里的表述看，鲁迅的立场似乎有点"中庸"。我们需要借用另一则文献来一探究竟。在《记苏联版画展览会》一文中，有感于苏联版画的精湛技艺，鲁迅写道："我们的绘画，从宋以来就盛行'写意'，两点是眼，不知是长是圆，一画是鸟，不知是鹰是燕，竟尚高简，变成空虚，这弊病还常见于现在的青年木刻家的作品里。"③ 这是不是说明鲁迅与康、陈一样对写意"文人画"颇有微词呢？如果真是这样，那么《狂人日记》的作者（何况又是一位真正的美术爱好者）为何没有发出"救救国画"的呐喊呢？我们知道，鲁迅当时在教育部任职，如果愿意，他完全可以像蔡元培宣扬"以美育代宗教"那样站在某种官方立场声援陈独秀的"美术革命"论。那么，问题的关键是否可能在于鲁迅认为"美术界"的事不该由"思想界"来插手？

换个角度看问题，我们发现，陈独秀的"美术革命"论打着"美术革命"的旗号，实际上行使的却是社会"思想革命"的职能。陈独秀接过的虽是吕

---

① 金城：《金拱北讲演录》，见郎绍君、水天中编：《二十世纪中国美术文选》（上），上海书画出版社1999年版，第45页。
② 鲁迅：《且介亭杂文·论"旧形式的采用"》，见《鲁迅全集》第6卷，人民文学出版社2005年版，第24页。
③ 鲁迅：《且界亭杂文末编·记苏联版画展览会》，见《鲁迅全集》第6卷，人民文学出版社2005年版，第499页。

澂"美术革命"的议题，但吕澂所谓"美术之衰弊"，主要指的是："自昔习画者，非文士即画工，雅俗过当，恒人莫由知所谓美焉。今年西画东输，学校肄业；美育之说，渐渐流传，乃俗士骛利，无微不至，徒袭西画之皮毛，一变而为艳俗，以迎合庸众好色之心。"①这与陈独秀"革王画之命"、倡导西洋写实主义的论调并不一致。曾留洋东瀛的画家吕澂是就"美术"论"美术"，陈独秀是借"美术"而"反封建""反陈陈相因"，他倡导引入写实主义为的是引入一种"科学"精神，并由此导向一种"反蹈空务虚"的入世态度。同样的，康有为尊宋代院体画的"工笔写形"表面上得之于欧美写实画风（尤其是意大利文艺复兴时期以拉斐尔为代表的古典派）的陶冶与启发，实质上他只是"以古、以洋证今"，外国有的中国也有，国画不需要彻底的革命，需要的只是复古的改良主义，骨子里他何尝真正觉得中不如西，"非取神即可弃形，更非写意可记形也。遍览百国作画皆同，故今欧美之画与六朝唐宋之法同"②。正如有研究者指出的："康氏素有'经营天下'之志，视文艺为'至末业'，论书、论画，无非承'新学'之余绪；其尊碑抑帖，压倒一切的理由，说白了也无非较之翻勾屡刻的近世帖学，碑学更为接近原典的精义，在逻辑上，也更合乎经今文学尊古——疑古——以古证今的内在逻辑。"③传统儒家道统根深蒂固的影响决定康氏的谈学论艺很难与他政治上的抱负泾渭分明。从这个意义上，陈独秀与康有为虽都鼓吹西洋写实，然古语曰"文以载道"，"道"既不同，"文"也就失去了基本立足点。

鲁迅的情况比康、陈略显复杂。就兴趣而言，鲁迅未必不喜以"文人画"为代表的国画，言语上虽对国画"竞尚高简"的笔情墨意不以为然，但从他的美术藏品和他对笺谱、诗笺、古玩的赏爱来看，鲁迅对"文人画"的真实态度可能是"喜爱但不倡导"，是"情"与"理"的矛盾统一。在文学观念上，鲁迅赞成"为人生而艺术"，在美术观念上，鲁迅对"写实"抱有一种

---

① 吕澂：《美术革命》，载《新青年》1918年1月15日第6卷第1号。
② 康有为：《万木草堂藏画目》（1917年手书），载《康有为先生墨迹丛刊》（二），中州书画社1983年版，第9—10页。
③ 李伟铭：《康有为与陈独秀——20世纪中国美术史的一桩"公案"及其相关问题》，载《美术研究》1997年第3期。

道义上的认同感,"现实主义的使命在于唤醒更高的人道情感"①,他所求的是一种积极的入世情怀,和一种广泛的超越了狭隘民族气节的拿来主义精神。鲁迅是站在艺术的立场思考中国画的前途问题,他的所谓"写实"不是就绘画"技法"言,而是就绘画"题材"论,采用何种"技法"(主义)都能产生好的作品,艺术拥有独立自足的美学律法。只不过在中国历史的具体情境中,写意文人画以老、庄哲学为支撑,追求无为、隐退的生活方式和精神品格,这与五四国运衰微的时代氛围颇为不合。"美"的道义与"民族"道义孰重孰轻,这是两个层面的问题,上文鲁迅在"文人画"态度上的含糊模棱正是不同层面问题交叉混融的结果。与陈独秀的尊洋画为尚不同,鲁迅非常警惕以洋人的标准评介中国绘画,他在给吴渤的信中曾批评说:"'刘大师'(刘海粟)的那一个展览会……听说内容全是'国画',现在的'国画',一定是贫乏的,但因为欧洲人没有看惯,莫名其妙,所以这回也许要'载誉而归',像徐悲鸿之在法国一样。"②总的来说,林琴南们维护"文人画"出于顽固保守的遗老情绪,陈衡恪为"文人画"立言则是站在美术系统内的为美术而美术,康有为是为社会改良而美术,陈独秀是为思想革命而美术,鲁迅是为国民灵魂的改造而美术。从这个意义上,鲁迅的美术立场与蔡元培的"以美育代宗教"不无相合之处。

二、写实:作为"革命"的一剂药方

西洋写实主义是陈独秀为中国"美术革命"开出的一剂药方:"要改良中国画,断不能不采用洋画的写实精神。这是什么理由呢?譬如文学家必用写实主义,才能够采古人的技术,发挥自己的天才,做自己的文章,不是抄

---

① 〔法〕勒内·于格:《图像的威力》,钱凤根译,四川美术出版社1988年版,第23页。
② 鲁迅:《书信·331116致吴渤》,见《鲁迅全集》第12卷,人民文学出版社2005年版,第498页。

古人的文章。画家也必须用写实主义，才能够发挥自己的天才，画自己的画，不落古人的窠臼。"①也就是说，师"造化"而不是师"古人"才能为中国画带来新气象，西洋画以科学写实为主流，因此改良中国画不能不采用洋画的写实精神。陈独秀的着眼点在"技法"的更新，洋画的"透视""焦点""剖析"原理是"科学"的，国画缺少的正是这种"科学"精神。康有为尊崇的则是宋代的院体画："以形神为主而不取写意，以着色界画为正，而以墨笔粗简者为别派；士气固可贵，而以院体为画正法。庶救五百年来偏谬之画论，而中国之画乃可医而有进取也。"②言外之意，"以神写意"的文人画是中国画的偏谬之所在，写实洋画固然值得赞扬，但绘画的"以形写形""以形写神"在中国并非没有传统，唐、五代至宋的院画即是，他希望中国出现郎世宁式的合璧中西的大家。就美术观念而言，陈独秀、康有为的"美术革命论"并没有多少深意、新意，他们的潜在逻辑是，近世以来中国之所以落后挨打，是中国人的"精神"出了问题，洋人之所以高明，之所以船坚炮利，是因为他们讲究"科学"，那么具体到绘画上，科学的"写实"当然就比空灵的"写意"高明。这背后既有工具理性思想的痕迹，也有集体性民族焦虑的创痛。

鲁迅也主张"写实"，但他的"写实"不单是就"技法"论，而主要是"写现实"，他所寄意于"写实"的，毋宁说是一种酣畅凌厉的生命力量，"非有天马行空似的大精神即无大艺术的产生。但中国现在的精神又何其萎靡锢弊呢"③？他呼吁的是一种天马行空似的艺术精神，因为"文艺是国民精神所发的火光"④。我们知道，鲁迅特别喜爱德国女画家珂勒惠支的版画，珂勒惠支的艺术"是阴郁的，虽然都在坚决的动弹，集中于强韧的力量，这艺术是

---

① 陈独秀：《美术革命——答吕澂》，载《新青年》1918年1月15日第6卷第1号。
② 康有为：《万木草堂藏画目》（1917年手书），载《康有为先生墨迹丛刊》（二），中州书画社1983年版，第13—14页。
③ 鲁迅：《苦闷的象征·引言》，见《鲁迅译文集》第3卷，人民文学出版社1958年版，第4页。
④ 鲁迅：《坟·论睁了眼看》，见《鲁迅全集》第1卷，人民文学出版社2005年版，第254页。

统一而单纯的——非常之逼人"①。从美术流派而论,珂勒惠支不属于古典写实派,她的木刻版画刀法粗粝老道,线条凝练紧张,擅用黑白色块的结构性对峙强化画面效果,整体熔铸成一股震撼心灵的"象征"力量。鲁迅对这种"力的艺术"的欣赏与他对中国汉唐以前美术的赞叹存有内在关联:"上古时代的绘画,题材大都以动物为主……画上描出的轮廓,很不清晰,因为原始人的绘画程度浅,没有画准轮廓的能力。虽然如此,却很有生气"②;"惟汉人石刻,气魄深沉雄大,唐人线画,流利如生,倘取入木刻,或可另辟一境界也"③;"遥想汉人多么闳放,新来的动植物,即毫不拘忌,来充装饰的花纹。唐人也还不算弱,例如汉人的墓前石兽,多是羊,虎,天禄,辟邪,而长安的昭陵上,却刻着带箭的骏马,还有一匹驼鸟,则办法简直前无古人"④。若从两个层面解读,则鲁迅的"写实"美术观第一是入世的,是反冥想的⑤,第二是借"复古"为"创新",是突入现实的,是时代精神的舒张。这与康有为的"以复古为更新"有本质不同。康氏骨子里是历史循环论者,鲁迅在艺术观念上较为倾向于进化论,康有为推崇宋代院体画,是因为他认为院体画已经"无体不备,无美不臻"⑥,只要"复古"院体画就足以与西洋写实分庭抗

---

① 鲁迅:《且介亭杂文末编·〈凯绥·珂勒惠支版画选集〉序目》,见《鲁迅全集》第 6 卷,人民文学出版社 2005 年版,第 487 页。
② 鲁迅:《绘画杂论——在上海中华艺术大学的讲演》(1930 年 2 月 21 日),原载 1976 年 6 月南京师范学院中文系《文教资料简报》第 47、48 期合刊,刘运峰编:《鲁迅佚文全集》(下),刘汝醴记录,群言出版社 2001 年版,第 787 页。
③ 鲁迅:《书信·350909 致李桦》,见《鲁迅全集》第 13 卷,人民文学出版社 2005 年版,第 539 页。
④ 鲁迅:《坟·看镜有感》,见《鲁迅全集》第 1 卷,人民文学出版社 2005 年版,第 208 页。
⑤ 艺术史论家贡布里希认为:"中国的宗教美术很少表现关于佛或者中国圣贤的传说,很少宣扬某种特殊的教义(与中世纪的基督教美术不同),而往往被当成了沉思冥想的凭籍。诚挚的艺术家开始以一种不胜敬畏的心情描绘高山和流水,他们并非为了予人以教训,也不是要创作单纯的装饰品,而是要给沉思冥想提供素材。"〔英〕冈布里奇:《艺术的历程》,党晟、康正果译,陕西人民美术出版社 1987 年版,第 68—69 页。
⑥ 康有为:《万木草堂藏画目》(1917 年手书),载《康有为先生墨迹丛刊》(二),中州书画社 1983 年版,第 23 页。

礼。鲁迅的称赞汉、唐美术，为的是"复古"一种艺术精神，至于笔法技巧，则无论是古典的还是现代的，是西洋的还是东洋的，都无妨采取广博的"拿来主义"态度。珂勒惠支、陶元庆的艺术很现代，鲁迅欣赏，日本的浮世绘艺术很世俗，鲁迅也欣赏。

从"美术革命"的客观效果来说，陈独秀的西洋写实论是当时文艺思想的主流。以画家刘海粟的观点为例，"用笔粗与细，色彩之艳与静，不成问题也。所异者，一写自然之真相，一摹强制的艺术；一取积极的，一取消极的；一为真美，一为假美。趋真美可以养成其自动与创造的能力，务假美则养成依赖的习惯"①。写自然的西洋画是积极的，是真美，摹古的中国画是消极的，是假美，这种认识逻辑在当时非常普遍，虽然刘海粟对西画的认识远比陈独秀深刻全面（他毕竟是游学多国的画家），但这种观点其实并不经得起推敲。唐代画家张璪已提出"外师造化，中得心源"②，这说明中国绘画古来并不排斥"自然"。中国画从以意写形到以形写形、以形写神，再到以神写意的发展逻辑，有其内在的演变规律，是哲学、环境、时代、思潮等多种因素的化合结果，从任何一种单一角度去检视绘画的危机和症结，都不可能得出切中肯綮的全局之论。徐悲鸿一生致力于写实主义美术，他在《中国画改良论·主旨与例》中提出："古法之佳者，守之；垂绝者，继之；不佳者，改之；未足者，增之；西方画之可采入者，融之。"③这看似公允全面的论述，其实等于常识的交待。徐悲鸿说："西方画乃西方之文明物，中国画乃东方之文明物。所可较者，惟艺与术。然艺术复须藉他种物质凭寄，西方之物质可尽

---

① 刘海粟：《画学上必要之点》，载《美术杂志》1919年第2期，上海图画美术学校出版。

② 〔唐〕张璪：《文通论画》，见俞剑华编：《中国画论类编》（上），人民美术出版社1986年版，第19页。

③ 徐悲鸿：《中国画改良论》，载北京大学绘学杂志社编：《绘学杂志》1920年6月第一期。另外，从徐悲鸿题吴昌硕《墨竹》的一首诗中也可看出他对写意国画的不满："挖笋穿根得古器，如此风马牛相连。文人只是逞高兴，管它松枝长竹颠。"《墨竹》原画藏于中国艺术研究院美术研究所资料库，此处转引自郎绍君：《守护与拓进》，中国美术学院出版社2001年版，第215页。

术尽艺,中国之物质不能尽术尽艺,以此之故略逊。"倒是这器、艺关系论的阐述道出了他的真实想法,这也是他倡导素描、油画的真正原因,"画学至写意而已微"①,中国画的笔、墨不足以表情达意,文人画已经把画学的发展引入死胡同。

从这个层面看,鲁迅的写实观其实更具理论视野和思想深度。他看到如果不动摇哲学基础,那么"造化"和"心源"就可能陷入一种二律背反、彼此都走不出对方的魔圈。一种具备现实意义的做法是,既老实承认美术的自律性、合法性,给绘画以艺术领域内的绝对自由,又竭力引导美术的精神与指向,让艺术与社会现实发生本质关联。拿新兴木刻运动为例,鲁迅说:"木刻是一种作某用的工具,是不错的,但万不要忘记它是艺术。它之所以是工具,就因为它是艺术的缘故。"②这是鲁迅对艺术道、器统一论的绝好描述,他对艺术"宣教"功能的理解也远较外人开放,"印度的阿强陀石窟,经英国人摹印了壁画以后,在艺术上发光了;中国的《孔子圣迹图》,只要是明版的,也早为收藏家所保重。这两样,一是佛陀的本生,一是孔子的事迹,明明是连环图画,而且是宣传"③,"现实"是养育艺术的唯一土壤,这种"现实"超越"造化""心源"的二元对立,好的艺术是内容与形式的融合化一。当代艺术批评家栗宪庭曾敏锐指出:"鲁迅在他所倡导和一直关心的新兴木刻运动中,以杰出的眼光,把握住了艺术如何在保持入世精神的同时又能超越功利性。从这个角度说,新兴木刻运动是鲁迅的一个'艺术作品',并使其成为中国近代艺术史上超越'入世'与'出世'循环怪圈的最成功的范例。"④作为一

---

① 徐悲鸿:《中国画改良论》,载北京大学绘学杂志社编:《绘学杂志》1920 年 6 月第一期。

② 鲁迅:《书信·致李桦 350616》,见《鲁迅全集》第 13 卷,人民文学出版社 2005 年版,第 481 页。鲁迅的这一看法与德国艺术史家格罗塞的观点很是接近,格罗塞说:"艺术只有致力于艺术利益的时候,才是艺术最致力于社会利益的时候。"〔德〕格罗塞:《艺术的起源》,蔡慕晖译,商务印书馆 1984 年版,第 240—241 页。

③ 鲁迅:《南腔北调集·"连环图画"辩护》,见《鲁迅全集》第 4 卷,人民文学出版社 2005 年版,第 458 页。

④ 栗宪庭:《"五·四""美术革命"批判》,载《黄河》1999 年第 5 期。

个集聚多重涵义的"能指","写实"在不同的美术论者那里"所指"既有广、狭之分,也有厚、薄之别。能够超越出世、入世的循环怪圈,让"能指"从源头处脱离观念束缚,把"写实"松绑为一种宽泛的立场和精神,这是鲁迅高出其他美术论者的独特之处。

三、传统:改良"中国画"的必要参照

卢辅圣说:"艺术及其历史无非是消除或者回避以往成就所产生的环境压力的行为所构成的轨迹。"① 传统发展到某一阶段,就会出现一定程度的"反传统"或"返传统"现象。"文人画"盛极而衰,又适逢中、西文化大交融时期,五四的"美术革命"风潮刮向写实洋画并非偶然。撇开外国的影响渊源,有识之士也开始再度"拣选"自家的历史传统,而这种拣选又不可避免地具有"对话"当下的革命意味。挽救家国危亡、振兴民族精神是五四时期的宏大历史语境,那么具体到文化一脉的美术,打压或彰显某种传统也就不单是美术自身的逻辑说了算。在国画改良的观念倡导上,主张美术的"入世"精神或"自律"精神一般均有特定的美术"传统"作参照依据。早在鲁迅留日期间,他与同乡许寿裳、经亨颐、蒋智由等联名撰写了一份《绍兴同乡公函》,字里行间洋溢着对日本工艺美术的赞叹:"日本一室之中,其来自西洋者,不遇(过)十之一、二,十之八、九皆日本之所自制也。或因西洋之物而仿造之,或因日本固有之物而改良之。试一入日本工艺美术各学校中,其髹漆,其凋(雕)刻,其锻冶,又若刺绣,若织物,若染色物,皆日新月异,精益求精。而又若造纸,若铜板,若写真,若制皮诸事,无不尽工极巧,日有进步。即瓷器为我中国所固有者,今日本且骎骎乎欲驾而上之。"② 把美术与

---

① 卢辅圣:《历史的象限》,上海书画出版社 2003 年版,第 55 页。
② 《绍兴同乡公函》,绍兴籍留日学生 27 人于光绪二十九年联名写给家乡的公函,现藏于绍兴鲁迅纪念馆。

工商经济结合起来，所谓的工艺美术我们今天早已司空见惯，但在鲁迅留日时代这种观念其实正是维新思想的产物，非但不庸俗，相反倒是比较摩登的。祝帅说："在稍后的周玲荪、柳林、舒新城、刘思训、丰子恺、颜文梁等人纷纷注意到'美术'与'实业'关系的同时，不应忘记的是鲁迅思想的超前性和一贯性。"①再拿康有为的"物质救国论"来说，"绘画之学，为各学之本，中国人视为无用之物。岂知一切工商之品，文明之具，皆赖画以发明之。工商之品，实利之用资也；文明之具，虚声之所动也。若画不精，则工品拙劣，难于销流，而理财无从治矣。文明之具，亦立国所同竞，而不可以质野立于新世互争之时者也。故画学不可不致精也。"②他对"画学致精"的考量完全出之于一种"经济学"视角，也把美术降格到"庸俗"的工具理性地位。

前面已经谈到，陈独秀的"美术革命"本非出于艺术立场，这只是他思想革命的一部分，除了反文人画的因袭守旧，主张采取写实精神，对中、西美术传统都没有更为细致、精审的论述。从认识论的立场，鲁迅对美术（文艺）本质的看法则深入得多："美术云者，即用思理以美化天物之谓。"在美术目的"主美论""主用论"之间，鲁迅对"国人之公益"的"表见文化""辅翼道德""救援经济"之说并不完全认同，他说"美术诚谛，固在发扬真美。以娱人情，比其见利致用，乃不期之成果。沾沾于用，甚嫌执持"③，对所谓"救援经济"的"物质救国论"并不以为然。在这里，鲁迅对美术本质论的认识较康、陈远为深刻，与他在"文人画""写实观"上的意见基本一致，颇有"为美术而美术"的审美现代性精神。④在这一点上，鲁迅与王国维的看法倒很是相合，王氏曾言："我中国非美术之国也。一切学业，以利用

---

① 祝帅：《鲁迅的艺术设计研究及其学术品格》，载《美苑》2007年第5期。
② 康有为：《物质救国论》，上海广智书局1908年版，第78—79页。
③ 鲁迅：《集外集拾遗补编·拟播布美术意见书》，见《鲁迅全集》第8卷，人民文学出版社2005年版，第52页。
④ 表面看来，鲁迅这里的看法与他留日时期关注"美术"与"实业"关系的摩登观念好像前后抵牾，实则两者是不同层面的话题。鲁迅的本意是"美术"只有在自足发展的基础上，才能为"救援经济"带来"不期之成果"，倘把"功利性"目的摆在首位，"美术"自身的艺术合法性必将先行解体。

之大宗旨贯注之,治学,必质其有用否;为一事,必问其有益否。美之为物,为世人所不顾久矣。"① 在西学东渐的学术背景下,蔡元培的"以美育代宗教"说借助康德、席勒的美学理论,倡导现代美术教育:"纯粹之美育,所以陶养吾人之感情,使有高尚纯洁之习惯,而使人我之见,利己损人之思念,以渐消沮者也。"② 在五四救亡图存、教育救国的时代背景下,"以美育代宗教"说有其纠正科学理性、陶冶性灵,以得人格之完备的人文情怀和思想境界;虽然"理论"未经嚼烂吃透,对美育、宗教的文化关系也欠缺深层论述,但就学术视野和艺术维度而言,引进西方的古典美学,加深美育与社会关系的认知,在"言志""载道"之外,直接沟通"艺术"与"人心",这使得五四运动的理论标度和启蒙视野都得以大大拓宽。

面对外国的美术传统,鲁迅不像蔡元培那样偏于理论输入,而是理论、作品一并引介。理论方面,他翻译了日本板垣鹰穗的《近代美术史潮论》、普列汉诺夫的《艺术论》等;作品方面,他编辑出版了《近代木刻选集》(1、2)、《蕗谷虹儿画选》《比亚兹莱画选》《新俄画选》《梅斐尔德士敏土之图》《引玉集》《死魂灵百图》《凯绥·珂勒惠支版画选集》等。可以看出,鲁迅的遴选不以古典或现代、积极或颓废为准绳,而是看这作品是不是生产者的艺术,技法是否进步,对中国的当下是否有意义?总的来说,鲁迅关注那些"非主流"的艺术传统,西方主流是油画,但他不介绍油画,西方当时正流行"未来派""立方派",他敬而远之,这与鲁迅在中国美术传统上的价值取向倒比较一致。中国画以宫廷院体画、文人山水、花鸟画为主流,鲁迅就此很少发表言论,他关注的是汉唐之前的美术和民间年画、连环图画、剪纸、版画、漫画等,总体可笼统称之为"生产者的艺术",因为唐代之前的美术家主要是画工、画匠,他们的作品虽然是官方授意而为,毕竟还有底层生活的气息。仅以版画为例,为主流绘画史所压抑的仇十洲、陈洪绶、任伯年、吴友如等,鲁迅非常喜爱,这些画家基本都以"人物画"见长,而"人物画"即是中国

---

① 王国维:《孔子之美育主义》,见俞玉滋、张援编:《中国近现代美育论文选》(1840—1949),上海教育出版社1999年版,第15页。

② 蔡元培:《以美育代宗教说》,载《新青年》1917年8月第3卷第6号。

美术传统中的"非主流"。此外,鲁迅对传统金石学也表现出特别兴趣:"金石学为自宋以来较发展之学,而未有注意于汉碑之图案者,鲁迅先生独注意于此项材料之搜罗;推而至于《引玉集》,《木刻纪程》,《北平笺谱》等等,均为旧时代的考据家赏鉴家所未曾著手。"[①]从学术角度而言,鲁迅对汉碑铭文的研究意义非凡,但从五四激进分子的立场看,留恋于传统旧文人的情趣,却显得有点落后、保守。不过,这也从另一角度表露,美术之于鲁迅不像康、陈那样,只是革命观念的注脚,而是与其文化立场、艺术理念、私人兴趣等纠结混融在一起的复杂产物。

四、民间:激活现代美术的重要资源

在"文人画""写实""传统"等"美术界革命"的热点话题之外,鲁迅在"民间艺术"上的立场与态度尤为引人注目。如果说在前面几个问题上鲁迅只是从侧面发表一己之见,那么在民间美术的问题上则很有几分"建设论"的意味了。

当代画家陈丹青说:"出于非凡的文化自觉,鲁迅既不相信中国古代经典还能作为新时代文艺的资源,也从未以世界主义、以他一贯健康明朗的西化立场,乐观预言西洋艺术在中国的前景。我注意到,即便鲁迅的怀疑主义遍及不同的领域和问题,但他对文艺,对文艺的西化,十分审慎……他太懂艺术了,他不愿自己犯错——除了文艺的大众性,我们没有机会听到鲁迅做出文艺方向的大叙述。我猜,不是因为他忙,不是因为它瞩目于更大的是非,而是,我以为,正是在他熟稔的、最能把握的文艺中,他深知什么是不可把握的。"[②]与康有为、陈独秀把中国美术的出路分别指向复古两宋院画传统、改

[①] 蔡元培:《鲁迅先生全集序》,见鲁迅先生纪念委员会编:《鲁迅全集》第1卷,上海复社1938年版。

[②] 陈丹青:《鲁迅与艺术》,载《南方周末》2011年1月27日。

习洋画的写实手法不同，鲁迅主张的是"文艺的大众化"，是"绘画要写实"，归根结底是执言美术要坚守一种朴素的民间立场。

"民间"在某种意义上是艺术家鲁迅的某种审美理想。在近现代"美术界"革命思潮中，"吴昌硕、陈师曾、齐白石、黄宾虹及潘天寿对中国画的改良是稳扎稳打"①，徐悲鸿、高剑父、刘海粟等把探索眼光投向西方油画，鲁迅则把现代艺术的革新之路寄托到对汉画像、民间戏曲、年画、连环画、版画等底层艺术的激活与调用上。他在指导木刻青年的信中多次提到民间艺术："朱仙镇木刻年画朴实，不染脂粉，人物没有媚态，色彩浓浓，很有乡土味，具有北方木刻年画的独有特色"②；"及近年，则印绘花纸，且并为西法与俗工所夺，老鼠嫁女与静女拈花之图，皆渺不复见"③。他对民间艺术的挚爱之情在散文集《朝花夕拾》中表露无余。孙郁曾说："我总觉得两者（鲁迅的《中国小说史略》与陈衡恪的《中国美术史》）多相似的地方。他们在对历史遗迹的态度，着眼点是一致的，都能从非正宗的文化里找到精神的亮点。在宗教、民俗、士大夫文化之间，发现艺术演进的规律。"④ 笔者基本认同这种判断，陈衡恪以简笔水墨创作的《北京风俗图》，就是其"民俗"趣味的一次最佳呈现。鲁迅与陈衡恪交谊甚深，在《北平笺谱·序》中给予陈氏以很高评价。与陈衡恪相比，鲁迅在"非正宗的文化"里沉潜得要更偏更远些，他似乎有一种胡适之钩沉白话文学史那般的史家激情，执意彰显被古代正统历史压抑的美术发展线索。从原始艺术、汉画像、版画插图、佛画、漫画、年画到陈洪绶的《博古叶子》酒牌、吴友如的"点石斋""飞影阁"时事画报等，他竭力梳理遭主流官方话语湮没的"生产者的艺术"的发展脉络。鲁迅的倡导新兴木刻运动，是他行为上支持民间艺术的最佳明证。李桦说："木刻是一种民间……（它）具备一切肯切，憨直，Naive 的成分，强有力的

---

① 陈池瑜：《中国画的改良思潮与现代进程》，载《美术观察》2002 年第 5 期。
② 鲁迅致刘岘信，载刘岘：《阿 Q 正传》（木刻插图后记），未明木刻社 1935 年版。
③ 鲁迅：《集外集拾遗·〈北平笺谱〉序》，见《鲁迅全集》第 7 卷，人民文学出版社 2005 年版，第 427 页。
④ 孙郁：《苦行者》，载《收获》2010 年第 2 期。

表现。"①鲁迅对木刻的喜爱其原因概出乎此。总体观之,在鲁迅主张"不读中国书"的极端西化立场外,他在艺术问题上表现出非常坚守"民族性"的一面,不是说不可以对西洋油画与"埃及坟中的绘画""黑人刀柄上的雕刻点头"②,而是不可用外民族的艺术尺度衡量本国艺术发展,"我们有艺术史,而且生在中国,即必须翻开中国的艺术史来"③。"读书"关乎思想观念问题,"艺术"关乎民族品性问题,不可同日而语也。"人类社会逐渐进步,对上古的绘画便不满足,于是描绘轮廓就注意起来。轮廓线条一经确定,就失去生动的情趣,因为宇宙间的人和物,无时不在运动中。"④与康有为、陈独秀关注绘画写实技法的科学性相比,鲁迅更关注技法本身的灵动性和表现力,在文人画发展至"精熟"境地的五四时期,他提出了艺术上返璞归真的"拙意"的审美尺度,"拙"者,本色、自然、反虚矫、造作也,其实还是一种宽泛的民间立场。

范曾说:"关于中国画的论争,无休无止。康有为、陈独秀失之肤浅;蔡元培纸上谈兵;徐悲鸿躬身力行;傅抱石最称痛快淋漓。"⑤鲁迅不是美术界职业人士,他的"间接"参与这场论争多受兴趣和道义的支撑。与康、陈的停留于"慷慨陈词"相比,鲁迅曾负责主管全国美术博物馆筹建事宜,并切身引导了中国现代新兴木刻运动,在艺术"大众化"的普及、启蒙工作上贡献巨大。而从"建设论"的立场来看,鲁迅在《拟播布美术意见书》一文中还曾提出若干建议,如兴建美术馆、剧场、奏乐堂、文艺会,保存古建筑、碑碣、壁画及造像、林野,研究古乐与国民文术(民间歌谣、俚谚、传说、童

---

① 现代创作版画研究会编:《现代版画·我们的话》,见《现代版画》丛刊第5集(广州生活专号),1935年3月15日出版。
② 鲁迅:《而已集·当陶元庆君的绘画展览时》,见《鲁迅全集》第3卷,人民文学出版社2005年版,第573页。
③ 鲁迅:《且界亭杂文·论〈旧形式的采用〉》,见《鲁迅全集》第6卷,人民文学出版社2005年版,第24页。
④ 鲁迅:《绘画杂论——在上海中华艺术大学的讲演》(1930年2月21日),原载1976年6月南京师范学院中文系《文教资料简报》第47、48期合刊,见刘汝醴记录,刘运峰编:《鲁迅佚文全集》(下),群言出版社2001年版,第787页。
⑤ 范曾:《中国画纵横谈》,见《范曾谈艺录》,中国青年出版社2004年版,第31页。

话），等等，设想周详严密，颇具时代现实感与可操作性。

　　总的来看，在如何化解、吸收古今中外的美术"传统"，以革新"中国画"现有痼疾的问题上，鲁迅的立场要开放得多，他的总体原则有两个：第一是要"和世界的时代思潮合流"；第二是"又并未梏亡中国的民族性"。[①] 在此基础之上，古今中外的优良传统均可大胆汲取，就像汉、唐时对异族美术元素的博采众长那样。刘海粟主张美术家们应解放思想，以积极、主动的态度学习西画的"真美"，陈独秀则倡导在西画写实基础上进行科学创新，康有为却是疑虑重重，"以作画言之，能作中画者，学文、沈，师董、唐，舍其长技而师西画，不独不能得拉飞之神，必且丹黄狼籍，不成画矣。即同为中国之画，习为云林之笔，意忽改而为仇十州之工笔，亦必粗拙而不见精彩也"[②]。表面来看，康氏主张中国画家不要盲目学习洋画，意见貌似公允，实质上还是遗老心态在作怪。康有为把"写实""入世"与其"复古改良"情结掺杂一处，这是他的美术言论忽左忽右、前后矛盾的原因所在。面对传统，鲁迅既不把它看得过于"死"，拿它去做自家思想的"注解"，也不是把它供起来，让它成为民族风干的历史。无论是"文人画"，还是"传统""写实""民间"等现代美术转型期的热点话题，鲁迅的见解在具备时代特色的基础上，都显示出他作为"美术家"的独特艺术品味与理论视野以及他作为"思想家"的开阔心态与卓越眼光。

[①] 鲁迅：《而已集·当陶元庆君的绘画展览时我所要说的几句话》，见《鲁迅全集》第3卷，人民文学出版社2005年版，第574页。
[②] 康有为：《中国颠危误在全法欧美而尽弃国粹说》，见《不忍杂志汇编》（二集）第一卷，上海书局1914年版，第3页。

第二章　鲁迅与中国传统美术的历史关联（上）

本书第一章把鲁迅的美术思想观念放诸晚清民初"美术界"革命的文化语境中做了历史性的理论阐述。在第二章和第三章中，笔者预备就鲁迅与汉画像、民间艺术、文人画、碑刻书法等中国传统美术的几个重要关联点做出讨论。汉代石刻造像艺术是唐代以前的重要民间艺术，木刻版画、年画、剪纸、漫画等是山水花鸟主流绘画勃兴以后，乡间手工艺人留给世人的珍贵美术遗产。从创作主体的角度而言，汉画像也好，民间艺术也好，统属鲁迅所谓的"生产者的艺术"，笔者把鲁迅与汉画像、民间绘画的艺术性"对话"归入一章讨论，即是出于这种考虑。"文人画"在中国古代美术史上是隋唐以来的主流绘画，是以非职业文人画家为创作主体的；魏晋南北朝的金石碑铭属于广义的书法艺术，考虑到鲁迅的"钞碑"活动与清代乾嘉文人的学术理路拥有一定的契合之处，笔者从"美术"与"文人"的关系角度着眼，决定把鲁迅与文人画、碑刻书法的关联性研究放在同一章进行讨论。

一、"力的艺术"的崇尚：鲁迅与汉代石刻造像艺术

1934年6月9日，在致台静农的一封信中，鲁迅写道："对于印图，尚有二小野心。一，拟印德国版画集，此事不难，只要有印费即可。二，即印汉

至唐画像，但唯取其可见当时风俗者，如游猎，卤簿，宴饮之类，而著手则大不易。五六年前，所收不可谓少，而颇有拓工不佳者，如《武梁祠画象》，《孝堂山画象》，《朱鲔石室画象》等，虽具有，而不中用；后来出土之拓片，则皆无之，上海又是商场，不可得。"[①] 拜托友人搜求汉唐造像拓片，这在鲁迅美术活动生涯中不是什么新鲜事，毋宁说是他任职教育部以来的一项持久工作。周作人曾把鲁迅在学问艺术上的成绩分为两部分：

甲为搜集辑录校勘研究，乙为创作。今略举于下：
甲部
一、会稽郡故书杂集。
二、谢承后汉书（未刊）。
三、古小说钩沉。
四、小说旧闻钞。
五、唐宋传奇集。
六、中国小说史略。
七、嵇康集。
八、岭表录异（未刊）。
九、汉画石刻（未完成）。
乙部
一、小说：呐喊，彷徨，故事新编。
二、散文：朝花夕拾，野草等。[②]

这份评估置鲁迅的大量杂文、翻译于不顾，标准不可谓不严苛，在周作人看来，鲁迅在艺术方面的独特贡献莫过于《汉画石刻》的搜集辑录，鲁迅

[①] 鲁迅：《书信·340609 致台静农》，见《鲁迅全集》第13卷，人民文学出版社2005年版，第145页。

[②] 周启明：《关于鲁迅》，见《鲁迅的青年时代》（附录二），中国青年出版社1957年版，第117—118页。

对域外美术作品（理论）的绍介、对新兴木刻运动的倡导等，在学术上都比不得《汉画石刻》的意义深远。

鲁迅的石刻（吉金）拓片辑录工作始于1912年，1915年至1918年期间搜求汉画像用力最勤，此后一直延续到终老。据鲁迅博物馆研究人员统计，"北京鲁迅博物馆现存有鲁迅收藏的历代金石拓片5100余种，6200余张，其数量仅次于他的藏书数量，其主要类型大致可以分为三类：一是刻石类，即碑碣、汉画像、摩崖、造像、墓志、阙、经幢、买地券；二是吉金类，即钟鼎、铜镜、古钱；三是陶文类，即古砖、瓦当、砚、印。这些拓片是研究鲁迅手抄手稿、考镜汉字、校勘典籍和书法作品最为珍贵的原始资料"①。作为汉代造型艺术的两大艺术门类（汉代图像艺术和汉代文字艺术）之一，汉画像在鲁迅的拓片收藏品中占重要地位，鲁迅日记曾频繁记录购买汉画像的情况：

一九一三年九月十一日　胡孟乐贻山东画像石刻拓本十枚。

一九一五年四月二十五日　往留黎厂买《射阳石门画像》等五纸，二元；《曹望憘造像》拓本二枚，四角。

一九一五年五月一日　午后往留黎厂买《黾池五瑞图》连《西狭颂》二枚，二元；杂汉画象四枚，一元；武梁祠画象并题记等五十一枚，八元。

一九一五年五月九日　下午往留黎厂买汉石刻小品三枚，画象一枚，造象三枚，共银三元。又造像四种共七枚，银二元二角……晚得季市笺并假关中、中州《金石记》四册。

一九一五年八月一日　下午往留黎厂买《丘始光造象》等拓片十种共大小十四枚，直七元。

一九一六年七月十一日　午后往访古斋视拓本，得石刻十三枚，砖十枚，无一佳品，而其直七元，当戒。

一九一七年九月九日　……见赠安阳宝山石刻拓本一分，计魏至隋刻十九种、唐刻三十三种、宋刻一种，共八十二枚。

---

① 夏晓静：《鲁迅的书法艺术与碑拓收藏》，载《鲁迅研究月刊》2008年第1期。

一九一八年六月四日　午后往留黎厂德古斋买《嵩山三阙画象》拓本一分计大小三十四枚，券三十六元。①

汉画像石刻是汉代人雕刻在墓室、祠堂、石阙上的壁画，内容涉及狩猎、交战、乐舞、车骑、耕种、人物、动物、楼阁等，融神话传说、风土人情、典章制度于一体，装饰风味浓郁，镂刻技法有平面阴线刻、凹面线刻、剔地平面刻、浅浮雕、浮雕、凿纹减地平面线刻、铲地平面线刻等不一而足，初期以静穆沉厚为特征，后渐形成以"造型的充实饱满、气势的生动奔放、构思的恣肆浪漫、气象的沉雄阔达"②为典型风格的中华艺术瑰宝。鲁迅的汉画像收藏多山东、河南、四川、陕西等地出土作品，品类丰富，以能表现当时社会风俗者尤为佳，颇不乏拓工、艺术兼美的精品和珍品。著名历史学家翦伯赞曾说："在中国历史上，再没有一个时代比汉代更好在石板上刻出当时现实生活的形式和流行的故事来。""这些石刻画像假如把它们有系统的搜辑起来，几乎可以成为一部绣像的汉代史。"③鲁迅的汉画像藏品在其生前仅做过几次小规模展览，北京、上海鲁迅博物馆后于1986年、1991年由上海人民美术出版社影印出版了两卷《鲁迅藏汉画像》。

鲁迅何以收藏石刻画像拓片？一说是为了逃避袁世凯当时的特务监视，"只好假装玩玩古董，又买不起金石品，便限于纸片，收集些石刻拓本来看"④；另一说是《呐喊·自序》中鲁迅夫子自道的为扼杀寂寞的大毒蛇计，"于是用了种种法，来麻醉自己的灵魂，使我沉入于国民中，使我回到古代去"⑤。读佛经与搜集拓片即为他的麻醉之法，但鲁迅的读佛经不是什么宗教修为，他的搜集拓片也不是单纯的历史文献辑录。退一步言，假设这两种说法

---

① 鲁迅：《日记·1912—1926》，见《鲁迅全集》第15卷，人民文学出版社2005年版，第78页，第169页，第170页，第171页，第181页，第234页，第295页，第329页。

② 刘宗超：《汉代造型艺术及其精神》，人民出版社2006年版，第48页。

③ 翦伯赞：《序》，见《秦汉史》，北京大学出版社1983年版，第5页。

④ 周遐寿：《鲁迅的故家》，人民文学出版社1957年版，第214页。

⑤ 鲁迅：《呐喊·自序》，见《鲁迅全集》第1卷，人民文学出版社2005年版，第440页。

为真，那么鲁迅从中得到了什么呢？

蔡元培在1938年版《鲁迅全集》序中说："金石学为自宋以来较发展之学，而未有注意于汉碑之图案者，鲁迅先生独注意于此项材料之搜罗；推而至于《引玉集》，《木刻纪程》，《北平笺谱》等等，均为旧时代的考据家赏鉴家所未曾著手。"① 暂不说鲁迅经心汉碑图案之徒具慧眼，我们且看他是如何评论他收藏的这些美术品的，他对好友许寿裳说："汉画像的图案，美妙无伦，为日本艺术家所采取。即使是一鳞一爪，已被西洋名家交口赞许，说日本的图案如何了不得，了不得，而不知其渊源固出于我国的汉画呢。"② 不特此也，在给木刻青年李桦的信中也说："惟汉人石刻，气魄深沉雄大，唐人线画，流利如生，倘取入木刻，或可另辟一境界也。"③ 以"精妙绝伦"称誉汉画像图案，鲁迅的民族自豪感洋溢字里行间，深沉雄大、流利如生的汉唐艺术让他赞叹不已："遥想汉人多么闳放，新来的动植物，即毫不拘忌，来充装饰的花纹。唐人也还不算弱，例如汉人的墓前石兽，多是羊，虎，天禄，辟邪，而长安的昭陵上，却刻着带箭的骏马，还有一匹驼鸟，则办法简直前无古人。"④ 在这里，一种超越笔墨技艺的历史气度跃然纸上，联想到晚清以降积贫积弱的国家现实，鲁迅的神往汉唐背后其实隐含着莫大的难遣的焦虑，以及这位艺术家罕见的天真激情。

以画像石（砖）为代表的汉代造型艺术继承了秦、楚两种文化传统：秦文化的浑朴、谨饬和楚文化的浪漫、恣肆。秦陵兵马俑典型体现了秦的文化特征，秦俑雕塑甚少弯曲、柔和的曲线，几乎都是刀刃冷峻不苟的线条。相比之下，汉是一个讲究平衡的时代，汉景帝的阳陵俑雕塑多已垂下紧张的肩膀，他们拱手打坐，眉宇间透出淡淡的微笑，这微笑淡到退却线条，仿佛水波荡漾边缘的若有若无的光，这是老百姓发自内心的喜悦和辛酸所酝酿的一

---

① 蔡元培：《鲁迅先生全集序》，见鲁迅先生编辑委员会编：《鲁迅全集》第1卷，上海复社1938年版。
② 许寿裳：《亡友鲁迅印象记》，峨嵋出版社1947年版，第45—46页。
③ 鲁迅：《书信·350909致李桦》，见《鲁迅全集》第13卷，人民文学出版社2005年版，第539页。
④ 鲁迅：《坟·看镜有感》，见《鲁迅全集》第1卷，人民文学出版社2005年版，第208页。

种美。依照德国哲学家雅斯贝尔斯的"轴心时代"理论,公元前800年至公元前200年间,尤其是公元前600年至公元前300年间,是人类文明的"轴心时代"。在轴心时代里,各文明都产生了自己伟大的精神导师,古希腊有苏格拉底、柏拉图、亚里士多德,古印度有释迦牟尼,以色列有犹太先知,中国则有孔、老圣人,"人类精神生活至今回涉轴心时代。在中国、在印度与在西方有自觉的回归、复兴。可能又产生新的伟大的精神杰作,但通过关于在轴心时代所获内容的知识而激发"①。那么,中国的艺术发展有所谓的轴心期吗?有研究者提出,"汉代造型艺术的包容、浪漫与雄浑精神,代表了一个审美时代的高度;魏晋造型艺术的纯粹、神韵和空灵精神,则开启了一个新的审美时代"②,前者诉诸"气势",后者诉诸"神韵",著名画家潘天寿也说:"(汉代金石)高古朴茂,琦玮僑佹之趣,诚非想象所及。虽其形象之表现,每有不合理处,然能运其沈雄古厚之笔线,以表达各事物之神情状况,而成一代特殊之风格,非晋唐人所能企及。"③在一定意义上,汉代造型艺术与魏晋造型艺术可谓中国美术史上的两种原型典范,唐可看作汉的某种程度的复兴,宋元以后中国美术则顺着魏晋的脉络一路绚烂开去。④

鲁迅对汉代石刻艺术的嗜爱表达了他的哪些潜在诉求?依笔者之见,可能有如下几种情形。

---

① 《卡尔·雅斯贝斯文集》,朱更生译,青海人民出版社2003年版,第69页。
② 刘宗超:《汉代造型艺术及其精神》,人民出版社2006年版,第169页。
③ 潘天寿:《中国绘画史》,上海人民美术出版社1983年版,第22页。
④ 宗白华说:"晋人的美感和艺术观,就大体而言,是以老庄哲学的宇宙观为基础,富于简淡、玄远的意味,因为奠定了一千五百年来中国美感——尤以表现于山水画、山水诗的基本倾向。"宗白华:《论〈世说新语〉和晋人的美》,见《宗白华全集》第2卷,安徽教育出版社1994年版,第280页。美术史论学者卢辅圣谈到顾恺之与吴道子的画,认为他们代表了中国美术的两种方向:"顾恺之的画,笔锋运动的空间形式以绞转为主,'势'主要诉诸形,对比关系较多地赋予形象的构造形式。吴道子的画,笔锋运动的空间形式以提按为主,'势'主要诉诸笔,对比关系较多地赋予笔法的运动形式。比较之下,前者趋静,以韵胜,后者趋动,以气胜;前者以形与神的通和为特征,后者以形与神的分录为特征;前者着重于形式自律的自然状态,后者着重于形式自律的人为状态。"顾恺之代表魏晋传统,吴道子则是唐代继承的汉的传统。卢辅圣:《历史的象限》,上海书画出版社2003年版,第42—43页。

（一）文化自信力的召唤

"清乾隆中，黄易掘出汉武梁祠石刻画像来，男子的胡须多翘上；我们现在所见北魏至唐的佛教造像中的信士像，凡有胡子的也多翘上，直到元明的画像，则胡子大抵受了地心的引力作用，向下去拖下去了。"[①]胡子的翘起与拖下，看似鲁迅的玩笑之语，其实却是无奈的苦笑，内含讽喻与批判意图。五代至宋以来，文人写意画蓬勃发展，画家们为了"完成"自我，纷纷走向自然，写意画承续的是魏晋"神韵"传统，讲究笔情墨趣，追求宁致、淡远境界，抛却人间世俗烟火气，终至陈陈相因，陷入烂熟、狭仄的题材僵局。鲁迅对此看得很清楚，在五四语境下，他主张不必复兴文人画，因为即使复兴也难以更加伟大，首先就给题材限制住了。他推崇的是唐代之前以故事为主的绘画，尤其是汉代酣畅淋漓的石刻艺术与唐代气势磅礴的佛画艺术。

汉代造型艺术中雄浑博大的盛世气象与自由奔驰的浪漫气质主要承自楚文化与中原文化的艺术基因，这最典型地体现在汉画像构图方式的"四界合一"（天上世界、仙人世界、人间世界、鬼魂世界），及其活泼、饱满、生动、诡异的画面合成效果。汉画像盛行以动物纹和狩猎纹作装饰，亦是吸纳楚文化天真狂放的精神所致，"楚艺术所展示的是辽阔深邃空间里的运动和力量的美，体现出一种富于想象、充满生命激情、强烈向往自由的文化精神。艳丽、谲诡、自由、动感、丰富而和谐是其特色。S形、重叠、交错、纠结形式和幻想虚拟、夸张变形在汉代动物纹中得以再现"，此外，"汉代艺术中还有一种野气和霸悍以及生死之际才能爆发出的那种恐怖与狰狞之美"。[②]我们知道，屈原一直是鲁迅很敬佩的诗人，他在旧体诗写作中多处运用骚词、骚语。在日本弘文学院读书时，鲁迅对好友许寿裳说过："《离骚》

[①] 鲁迅：《坟·说胡须》，见《鲁迅全集》第1卷，人民文学出版社2005年版，第184页。

[②] 杨孝鸿：《欧亚草原动物纹饰对汉代艺术的影响》，载《艺苑》（美术版）1998年第1期。

是一篇自叙和诡讽的杰作,《天问》是中国神话和传说的渊薮。"[1] 他在自己的著作《汉文学史纲要》、《中国小说史略》上分别给予《离骚》和《天问》以高度评价。"遂古之初,谁传道之?上下未形,何由考之?冥昭瞢闇,谁能极之?冯翼惟像,何以识之?"[2] 据传,《天问》是屈原路过楚先王之庙及公卿祠堂,面对墙壁上的山川、神灵、古贤圣怪物图画故事的"呵壁问天"之作。楚文化代表的神话资源、想象力传统与南方浪漫精神在汉画像中都有相当程度保留,这大概亦是鲁迅喜爱汉代刻石的原因之一,《补天》中那屈曲缠绕的紫藤,《理水》中那百兽跳舞、凤凰和鸣的结尾,不都是典型的楚文化符号吗?汉画像中表达恐怖与狰狞之美的部分,在艺术特质上与西洋雕塑群"拉奥孔"有相通之处,这种生命死亡之际突显的爆发力,其实正是鲁迅呼唤的摩罗精神,一种带有巨大破坏力的创造精神。这种颤栗、惊悚之美在鲁迅欣赏的比亚兹莱版画中也有体现,鲁迅说他的作品有时"达到纯粹的美,但这是恶魔的美,而常有罪恶底自觉,罪恶首受美而变形又复被美所暴露"[3]。

汉画像是华夏民族活力激情的一种象征,"汉画的线条,无论在彩绘上,在石刻上,常表现出一种弹力性,石刻无论阴刻还是阳刻,都能得到相同的效果。它所表现的紧张神态,如马之脚、踝、蹄和腹部的筋肉紧张,飞腾时则张开,跃进时则四脚集于一处,各种变化,都可见力的表现"[4],"非有天马行空似的大精神即无大艺术的产生。但中国现在的精神又何其萎靡锢弊呢"[5]?鲁迅呼唤宏大艺术的产生,有大艺术方可锻造民族的强健生命力,方

---

[1] 许寿裳:《亡友鲁迅印象记》,峨嵋出版社1947年版,第5页。
[2] 林庚:《〈天问〉笺释》,见《林庚楚辞研究两种》,清华大学出版社2006年版,第180—181页。
[3] 鲁迅:《集外集拾遗·〈比亚兹莱画选〉小引》,见《鲁迅全集》第7卷,人民文学出版社2005年版,第356页。
[4] 常任侠:《汉代画像石与画像砖艺术的发展与成就》,见《中国美术全集·绘画编》第18卷,上海人民美术出版社1988年版,第20页。
[5] 鲁迅:《苦闷的象征·引言》,见《鲁迅译文集》第3卷,人民文学出版社1958年版,第4页。

能孕育"斯巴达之魂"式的抗御外侮的自强精神,"汉唐虽然也有边患,但魄力究竟雄大,人民具有不至于为异族奴隶的自信心,或者竟毫未想到,凡取用外来事物的时候,就如将彼俘来一样,自由驱使,绝不介怀"①。对鲁迅这样的艺术家来说,美学观不是单纯的"为艺术而艺术",在以汉画像为代表的汉唐艺术那里,他看到了华夏民族日渐丧失的自信力,一个人要靠两条腿走路,一个国家也是一样,宋元以来数百年,中国艺术陷入"空"的大沼,这就好比一个人一条腿已成熟生长至极,另一条腿却还停滞在童年期,它的"动"的生理机能亟待重新唤起,汉代石刻艺术在鲁迅潜意识观念里,就是中国美术和中华民族的那另一条腿。

(二)庶民世界的理想国

在秦、楚传统之外,汉代造型艺术也形成了自己新的艺术特色。没有一个朝代的绘画像汉代那样,把凡俗百姓的一餐一饭、乐业安居纳入艺术的重要表达,没有一个朝代的绘画像汉代那样,家猪(雕塑)替代众神成为山坡上一道庄严的美,灶台、农具、鸡窝替代神庙成为来世生活的幸福保证。在教育部任职初期,鲁迅曾与钱稻孙、许寿裳共同设计过一个国徽图案,图案具体构成是这样的:

> 嘉禾之状,取诸汉"五瑞图"石刻。干者,所以拟盾也。干后为黼,上缀粉米。黼上为日,其下为山。然因山作真形,虑无所置,则结缕成篆文,而以黼充其隙际。黼之左右,为龙和华虫,各持宗

---

① 鲁迅:《坟·看镜有感》,见《鲁迅全集》第1卷,人民文学出版社2005年版,第209页。孙伏园曾回忆鲁迅对唐代文化的看法:"鲁迅先生对于唐代的文化,也和他对于汉魏六朝的文化一样,具有深切的认识与独到的见解……他觉得唐代的文化观念,很可以做我们现代的参考,那时我们的祖先们,对于自己的文化抱有极坚强的把握,决不轻易动摇他们的自信力;同时对于别系的文化抱有极恢廓的胸襟与极精严的抉择,决不轻易的崇拜或轻易的唾弃。这正是我们目前急切需要的态度。"孙伏园:《杨贵妃》,见《鲁迅先生二三事》,湖南人民出版社1980年版,第23页。

彝。龙复有火丽其身，月属于角。华虫则其味衔藻，其首戴星。凡此造作改为，皆所以求合度而图调和。国徽大体，似已略具。①

"嘉禾""龙""华虫"等均为汉画像中的常见元素，位于居中的"嘉禾"表示丰收的谷穗，其上为太阳，其下为山川，左右的龙和华虫各持盛酒祭器，这一图案很容易让人联想到鲁迅《破恶声论》中的一段话："农人耕嫁，岁几无休时，递得余闲，则有报赛，举酒自劳，洁牲酬神，精神体质，两愉悦也。"②正如日本木刻家内山嘉吉所言："鲁迅希望这种农民的朴素心情成为新国家的象征，希望出现一个农业丰收的新国家。"③对平民理想世界的向往让鲁迅对汉代艺术格外看重，他多次表达过艺术不要"太离开了人间"的希望。中国近代以来动荡不安的国家现实，让鲁迅一代知识分子对汉代的富庶、安宁充满历史情感。作为一种融平实、灵异元素于一体的汉代造型艺术，汉画像与鲁迅的艺术审美趣味、民族政治愿景两相契合，这大概可以部分解释他连续数年大量藏购汉代石刻造像拓片的原因。

（三）民间立场的执守

中国上古时期，由于职业地位低下，艺术家多由民间艺人构成。《论语·子罕》篇有云：

> 太宰问于子贡曰："夫子圣者与？何其多能也？"子贡曰："固天纵之将圣，又多能也。"子闻之曰："太宰知我乎？吾少也贱，故多

---

① 鲁迅：《集外集拾遗补编·致国务院国徽拟图说明书》，见《鲁迅全集》第8卷，人民文学出版社2005年版，第47—48页。
② 鲁迅：《集外集拾遗补编·破恶声论》，见《鲁迅全集》第8卷，人民文学出版社2005年版，第31—32页。
③ 〔日〕内山嘉吉、奈良和夫：《鲁迅与木刻》，韩宗琦译，人民美术出版社1985年版，第87页。

能鄙事。君子多乎哉？不多也。"宰曰："子云：'吾不试，故艺。'"①

孔子说自己少时地位低贱，"故多能鄙事"，这才学会了许多卑贱的技艺（以求谋生），君子是不会有这么多技艺的，我年轻时没有去做官，所以才学会不少技艺。孔圣人的这番言论可从一个侧面透露出时人对所谓"艺"的看法。

汉唐之前的艺术遗存大多出自无名艺人之手，唐代张彦远《历代名画记》中载录的艺术家名册，只涵盖了此前庞大艺术家队伍中的极少一部分。魏晋以来敦煌莫高窟、西千佛洞、安西榆林窟等的石窟壁画，亦多是民间艺术家的劳动成果。民间刻工、画工、书工（他们被统称为"匠"）多受贵族统治阶级差役，这些能工巧匠凭借自身的精良技艺，服务于贵族统治阶级祭祀、墓葬、占卜、纪念、祈福的精神诉求。以汉代书法为例，"汉代既无奉为'圣'的书家，也无被奉为圭臬的书论，结果，反呈丰富多彩的繁荣局面，后世书论著作充栋，凌驾千古的'书圣'被抬得至高无上，结果，反不能与汉之碑、简相较，此所谓'诗话作而诗亡'也"②，汉碑是东汉晚期石刻制度仪式化及隶变终结的产物，汉简分边塞汉简与墓葬汉简两类，是两汉时代遗留下来的简牍，一般而言，碑、简书法是与士大夫书法对峙而立的民间艺术，清代以来书家如包世臣、康有为等多尊魏碑为楷模，正是文人之取法于民间的一种趋向。

以汉画像为主的汉代石刻造型艺术与汉代书法一样，多为民间艺术家的智慧结晶。鲁迅一向高度推崇底层民众的所谓"俗"艺术，远古时代的美术遗迹，汉唐以前的造像、碑刻、壁画、岩画，与宋代以来的漫画、版画、年画、剪纸等，都是与主流"雅"艺术相对而言的艺术形态。它们多出之草根阶层，尚未褪尽火辣辣的生活气，拿汉代墓葬石刻来说，绘画虽多表现贵族死后升天的"理想"生活场景，但"理想"挣脱不了现实的土壤，宴饮、鼓乐、狩猎、庖厨等无不与俗世生活息息相关，庶民百姓的勤劳、隐忍、朴实、

---

① 〔清〕刘宝楠：《论语正义》，中华书局1990年版，第329—331页。
② 姜澄清：《中国书法思想史》，河南美术出版社1994年版，第83页。

乐观、幽默、激情凝注于画面的一点一线，它镌刻的与其说是一个时代一部分人的精神侧面，毋宁说是一段历史一种生活的生命历程。在某种意义上，美比历史还要真实，这应当是鲁迅喜爱汉画像的潜在文化立场，本章第二节笔者将详细讨论鲁迅美术趣味"民间性"趋向的具体表现。

（四）观艺术而知历史

"掳怀旧之蓄念，发思古之幽情，光祖宗之玄灵，振大汉之天声"①，换句话说，"光祖宗之玄灵"，其实是为复兴一种民族精神。鲁迅对汉唐艺术的赞叹不已，在纯粹技艺之外，还寄予有一份超迈、健朗的历史深情。

艺术是已逝韶华的美的律动的记载，亦是历代人民喜怒哀怨的心事流露。观艺术而知历史，鲁迅早年在《破恶声论》中曾批判说："其所谓爱国，大都不以艺文思想，足为人类荣华者是尚，惟援甲兵剑戟之精锐，获地杀人之众多，喋喋为宗国晖光。"②"汉朝人在宫殿和墓前的石室里，多喜欢绘画或雕刻古来的帝王、孔子弟子、列士、列女、孝子之类的图。宫殿当然一椽不存了；石室却偶然还有，而最完全的是山东嘉祥县的武氏石室。"③艺术往往比战争保有更多历史真实，汉画像的典雅庄重、开张扬厉是两汉王朝内在精神的表征，它的宏阔充实、恣肆浪漫显示出儒道互融的文化一统气象。鲁迅之称誉汉画像，称誉它的雍容大度、创造激情，与他潜在的现实焦虑密不可分，他多么渴望一种强劲有力的艺术为疲弱的社会人心注入颠覆性的精神力量。

"历史的意识又含有一种领悟，不但要理解过去的过去性，而且还要理解过去的现存性；历史的意识不但使人写作时有他自己那一代的背景，而且还要感到从荷马以来欧洲整个的文学及其本国整个的文学有一个同时的存在，

---

① 鲁迅：《而已集·略谈香港》，见《鲁迅全集》第3卷，人民文学出版社2005年版，第452页。

② 鲁迅：《集外集拾遗补编·破恶声论》，见《鲁迅全集》第8卷，人民文学出版社2005年版，第33页。

③ 鲁迅：《朝花夕拾·后记》，见《鲁迅全集》第2卷，人民文学出版社2005年版，第340页。

组成一个同时的局面。"① 鲁迅的历史意识也像艾略特一样，是一种"大历史"观念，汉画像虽是汉代的艺术遗迹，是过去的历史，但对于中国人来说，作为一种艺术精神它依然存在，这就是所谓"过去的现存性"。鲁迅谦称自己不知道何为中国（艺术的）精神，"就绘画而论，六朝以来，就大受印度美术的影响，无所谓国画了；元人的水墨山水，或者可以说是国粹，但这是不必复兴，而且即使复兴起来，也不会发展的"②。如果说鲁迅的艺术观念存在显、隐两条脉络，这两条脉络对应中国传统美术的正统与民间，那么，从其美术言论的字里行间我们发现，主观上他其实一直在倡导那条隐在脉络。这条脉络从远古艺术算起，包括汉唐之前的叙事性绘画（石刻、壁画、雕塑、碑铭），以及宋元以来的版画插图、漫画、年画等大量民间艺术。反过来，鲁迅的历史观、历史趣味与他的艺术观、艺术趣味并不相远，从这样的尺度出发，我们许能增进对鲁迅艺术行为的深度理解。

讨论了为鲁迅所极力推崇的汉画像之后，我们现在把关注视点转向鲁迅与传统民间美术的另一条脉络（年画、漫画、版画、连环画等）的思想艺术关联。

二、"生产者"艺术的倡导：鲁迅与中国传统民间美术

鲁迅对传统民间美术资源的接触始于童年，如年画（花纸）《八戒招赘》《老鼠成亲》、木刻插图本《山海经》以及线描画谱《芥子园画传》《海仙画谱》等，"图画是人类共通的语言"③，这些美术图本不仅丰富了幼年鲁迅的

---

① 〔英〕托·斯·艾略特：《传统与个人才能》，见〔英〕戴维·洛奇编：《二十世纪文学评论》，卞之琳译，上海译文出版社1987年版，第130页。
② 鲁迅：《书信·350204致李桦》，见《鲁迅全集》第13卷，人民文学出版社2005年版，第372—373页。
③ 鲁迅：《集外集拾遗·〈奔流〉编校后记》（二），见《鲁迅全集》第7卷，人民文学出版社2005年版，第168页。

读书生活，更为他一生的艺术观念奠定了潜在的趣味立场。依照弗洛伊德的理论："一个人思考童年期的记忆不是无关紧要的；一般地说来，残存的记忆——他本人并不理解——掩盖了他心灵发展中最重要特征的无法估价的证据。"① 换句话说，童年期的"记忆残存"对一个人的影响就如同遗传密码，基因的链条虽隐迹遁形，容貌与性情却要像命中注定一样生长开去。

笔者在绪论部分曾简略谈及鲁迅面对中国传统美术时的一个民间立场，我们知道，"民间"一般对应于"宫廷"、"士绅"（文人）而言，鲁迅在五四时期谈论"民间"话题②，是出于何种文化语境与艺术初衷呢？他的倡导连环画、剪纸、漫画、插图画、人物画、时事画等，是否与晚清以降的"美术界"革命存有关联？"一位艺术家的情感不是日常屑事的玩物，他的情感是扎根于下意识之中，他的基本的人生观在这里形成"③，欲弄清鲁迅的艺术情感的下意识及其人生观，我们首先得从一个基本概念说起。

（一）何谓"生产者"的艺术？

"生产者"的艺术与"消费者"的艺术两个概念，是鲁迅在《论"旧形式的采用"》一文中提出的，"消费者"的艺术是"一向独得有力者宠爱"的佛画、院画、米点山水，"生产者"的艺术则"因为无人保护，除小说的插图以外，我们几乎什么也看不见了。至于现在，却还有市上新年的花纸，和猛克先生所指出的连环图画。这些虽未必是真正的生产者的艺术，但和高等有闲者的艺术对立，是无疑的"④，也就是说，从艺术"接受主体"与"创作主体"

---

① 〔奥〕西格蒙德·弗洛伊德：《列奥纳多·达·芬奇和他童年时代的一个记忆》，见《论艺术与文学》，常宏等译，国际文化出版公司 2007 年版，第 122 页。

② 在俄国革命运动史上，1883 年以前，马克思主义团体尚未出现时，俄国有一些知识青年穿起农民服装，到农村中去宣传革命，反对沙皇政府，这就是所谓"到民间去"。鲁迅写此文时，"到民间去"正是我国的知识分子中间相当流行的口号。张光福：《〈凯绥·珂勒惠支版画选集〉序目》注释 2，见《鲁迅美术论集》，云南人民出版社 1982 年版，第 315 页。

③ 徐书城：《中国画之美》，中国社会科学出版社 1989 年版，第 85 页。

④ 鲁迅：《且界亭杂文·论"旧形式的采用"》，见《鲁迅全集》第 6 卷，人民文学出版社 2005 年版，第 24 页。

两方面论,"生产者"的艺术是"为生产者创作的艺术"(如故事画、连环画等)与"生产者创作的艺术"(如画工、刻工等)的统称。

版画家陈烟桥说鲁迅"对于古代的遗产,决不歧视,反而抱着过分的喜爱"①,那么,鲁迅对传统民间美术不消说也有这么一份"过分喜爱"之情;此外,倘从鲁迅观照问题的角度("生产者"和"消费者")来看,他的民间立场背后其实还有五四启蒙观的理念支撑,以及与"文艺大众化"、西洋写实主义、艺术的"出世""入世"说、文化遗产的继承和扬弃等论争的"对话"意识,"现在社会上的流行连环图画,即因为它有流行的可能,且有流行的必要"②,"新的艺术,没有一种是无根无蒂,突然发生的,总承受着先前的遗产","中国及日本画入欧洲,被人采取,便发生了'印象派',有谁说印象派是中国画的俘虏呢"③?可以看出,鲁迅在谈论某一特定的美术问题时,其视野不仅扩及古今中西,更有一个当下作现实参照。

什么才是为生产者创作的好的艺术?这要看大众"能否读懂"与传播"是否广泛"。"懂"是第一要义,唯其"懂"方能发生影响与感动,鲁迅曾批评新兴木刻"还是对于智识者而作的居多,所以倘用这刻法于'连环图画',一般的民众还是看不懂"④,不懂则遑论于大众有益;"广泛传播"是必要条件,惟其"广泛传播"方能为大众所接触,若如名家手卷本仅能供少数文人权贵把玩,艺术便失去了"以美育代宗教"、陶冶大众情操的物质基础。

至于生产者自身创作的艺术,如画工、刻工等民间艺人的作品,几乎占据唐以前美术遗迹的绝大多数,唐以后它则以多样、隐微的存在方式与官方艺术、文人艺术成三足鼎立之势。鲁迅对中国早期民间艺人的手工制品的挚爱,从他给苏联木刻家希仁斯基(LKhiz-hinsky)的一封信中可以看出:"兹

---

① 陈烟桥:《鲁迅与木刻》,开明书店1949年版,第7—8页。
② 鲁迅:《且介亭杂文·论"旧形式的采用"》,见《鲁迅全集》第6卷,人民文学出版社2005年版,第25页。
③ 鲁迅:《书信·340409致魏猛克》,见《鲁迅全集》第13卷,人民文学出版社2005年版,第70页。
④ 鲁迅:《书信·350629致赖少麒》,见《鲁迅全集》第13卷,人民文学出版社2005年版,第493页。

奉上十三世纪及其后刊印的附有版画的中国古籍若干册。这些都出于封建时代的中国'画工'之手。此外还有三本以石版翻印的书，这些作品在中国已很少见，而那三本直接用木板印刷的书则更属珍品。我想，若就研究中国中世纪艺术的角度看，这些可能会使你们感到兴趣。"①"直接用木板印刷"的技术也即据传滥觞于唐代盛行于两宋的雕版印刷术，这些上古本书籍的插图则是宋元木刻版画，鲁迅把木刻书籍插图②（而非文人山水画）作为中国中世纪艺术的一种代表，赠送外国友人进行文化艺术交流，那么依照鲁迅的潜在观念，正是民间艺人们集聚智慧的灵巧之手创造了华夏民族的灿烂文明：笔、墨、纸、砚、印刷术、木刻画——这些古代中国艺术仰赖生存的根基与灵魂。接下来需要讨论的是，除此之外还有哪些民间美术类别受到鲁迅的特别青睐？

（二）"生产者"的何种艺术？

鲁迅关于民间美术的意见主要见诸与亲友往来的信函之中，只言片语虽比不得专论文章的系统完整、逻辑严密，然而信笔挥洒荡漾开去，灵光闪现处难掩灼见真知。

1. 故事画。"唐以前的真迹，我们无从目睹了，但还能知道大抵以故事为题材，这是可以取法的。"③"以故事为题材"的绘画也即故事画，作为一种空间造型艺术，绘画本不以描述时间性的故事见长，然而早期绘画多以文学、神话、传说、史诗为创作底本，如汉代墓室壁画、顾恺之的手卷画、欧洲文艺复兴的圣书画等，对具象性叙事意图的追求几乎成为绘画最初的本能冲动，诚如徐书城说过的："在中国绘画中的'叙事'性体裁，除了佛教画中的'经

---

① 鲁迅：《书信·致希仁斯基等》，见《鲁迅全集》第14卷，人民文学出版社2005年版，第413页。

② 此外还有中国宣纸、信笺等，见《集外集拾遗·〈引玉集〉后记》，见《鲁迅全集》第7卷，人民文学出版社2005年版，第435页。

③ 鲁迅：《且界亭杂文·论"旧形式的采用"》，见《鲁迅全集》第6卷，人民文学出版社2005年版，第24页。

变'故事之外，还有一类渗透了儒家精神的历史人物故事的情节描绘的作品。直到南宋时期的画院内，这种'情节性'的绘画也还没有被人轻视，在技法上还得到进一步的发展和提高。例如南宋初期的'院体'画家李唐的《采薇图》，以及《晋文公复国图》等等。"① 对"情节性"故事的热爱，反映到书籍上是造就了插图本的普及，古人"左图右史""上图下说"，宋元之后渐缩减为"绣像""全图"。大抵而言，插图画、连环画多为庶民大众欣赏，这就如同他们喜小说而厌诗文一样，鲁迅曾说：中国的"雅人往往说不出他以为好的画的内容来，俗人却非问内容不可"②，"工人农民看画是要问意义的，文人却不然，因此每况愈下，形成今天颓唐的现象"③。据此反观，鲁迅倡导"故事画"的出发点之一即在"文艺大众化"，此其一；从艺术形式而言，连环画、插图均可视为"故事画"的一种，让连环画承担小说的叙事功能，让插图承担美化书籍的艺术效用，为的是人们因趣味而渐受启蒙，此其二。

2. 人物画。在中国绘画史上，"人物画"并非主流，这一方面可能是中国画的线条本不利于逼真形体的摹写，另方面可能是中国人对诗性（寄托情志）的过度偏爱使然，在"诗"与"真"之间，在"冥想"与"现实"之间，中国人选择了前者，拿美术论者卢辅圣的说法："中国绘画随着文人画的昌盛，之所以由人物倒向山水、花鸟，后者具有更多的主体表现自由，是一个不可忽视的原因"，"人物画再现性比较强，因而易成；表现性比较弱，因而难工。易成，使其生发早，发展快；难工，使其浅尝辄止，未老先衰"④，"主体表现自由"宜于诗性的发抒，缺了这个，"未老先衰"的人物画只能沦为市井细民的玩物。

如众所知，鲁迅对"人物画"很是喜爱，"我也爱看绘画，尤其是人

---

① 徐书城：《绘画美学》，人民出版社1991年版，第81页。
② 鲁迅：《南腔北调集·论翻印木刻》，见《鲁迅全集》第4卷，人民文学出版社2005版，第621页。
③ 鲁迅：《绘画杂论——在上海中华艺术大学的讲演》（1930年2月21日），原载1976年6月南京师范学院中文系《文教资料简报》第47、48期合刊，刘运峰编：《鲁迅佚文全集》（下），刘汝醴记录，群言出版社2001年版，第789页。
④ 卢辅圣：《历史的象限》，上海书画出版社2003年版，第57页，第59页。

物"①，这可能与其幼时蒙着"荆川纸"描画小说绣像的经验有一定关系。捷克汉学家普实克翻译鲁迅的《阿Q正传》，他"索要"的报酬是几幅文学家画像，"当作报酬，给我几幅捷克古今文学家的画像的复制品，或者版画，因为这介绍到中国的时候，可以同时知道两个人：文学家和美术家。倘若这种画片难得，就给我一本捷克文的有名文学作品，要插图很多的本子，我可以作为纪念"②。他一度想要印行文学家像，高尔基、托尔斯泰、别林斯基等作家的画像他都有收藏。在与木刻青年的通信中，鲁迅多次谈到刻人物、故事要多借鉴中国旧画技法，"中国自然最需要刻人物或故事，但我看木刻成绩，这一门却最坏"③。为了提供学习范本，鲁迅先后独自或与西谛（郑振铎）合作复制出版了《北平笺谱》《十竹斋笺谱》，列入计划而最终未能印行的还有《汉唐画像选集》《六朝及唐之土俑选集》《陈老莲插画集》等。"笺谱"为文人雅士的心爱之物，然刻法为中国"极细之古刻"，这是可以取法的；汉唐画像、六朝土俑、佛画等多为民间艺人所制，古风尚存；陈老莲、仇十洲、任伯年等是明季以来活跃于新兴城市的人物画家，鲁迅多次筹划出版陈老莲的《博古叶子》（历史人物画页）、《水浒叶子》（小说绣像插图）等，其原因除为年轻木刻者们绍介明本插图概略计，更为供出古人古事的历史细节④，以防"画古人必拖辫子"的谬误屡现，印度古代插图作品集《鹦哥故事》就有这种情形，

---

① 鲁迅：《且界亭杂文·病后杂谈之余》，见《鲁迅全集》第6卷，人民文学出版社2005年版，第196页。

② 鲁迅：《书信·360723致雅罗斯拉夫·普实克》，见《鲁迅全集》第14卷，人民文学出版社2005年版，第389页。

③ 鲁迅：《书信·350616致李桦》，见《鲁迅全集》第13卷，人民文学出版社2005年版，第482页。

④ 关于印行人物画像，鲁迅在给西谛的信中说："不如（一）选取汉石刻中画像之清晰者，晋唐人物画（如顾恺之《女史箴图》之类），直至明朝之《圣谕像解》（西安有刻本）等，加以说明；（二）再选六朝及唐之土俑，托善画者用线条描下（但这种描手，中国现时难得，则只好用照相），而一一加以说明。青年心粗者多，不加说明，往往连细看一下，想一想也不肯，真是费力。但位高望重如李毅士教授，其作《长恨歌画意》，也不过将梅兰芳放在广东大公馆中，而道士则穿着八卦衣，如戏文中之诸葛亮。"鲁迅：《书信·340621致郑振铎》，见《鲁迅全集》第13卷，人民文学出版社2005年版，第157—158页。

鲁迅为此特寄画本以示纠正:"二月初我曾寄了几部古装人物的画本给他们,倘能收到,于将来的插图或许可以有点影响。"①

此外,与抽象、幽玄的山水、花鸟画相比,"人物画"更为接近人世,也更为趋近庶民的趣味,"'人物画'是有'现实意义'的,因此是'入世'的;而'山水花鸟'画则是'逃避或脱离现实'的,是'出世'的、消极的"②,"我以为明木刻大有发扬,但大抵趋于超世间的,否则即有纤巧之撼"③。这就难怪同是人物画,任渭长的"仙侠高士图"、罗两峰的"鬼趣图"之类不为鲁迅欣赏,因其一个瘦削怪诞、不够健康也,一个鬼气拂然、奇瘦矮胖,不见新奇矣,换言之,都是"太离开了人间";而鲁迅期待的是以清新、刚健之笔镂刻国民魂灵的"人物画":"在黄埃漫天的人间,一切都成土色,人于是和天然争斗,深红和绀碧的栋宇,白石的栏干,金的佛像,肥厚的棉袄,紫糖色脸,深而多的脸上的皱纹"④,这才是为老百姓喜爱的"人物画"的前途。

3. 木版画(或曰绣梓)。"镂象于木,印之素纸,以行远而及众,盖实始于中国"⑤,"中国古时候的木刻,对于现在也许有可采用之点,所以我们有几个人,正在企图翻印明清书籍中之插图,今年想出它一两种"⑥,古之木刻画(复制木刻)主要是指一种刻版技法,以及由这技法生成的独特艺术韵致,"木刻的美,半在纸质和印法"⑦,"纸"的制造与"图"的刻印多为民间艺人完

---

① 鲁迅:《书信·340531致杨霁云》,见《鲁迅全集》第13卷,人民文学出版社2005年版,第130页。

② 徐书城:《绘画美学》,人民出版社1991年版,第91页。

③ 鲁迅:《书信·350909致李桦》,见《鲁迅全集》第13卷,人民文学出版社2005年版,第539页。

④ 鲁迅:《三闲集·看司徒乔君的画》,见《鲁迅全集》第4卷,人民文学出版社2005年版,第73页。

⑤ 鲁迅:《集外集拾遗·〈北平笺谱〉序》,见《鲁迅全集》第7卷,人民文学出版社2005年版,第427页。

⑥ 鲁迅:《书信·350404致李桦》,见《鲁迅全集》第13卷,人民文学出版社2005年版,第433页。

⑦ 鲁迅:《书信·350616致李桦》,见《鲁迅全集》第13卷,人民文学出版社2005年版,第481页。

成,从这个意义上,木版画的一半本属于大众。

古代木版画多见于书笺插图、连环图画、新年花纸中,鲁迅多次主张现代连环画要多用旧画法(线描),这可让"毫无观赏艺术的训练的人,也看得懂,而且一目了然"①。换句话说,现代连环画要想为普通民众理解接受,它最好采用"俗"的形式,让形式从观念中解放出来,让艺术在解放中重获力量。而中国的木刻图画原是古代"早先就有的东西。唐末的佛像,纸牌,以至后来的小说绣像,启蒙小图,我们至今还能够看见实物。而且由此明白:它本来就是大众的,也就是'俗'的"②,是故,连环画作为木刻画之一种,它原本也是属于大众百姓的。

在"技法"与"俗式"之外,木刻的"便制版、易印行",又恰好为"行远而及众"的大众启蒙要求提供条件,鲁迅说木版画"流布也能较广远,可以不再如巨幅或长卷,固定一处,仅供几个人的鉴赏了"③。事实上,鲁迅的倡导新兴木刻(创造木刻)就同样有对木刻"战争时代,顷刻能办"特性的考虑,而相形之下,那些为他所珍视的汉代石刻、六朝土俑等就不具备此等优势了。

4. 年画。年画也即鲁迅常说的花纸,是民间美术的重要形式之一,它初创于汉代,盛倡于明末清初。中国有四大著名的"年画之乡":四川绵竹、苏州桃花坞、天津杨柳青和山东潍坊。从印制工艺分类,一般有木板年画、水彩年画、扑灰年画、胶印年画几种,鲁迅藏阅的"花纸"以木板石印年画为多,他多次提醒木刻青年要注意中国旧书上的绣像和画本,"以及新的单张的花纸"④。这些并不比一张油画之力为小。据王树村研究整理,鲁迅收藏的各地年画颇具代表性的有如下这些:

---

① 鲁迅:《书信·330801 致何家骏、陈企霞》,见《鲁迅全集》第 12 卷,人民文学出版社 2005 年版,第 426 页。

② 鲁迅:《且界亭杂文二集·〈全国木刻联合展览会专辑〉序》,见《鲁迅全集》第 6 卷,人民文学出版社 2005 年版,第 350 页。

③ 鲁迅:《集外集附录·〈奔流〉编校后记(十)》,见《鲁迅全集》第 7 卷,人民文学出版社 2005 年版,第 192 页。

④ 鲁迅:《南腔北调集·"连环图画"辩护》,见《鲁迅全集》第 4 卷,人民文学出版社 2005 年版,第 460 页。

表 1

序目	年画名称	产地类别
01	老鼠嫁女	湖南邵阳　木板印年画
02	老鼠嫁女	四川绵竹　木板着色年画
03	拜昆仑	四川绵竹　木板着色年画
04	高老庄	四川绵竹　木板着色年画
05	流沙河	四川绵竹　木板着色年画
06	盗芭蕉扇	四川绵竹　木板着色年画
07	天河配	河南开封　木板套色年画
08	四平山	河南开封　木板套色年画
09	木阳城	河南开封　木板套色年画
10	越虎城	河南开封　木板套色年画
11	罗章跪楼	河南开封　木板套色年画
12	祭塔	河南开封　木板套色年画
13	飞虎山	河南开封　木板套色年画
14	铁弓缘	河南开封　木板套色年画
15	天台山	河南开封　木板套色年画
16	燃灯道人赵公明	河南开封　套色门神
17	秦琼　尉迟恭	河南开封　套色门神
18	马上鞭锏	河南开封　套色门神
19	天宫赐福	河南开封　套色门神
20	三星在户	河南开封　套色门画
21	五子登科	河南开封　套色门画
22	麒麟送子	河南开封　套色门画
23	车马大吉	河南开封　套色门神
24	连年及第	上海　石印年画
25	马上得利	上海　石印年画
26	九子祝寿	上海　石印年画
27	今年必发财	上海　石印年画
28	千秋乐	上海　石印年画

说明：本表是在王树村整理的"鲁迅收藏年画目录"基础上绘制而成。①

---

① 王树村：《鲁迅与年画的收集和研究》，载《美术研究》1982 年第 1 期。

可以看出，这些年画多取历史故事、戏曲小说等为题材内容，在形式上继承的是唐宋人物画和风俗画的优良传统。鲁迅在给刘岘的信中说："河南门神一类的东西，先前我的家乡——绍兴——也有，也贴在厨门上墙壁上，现在都变了样了，大抵是石印的，要为大众所懂得，爱看的木刻，我以为应该尽量采用其方法。"①其着眼点还在文艺的大众化与民族化。

在年画之外，鲁迅对晚清吴友如的时事画以及"耕织图""货郎图"之类的民俗画、漫画也很是留意，他在《北平笺谱》序中说："吴友如据点石斋，为小说作绣像，以西法印行，全像之书，颇复腾踊。"②又称他是"画上海流氓和妓女的好手"③。鲁迅的朋友陈衡恪是民俗画的高手，其创作于1914—1915年间的《北京风俗图》，以民国初年北平中下层人民生活为底本，技法上以速写意笔为主，兼融书法、西画、水墨的痕迹，在近代漫画史、人物画史上均具开创之功，遐道人曾有跋云："此虽近戏作，而笔力豪健，造形维肖。盖自石恪、龚开、徐渭、陈洪绶、雪个、金农、罗聘诸家融会而出，杨芝、黄慎非其伦也，至平揖三任与吴、赵更无疑义。"④鲁迅亦称赞陈衡恪"才华蓬勃，笔简意饶，且又顾及刻工，省其奏刀之困，而诗笺乃开一新境。盖至是而画师梓人，神志暗会，同力合作，遂越前修矣"⑤，此评不可谓不高，鲁迅在集诗、书、画、印才学于一体的陈衡恪身上，看到了中国画的希望。归根结底，在西洋艺术风靡画坛的五四，鲁迅对民间艺术的辩护、引介、推重，为的是逼促中国美术民族色彩的生成。

孙郁说："绘画之于鲁迅，不都是美学层面的话题，那里存在着不是宗教的宗教，不是诗的诗，不是哲学的哲学。"⑥具体到鲁迅与民间艺术，就涉及私

---

① 鲁迅致刘岘信，载刘岘作木刻《阿Q正传》插图后记，未明木刻社出版，1935年6月。
② 鲁迅：《集外集拾遗·〈北平笺谱〉序》，见《鲁迅全集》第7卷，人民文学出版社2005年版，第427页。
③ 鲁迅：《书信·340403致魏猛克》，见《鲁迅全集》第13卷，人民文学出版社2005年版，第61页。
④ 陈师曾绘：《北京风俗图·跋》，上海古籍出版社1986年版。
⑤ 鲁迅：《集外集拾遗·〈北平笺谱〉序》，见《鲁迅全集》第7卷，人民文学出版社2005年版，第428页。
⑥ 孙郁：《鲁迅藏画录》，花城出版社2008年版，第227页。

人趣味、文化启蒙、文艺大众化、艺术民族化等诸多话题。文化启蒙与文艺大众化问题前面已多次谈到，对此鲁迅有一个精辟的说法可作总结："文艺本应该并非只有少数的优秀者才能鉴赏，而是只有少数的先天的低能者所不能鉴赏的东西。"①文艺要实现这一目标，在形式上就须充分的民族化。

拿现代新兴木刻来说，鲁迅曾提出"我以为中国新的木刻，可以采用外国的构图和刻法，但也应该参考中国旧木刻的构图模样，一面并竭力使人物显出中国人的特点来，使观者一看便知道这是中国人和中国事，在现在，艺术上是要地方色彩的"②，又说："倘参酌汉代的石刻画像，明清的书籍插图，而且留心民间所赏玩的所谓'年画'，和欧洲的新法融合来，许能够创出一种更好的版画"③，一个讲整体构图，一个讲具体技法，但两点所言方向都在民间美术。山水画并非不重要，只是它的发展已臻至境，一时很难再有大的突破。

鲁迅倡导新兴木刻的同时期，中国画坛北有聚焦文人画、裸体画、西画的论争，南有风行上海的叶灵凤之类的色情画、《泼克》的讽刺画等。④在这特定的文化语境下，鲁迅的艺术主张都有其现实针对性，他是"有感而发"而非"随便谈谈"；引介外国木刻也好，翻译美术理论也好，刻印古代版画也好，为的是呼唤一种刚健、清新的美术在中国出现，是"新形式的探求"（也即"旧形式的采用"）而非复古，是期待艺术的民族色彩的真正养成。

---

① 鲁迅：《集外集拾遗·文艺的大众化》，《鲁迅全集》第7卷，人民文学出版社2005年版，第367页。

② 鲁迅：《书信·331219致何白涛》，《鲁迅全集》第12卷，人民文学出版社2005年版，第518—519页。

③ 鲁迅：《书信·350204致李桦》，《鲁迅全集》第13卷，人民文学出版社2005年版，第373页。

④ 鲁迅在《〈近代木刻选集〉（二）》的小引中说，"力之美"的艺术怕一时未必能与人们观赏的眼睛相宜，当时"流行的装饰画上，现在已经多是削肩的美人，枯瘦的佛子，解散了的构成派绘画了"。鲁迅：《集外集拾遗·〈近代木刻选集〉（2）小引》，《鲁迅全集》第7卷，人民文学出版社2005年版，第351页。

第三章　鲁迅与中国传统美术的历史关联(下)

"文人画"在古代艺术史上的勃兴或可追溯到魏晋南北朝时期,汉代以儒家恒常伦理为奠基的美学秩序(沉雄、朴厚)渐趋瓦解,"建安七子""竹林七贤"等名士文人造就了中国艺术史上空前的"唯美时代",艺术的自律意识陡然增强,中国诞生了最早的一批文艺专论著作。① 书法得到高度发展,钟繇、索靖、王羲之、王献之、王珣等大书法家都在这一时期出现。书法的高度发展为文人绘画(山水、花鸟)的高度发展打下了极为成熟的线条基础,线条者,笔墨之"笔"也,"魏晋是中国文人艺术从民间艺术分枝出来的开始"②,技艺与观念的双重革新,使得中国画顺着文人的意趣一路走向精致至微,宋元以来,诗意抽象替代摹拟写实日益成为绘画的最高美学原则。

"院体画是内化的诗,旨隐于形;文人画是外化的诗,词溢乎情。换句话说,院体画追求再现和表现的完美统一,文人画则力图突破再现的束缚,而达到表现的更大自由。"③ 从艺术创作主体的角度,院体画和文人画一般均由"文人"画家创作,只不过一"专业"、一"业余",前者如顾恺之、李公麟、梁楷、赵孟頫、陈洪绶、唐寅(以上为仕出者),黄公望、倪云林、王蒙、吴

---

① 这些文艺专论著作如:《诗品》(钟嵘)、《文选》(昭明太子)、《典论论文》(曹丕)、《文心雕龙》(刘勰)、《古画品录》(谢赫)、《自论书》(王羲之)等。
② 蒋勋:《美的沉思:中国艺术思想刍论》,文汇出版社2005年版,第112页。
③ 卢辅圣:《历史的象限》,上海书画出版社2003年版,第58页。

镇、沈舟、文征明、徐渭、朱耷、吴昌硕（以上为归隐者）等；后者如苏轼、文与可、米芾、杨无咎等。依照陈衡恪的观点，"何谓文人画？即画中带有文人之性质，含有文人之趣味，不在画中考究艺术上之工夫，必须于画外看出许多文人之感想"①，也就是说，"文人画"讲究诗意、性灵、思想的流露，是与专事技巧的"匠画"相对而言的。从这个意义上，院体画和文人画都可归入文人之画，但我们通常所谓的文人画（狭义），也是鲁迅多所批评的文人画，则主要指职业归隐画家与非职业文人画家的绘画艺术。

一、"思想"与"趣味"之辩：鲁迅与中国传统文人画

本书第一章已经谈到，鲁迅的艺术观是主张绘画在题材上要"写现实"，他对抽象、写意的"文人画"一向不以为然，曾说"我们的绘画，从宋以来就盛行'写意'，两点是眼，不知是长是圆，一画是鸟，不知是鹰是燕，竟尚高简，变成空虚"②，又说"我以为宋末以后，除了山水，实在没有什么绘画，山水画的发达也到了绝顶，后人无以胜之，即使用了别的手法和工具，虽然可以见得新颖，却难于更加伟大，因为一方面也被题材所限制了"③。"山水画"难以更加伟大，"写意"的花鸟画业已陷入务虚的"邪途"，这是鲁迅对传统"文人画"（苏轼称"士夫画"，董其昌称"文人之画"）的"理性"审美批判。李泽厚说过："展现为文学、艺术、思想、风习、意识形态、文化现象，正是民族心灵的对应物，是它的物态化和结晶化，是一种民族的智慧。"④ 作为一种长期占据古代绘画史主流地位的视象艺术，"文人画"无疑可视为华夏民族智

---

① 陈师曾：《文人画之价值》，载《绘学杂志》第二期，1921年1月出版。
② 鲁迅：《且界亭杂文末编·记苏联版画展览会》，见《鲁迅全集》第6卷，人民文学出版社2005年版，第499页。
③ 鲁迅：《书信·350204致李桦》，见《鲁迅全集》第13卷，人民文学出版社2005年版，第372页。
④ 李泽厚：《中国古代思想史论》，人民出版社1986年版，第297页。

慧的"心灵对应物"之一种，那么，鲁迅批判"文人画"，他对中国传统美术资源抱持"非主流"的价值取向，在某种意义上，其实是在批判我们民族心灵的一种陋病，一种惯性积习。具体而言，这种陋病和积习是什么呢？笔者以为，其一可能是"文人画"超然象外、不求形似的过度诗意追求，其二可能是"文人画"陈陈相因的技法经验，笼统或可称之为对"程式化"①的追求。清初四王的南宗风格称得上是绘画"程式化"的典型代表。"程式化"讲究"笔简意饶""得意忘形"，画山水的皴、擦、渲、染各有定法，笔墨技艺变得犹如古装戏剧"脸谱"的生旦净末丑，一山一水皆有出处，一皴一点各司其职。"程式化"意味着拟古、套路、窠臼、僵化，意味着疲弱、惰性、烂熟于心、因循守旧，"程式化"拘泥于小情调、小玩意、小格局，凡此种种均与鲁迅呼唤的"创造"精神相违，自然也就不宜于他所渴盼的"天马行空"似的大艺术的产生。

然而，艺术观念不等于艺术行为，鲁迅对"文人画"虽有微词，不等于他对"文人画"不闻不问。细心的读者会发现，前面引用的两条鲁迅"文人画"批评，公开发表的《记苏联版画展览会》对"文人画"近乎全盘否定，言辞激切，而给李桦的信中基调却温和得多，说山水画发达到了绝顶，否定中其实饱含莫大的肯定。这里存在一个公共言论和私人兴趣的偏差问题。事实上，生活中的鲁迅不仅购买赏阅文人画，还曾动手偶一为之（为1912年创刊于绍兴的《天觉报》作黑白水墨画《如松之盛》）②，并收藏有林琴南、陈衡恪、郦荔臣、袁匋庵、戴克让、包蝶仙、刘笠青、孙福熙、陶诗成等的国画作品。③

---

① 徐书城认为"中国的传统绘画的一种最令人迷惑不解的美学特质"就是"程式"。徐书城：《绘画美学》，人民出版社1991年版，第150页。鲁迅对"程式化"的态度从他对梅兰芳戏剧的评说中可见一二。鲁迅：《花边文学·略论梅兰芳及其他（上）》，见《鲁迅全集》第5卷，人民文学出版社2005年版，第610页。

② 另据周建人回忆，鲁迅还画过一幅石上蜗牛图："他有一次给我画了一个扇面，是一块石头，旁生天荷叶（俗称，书上称虎耳草），有一只蜒蚰螺（俗称，即蜗牛）在石头上爬。并有些杂草，纯用墨画的。"周建人：《略讲关于鲁迅的事情》，见萧振鸣编：《鲁迅美术年谱》，国家图书馆出版社2010年版，第31页。

③ 可参看李允经：《鲁迅藏画欣赏》，西北大学出版社1999年版，一书目录页前面的彩页插图；王锡荣编纂：《鲁迅的艺术世界》，江苏文艺出版社2009年版，第215—225页。

幼年鲁迅对文人画的接触不算多，除去《诗画舫》《诗中画》《天下名山图咏》一类画谱，较早的可能要属"三味书屋"里那幅立轴《古树梅花鹿》了。鲁迅对文人画的藏购活动在任职教育部期间较为集中频繁，如其壬子日记（一九一二）、癸丑日记（一九一三）载云：

> 一九一二年五月二十一日 ……晚散步宣武门外，以铜元十枚得二花卉册，一梅，一夫渠，题云恽冰绘，恐假托也。
>
> 一九一二年五月三十日 ……晚游琉璃厂，购《史略》一部两册，八角；《李龙眠白描九歌图》一帖十二枚，六角四分；《罗两峰鬼趣图》一部两册，两元五角六分。
>
> 一九一二年十一月十六日 ……往留璃厂购《董香光山水册》一册，一元二角；《大涤子山水册》一册，一元；《石谷晚年拟古册》一册，八角。
>
> 一九一二年十一月十七日 ……午后赴留黎厂神州国光社购《唐风图》、《金冬心花果册》各一册，共银三元九角。又往文明书局购元《阎仲彬惠山复隐图》、《沈石田灵隐山图》、《文征明潇湘八景册》、《龚半千山水册》、《梅瞿山黄山圣迹图册》、《马扶曦花鸟草虫册》、《马江香花卉草虫册》、《戴文节仿古山水册》、《王小梅人物册》各一册，又倪云林山水、恽南田水仙、仇十洲麻姑、华秋岳鹦鹉画片各一枚，共银八元三角二分。
>
> 一九一二年十二月二十四日 ……下午以一小箧邮寄二弟，箧内计《中国名画》第一至第十三集共十三册，又《黄子久秋山无尽图卷》、王孤云《圣迹图》、《徐青藤水墨花卉》、《陈章侯人物册》、《龚半千细笔山水册》、《金冬心花果册》均一册，又《越中先贤祠目序例》一册。
>
> 一九一三年二月九日 ……视旧书肆，至宏道堂买得《湖海楼丛书》一部二十二册，七元；《佩文斋书画谱》一部三十二册，二十元。其主人程姓，年已五十余，自云索价高者，总因欲多赢几文之故，亦诚言也。

第三章 鲁迅与中国传统美术的历史关联（下）

　　一九一三年三月二十四日　午后得相模屋所寄小包二个，内《笔耕园》一册，三十五圆；《正仓院誌》一册，七十钱；《陈白阳花鸟真迹》一册，一圆，并十二日发。

　　一九一三年十一月十六日　……朱遏先来，赠《南宋院画录》一部四册，过午去。午后赴留黎厂有正书局买宋陈居中绘《女史箴图》一册，二元四角。[①]

　　鲁迅从琉璃厂、旧书肆乃至日本购得的这些古代美术作品，画种题材丰富，涉及人物、山水、花果、草虫、鸟兽、民俗等，艺术视野开阔，既有历史悠远的名家名迹摹本，亦有像恽冰这样的清代女画家的作品（恽冰，字清於，别号"兰陵女史""南兰女子"，是清初画坛"四王吴恽"之恽南田的族玄孙女）。他把"中国名画"系列数十册全部买来，自己看后再寄给二弟周作人阅读。"五四"运动以后，鲁迅的主要美术兴趣渐转向现代木刻版画，但他对国画的关注并未间断，以 1932 年为例，鲁迅日记书账中就有"影印萧云从离骚图二本""影印耕织图诗一本""影印凌烟阁功臣图一本""唐宋元明名画大观二本""李龙眠九歌图册一本""仇文合作西厢会真记图二本""石涛山水册一本""石涛和尚八大山人山水合册一本""黄尊古名山写真册一本""梅瞿山黄山胜迹图册一本"[②] 等记载。在赏玩购藏之外，鲁迅还与郑振铎合作出版了《北平笺谱》（四卷）、《十竹斋笺谱》（六卷）文人笺画作品。

　　木刻家陈烟桥说："鲁迅先生是非常爱'美'的，而且对于美的了解程度很深。他曾自己动手绘过封面画，非常雅致。并且他的日常用品如信笺，信封等，很多都印上木刻画。"[③] 此确言也，鲁迅不仅爱"美"、懂"美"，且能在生活中贯彻"美"，黄永玉就慨叹"鲁迅先生的艺术见解不知从哪里修来，我

---

　① 鲁迅：《日记·1912—1926》，见《鲁迅全集》第 15 卷，人民文学出版社 2005 年版，第 2 页，第 3 页，第 30 页，第 31 页，第 48 页，第 50 页，第 87 页。

　② 鲁迅：《日记·1927—1936》，见《鲁迅全集》第 16 卷，人民文学出版社 2005 年版，第 344—347 页。

　③ 陈烟桥：《鲁迅与木刻》，开明书店 1949 年版，第 6—7 页。

真是希望有厚度的学者能搞点研究"①，鲁迅评判文人画的"崇尚高简，变成空虚"一语，迄今仍为他拿来作论艺宝典。

鲁迅与"文人画"的深刻关联，不在"画"而在"文人"，这是他艺术观念、艺术行为相互矛盾的症结所在，他一面崇尚"力的美术"，排斥以老庄哲学为支撑的文人画②，一面执守"文人情调"，沉湎于日常美学的点滴乐趣；这与鲁迅面对中国"古书"时的态度非常相似，他旧学根底深厚，"几乎读过十三经"③，并坦言思想上"何尝不中些庄周韩非的毒"④，但他却以近乎偏激的方式告诫中国青年要少读或不读中国书。

（一）鲁迅开列的两份"书单"

1925年1月，《京报副刊》刊登启事征求"青年爱读书"和"青年必读书"书目，鲁迅为"青年必读书"一项的答复是"我以为要少——或者竟不——看中国书，多看外国书"，因为"我看中国书时，总觉得就沉静下去，与实人生离开；读外国书——但除了印度——时，往往就与人生接触，想做点事"⑤。此论一出，就引起柯柏森、熊以谦、施蛰存等人的诘责、攻击。那么，鲁迅写作这份书目的意图果真是在彻底否定中国书么？在作于同年3月的《聊答"……"》一文中，鲁迅说："那时的聊说几句话，乃是但以寄几个曾见和未见的或一种改

---

① 黄永玉：《代序（二）》，见王锡荣编纂：《鲁迅的艺术世界》，江苏文艺出版社2009年版，第10页。

② 徐复观认为："中国以山水画为中心的自然画，乃是玄学中的庄学的产物。不能了解到这一点，便不能把握到中国以绘画为中心的艺术的基本性格。"徐复观：《中国艺术精神》，春风文艺出版社1987年版，第202页。

③ 鲁迅：《华盖集·十四年的"读经"》，见《鲁迅全集》第3卷，人民文学出版社2005年版，第138页。

④ 鲁迅：《坟·写在〈坟〉后面》，见《鲁迅全集》第1卷，人民文学出版社2005年版，第301页。

⑤ 鲁迅：《华盖集·青年必读书——应〈京报副刊〉的征求》，见《鲁迅全集》第3卷，人民文学出版社2005年版，第12页。

革者，愿他们知道自己并不孤独而已。"①这里所谓"改革者"，也就是五四倡导白话文运动的革新家们，言下之意，他的这份书单其实也是一种"呐喊"，为的是荡涤文界蠢蠢欲动的复古风尚（读《庄子》《文选》等）。

值得注意的是，鲁迅好友许寿裳的长子许世瑛考入国立清华大学时，曾向鲁迅请教读中国文学应该看些什么书，他应请开示了另一张书单。②这份书单所列书目全是中国古籍，确为初读文学者应该翻阅的入门书，鲁迅的介绍也简明扼要。针对这两份书单，周作人解释说："'必读书'的鲁迅答案实乃他的'高调'。"③夏济安也认为："作为启蒙运动的先驱，他必须坚持他的理论，并热忱实现他所宣传的一切，所以他愤怒；但作为文学艺术家，他却不能摆脱过去，他用自己的方式和词句承认了这一点。"④也就是说，这里有一个"公"与"私"的界限问题，公共空间话语（报刊、文章）与私人空间话语（书信、日记）的不相统一，在启蒙论调占据主导地位的五四其实相当普遍。具体到鲁迅与"文人画"，他的艺术观同样存在一个"理论"与"现实"的偏差问题，鲁迅的批评文字必须放诸中国现代美术转型的历史语境下，方能读出其"对话味"与"切实性"。

（二）鲁迅的艺术观念与艺术行为

"艺术与人的性情，是很复杂的关系。天底下没有一种方式，可规范出两者的联系。"⑤鲁迅与文人画的关系亦是如此，他的批评文人画，是以他对文人画的肯定为前提的，而他的肯定文人画，则是以他对文人画的深知为前提的。

---

① 鲁迅：《集外集拾遗·聊答"……"》，见《鲁迅全集》第7卷，人民文学出版社2005年版，第258页。
② 许寿裳：《亡友鲁迅印象记》，峨嵋出版社1947年版，第110—111页。
③ 周作人致鲍耀明信（1966年2月19日），《周曹通信集》（第一辑），香港南天书业公司1973年版，第145页。
④ 夏济安：《黑暗的闸门——鲁迅作品的黑暗面》，见乐黛云编：《国外鲁迅研究论集（1960—1980）》，乐黛云译，北京大学出版社1981年版，第242页。
⑤ 孙郁：《一个漫游者与鲁迅的对话》，新疆人民出版社1998年版，第326页。

鲁迅在致李桦的信中说:"元人的水墨山水,或者可以说是国粹,但这是不必复兴,而且即使复兴起来,也不会发展的。"① 称元人山水画为国粹,这是很高的评价,它的"不必复兴"正如中国古代的唐诗,"我以为一切好诗,到唐已被做完,此后倘非能翻出如来掌心之'齐天大圣',大可不必动手"②,形式的能量已被发挥到最大程度,文人画陷入又卓绝又贫乏的题材僵局。

翻开中国艺术史,鲁迅主张把那些绚烂至极的门类暂且放下,"唐以前的真迹,我们无从目睹了,但还能知道大抵以故事为题材,这是可以取法的;在唐,可取佛画的灿烂,线画的空实和明快,宋的院画,萎靡柔媚之处当舍,周密不苟之处是可取的"③,把故事画、佛画、院画重新拉回观者的艺术视域,以平衡他们麻木、偏执的审美盲区,我们看到,鲁迅对中国艺术弊病的评判非常精准到位,他甚至对传统绘画的笔墨工具也知之甚详:

> 毛笔作画之有趣,我想,在于笔触;而用软笔画得有劲,也算中国画中之一种本领,粗笔写意画有劲易,工细之笔有劲难,所以古有所谓"铁线描",是细而有劲的画法,早已无人作了,因为一笔也含胡不得。④

> 占人之"铁线描",在人物虽不用器械,但到屋宇之类,是利用器械的,我看是一枝界尺,还有一枝半圆的木杆,将这靠住毛笔,紧紧捏住,换了界尺划过去,便既不弯曲,又无粗细了,这种图,谓之"界画"。⑤

---

① 鲁迅:《书信·350204 致李桦》,见《鲁迅全集》第 13 卷,人民文学出版社 2005 年版,第 372—373 页。

② 鲁迅:《书信·341220 致杨霁云》,见《鲁迅全集》第 13 卷,人民文学出版社 2005 年版,第 307 页。

③ 鲁迅:《且界亭杂文·论"旧形式的采用"》,见《鲁迅全集》第 6 卷,人民文学出版社 2005 年版,第 24 页。

④ 鲁迅:《书信·340403 致魏猛克》,见《鲁迅全集》第 13 卷,人民文学出版社 2005 年版,第 61 页。

⑤ 鲁迅:《书信·340409 致魏猛克》,见《鲁迅全集》第 13 卷,人民文学出版社 2005 年版,第 69—70 页。

鲁迅对"毛笔"与"界尺"的理解透出专业眼光；古代"界画"主要以亭台楼阁为题材，因作画时使用界尺、引线而得名，画风趋近宫廷院画的严谨工丽、端庄雍容，展子虔、卫贤、郭忠恕、张择端、王振鹏等著名画家都有经典"界画"作品传世。鲁迅对美的经心寡义至于此也。

黄裳（容鼎昌）曾说，鲁迅"在美术园地的辛勤耕耘与他在《自由谈》上写战斗杂文，几乎是'双峰并峙'的同样的战斗工作"①。这是公共视域的艺术家鲁迅留给人们的普遍印象，其实私生活中鲁迅的美术活动不见得这么"剑拔弩张"，他对"美"有一种源于内心的喜悦与感动，并不处处关乎家国民族大义。他很喜欢收藏金石古玩、造像碑铭等，对古书的版本、目录、装帧也颇多研究，曾说自己"旧习甚多，也爱中国笺纸，当作花纸看，这回辑印了一部《笺谱》"②，他给家人朋友的信中常能见到印制精美、格调高雅的笺谱③。

此外，鲁迅还是"毛边党"，他对经东瀛日本传入中国的欧洲毛边书很是钟情，"我喜欢毛边书，宁可裁，光边书像没有头发的人——和尚或尼姑"④，他与周作人合作编译的《域外小说集》是中国第一部毛边书，他早年的著、译、编乃至杂志，从《呐喊》《彷徨》到《苦闷的象征》《唐宋传奇集》乃至《莽原》《语丝》《奔流》等，绝大多数都是毛边本，在周氏兄弟引领的风尚之下，20世纪二三十年代的新文学作家（郁达夫、郭沫若、林语堂、冰心、苏雪林、许钦文、叶灵凤等）几乎无一没出过毛边本。真正的毛边书的规格是，不裁天头（上切口）和翻口（外切口），只裁地脚（下切口），随书附赠一副象牙书刀或中国书刀，透出一种朴素、原始、浑厚的错落粗犷之美。

---

① 黄裳：《代序（三）》，见王锡荣编纂：《鲁迅的艺术世界》，江苏文艺出版社2009年版，第17页。
② 鲁迅：《书信·340211致姚克》，见《鲁迅全集》第13卷，人民文学出版社2005年版，第24页。
③ 如给增田涉、许广平、章廷谦、赵家璧、台静农、姚克等的信中都能见到这种笺谱，可参阅王锡荣编纂：《鲁迅的艺术世界》，江苏文艺出版社2009年版，第23页，第55—59页，第61页等。
④ 鲁迅：《书信·350716致萧军》，见《鲁迅全集》第13卷，人民文学出版社2005年版，第502页。

以上种种"旧文人"情调，许能为我们理解鲁迅与"文人画"的纠结关系提供一些帮助。我们可以说鲁迅的赏玩文人画是爱好使然、习惯使然，鲁迅的批评文人画是责任使然、道义使然，但两者之间并非完全没有关联。他曾批评李桦的木刻作品说，"我看先生的作品，总觉得《春郊小景集》和《罗浮集》最好，恐怕是为宋元以来的文人的山水画所涵养的结果罢"①，唯其如此，对鲁迅而言，较之山水画，倡导人物画才显得更为必要。他又对增田涉说过，"石恪君的画我觉得不错"②，石恪乃五代宋初画家，他的绘画向以讥刺现实著称，笔墨纵逸、不专规矩、简练夸张，其痛快淋漓的漫笔手法是鲁迅真心喜爱的。"在美术的专家，对于技术有深造的人，大概喜看'纯粹的绘画'。但在普通人，所谓amateur［业余者］或美术爱好者（dilettante），即对于诸般艺术皆有兴味而皆不深造的人，看'文学的绘画'较有兴味。"③具体到鲁迅身上，他对"文人画"既有作为一名爱好者的普通兴味，又有作为一名理论家的前瞻眼光，这大概是其艺术观念与艺术行为常相抵牾的真正原因罢。

二、笔墨仪式和艺术修行：鲁迅与碑刻书法艺术

台湾当代美学家蒋勋在其谈论书法的著作《汉字书法之美》中，有一段关于弘一法师（李叔同）"抄经"活动的精彩解说：

> 三十九岁弘一大师出家为僧，剃度于杭州虎跑寺，专心向佛，不再涉足文艺，举凡文学、音乐、绘画、戏剧一概不再谈论，只是

---

① 鲁迅：《书信·350204致李桦》，见《鲁迅全集》第13卷，人民文学出版社2005年版，第372页。
② 鲁迅：《书信·350430致增田涉》，见《鲁迅全集》第14卷，人民文学出版社2005年版，第356页。
③ 丰子恺：《绘画与文学》，载《文学月刊》1934年1月1日第2卷第1号。

日日以书法抄经。字体线条平稳沉静，圆融内敛，完全不同于书法艺术家的自我个人表现，使书法还原到写字的认真踏实，使人通过抄经的勤奋精进领悟修行的真正本质。弘一晚年修习律宗，戒律严谨，过午不食，身上一袭破旧袈裟，一无其他多余物件，仍然以工整字体抄经度世，完成近代最独特的书法意境。不求表现，去尽锋芒，炉火纯青，静定从容，是书法美学的最高境界。①

书法在最高境界上变成一种与自我相处的笔墨仪式，和表现无关，与功利无涉。鲁迅供职教育部期间的抄录碑刻拓片，在某种意义上，也是一种类似弘一法师"书法悟道"的艺术修行。"许多年，我便寓在这屋里钞古碑。客中少有人来，古碑中也遇不到什么问题和主义。"②"钞碑"是"五四"运动前夕鲁迅寓居S会馆时期的重要艺术经验，不仅是他与自己相处的一种独特模式，更是艺术性情的表达，是严谨不苟、专注执着的生命力量。

鲁迅自1914年起开始频繁搜购各式碑文拓片，他从美术考古学的角度着眼，辑录、校勘了大量金石拓本。据夏晓静统计，鲁迅1915年购得610余张拓片，"随后的几年里，1916年1110张，1917年1810余张、1918年960余张……这是收集拓片最集中的几年，其中有很多是清末民初大金石家陈介祺、端方、马衡等曾经收藏过的拓片。此外，他还大量购买了一些金石类书籍，如：《金石萃编》、《金石萃编校字记》、《匋斋藏石记》、《艺风堂考藏金石目》、《山右石刻丛编》、《罗氏群书·碑别字补》"，以及陆增祥的《八琼室金石补正》、翁方纲的《两汉金石记》、赵之谦的《补寰宇访碑录》、刘心源的《奇觚室吉金文述》等近百种，"为日后的'读碑'、'录碑'、'校碑'做好了充分的准备工作"③。笔者现择抄鲁迅日记数则谨供参阅：

---

① 蒋勋：《回到信仰的原点》，见《汉字书法之美》，广西师范大学出版社2009年版，第277页。
② 鲁迅：《呐喊·自序》，见《鲁迅全集》第1卷，人民文学出版社2005年版，第440页。
③ 夏晓静：《鲁迅的书法艺术与碑拓收藏》，载《鲁迅研究月刊》2008年第1期。

一九一四年十二月九日 ……午后同夏司长往留黎厂买书，自买《楷帖四十种》一部四册，《续楷帖三十种》一部四册，分装两匣，价共十六元八角五分。

一九一四年十二月二十日 ……下午至留黎厂买《尔雅正义》一部十本，一元。又石印汉碑四种四册，一元二角五分。又买古竟一面，一元，四乳有四灵文。

一九一四年十二月二十七日 ……午后至有正书局买《黄石斋夫人手书孝经》一册，三角；《明拓汉隶四种》、《刘熊碑》、《黄初修孔子庙碑》、《匋斋藏瘗鹤铭》、《水前拓本瘗鹤铭》各一册，共价二元五角五分。

一九一五年四月二十一日 ……又至直隶官书局买《金石续编》一部十二本，二元五角；《越中金石记》一部八册，二十元。

一九一五年七月一日 ……下午往留黎厂买《李显族造象碑颂》、《潞州舍利塔下铭》各一枚，共一元。又借《寰宇贞石图》六本。

一九一五年七月四日 ……午后往留黎厂买《杨孟文石门颂》一枚，阙额，银二元；又《北齐等慈寺残碑》及杂造象等七枚，四元；又《北碑石渠造象》等十一种十五枚，并岳琪所藏，共八元。

一九一六年二月二十日 上午许铭伯、季市、世英同来，即往西华门内游传心殿，观历代帝王象，又有绘书及绣少许。午后往留黎厂买《爨宝子碑》一枚，《文安县主墓志》一枚，各一元。又《兖州刺史残墓志》一枚，五角。买"宅阳"及"匋昜"方足小币共五枚，一元。又日光大明镜一枚，一元。

一九一六年三月十一日 ……午后昙。往留黎厂买得孔庙中六朝、唐、宋石刻拓本共十四枚，价四元。又《武德于府君义桥石象碑》并碑阴、两侧拓本共四枚，一元，《萃编》所录无侧；又在敦古谊买《宇文长碑》一枚，《龙藏寺碑》并阴、侧共三枚，《建安共构尼寺碑》一枚，此碑据《金石分域编》阴、侧当有题名，缪氏《金石目》无，当别访之，三种共直三元。

>一九一七年十月五日 ……至留黎厂买《章武王太妃卢墓志》、《临淮王墓志》各一枚，《敦达墓志》并盖二枚，《元倪妻造象》一枚，共泉六元。季市持来专拓片一枚，"龙凤"二字，云是仲书先生所赠，审为东魏物，字刻而非印，以泉百二十元得之也。
>
>一九一八年六月四日 ……午后往留黎厂德古斋买《嵩山三阙画象》拓本一分计大小三十四枚，券三十六元。又晋残石并阴合一枚，一元。又至震古斋买《朱博残石》一枚，四元；《刘汉作师子铭》一枚，五角；《密长盛造桥碑》并阴二枚，一元；《千佛山造像》十二枚，二元；《云门山造像》十枚，一元。晚德古斋人来，为拓《库汗安洛象》及《翟煞鬼记》各六枚。①

鲁迅搜求的这些碑文、造像、墓志、摩崖刻石等，1987年由上海书画出版社以线装本形式出版发行，共计三函十八卷；而鲁迅所藏的汉、魏、六朝历代古砖拓本，在他生前就曾亲自编定《俟堂专文杂集》一部（但未印行），后由文物出版社于1960年分五集印行了500册。

从大的文化气候而言，鲁迅的钞录"魏碑"与清代"尊碑抑帖"的金石派书法潮流有关，自阮元《北碑南帖论》《南北书派论》出，有清一代先后有郑板桥、金冬心、邓石如、伊秉绶、何绍基、赵之谦、张裕钊、包世臣、康有为等书家鼓吹碑学，林语堂赞叹说："魏碑实为书法艺术史中最光辉的作品。魏碑之风格至为伟大，它不独为美，而为美、力、工，一致融合的结晶"。② 书法研究者指出，"清代书坛的汉、魏之风起，究其原因，盖有二端：第一，从文化大背景上说，乃是因为'理学'之坏；第二，从书法史发展上说，乃是因为'帖学'之坏"③。对"理学"的反动导致清代考据朴学的治学风尚，而书法"金石派"的兴起，主要是"魏晋'帖学'在元明传承太久，书

---

① 鲁迅：《日记·1912—1926》，见《鲁迅全集》第15卷，人民文学出版社2005年版，第143页，第144页，第145页，第169页，第177页，第178页，第217页，第219页，第297页，第329页。

② 林语堂：《吾国吾民八十自叙》，作家出版社1995年版，第280页。

③ 王强：《中国书法赏析丛书·魏碑》，北京图书馆出版社1999年版，第57页。

风流于甜滑姿媚，缺少了刚健的间架结构，缺少了笔的顿挫涩重，试图从古碑刻石中重新寻找新的方向"①。周作人解释鲁迅的"钞碑"是为了躲避袁世凯特务耳目的"自我麻痹"，此说立足于当时文化现实的小环境，有一定的参考依据。②不过，鲁迅的"钞碑"时间远远超过了洪宪帝制的严密监控期，况且，鲁迅何以修书法消遣而非玩弄其他书画古董，何以"钞碑"而不是"临帖"，凡此都是"避嫌说"难以充分解释的。笔者以为，"钞碑"之于鲁迅，不纯粹是书法艺术内部的话题，也不纯粹是书法艺术外部（逃避嫌疑、辑录校勘）的话题。鲁迅出乎考古兴趣的"钞碑"活动，不期然的间接促进了"鲁迅体"的最终形成③；同时，碑文的线条之美也给鲁迅带来了精神的慰安与感动，成为他贫乏生活的点缀与支持。笔者接下来预备就鲁迅的书学观念、鲁迅书法的性情风貌，以及"钞碑"活动之于鲁迅的美学影响作深入阐述。至于鲁迅书体的师学传承、鲁迅书法的艺术史地位等问题，因与本书核心关注点稍有偏离，且自有书法界研究者公论，故兹处不作讨论。

（一）鲁迅的书学观念

1901年2月18日，周树人（戛剑生）写了一首祭祀"书神"的骚体长诗《祭书神文》，诗中曾以拟人化的戏谑笔法谈到"书神"的朋友笔、墨、砚，

---

① 蒋勋：《汉字书法之美》，广西师范大学出版社2009年版，第101页。
② 许广平也说鲁迅先生"留意于古代艺术，而这艺术之最真实的，石刻亦其中之一。在一九一五——一九二二年，国内先有袁世凯称帝，后有张勋复辟，政治不入轨道，侦探满布，公共场所，贴满'莫谈国事'的标语，真是大有'道路以目'，'属垣有耳'之概。先生是热情而又正义感非常浓厚的，深维革命的实力尚未充备的北平，个人徒托空官，无补于事，所以退而搜集并研究金石拓本，关于造像及墓碑等陆续搜辑到的不下数百种。有些是前清达官端方所保存，后来落到先生之手，极为珍贵，有人曾恳请割爱，终未允诺的"。张望：《鲁迅与汉画像——兼谈〈俟堂专文杂集〉的古画砖》，载《美苑》1984年3月。
③ 郭沫若评价鲁迅的书法是："融冶篆隶于一炉，听任心腕之交应，朴质而不拘挛，洒脱而有法度。远逾宋唐，直攀魏晋。世人宝之，非因人而奖也。"郭沫若：《〈鲁迅诗稿〉序》，见上海鲁迅纪念馆编：《鲁迅诗稿》，上海人民美术出版社1961年版。

"君友漆妃兮管城候,向笔海而啸傲兮,倚文冢以淹留"①,"漆妃"乃墨,"管城候"乃笔,"笔海"为砚,"文冢"为书丛。青年鲁迅驰骋浪漫神思的字里行间,充满着对中国书写艺术的亲昵和喜爱,鲁迅日后的书学观念,也多复归书写工具的本体层面深入展开。

鲁迅的书体形态主要有两种存在方式:一为书法墨迹;一为文章手稿。这累千万计的书写几乎全用毛笔完成。"在人类不同的书写工具中,东方的毛笔与西方的硬笔、木刻刀均可被视为不同国民心态的象征性表达。"②"我们祖先发明的'毛笔',有一别名叫做'柔毫'。'柔毫'者,软笔也,其民族的个性十分鲜明——它和古埃及用芦苇杆或古代西方人用鹅翎管斜削成尖而制成的硬笔,恰成为一个鲜明的对照。"③国民心态的象征表达也好,民族个性的独特呈现也好,"毛笔"作为中国古代书画的艺术工具,培养了国人对线条流利、婉转之美的和谐追求,并逐渐孕育了汉字"锋"的美学的多彩神韵。

长期的书写经验使得鲁迅用笔高度娴熟,他的书法线条细腻流畅,结体圆转生动。我们知道,中国画的根底在书法,"书画异名而同体"④,书法可谓绘画的素描,对毛笔线条有卓越领悟力的鲁迅在指导青年作画时曾多次强调"素描"(线条)的重要性,他说:"大概木刻的基础,也还是素描。"⑤又说连环画的画法"不可用现在流行之印象画法之类,专重明暗之木版画亦不可用,以素描(线画)为宜"⑥。鲁迅自己牛刀小试的绘画作品,也以白描为多,他对中国画笔墨之"笔"的理解眼光精准,曾说:"毛笔作画之有趣,我想,在于笔触;而用软笔画得有劲,也算中国画中之一种本领,粗笔写意画有劲易,

---

① 鲁迅:《集外集拾遗补编·祭书神文》,见《鲁迅全集》第8卷,人民文学出版社2005年版,第534页。
② 魏韶华:《论鲁迅的艺术趣味》,载《东方论坛》1994年第2期。
③ 徐书城:《中国绘画艺术史》,人民美术出版社2001年版,第8页。
④ 〔唐〕张彦远:《叙画之源流》,见《历代名画记》第一卷,人民美术出版社1963年版,第2页。
⑤ 鲁迅:《书信·341024致沈振黄》,见《鲁迅全集》第13卷,人民文学出版社2005年版,第239页。
⑥ 鲁迅:《书信·330801致何家骏、陈企霞》,见《鲁迅全集》第12卷,人民文学出版社2005年版,第426页。

工细之笔有劲难,所以古有所谓'铁线描',是细而有劲的画法,早已无人作了,因为一笔也含胡不得。"①"铁线描"是力道的表现,鲁迅对"力的艺术"的崇尚,让他对毛笔"细而有劲"的线条本领格外倾心。

中国的书画是一种艺术的舞蹈,"毛笔尖触纸的多少,就是字的粗细,是全靠手腕作主的"②,线条是流淌于纸墨笔尖的心灵语言,是身与心的彼此观照和试探,而当一种艺术发展为身体的记忆美学时,它会潜移默化中排列演变为一个人的精神遗传密码,会变得如呼吸一样难以戒弃,因为它已融入个体生命的自然韵律。正是在这个意义上,宗白华说:"中国的书法,是节奏化了的自然,表达着深一层的对生命想象的构思,成为反映生命的艺术。因此,中国的书法,不像其它民族的文字,停留在作为符号的阶段,而是走上艺术美的方向,而成为表达民族美感的工具。"③鲁迅对中国书法线条美学的感知,在其幼学及师承渊源外,主要即得力于他的"钞碑"训练。鲁迅从小热爱美术,对金石碑帖的线条之美情有独钟,他"曾在日本购买了《书道大成》全27卷,几乎囊括了中国历代所有时期的重要碑帖"④,其平素结交来往的朋友中,亦不乏才华卓著的书法家,如陈衡恪、乔大壮、蔡元培、柳亚子、沈尹默、刘半农等。

然而,对书艺有精审判断力的鲁迅却鲜有关于书法作品的评论文字,书法之于他就如同中国画一样,最终发展成为私人空间的艺术兴趣。如果说在中国画的问题上,鲁迅还有转圜的余地,他可以选择看或不看,那么在书写工具(书法)的问题上,他却几乎无从选择,学生时代的鲁迅记讲义虽用过一段时间墨水笔,但后来他全集的原稿、日记、书简等还是运用毛笔写就的,书写是一种身体记忆,你一旦爱上这种情态美学,要想舍弃就变得异乎寻常的困难。值得注意的是,鲁迅在理性层面其实是非常拥护铅笔、墨水笔而斥

---

① 鲁迅:《书信·340403 致猛克信》,见《鲁迅全集》第 13 卷,人民文学出版社 2005 年版,第 61 页。
② 鲁迅:《且界亭杂文二集·论毛笔之类》,见《鲁迅全集》第 6 卷,人民文学出版社 2005 年版,第 406 页。
③ 宗白华:《美学与意境》,人民出版社 1987 年版,第 431 页。
④ 肖振鸣:《鲁迅与民国书法》,载《鲁迅研究月刊》2007 年第 7 期。

用毛笔的，他在《准风月谈·禁用与改造》一文中这样写道：

> 据报上说，因为铅笔和墨水笔进口之多，有些地方已在禁用，改用毛笔了……倘若安砚磨墨，展纸舔笔，则即以学生的抄讲义而论，速度恐怕总要比墨水笔减少三分之一，他只好不抄，或者要教员讲得慢，也就是大众的时间，被白费了三分之一了。所谓"便当"，并不是偷懒，是说在同一时间内，可以由此做成较多的事情。这就是节省时间，也就是使一个人的有限的生命，更加有效，而也即等于延长了人的生命。古人说："非人磨墨墨磨人"，就是在悲愤人生之消磨于纸墨中，而墨水笔之制成，是正可以弥这缺憾的。①

同样的看法鲁迅在《且界亭杂文二集·论毛笔之类》一文中曾再度重申，但他终于没有选用这种科学、高效的书写方式，而是一仍其旧，依照好友许寿裳的解释，"这用毛笔的原因，大概不外乎（一）可以不择纸张的厚薄好坏；（二）写字'大小由之'，别有风趣罢"②。换言之，是美学趣味对工具理性的战胜，这种观念与行为的两相悖论，在鲁迅与文人画、旧体诗的关系问题上也有体现。事实上，这是民国一代"从古典到现代"过渡期知识分子身上普遍存在的文化现象。

（二）鲁迅书法的性情风貌

肖振鸣说："用乾嘉学术与书法思想的脉络来贯串，书法家的鲁迅可称为乾嘉学派的遗老，而且是民国最后一代以毛笔作文的文人。"③ 前者是说，鲁迅的书法具有明显的"金石"味，后者是说，鲁迅是最近一代用毛笔表意的书

---

① 鲁迅：《准风月谈·禁用和自造》，见《鲁迅全集》第5卷，人民文学出版社2005年版，第333页。
② 许寿裳：《亡友鲁迅印象记》，峨嵋出版社1947年版，第122页。
③ 肖振鸣：《鲁迅与民国书法》，载《鲁迅研究月刊》2007年第7期。

写者,此言甚是。鲁迅的书法行笔常兼用篆情隶意,点划钩连活泼可爱、摇曳生姿,一看即知是对书法做过研究的。他的字"笔划含蓄,很少有向外扩张的结构形体,快速行笔带来的结果只表现在增加结构和线条的生动性,未对单字构成的字群氛围及章法结构秩序产生任何影响"①,鲁迅的书法性格整体呈现"厚""拙""朴""茂"的艺术风貌。

从文物出版社20世纪80年代编校出版的《鲁迅手稿全集》来看,成熟期(民国以来)的鲁迅字体前后虽略有调整,但变化幅度不大。他的信笺手稿有时刻意保持某种字体(篆、隶)韵味,稍作经营,情趣盎然,如1910年11月20日的《致许寿裳》、1911年11月的《致张琴孙》、1911年闰六月初六日的《致许寿裳》、1926年8月15日的《致许广平》等书信手稿。②这些书信虽为日常来往,但鲁迅常对字体进行精心布局,选用的笺纸格调高雅,行文潇洒流畅,真所谓"爱美之心"不在故作高深处,而是生活起居间;鲁迅的日记手稿总体给人肃穆、谨严、优雅的整饬感,数十页一丝不苟,文气贯通,稳而不乱,从这一侧面足见其"钞碑"功力之深。书法界研究者指出:"鲁迅书写风格的成形,同他收藏古碑帖,辑录汉画像,研究六朝造像,六朝墓志,钩摹粉本,抄录碑字,收集并研究金石拓本,也包括晚年对木刻艺术的关心很难分开。换言之,他本人的书写风格正是通过抄碑、抄书、摹拓和研究古碑文字,不断吸收中国文字各种书写体裁的长处,逐渐形成的。"③中国古代有北碑、南帖之说,在一般人的观念里,"南人的书法中总有一个'逸'字,北人的书法中总有一个'朴'字……南人就总有些是'雅化'的'自然',北人则多是'原始'的'自然',南人就总有一些'文明'了的'雅致逸韵',北人则多呈现着'原发'的'生命的活力'"④,从创作主体方面论,南人的书法

---

① 晓黎、老唐:《听任心腕之交应 融冶篆隶于一炉——鲁迅书迹介绍》,载《中国书法》1995年第5期。

② 鲁迅手稿全集编辑委员会:《鲁迅手稿全集》第1卷,文物出版社1983年版,第14—15页,第30—31页,第26—29页。

③ 晓黎、老唐:《听任心腕之交应 融冶篆隶于一炉——鲁迅书迹介绍》,载《中国书法》1995年第5期。

④ 王强:《中国书法赏析丛书·魏碑》,北京图书馆出版社1999年版,第53页。

多为职业书家从事，北人的书法多由无名刻工完成，一飘逸一厚重也①，鲁迅之取法魏碑，一方面与清代文人靠近民间的文化趋向有关；另方面与其在传统美术一域的民间立场正好息息相通。

　　从书写工具而言，如果把"碑"还原到原始意义，它其实是在石碑上用刀刻出来的文字，是刀与石的彼此征服，与之相比，"帖"是毛笔在绢、纸上写出来的字，是毛笔与绢纸的彼此适应和收容。"笔、墨、纸、砚与汉字建立长达近一千七百多年的关系，关键的时刻在魏晋，王羲之正是'纸''帛'书写到了成熟时期的代表性人物。"②鲁迅对魏晋南北朝的喜爱寄寓着一份历史的深情，他说曹丕的魏晋时代是"文学的自觉时代"，是属于"为艺术而艺术（Arts for Art's Sake）的一派"③，魏晋以来文人士绅阶层兴起，中国民间艺术的辉煌时代（汉代以前）基本宣告结束，文人与宫廷贵族艺术自兹繁衍开来，并逐渐发展成为统领中国上千年的主流艺术形式。然而，鲁迅选择的却是一条"非主流"的艺术道路，具体到书法，他选择了民间碑刻而不是文人帖学。

　　魏碑是镂刻在石块上的文字，它不像行走于绢帛之上的书法那样，沉湎于个体性情的发抒，它有一种回复到写字本身的谨严与执着，它用真挚的线条表示生命的敬重与虔诚，仿佛文字不再仅仅是表情达意的简单符号，而是神意附着的灵命天机。笔者以为，鲁迅的"钞碑"单从"书写"的意味解读，与他的"读佛经"（佛经也是民间刻工刻版印刷）一样，在某种意义上是一种艺术修行，是观念趣味上的返璞归真，是让写字从点划笔线的细小规矩再度出发。正因为此，鲁迅的书法毫无其杂文性情的锋芒毕露，而是敛尽火气，朴素稚拙，对此，增田涉有过精彩的阐述：

---

① 康有为在《广艺舟双楫》中曾对魏碑书体的"十美"做过这样的总结："一曰魄力雄强，二曰气象浑穆，三曰笔法跳越，四曰点画峻厚，五曰意态奇逸，六曰精神飞动，七曰兴趣酣足，八曰骨法洞达，九曰结构天成，十曰血肉丰美。"康有为：《广艺舟双楫》，商务印书馆1937年版，第67页。

② 蒋勋：《汉字书法之美》，广西师范大学出版社2009年版，第107页。

③ 鲁迅：《而已集·魏晋风度及文章与药及酒之关系》，见《鲁迅全集》第3卷，人民文学出版社2005年版，第526页。

> 他写的字，决不表现这锐利的感觉或可怕的意味。没有棱角，稍微具着圆形的，与其说是温和，倒象有些呆板。他的字，我以为是从"章草"来的。因为这一流派，所以既不尖锐也不带刺，倒是拙朴、柔和的。据说字是表现那写字人的性格的，从所写的字看来，他既没有霸气又没有才气，也不冷严。而是在真挚中有着朴实的稚拙味，甚至显现出"呆相"。①

如果把鲁迅的字体与汉魏书家钟繇的《贺捷表》《宣示表》《荐季直表》《墓田丙舍帖》《力命表》等结合起来参照，当会更为认同增田涉的描述判断，钟繇的书法古朴典雅，点划之间，多有异趣，结体朴茂，法乎自然。鲁迅字体的气质禀赋常可见钟繇体的味道。几十年的鲁迅研究我们多在讨论战斗着的革命家鲁迅的尖锐、犀利，却忽视了他童趣、天真、温柔、厚朴的一面，而这在其文字书写中是明明真切表达着的。

（三）"钞碑"活动的美学影响

木刻家张望说鲁迅的"钞碑"（与搜求"汉画像"）是"为了了解中国古代人民生活和风俗习惯，探索中国社会历史发展的轨迹，对古代民族艺术精华的发掘和由此而得到的对今天艺术实践的宝贵借鉴"②，此乃宏观意义的概述。具体到鲁迅自身，"钞碑"活动除了助其金石学问的精进与字体个性的养成，更对其美学趣味与思维方式构成了重要影响。

青年时代的鲁迅著文喜用古字（本字占义），他有一种文字上的洁癖，所译《域外小说集》和所作《摩罗诗力说》《文化偏至论》等文言论文即是如此。周作人回忆他们留日时翻译斯谛普虐克的《一文钱》，初用古字，后重印恐排版为难，方改作通用字。"这虽似一件小事，但影响却并不细小，如写鸟

---

① 〔日〕增田涉：《鲁迅的印象》，钟敬文译，湖南人民出版社1980年版，第35页。
② 张望：《鲁迅与汉画像——兼谈〈俟堂专文杂集〉的古画砖》，载《美苑》1984年3月。

字下面必只有两点，见樑字必觉得讨厌，即其一例。"①李欧梵也注意到，鲁迅的散文诗《复仇》"在原文上特别用了'讎'这个古字（简写以后的'仇'字就失去意味了），因为他取自'讎'的古意形象，而将之价值颠倒，本来这个字有相敌对和对答的意思，所以中间有一个'言'字"②，这种在文字表意功能之外，尚留心其视觉表象意味，怕是对中国字体变迁向来抱有兴味的艺术家鲁迅的审美习惯使然。1917 年，鲁迅应蔡元培之请为北京大学设计校徽，这个沿用至今的校徽在造型上取自中国传统的瓦当形象，采用中国印章的格式构图，"北""大"两个篆字上下排列，构成"三人成众"的视觉意象。整个设计结构紧凑、简洁大气，非对吉金文字与汉字架构有深厚领悟力者难以作出。事实上，鲁迅不仅关注单字的"表象"性，他还竭力营造文章结构的视觉性、文学效果的视觉性等，这就使他的文字听之如流动的音乐、观之如活泼的绘画。

程至的说："我国书法家，是把书法作为有血肉筋骨，有气息神韵的整体来表现、来看待的。因此，书法单从字体来看，是抽象的，而以整体的感受和联想来看，却是有意象的。我国书法的艺术特色，也就是将抽象的字体，赋予神韵的魅力，意象的情趣，给予人们以美感。"③一切艺术都向往音乐的情态，中国的书法线条是视觉的音乐，"空间塑造的运动性而不是静止性，使我们对中国画形式抱着一种书法式的观赏态度"，"书法的文字架构中具有一种视觉的运动导向"④，鲁迅作品中常见的结构"重复"就是一种视觉节奏，以杂文《记"杨树达"君的袭来》为例：

"你是谁？"我诧异的问，疑心先前听错了。

---

① 周启明：《关于鲁迅之二》，见《鲁迅的青年时代》（附录三），中国青年出版社 1957 年版，第 133 页。

② 〔美〕李欧梵：《鲁迅与现代艺术意识》，见《铁屋中的呐喊》，尹慧珉译，河北教育出版社 2002 年版，第 207 页。

③ 程至的：《我国书法与西方抽象派绘画》，见《绘画 美学 禅宗》，中国文联出版社 1999 年版，第 155 页。

④ 陈振濂：《中国画形式美探究》，上海书画出版社 1991 年版，第 117 页。

"我就是杨树达。"

我想：原来是一个和教员的名字完全相同的学生，但也许写法并不一样。

"现在是上课时间，你怎么出来的？"

"我不乐意上课！"

我想：原来是一个孤行己意，随随便便的青年，怪不得他模样如此傲慢。①

这段引文前三行与后三行在文字排列上长短基本一致，均以问句、答句、总结句构成，且都用"我想，原来是一个"句式作结，用文字的"建筑结构"形式造成一种文本格式的韵律效果。类似这样的写法在鲁迅的小说、散文诗中可频繁见到，笔者预备在本书后面章节中作详细阐述，兹处点到为止。书法是一种视象艺术，"在视觉里，图像的会意变得非常重要。图像思考也使汉文化趋向快速结论式的综合能力，与拼音文字靠听觉记音的分析能力，可能决定了两种文化思维的基本不同走向"②，汉字的视觉表象功能与其抽象表意功能息息相关。在中国古代的文化情境下，写字也就是画画，鲁迅的"钞碑"经验培养了他对汉字空间架构特性异于普通人的敏锐感知力，转化到文学上，就成为奠基其文学风格的艺术资源之一。

在文学运思方式以外，日本木刻家内山嘉吉还注意到"钞碑"之于鲁迅的艺术辐射力：

看一下墓志拓本，其所显示的黑与白的艺术实在有独到之处，美丽泛白的汉字，从其本身可以看出，鲁迅所提的《中国字体变迁史》的着眼所在。

再看看拓来的一张一张的"墓志"，作为黑与白交织的造形艺术

---

① 鲁迅：《集外集·记"杨树达"君的袭来》，见《鲁迅全集》第7卷，人民文学出版社2005年版，第43—44页。

② 蒋勋：《汉字书法之美》，广西师范大学出版社2009年版，第13页。

品，既可供鉴赏，又使人感到它与中国的传统绘画迥然不同。

鲁迅在这些拓片中，当然得到发现了中国民族传统的色彩感觉，这是不同于绘画的，在文字的简洁纹样中黑白交织的各种文字——这也可以看作是一种绘画吧——与绘画形成一体的美。这也可以说是他在以后的岁月中倾心于欧洲版画的根源之一吧。①

众色之中，鲁迅最爱黑白，作为一种"黑与白交织的造形艺术品"，碑拓带给鲁迅的色彩感受当不减于字体本身，中国人处理黑白的智慧在这里得以集中呈现。内山嘉吉从艺术家的眼光所发现的，怕是多少高深理论都难以进入的地方。在艺术的世界里，逻辑思维有时显得无能为力，因为我们很难推衍艺术家的点线结构之中，掩藏着怎样不为人知的喜悦与秘密。倘欲质询，我们唯有选择逆流而上。

---

① 〔日〕内山嘉吉、奈良和夫：《鲁迅与木刻》，韩宗琦译，人民美术出版社1985年版，第99页。

下 篇
鲁迅作品的"绘画性"审美形式分析

第四章　白描与漫笔：鲁迅作品与中国传统人物画

第五章　诗意与空白：鲁迅作品与中国传统文人画

第六章　黑·白·红：鲁迅作品与中国美术的色彩传统

第四章　白描与漫笔：鲁迅作品与中国传统人物画

本书上编就鲁迅与中国传统美术的思想"对话"做了整体阐述，下编将对鲁迅作品进行"美术"语汇角度的审美形式分析。"思想对话"有助于对鲁迅美术观念的宏观把握，"审美分析"有助于对鲁迅作品视觉形式的形象感知。鲁迅对美术的嗜爱在他的作品中留下了很多"蛛丝马迹"，本书下编试图从中梳理出属于"鲁迅与中国传统美术"的艺术关联点。笔者希望通过上、下两编的写作，使本书达到"思想阐释"与"审美分析"的对话性统一。

本书第四章至第六章拟就鲁迅作品的典型视觉元素与中国传统绘画语言的内部关联，从线条、构图、色彩等美术语汇角度给予深入观察，力争达到"意义"解读与"形式"判断的融合统一。本章预备从"线条"层面入手，对鲁迅作品中常用的白描笔法与漫画笔法进行"绘画性"分析。

鲁迅的小说以"表现的深切和格式的特别"[1]称誉中国现代文学史。所谓"表现的深切"者，是他的小说刻画了国民的魂灵，所谓"格式的特别"者，是他的小说"几乎一篇有一篇新形式"[2]。以鲁迅小说的人物、地点命名为例，S城、N先生、阿Q、小D，乃至狂人、孔乙己、九斤老大、高老夫子、小东西等，都是取消"特指"的虚代，就像卡夫卡《城堡》中的K那样，其符号

---

[1] 鲁迅：《且界亭杂文二集·〈中国新文学大系〉小说二集序》，见《鲁迅全集》第6卷，人民文学出版社2005年版，第246页。

[2] 雁冰（茅盾）：《读〈呐喊〉》，载《文学旬刊》第九十一期，1923年10月8日。

化、抽象化意义明显高于古典现实主义小说的个体化、具象化意义。总体而言，在20世纪的西方现代主义小说中，"人物形象塑造不再成为小说核心使命"①，讲究因果逻辑的情节性故事也退居次要地位。鲁迅的小说是否属于现代主义小说有待商榷，但他的小说的确具备现代空间小说的诸多重要特点，譬如人物形象的符号化、小说故事性的弱化，以及文本结构的空间化等。我们不妨先来看看鲁迅小说笔下的人物群像特征：

（1）青面獠牙的一伙人（《狂人日记》）

（2）一个浑身黑色的人；驼背五少爷；一个花白胡子的人；一个满脸横肉的人；红眼睛阿义（《药》）

（3）红鼻子老拱；蓝皮阿五（《明天》）

（4）三角脸；方头；阔亭；灰五婶（《长明灯》）

（5）当头的是矮子，臃肿的圆脸；第二个是长的，在脸上很惹眼的显出一个红鼻子（《在酒楼上》）

（6）秃头的老头子；赤膊的红鼻子胖大汉；面黄肌瘦的巡警；弥勒佛似的更圆的胖脸；满头油汗而粘着灰土的椭圆脸；死鲈鱼；白背心（《示众》）

可以看出，鲁迅对小说人物的描写主要聚焦于"面部"与"体态"刻画，重抽象之神而非具象之貌，我们从这集体群像中很难辨识出"某个人"，但倘把他们一个个装裱在一起，却俨然就像看到美术家鲁迅的"人物画谱"或"肖像册页"。鲁迅说："我的杂文，所写的常是一鼻，一嘴，一毛，但合起来，已几乎是或一形象的全体。"②他的小说人物又何尝不是抓住一鼻、一嘴、一毛的生动描摹，来完成全体国民魂灵的传神写照呢？

---

① 吴晓东：《从卡夫卡到昆德拉：20世纪的小说和小说家》，生活·读书·新知三联书店2003年版，第17页。

② 鲁迅：《准风月谈·后记》，见《鲁迅全集》第5卷，人民文学出版社2005年版，第402页。

第四章　白描与漫笔：鲁迅作品与中国传统人物画

一、鲁迅小说的白描笔法

关于"白描",鲁迅的解释是"不过是和障眼法反一调：有真意,去粉饰,少做作,勿卖弄而已"①,表现在文学创作中,也就是"把烦琐的背景浓缩成更有暗示性的意象,人物凝结成本体性存在的符号,人物的行动则简约化为隐喻性的动作"②。"白描"本是中国画的基本技法,源于中国古代的"白画"。这种画法完全用墨线来勾勒物象（主要是人物和花卉）,不着背景和色彩,讲究线条间虚实疏密关系的刻意对比,力求素朴、单纯、醒豁的艺术效果。"白描"不同于西方的"素描",它本身既是手段又是目的。南齐谢赫《古画品录》绘画六法之二曰"骨法用笔"③,"骨"者,骨骼、骨架之谓也,亦即强调线条、用笔在传统绘画形式中的重要性,强调物象整体风貌先于细枝末节的重要性,"画者谨毛而失貌,射者仪小而遗大"④,"夫画物特忌形貌采章历历具足,甚谨甚细而外露巧密"⑤。也就是说,既然任何艺术都难以毫发不爽地还原自然物态,那么通过"迁想妙得"完成"以形写神"就成为中国人物画的最高追求,这可能也是"白描"成为中国画基本笔法的内在画理逻辑。

---

① 鲁迅：《南腔北调集·作文秘诀》,见《鲁迅全集》第 4 卷,人民文学出版社 2005 年版,第 631 页。
② 张箭飞：《鲁迅诗化小说研究》,广西教育出版社 2004 年版,第 34 页。关于鲁迅的"白描"笔法,类似的解释不一而足,譬如有说鲁迅的小说"很少背景描写,有也寥寥数语,像中国传统舞台布景和年画,读者意会即可。主要用力处是人物塑造,但他的人物多数只是剪影或速写,他总是力求用极俭省的方法,直接画出灵魂的特点"。这种说法点明鲁迅白描笔法与中国传统绘画笔法的艺术关联,虽不及张箭飞的说法整齐凝练,"力求用极俭省的方法,直接画出灵魂的特点",却称得上是行家之论。程光炜、吴晓东等：《中国现代文学史》,中国人民大学出版社 2000 年版,第 61 页。
③ 〔南齐〕谢赫：《古画品录·序》,见《古画品录　续画品录》,人民美术出版社 1959 年版,第 1 页。
④ 〔西汉〕刘安：《说林训》,见《淮南鸿烈解》（三）第十七卷,中华书局 1985 年版,第 648 页。
⑤ 〔唐〕张彦远：《论画体工用拓写》,见《历代名画记》第二卷,人民美术出版社 1963 年版,第 26 页。

(一)从"圣贤图"到"众生相"

鲁迅被公认为中国文学"白描"的高手。熟悉鲁迅读书生活的人们都知道他童年的绣像绘画经历,"少年时的鲁迅对于绘画艺术的爱好,超过于文学的爱好"①。他那时藏阅、临摹的画书不是线描画谱就是小说人物插图,基本上都属刻画人物的"白画"。鲁迅一直非常喜爱人物画,"我爱看绘画,尤其是人物"②,这从本书后面附录表格中的统计情况亦可看出。

中国"人物画"在汉唐时期曾有过非常辉煌的历史。战国时期的帛画《人物龙凤图》、《人物御龙图》(二者均属"非衣"③)即以人物形象为构图主体,此后两汉的墓室石刻壁画、东晋顾恺之的《女史箴图》、《洛神赋图》、六朝的职贡图以及隋唐时期的佛画和历代帝王肖像画等,均以人物画的绘塑为主流。从绘画的题材对象来看,我国古代人物画以皇室贵族、忠臣贤圣、佛道神像为主④,《汉书·艺文志》之《六艺略·论语》中即录有"《孔子徒人图法》二卷",南朝姚最《续古画品录》中说:"九楼之上,备表仙灵。四门之墉,广图贤圣。"⑤中国人物画最初多行使"成教化,助人伦,穷神变,测幽微"⑥的宣教功能,"昔夏之方有德也,远方图物,贡金九牧,铸鼎象物,百物

---

① 王观泉:《鲁迅与美术》,上海人民美术出版社1979年版,第7页。

② 鲁迅:《且介亭杂文·病后杂谈之余》,见《鲁迅全集》第6卷,人民文学出版社2005年版,第196页。

③ "非衣"是古代丧葬出殡时一种在帛上绘有图画的旌幡。帛画的主题思想一般认为是"引魂升天",也有人认为是"招魂以复魄",使死者安土。湖南长沙马王堆一号、三号汉墓和山东临沂金雀山九号汉墓,都出土过这种帛画。

④ 西汉麒麟阁、云台,唐代凌烟阁与清代紫光阁,都是非常著名的收藏陈列功臣遗像的地方。清代以来,宫廷收藏了大量历代帝后御容以及功臣画像,将他们收藏在古今通籍库中,乾隆十四年(1749年)以后转储南薰殿,属于内务府广储司保管,大约有583幅。南薰殿帝后画像多为明以前笔,尤为珍贵。周晋:《写照传神:晋唐肖像画研究》,中国美术学院出版社2008年版,第11—12页。唐代张彦远在《历代名画记》中也说:"以忠以孝,尽在于云台。有烈有勋,皆登于麟阁。"《历代名画记》第一卷,人民美术出版社1963年版,第3页。

⑤〔陈〕姚最:《续古画品录》,见沈子丞编:《历代论画名著汇编》,文物出版社1982年版,第22页。

⑥〔唐〕张彦远:《叙画之源流》,见《历代名画记》第一卷,人民美术出版社1963年版,第1页。

而为之备,使民知神、奸"①。"成教化,助人伦"与"使民知神奸"的图画宣教功能在魏晋六朝时期开始松动,绘画逐渐获得艺术本体意识,唐代盛行的媚色艳态、曲眉丰颊的宫廷贵族仕女画(以张萱的《虢国夫人游春图》《捣练图》和周昉的《簪花仕女图》等为代表),正是"'人'的'自我'(个性)精神的更进一步的觉醒和高扬的表征"②。唐代以来,风景山水从人物画的背景烘托地位解放出来,逐渐发展成为统领主流画坛几百年的重要画种,人物画自兹陷入一蹶不振的艺术境地。

在中国美术发展早期,地位卑微的"普通民众"很少能进入绘画成为艺术的表现对象,我们今天所能看到的古代"平民人像"基本都是贵族墓室中的陪葬俑或土偶奴隶侍从。汉代也许是唯一的例外,汉代的石刻、砖刻、壁画、明器遗留物,"一贯地表达了一个平凡而普遍的庶民世界","他们不以生活中的特殊来做歌咏的对象,而是以广大普遍的庶民为文明的主人,和以后任何一个时代比起来,汉代艺术中朴拙平实的个性都成为永世不移的典范"③。鲁迅对汉画像的钟爱在它艺术格调的"气魄雄大"之外,与它叙写现实的"平民视角"也有一定关系。

赏玩描摹着帝王、圣贤、名人画像长大的鲁迅,多年后成了用文字"白描"老中国儿女魂灵的画家圣手。鲁迅的小说主要聚焦于对人的描写,多以知识分子和农民的性格命运为表达主题。倘把他小说人物"画谱"列入中国人物画史的发展脉络中,我们发现,首先是艺术对象发生了变化,他的作品里没有什么圣贤贵族,不是失意窘迫的知识分子就是劳苦无依的布衣乡民,《故事新编》里的神和英雄也都"降格"成为人间的凡俗百姓;其次,他的人物也不像古代"圣迹图""功臣图"中的人们那样道德圆满、情貌威仪,他的人物多是受命运愚弄的下等人,拥有各种各样的心理或生理残缺。鲁迅的小说(尤其是《呐喊》《彷徨》)绝大多数可读作聚焦"人物"的精神画传,他像一位医生那样诊断其病理,像一位画者那样勾勒其体征。绘画艺术在少年

---

① 杨伯峻编:《春秋左传注》(修订本)(二),中华书局1990年版,第669—670页。
② 徐书城:《中国绘画艺术史》,人民美术出版社2001年版,第27页。
③ 蒋勋:《美的沉思:中国艺术思想刍论》,文汇出版社2005年版,第93—94页。

鲁迅心底根植的美感经验，经由文字的笔线生成一幅幅单纯、简静、曲折、深刻的现代人物图卷。鲁迅极擅刻画人物的面部及体态特征，并把这种特征抽象为"类"的代称，譬如三角脸、椭圆脸、干瘪脸、蟹壳脸、弥勒佛似的圆的胖脸、秃头、方头、红鼻子、驼背、蓝皮等，从美术的角度，这种人物写法很容易让人联想到唐末画僧贯休的罗汉图、钟馗像一类人物绘画，"线描法，单纯化，畸形化，都可说是根基于'特点扩张'的观照态度而来的"①。白描是"特点扩张"基础上的"以形写神"，在某种意义上它正是中国画"传神写照"的最高美学追求；从文学的角度，这种"怪异"意象可直接追溯到庄子，《红楼梦》中预卜命运的世外仙人也非僧即道，"是癫和尚或跛道士，是在现实生活中看来不完全的，残缺的生命，是生命之'劫'的象征……仿佛通灵识幻并非儒家圣贤之事，反而把天机赋予看来脏丑残毁的生命"②。躯体的残缺化、畸形化是人物心灵病态的表征，从这个意义上，鲁迅的符号式人物一方面可谓中国人物画笔法的某种极端运用与发展，另方面又有其承载价值追求（民间维度）的意涵在内。现在我们从鲁迅小说的人物刻画与场景描写来具体领会一下他的"白描"笔法。

（二）人物白描：特点扩张法

文学家的艺术想象不是空穴来风，黑格尔说："想象……它有一种本能式的创造力，因为艺术作品的基本特质，即形象鲜明性和感官性，必须与艺术家主体方面的天生气质和天生冲动的形式相适应，这些特质是以无意识的方式起作用的，所以必然要靠人类天生资禀来掌握。才能和天才当然也并不是全靠天生资禀组成的，实际上艺术创造同时也是运用智力的自觉的活动，但是这种智力却必须含有天生的善于创造画境和形象的本领。"③鲁迅对图画类艺

---

① 婴行（丰子恺）：《中国美术在现代艺术上的胜利》，载《东方杂志》1930年10月第27卷第1号。

② 蒋勋：《大荒与无稽——〈红楼梦〉的神话领域》，见《艺术概论》，生活·读书·新知三联书店2000年版，第153—154页。

③〔德〕黑格尔：《美学》第1卷，朱光潜译，商务印书馆1996年版，第51页。

术的天性热爱使得他的文学想象偏于图式思维,他能轻松自如地把景物或人物处理成视觉鲜明的画境或符号,在他的文学作品中,他的人物写法甚至像一位画家那样表现出风格的前后连贯。

鲁迅特别擅长以简笔刻画人物的形貌特征,《故乡》中的杨二嫂是一个"突颧骨,薄嘴唇,五十岁上下的女人,两手搭在髀间,没有系裙,张着两腿,正像一个画图仪器里细脚伶仃的圆规"①。鲁迅对豆腐西施的描写并不是从头到脚面面俱到,而是紧紧抓住她的"瘦"——"辛苦恣睢"生活境遇下的扭曲心灵表征——来摹写人物特点,"突颧骨""薄嘴唇"与"细脚伶仃的圆规"都是"瘦"的具体表现。更重要的是,鲁迅并未止于对人物外形的特点摹写,而是把特点摹写与动作刻画整体结合起来,如把杨二嫂的"瘦"与她的"两手搭在髀间"的动作特征结合起来,这就让鲁迅的文学形象变得如传统人物画(如上官周的《晚笑堂画传》)中的人物一样,在类似戏剧的"亮相"造型中达到"传神写照"的艺术效果。我们再来看一个例子,小说《祝福》中写"我"再次见到祥林嫂时,她"五年前的花白的头发,即今已经全白,全不像四十上下的人;脸上瘦削不堪,黄中带黑,而且消尽了先前悲哀的神色,仿佛木刻似的;只有那眼珠间或一轮,还可以表示她是一个活物。她一手提着竹篮,内中一个破碗,空的;一手拄着一支比她更长的竹竿,下端开了裂"②。作者对祥林嫂的形貌刻画主要抓住其"头发"与"眼睛"来描写,用全白的头发和木刻似的眼神来凸显她精神的崩溃。作者的描写如果止乎此,那只是完成了对人物体貌的肖像勾勒。鲁迅在刻画完祥林嫂的神貌特点之后,又为她加上了必要的道具和动作——提着竹篮、拿着破碗、拄着竹竿——这就把祥林嫂的乞丐造型生动摹写出来了。鲁迅小说对重要人物出场时的描写,多运用这种杨二嫂、祥林嫂式的白描笔法,把对人物神态特征与动作体态的摹写结合起来,完成了一个又一个颇具舞台感意味的视觉造型:《药》中夏四奶奶是"半白头发,褴褛的衣裙;提一个破旧的朱漆圆篮,外挂一串纸锭,三

---

① 鲁迅:《呐喊·故乡》,见《鲁迅全集》第1卷,人民文学出版社2005年版,第505页。

② 鲁迅:《彷徨·祝福》,见《鲁迅全集》第2卷,人民文学出版社2005年版,第6页。

步一歇的走"①；《故乡》中的闰土是"身材增加了一倍；先前的紫色的圆脸，已经变作灰黄，而且加上了很深的皱纹；眼睛也像他父亲一样，周围都肿得通红……他头上一顶破毡帽，身上只一件极薄的棉衣，手里提着一个纸包和一只长烟管，手又粗又笨而且开裂，像是松树皮了"②。鲁迅摹写人物的形貌常常用到"分号"，在上面几例引文外，《铸剑》里写眉间尺的头，说"那头是秀眉长眼，皓齿红唇；脸带笑容；头发蓬松，正如青烟一阵"③。鲁迅固执地用"分号"把人物的每处形貌特征谨慎分开，就像画家用笔线完成每处局部勾勒，要静心端详一番那样，分号是笔墨的停顿，是人物眉眼在字句中的先后浮出纸面。

如果说鲁迅小说对具体人物的描写尚有一种古典人物肖像的庄严感，他对"看客"群体的描写则常常运用基于白描的特点扩张法："老栓也向那边看，却只见一堆人的后背；颈项都伸得很长，仿佛许多鸭，被无形的手捏住了的，向上提着。静了一会，似乎有点声音，便又动摇起来，轰的一声，都向后退。"④ "刹时间，也就围满了大半圈的看客。待到增加了秃头的老头子之后，空缺已经不多，而立刻又被一个赤膊的红鼻子胖大汉补满了。这胖子过于横阔，占了两人的地位，所以续到的便只能屈在第二层，从前面的两个脖子之间伸进脑袋去。"⑤ "男人们一排一排的呆站着；女人们也时时从门里探出头来。她们大半也肿着眼眶；蓬着头；黄黄的脸，连脂粉也不及涂抹。"⑥在这里，作者不再把摹写重点落在人物的肖像刻画，而转到对人物群像的夸张造型上，"看客"中的人物不再具备个体特征，他们被简化为类的代称，身体的

---

① 鲁迅：《呐喊·药》，见《鲁迅全集》第1卷，人民文学出版社2005年版，第470页。
② 鲁迅：《呐喊·故乡》，见《鲁迅全集》第1卷，人民文学出版社2005年版，第506—507页。
③ 鲁迅：《故事新编·铸剑》，见《鲁迅全集》第2卷，人民文学出版社2005年版，第444页。
④ 鲁迅：《呐喊·药》，见《鲁迅全集》第1卷，人民文学出版社2005年版，第464页。
⑤ 鲁迅：《彷徨·示众》，见《鲁迅全集》第2卷，人民文学出版社2005年版，第71页。
⑥ 鲁迅：《故事新编·铸剑》，见《鲁迅全集》第2卷，人民文学出版社2005年版，第437页。

局部特征（"秃头""红鼻子"）得到刻意强调。鲁迅对人物体态的"胖""瘦"（漫画性）抱有某种特别的兴趣，大抵而言，鲁迅小说中的胖子十之八九为他所不喜、嘲讽，瘦子则是批判中仍怀着怜悯、同情。他小说中最著名的瘦子大概要算《铸剑》中的宴之敖者，他"黑须黑眼睛，瘦得如铁"，"须眉头发都黑；瘦得颧骨，眼圈骨，眉棱骨都高高地突出来"①。黑色人瘦出了灵魂的质感，鲁迅把他精神的强硬外化为形貌的强硬（颧骨、眼圈骨、眉棱骨），"瘦"在这里有一种隐喻的深度。鲁迅小说的胖子基本都用讽刺性笔法描写：《社戏》中"弹性的胖绅士早在我的空处胖开了他的右半身"②；《在酒楼上》簇拥上楼的几个酒客"当头的是矮子，拥肿的圆脸；第二个是长的，在脸上很惹眼的显出一个红鼻子；此后还有人，一连叠的走得小楼都发抖"③。鲁迅笔下的胖子大多都是"看客"中的一员，是一种人物符号化的表征，而鲁迅在写到"看客"群像时，又尤爱动用他的漫笔智慧，"尤其不好的是红鼻子，有时简直像是将要熔化的蜡烛油，仿佛就要滴下来，使人看得栗栗危惧"④。从图像渊源学的角度，鲁迅对看客群像的习惯性漫笔很可能是"幻灯片事件"根深蒂固的影响之一，一般而言，视觉图像比文辞字句能更为生动、持久地存储记忆，"视觉记录控制着想象"⑤。鲁迅的文学想象中最为精彩的"看客们"正是影像、绘画笔法的合二为一。鲁迅无师自通地从人物画的"传神"论领略到白描艺术的精髓，把白描扩张为一种个体的漫画笔法，这不能不说是得益于他过人的美术修养。

---

① 鲁迅：《故事新编·铸剑》，见《鲁迅全集》第2卷，人民文学出版社2005年版，第439页，第444页。
② 鲁迅：《呐喊·社戏》，见《鲁迅全集》第1卷，人民文学出版社2005年版，第589页。
③ 鲁迅：《彷徨·在酒楼上》，见《鲁迅全集》第2卷，人民文学出版社2005年版，第33页。
④ 鲁迅：《而已集·略论中国人的脸》，见《鲁迅全集》第3卷，人民文学出版社2005年版，第431页。
⑤ 〔英〕E.H.贡布里希：《木马沉思录——艺术理论文集》，徐一维译，北京大学出版社1991年版，第145页。

（三）场景白描：简笔速写法

在某种意义上，"白描"构成鲁迅之为鲁迅的独特文学风格，他的"绘画"笔法并不局限于人物塑造，更延伸到小说场景的每个角落。捷克著名汉学家普实克说鲁迅能"以生动有力的几笔勾勒出令人难忘的画面和以艺术性的速记概括出中国社会之基本特点的技艺"①。前半句可基本用于鲁迅的"人物白描"；后半句则可用于鲁迅的另一种白描，即本章前面提及的"把烦琐的背景浓缩成更有暗示性的意象"，或简单称之为"场景白描"亦可。

鲁迅小说的"背景"不追求现实主义的铺张渲染，也不遵循自然主义的细节法则，而是像中国人物画中的装饰性物象（室内、户外），或剧场舞台上的布景道具那样，起一种暗示、象征或主导动机的作用，"中国旧戏上，没有背景，新年卖给孩子看的花纸上，只有主要的几个人，我深信对于我的目的，这方法是适宜的"②。鲁迅小说有一种强烈的舞台感，他的舞台道具设置用的一般都是"背景白描"。以小说《药》为例："老栓走到家，店面早经收拾干净，一排一排的茶桌，滑溜溜的发光。但是没有客人；只有小栓坐在里排的桌前吃饭，大粒的汗，从额上滚下，夹袄也帖住了脊心，两块肩胛骨高高凸出，印成一个阳文的'八'字。"③《药》的故事情节主要发生在茶馆，小说这里即以"一排一排的茶桌"提示性点出，鲁迅对小栓的聚焦却并不意在情节的扩展，而是"肩胛骨印成的阳文'八'字"这一病人造型，事实上，华小栓在这篇小说中承担的职责仅需这"病人造型"就足矣，鲁迅也就点到为止，他的笔决不旁逸斜出，"艺术家的意图从来都不是要在有限的范围内抓住现实中的全部现象，而仅仅是突出几个有特点、有意义，和具有高度感染力的细节"④。中国画的"白描"为的正是这"具有高度感染力的细节"的呈现。

鲁迅小说的场景白描更突出地表现在他的戏剧体小说和散文诗中，《起

---

① 《普实克中国现代文学论文集》，李燕乔译，湖南文艺出版社1987年版，第236页。
② 鲁迅：《南腔北调集·我怎么做起小说来》，见《鲁迅全集》第4卷，人民文学出版社2005年版，第526页。
③ 鲁迅：《呐喊·药》，见《鲁迅全集》第1卷，人民文学出版社2005年版，第465页。
④ 《普实克中国现代文学论文集》，李燕乔译，湖南文艺出版社1987年版，第234页。

死》的开篇写道:"一大片荒地。处处有些土冈,最高的不过六七尺。没有树木。遍地都是杂乱的蓬草;草间有一条人马踏成的路径。离路不远,有一个水溜。远处望见房屋。"①《过客》的场景交代也只有聊聊几笔:"东,是几株杂树和瓦砾;西,是荒凉破败的丛葬;其间有一条似路非路的痕迹。一间小土屋向这痕迹开着一扇门;门侧有一段枯树根。"②这里的场景描写简化到如同一幕话剧舞台,在必要的道具、背景之外,没有任何古典现实主义笔法的雕琢和渲染。事实上,鲁迅小说的不少场景描写大多都像是戏剧舞台速写,《起死》只是这种笔法的极端呈现。中国传统故事版画常把人物置身戏剧性的场景之中进行刻画,吴友如的"老鸨虐妓""流氓拆梢"可谓这种笔法的继承发挥。鲁迅对中国古代版画的熟悉与喜爱,让他的小说在场景描写上不自觉地喜欢借用版画速写笔法。他的场景速写常与人物速写和特写互为表里、彼此依托,浓缩为小说文本意味深远的画面和构图,如《药》中康大叔的出场图:"驼背五少爷话还未完,突然闯进了一个满脸横肉的人,披一件玄色布衫,散着纽扣,用很宽的玄色腰带,胡乱捆在腰间。"③作者此处不以眉眼雕琢人物,而是紧紧抓住其服饰及面部特征,减笔勾勒,寥寥数语一个刽子手的形象就活跃纸上。《奔月》中后羿射日的形象则充满雕塑感:"他一手拈弓,一手捏着三枝箭,都搭上去,拉了一个满弓,正对着月亮。身子是岩石一般挺立着,眼光直射,闪闪如岩下电,须发开张飘动,像黑色火,这一瞬息,使人仿佛想见他当年射日的雄姿。"④小说的叙述节奏到此处明显放缓,作者仿佛欲将每一个文字都凝定下来,让这瞬间画面把我们带回后羿令人神往的英雄时代。傅雷说:"版画的趣味,与速写的趣味颇有相似之处。在此,线条含有最大的综合机能。艺术家在一笔中便慑住了想象力,令人在作品之外,窥

---

① 鲁迅:《故事新编·起死》,见《鲁迅全集》第2卷,人民文学出版社2005年版,第485页。
② 鲁迅:《野草·过客》,见《鲁迅全集》第2卷,人民文学出版社2005年版,第193页。
③ 鲁迅:《呐喊·药》,见《鲁迅全集》第1卷,人民文学出版社2005年版,第467页。
④ 鲁迅:《故事新编·奔月》,见《鲁迅全集》第2卷,人民文学出版社2005年版,第380页。

到它所忽略的或含蓄的部分。"①鲁迅小说对版画线描笔法的借用,不仅让文本获得一种空间意识,更让速写画面宛如穿插在叙事语流中的间歇性休止符,在短暂定格中获得圆满。

鲁迅作品与中国人物画的关系远不止限于"白描"这一话题,鲁迅崇尚的汉画像、民间年画剪纸,以及明清小说的版画插图等,都是以"人物"为主要绘画题材的。鲁迅作品对人物画白描笔法的运用让他的小说带有一种浓郁的现代气质,这种现代气质的标志之一是以"转喻"为基础的"隐喻"笔法的大量运用。"转喻(metonymy)和隐喻(metaphor)是语言学中的两种修辞手法,同时也是20世纪诗学理论中非常重要的两个术语"②,作为语言表达的一种替换方式,转喻依据的是"毗邻性原则",譬如以局部代整体,隐喻依据的是"相似性原则",譬如以花代漂亮女人。对照鲁迅的作品,他小说中的人物白描大多采用"转喻"原则,这在鲁迅的"看客"群像中表现最明显,他常常以驼背、红鼻子、方头等个人身体局部特征替代整个人。一般而言,在现代主义小说中"隐喻"的运用多于"转喻",经典现实主义小说则与此相反,鲁迅的小说特征基本上介乎两者之间,有较为倾向前者的,如《示众》《药》,这类小说中的人物"转喻"是求"肖"不求"真",缺乏深度背景细节做铺垫,这就让"转喻"上升为一种符号性"隐喻";也有较为倾向后者的,如《故乡》《社戏》,这类小说中的人物"转喻"是求"肖"正为求"真",有较为丰富的故事情节做渲染。总的来说,鲁迅对中国人物画"白描"技法的文学化用,让他的小说在现代小说转型期呈现出某种独特的诗学风貌,了解中国人物画"传神写照"的艺术特质,以及鲁迅与中国人物画的历史关联,是我们深入了解鲁迅小说风貌的一个不可或缺的向度。

---

① 傅雷:《世界美术名作二十讲》,天津社会科学出版社2006年版,第194—195页。
② 吴晓东:《从卡夫卡到昆德拉:20世纪的小说和小说家》,生活·读书·新知三联书店2003年版,第100页。关于"隐喻""转喻"的详细阐释可参看此书100—109页,以及〔美〕戴维·洛奇:《现代主义小说的语言:隐喻和转喻》,见吕同六主编:《20世纪世界小说理论经典》(下),华夏出版社1995年版。

二、鲁迅杂文的漫画笔法

对鲁迅作品的"白描"笔法做了一定阐述之后，我们现在进入对鲁迅作品另一突出特点——漫画笔法的考察。漫画是简笔而注重意义的一种绘画，是以简练的手法直接表露事物本质、特征的一种绘画。中国古代漫画在表现技法上，多用对人物形体的局部夸张来达到滑稽、诙谐、幽默的艺术效果。本章上节谈到的鲁迅人物白描的"特点扩张法"，在严格意义上已接近漫画笔法。笔者本节对鲁迅作品漫画笔法的讨论将不再囿于纯粹的形式技法，并尝试把研究视野从以小说为中心的讨论转向以杂文为中心的讨论。

首先，中国古代漫画有什么样的艺术特征？《中外漫画简史》说传统漫画是"古代的艺术家们运用国画、壁画、年画等绘画形式来表现具有幽默、诙谐、风趣感的夸张艺术形象"[1]，作为独立画种的"漫画"，在中国古代画史上常被称作"讽画""寓意画""滑稽画""喻画"等。漫画家毕克官说："日本在德川时代（中国清初），以葛饰北斋为首的八大漫画家，就已开始使用了这个名称，据说含义是'随意画'的意思。此后日本就一直沿用这个叫法。'漫画'名称在中国的起用，是受了日本的影响，这也是可以肯定的。"[2] 以变形、比拟、夸张手法为特点的现代"漫画"，据考证，最早见诸蔡元培主编的《警钟日报》1904 年 3 月 27 日的"时事漫画"；[3] 而真正用"漫画"一词将该画种独立、普及开来的，要算郑振铎 1925 年在《文学周报》上刊登并于次年由开明书店出版的"子恺漫画"。鲁迅运用"漫画"一词最早可追溯到他发表于《小说月报》第十二卷第七号（1921 年 7 月）上的《译了〈工人绥惠略夫〉之后》一文，文中说《工人绥惠略夫》的作者阿尔志跋绥夫少年时进过绘画学校，后来"他因为生计，便给小日报画些漫画，做点短论文和滑稽小说"[4]。这

---

[1] 徐琰、陈白夜：《中外漫画简史》，浙江大学出版社 2008 年版，第 4 页。
[2] 毕克官：《中国漫画史话》，山东人民出版社 1982 年版，第 44 页。
[3] 陈星：《丰子恺漫画研究》，西泠印社 2004 年版，第 34 页。
[4] 鲁迅：《译文序跋集·译了〈工人绥惠略夫〉之后》，见《鲁迅全集》第 10 卷，人民文学出版社 2005 年版，第 180 页。

里的"漫画"显然不再是"随意画",已具备现代"漫画"的含义了。

中国现代"漫画"脱胎于传统民间美术,古代"讽刺画"多附属于壁画、石(砖)刻、雕塑、瓷画等画种中。真正具备漫画精神的纸(绢)本作品仅能在石恪、李嵩、龚开、梁楷、朱见深、戴进、李士达、陈洪绶、朱耷、罗两峰等少数画家笔下偶然见到。"讽刺画"在大的画种上统属人物画(故事画),人物画(故事画)本非传统绘画主流,"讽刺画"在古代中国并不发达,这可能是原因之一。不过,单从绘画技法论,中国画向来注重个体性灵的自由发抒,而不拘泥于自然物态的逼真摹写,这使得画家们从一开始就"不太注重艺术形象的科学比例,在用笔上常常体现为夸张和变形,而这种特点恰恰符合了漫画用笔的精神"[①]。

(一)"诚实"与"夸张"

本书前面已经谈到,鲁迅非常喜爱人物画,对民间美术更是情有独钟,这双重趣味培养了鲁迅之于"漫画"的天然好感。他在《漫谈"漫画"》一文中说:"漫画的第一紧要事是诚实,要确切的显示了事件或人物的姿态,也就是精神";又说:"漫画要使人一目了然,所以那最普通的方法是'夸张',但又不是胡闹……'夸张'这两个字也许有些语病,那么,说是'廓大'也可以的。廓大一个事件或人物的特点固然使漫画容易显出效果来,但廓大了并非特点之处却更容易显出效果"[②]。也就是说,"漫画"首先要切中人物、事件的核心形象特点(此所谓"诚实"),而后把这一特点用洗练的线条语言廓而大之,达到一种滑稽、有趣的艺术真实。以晚清时期河北武强出版的年画《尖头告状》为例,创作者为了讽刺社会上的钻营行奸之辈,把画面人物的头部全部处理成了红色尖头,并且尖中带刺,恰如棵棵倒栽的胡萝卜,喜剧效果宛然在目。

---

① 徐琰、陈白夜:《中外漫画简史》,浙江大学出版社2008年版,第4页。
② 鲁迅:《且界亭杂文二集·漫谈"漫画"》,见《鲁迅全集》第6卷,人民文学出版社2005年版,第241—242页。

第四章 白描与漫笔：鲁迅作品与中国传统人物画

1935 年 5 月 3 日，鲁迅在答文学社问的《什么是"讽刺"》文中写道："我想：一个作者，用了精炼的，或者简直有些夸张的笔墨——但自然也必须是艺术的地——写出或一群人的或一面的真实来，这被写的一群人，就称这作品为'讽刺'。'讽刺'的生命是真实；不必是曾有的实事，但必须是会有的实情。"① 这里讲的依然是"诚实"与"夸张"的关系。对照古代中西漫画史，这种看似简单的艺术形式并未获得健康、正常的发展，"看欧洲漫画史，分量最多的也是刺妇女，犹太人，乡下人，改革者，一切被压迫者的图画，相反的作者，至近代始出，而人数亦不多"②。换言之，欧洲先前"漫画家的笔锋的所向，往往只在那些无拳无勇的无告者，用他们的可笑，衬出雅人们的完全和高尚来"③；相形之下，中国古代职业画家因不屑漫画，是故亦鲜有讥刺无告者的美术品问世，壁画、石（砖）刻、雕塑等完成于民间艺人笔下的作品中，虽偶有暴露统治者丑态的"讽刺画"，如西汉时期的画像砖《方相氏》、壁画《月与女娲》等，但绝大部分漫画类作品都聚焦在庶民幽默性情与乐观智慧的表达上，如《人抱熊》（西汉）、《击鼓说唱俑》（东汉）、唐三彩镇墓兽（唐代）等漫雕作品，像五代宋初石恪那样敢于冲破传统，以强劲狂放笔势、简练夸张形象来讥讽士绅豪贵的画家少之又少。美术理论家贡布里希说："肖像漫画之所以在艺术史中出现得这么迟，原因在于一个相貌的变形要基于的攻击性成分。肖像漫画似乎只有通过审美成功的奖赏、通过有意创造不同的相像这一精微的游戏，才能成为一种可以接受的艺术，而这一游戏的先决条件是鉴赏家要有受过训练的反应，要能在心理上重复艺术家的想象活动。"④ 这一看法对理解中国古代讽刺画的问题上同样适用。

---

① 鲁迅：《且界亭杂文二集·什么是"讽刺"》，见《鲁迅全集》第 6 卷，人民文学出版社 2005 年版，第 340 页。
② 鲁迅：《书信·331113 致曹聚仁》，见《鲁迅全集》第 12 卷，人民文学出版社 2005 年版，第 492—493 页。
③ 鲁迅：《且界亭杂文二集·漫谈"漫画"》，见《鲁迅全集》第 6 卷，人民文学出版社 2005 年版，第 242 页。
④〔英〕E. H. 贡布里希：《木马沉思录——艺术理论文集》，徐一维译，北京大学出版社 1991 年版，第 75 页。

鲁迅欣赏的漫画家是戈雅（Francisco de Goya，西班牙，1746—1828）、陀密埃（Honoré Daumier，法国，1808—1879）、勃拉特来（L. D. Bradley，美国，1853—1917）那样的画家，他曾以美国漫画家勃拉特来的《秋收时之月》（The Harvest Moon）为例说明他心目中的真正"讽刺画"："上面是一个形如骷髅的月亮，照着荒田；田里一排一排的都是兵的死尸。哎哎，这才算得真的进步的美术家的讽刺画。"① 可见，鲁迅所要求"讽刺画"的首先即在其"写实性"，也就是绘画题材要与社会发生关联，"讽刺画本可以针砭社会的痼疾"②，"非写实决不能成为所谓'讽刺'；非写实的讽刺，即使能有这样的东西，也不过是造谣和诬蔑而已"③。这种希图讽刺画摹写生活真实的观念与鲁迅写作杂文的初衷基本一致。

（二）"滑稽"与"幽默"

据周作人回忆，鲁迅小时候与本家小朋友八斤玩耍，八斤"手里拿着自己做的竹枪。跳进跳出的乱戳，口里不断的说，'戳伊杀，戳伊杀！'……因为家教禁止与别家小孩子打架，（鲁迅）气无可出，便来画画，表示反抗之意……画着一个人倒在地上，胸口刺着一枝箭，上有题字曰'射死八斤'"④。有研究者猜测，"也许，这就是鲁迅成年以后的杂文——漫画思维的最初萌芽"⑤，而童年鲁迅的绘画经验不仅锻冶了他对视觉艺术形式的敏锐感知力，更让他的其他艺术感知能力得到全面开启，反映到后来的文学创作中，就表现为鲁迅图式思维与视象造型能力的异常发达。鲁迅的杂文具有极强的漫画感，

---

① 鲁迅：《热风·随感录四十三》，见《鲁迅全集》第1卷，人民文学出版社2005年版，第347页。
② 鲁迅：《热风·随感录四十六》，见《鲁迅全集》第1卷，人民文学出版社2005年版，第348页。
③ 鲁迅：《且界亭杂文二集·论讽刺》，见《鲁迅全集》第6卷，人民文学出版社2005年版，第287—288页。
④ 周遐寿：《鲁迅的故家》，人民文学出版社1957年版，第36页。
⑤ 阎庆生：《论美术活动对鲁迅的影响》，载《陕西师范大学学报》1996年第3期。

他的一篇篇杂文读来就像一幅幅连缀的生活漫画或政治漫画，语言幽默生动，结构灵活多样，观点深刻尖锐，在某种意义上，鲁迅称得上是五四时期用文字摹写现实的一位漫画大家。

鲁迅的杂文常常借用"梦"的自由联想的方式展开国民性批判，在"梦"的非理性特质的掩护下，作者的想象锋芒在虚构的艺术情境下可得到最大程度的发挥。鲁迅很喜欢运用连环漫画式的"变形"笔法来对现实发言，譬如，他常用以"动物"为主角的喜剧性漫画笔法来讥刺时事世态，鲁迅说："悲剧将人生的有价值的东西毁灭给人看，喜剧将那无价值的撕破给人看。讥刺又不过是喜剧的变简的一支流。"①

在《智识即罪恶》一文中，作者为回应朱谦之"知识是罪恶"的虚无哲学论，创作了这篇颇具漫画感的寓言式杂文。鲁迅把文章的结构情境设置为"我"死了以后在地狱的种种遭遇：首先出场的是"活无常"和"死有分"，"然而跟在后面的两个怪物，却使我吓得失声，因为并非牛头马面，而却是羊面猪头！我便悟到，牛马还太聪明，犯了罪，换上这诸公了，这可见智识是罪恶"；后来，"我"因为"有智识"先后被猪头、羊角、猪头夜叉拱出而堕入"油豆滑跌小地狱"，"进得里面，却是一望无边的平地，满铺了白豆伴着桐油。只见无数的人在这上面跌倒又起来，起来又跌倒。我也接连的摔了十二交，头上长出许多疙瘩来"，然而，喜剧场景虽设在地狱，文章的细节却很富现实感，在"我"被逐出阎罗殿后看到的一座城池里，"门顶上大抵是洋灰做的两个所谓狮子，门外面都挂一块招牌。倘在阳间，每一所机关外总挂五六块牌，这里却只一块，足见地皮的宽裕了"。②"变形"是漫画最常用的艺术手法之一，让动物鬼神来客串演绎人类的诸般愚蠢和丑恶，滑稽可笑而又逼真深刻，鲁迅在这篇杂文中运用的就是此法。

我们再看一例，在《谈蝙蝠》一文的结末，作者将谈论蝙蝠的笔锋一转，

---

① 鲁迅：《坟·再论雷峰塔的倒掉》，见《鲁迅全集》第 1 卷，人民文学出版社 2005 年版，第 203 页。

② 鲁迅：《热风·智识即罪恶》，见《鲁迅全集》第 1 卷，人民文学出版社 2005 年版，第 390—391 页。

带到梁实秋的一个"骑墙论":

> 西洋人可就没有这么高情雅量,他们不喜欢蝙蝠。推源祸始,我想,恐怕是应该归罪于伊索的。他的寓言里,说过鸟兽各开大会,蝙蝠到兽类里去,因为他有翅子,兽类不收,到鸟类里去,又因为他是四足,鸟类不纳,弄得他毫无立场,于是大家就讨论这作为骑墙的象征的蝙蝠了……大学教授梁实秋先生以为橡皮鞋是草鞋和皮鞋之间的东西,那知识也相仿,假使他生在希腊,位置是说不定会在伊索之下的,现在真可惜得很,生得太晚一点了。①

鲁迅非常喜欢借用蝙蝠、兀鹰、蚊子、小蜂、蛆虫等生物做文章,② "动物"本是漫画艺术的常见题材,近代著名的政治漫画《满清时局图》《当朝一品》,义和团漫画《雷击猪羊图》《射猪斩羊图》,晚清风俗年画《麻雀嫁女》《三猴烫猪》等都是借用"动物"形象来表达讽刺性隐喻。鲁迅对"老鼠娶亲"类民间艺术的谙熟与喜爱,使得漫画笔法在他这里已内化成为一种语言形式。鲁迅的幽默和讽刺常用滑稽方式发言,动物变形只是其滑稽艺术手段之一。事实上,"戏拟"是鲁迅营造漫画喜剧效果更为常用的一种笔法。

我们在鲁迅的杂文中常能读到简短、奇巧的"情景漫画",如《论讽刺》一文中两位胖先生的对谈:

> 我们走到交际场中去,就往往可以看见这样的事实,是两位胖胖的先生,彼此弯腰拱手,满面油晃晃的正在开始他们的扳谈——
> "贵姓?……"

---

① 鲁迅:《准风月谈·谈蝙蝠》,见《鲁迅全集》第5卷,人民文学出版社2005年版,第212—213页。
② 详可参阅鲁迅的《华盖集·题记》《华盖集·夏三虫》《华盖集续编·一点比喻》《华盖集续编·〈阿Q正传〉的成因》《南腔北调集·"论语一年"》等文章。

"敝姓钱。"

"哦,久仰久仰!还没有请教台甫……"

"草字阔亭。"

"高雅高雅。贵处是……?"

"就是上海……"

"哦哦,那好极了,这真是……"①

这段对话称得上是精悍风趣的文字漫画脚本,鲁迅非常擅于运用文学语言模仿这种漫画感十足的日常生活场景。我们细观上面的引文会发现,作者除了对这二位先生的形体(胖胖的,满面油晃晃的)做了漫画式强调外,对其言语对谈并未进行夸张处理,喜剧性讽刺效果的产生来自我们这个礼仪之邦原有的"繁文缛节",此之谓鲁迅反复述说的"真实"与"诚实","因为真实,所以也有力。但这种漫画,在中国是很难生存的"②。我们再来看两则鲁迅杂文中的漫画场景图:

(他妈的)偶尔也有例外的用法:或表惊异,或表感服。我曾在家乡看见乡农父子一同午饭,儿子指一碗菜向他父亲说:"这不坏,妈的你尝尝看!"那父亲回答道:"我不要吃。妈的你去吃罢!"则简直已经醇化为现在时行的"我的亲爱的"的意思了。③

假使有一个人,在路旁吐了一口唾沫,自己蹲下去,看着,不久准可以围满一堆人;又假使又有一个人,无端大叫一声,拔步便跑,同时准可以大家都逃散。真不知是"何所闻而来,何所见而

---

① 鲁迅:《且界亭杂文二集·论讽刺》,见《鲁迅全集》第6卷,人民文学出版社2005年版,第286页。

② 鲁迅:《且界亭杂文二集·漫谈"漫画"》,见《鲁迅全集》第6卷,人民文学出版社2005年版,第242页。

③ 鲁迅:《坟·论"他妈的!"》,见《鲁迅全集》第1卷,人民文学出版社2005年版,第248页。

去",然而又心怀不满,骂他的莫名其妙的对象曰"妈的"!但是,那吐唾沫和大叫一声的人,归根结蒂还是大人物。①

第一段引文是一幅典型的生活漫画;第二段引文则是一幅寓言式漫画,是作者对国人"看客"心态的具象性表达。我们注意到,鲁迅杂文对漫画语言的比拟借用,不仅让他的说理批评显得鞭辟入里、妙趣横生,更增强了他杂文自身的艺术品格。

鲁迅杂文中有一篇很特别的写人文章,这就是《阿金》:"《阿金》是写给《漫画生活》的;然而不但不准登载,听说还送到南京中央宣传会里去了。这真是不过一篇漫谈,毫无深意。"②与《阿Q正传》本是"开心话"一样,《阿金》本是"文字漫画"。鲁迅在这篇文章的开头和结末,两度写到"近几时我最讨厌阿金",出于这种"讨厌",他甚至戏谑性的把"阿金"穿插为小说《采薇》中小丙君府上一位喜爱传布谣言的丫头,与杂文中这位喊喊喳喳、喜爱议论外人是非的阿金非常相像。中国古代漫画家描摹人物常通过刻意夸大人物的面部表情或身体姿态制造幽默效果,鲁迅作品对人物的描写便常借用此法。此外,鲁迅作品还多用《阿金》式的语言比拟法营造漫画效果,这是他基于文学语言特性的天才艺术发挥,也就是说,他的"漫画"手法重在内容本身而非形体构图,他是从真正的历史生活中"发现"具有漫画品性的情和理而不是人为"创造",在这个意义上,鲁迅杂文的漫笔其实更符合漫画的艺术精神。

鲁迅的杂文常采用神话、文学、历史、地理、轶事等种种内容,引经据典服务于文章的说理需要,他裁剪材料多独具慧眼,语言灵动幽默,多给人留下一种主题式拼贴的漫画效果。以《说胡须》为例,这篇文章从"我"的当下情形——胡须沾水——写起,先交代了《康熙字典》关于上唇、下唇、

---

① 鲁迅:《花边文学·一思而行》,见《鲁迅全集》第5卷,人民文学出版社2005年版,第500页。

② 鲁迅:《且界亭杂文·附记》,见《鲁迅全集》第6卷,人民文学出版社2005年版,第221页。

颊旁胡须的各式"名号谥法"介绍,再从我的游长安写到历史上的关于"胡须"的长安旧事:"大约确乎是游历孔庙的时候,其中有一间房子,挂着许多印画,有李二曲像,有历代帝王像,其中有一张是宋太祖或是什么宗,我也记不清楚了,总之是穿一件长袍,而胡子向上翘起的。于是一位名士就毅然决然地说:'这都是日本人假造的,你看这胡子就是日本式的胡子。'"作者接下来为了批判此说,笔锋一转到汉武梁祠石刻画像上的人像胡须式样,继而围绕外人对"我"的胡须的种种高论申述开去,"我的胡子,诚然和许多日本人的相同,然而我虽然没有研究过他们的胡须样式变迁史,但曾经见过几幅古人的画像,都不向上,只是向外,向下,和我们的国粹差不多。维新以后,可是翘起来了,那大约是学了德国式。你看威廉皇帝的胡须,不是上指眼梢,和鼻梁正作平行么?虽然他后来因为吸烟烧了一边,只要将两边都剪平了。但在日本明治维新的时候,他这一边还没有失火"。[①]鲁迅这篇批判"国粹论"的文章以生活琐事中再细小不过的"胡须"为切口,将纵横古今数百年的人像发展史尽揽笔端,进退雍容,语带讽喻,真可谓是杂文漫画拼贴笔法的典范性运用。

《无花的蔷薇》是鲁迅关于时事的漫画拼贴杂文,从不严格的意义上,鲁迅的大部分杂文尤其是《伪自由书》,都可归入"无花的蔷薇"系列。那么,何为"无花的蔷薇"呢?鲁迅借用叔本华的话解释曰:"无刺的蔷薇是没有的。——然而没有蔷薇的刺却很多。"[②] 他的"无花的蔷薇"系列文章便是关于蔷薇式的"刺"的记述。鲁迅这些由断片组织起来的杂文,仿佛吴友如晚清时事漫画的主题式连缀画。细究来看,鲁迅杂文的这种艺术手法一方面可能得力于他对漫画的卓越颖悟力,另方面可能也与这些文章的发表方式有关,鲁迅的杂文多为"报刊体",而"报刊体"本身最适宜发布时事杂感,从这个角度,"报纸"在客观上促成了鲁迅时事杂文的主题式漫画效果。

---

① 鲁迅:《坟·说胡须》,见《鲁迅全集》第1卷,人民文学出版社2005年版,第183—184页,第186页。

② 鲁迅:《华盖集续编·无花的蔷薇》,见《鲁迅全集》第3卷,人民文学出版社2005年版,第271页。

苏珊·朗格说："创造一种诉诸知觉的表现性形式，是艺术的原则。"[①]鲁迅杂文对漫画变形、比拟、拼贴等手法的创造性借用，不仅强化了其作品的艺术感染力，更使其思想内核的表达呈现浓烈的幽默性和喜剧感。漫画感是鲁迅杂文的一种知觉表现形式，文学与艺术的完美结合不仅营造了鲁迅杂文的"谐趣性"滑稽效果与夸张效果，更让他的杂文表现出强烈的戏谑性与讽刺性。

（三）"戏谑"与"讽刺"

在鲁迅的文学创作中，有一个现象特别值得注意，那就是他的作品在文体方面的不断"推陈出新"。譬如，他不仅尝试用"戏剧体"写过小说（《起死》），还大胆借用这种文体写过散文诗（《过客》）。鲁迅杂文的文体形式更是不一而足，报刊体、日记体、仿杂剧体、寓言体、语录体等都曾被他拿来做"讽刺性"文章。"寓言"可谓文学中的"漫画"文体，它常用假托的通俗故事或自然物的拟人手法来阐明一个道理，结构简短，寄意深远，读之多富哲理与教谕。中国古代漫画又一名"寓意画"，其渊源概出乎此。

鲁迅作品常以"戏拟"的方式借用"寓言"，从而达到戏谑、讽刺的艺术效果。在鲁迅的散文诗集《野草》中，《狗的驳诘》、《立论》和《聪明人和傻子和奴才》都称得上是现代寓言。《狗的驳诘》与《立论》两篇都以"我梦见"开头，"梦"的叙事机制的调用，让这篇寓言性文本打上了强烈的诗性品质；《聪明人和傻子和奴才》则是一篇三段式故事寓言，倘有漫画家乐意动笔，聪明人、傻子和奴才之间的对话可直接用作漫画脚本语言。鲁迅说："寓言和演说，好像是卑微的东西，但伊索和契开罗，不是坐在希腊罗马文学史上吗？"[②]他的运用寓言体写诗著文，便是对这一理论见解的直接明证。在《门

---

① 〔美〕苏珊·朗格：《艺术问题》，腾守尧、朱疆源译，中国社会科学出版社1983年版，第111页。

② 鲁迅：《且界亭杂文二集·徐懋庸作〈打杂集〉序》，见《鲁迅全集》第6卷，人民文学出版社2005年版，第301页。

外杂谈》一文中，鲁迅记述了一段古代关于"武松打虎"的民间传说：

> 其中有一段《武松打虎》，是甲乙两人，一强一弱，扮着戏玩。先是甲扮武松，乙扮老虎，被甲打得要命，乙埋怨他了，甲道："你是老虎，不打，不是给你咬死了？"乙只得要求互换，却又被甲咬得要命，一说怨话，甲便道："你是武松，不咬，不是给你打死了？"我想：比起希腊的伊索，俄国的梭罗古勃的寓言来，这是毫无逊色的。①

鲁迅非常喜欢这种很具底层民间智慧的寓言故事，他的杂文有不少篇什着力经营文本的"寓言性"，恐怕就是刻意启用古老文体，以图在新、旧文体的对话性中彰显内容张力，形成幽默讽刺的艺术效果。艺术理论家贡布里希说："从文化发展的脉络来看，艺术不仅包括美学家们所常常关注的自然隐喻——如以强烈的色彩来表现强烈的感情——而且还包括对它们的否定，艺术常常是通过这种否定、限制或自我克制而创造了新的具有更高价值的隐喻。"②鲁迅对"寓言"体式的现代借用，让其杂文在某种意义上具备一种"更高价值的隐喻"。

中国传统漫画与寓言一样多用逆反、对比、定点、矛盾、归谬、解构等方式进行结构运思，鲁迅的杂文中亦常用到这种寓言式的漫画手法。以《论辩的魂灵》一文为例，作者在文章篇首先写了一个"鬼画符"的小序，在这"鬼画符"的掩护下，方才引出正文荒唐可笑的逻辑归谬式对白。我们且来看看这小序与正文的第一节：

> 二十年前到黑市，买到一张符，名叫"鬼画符"。虽然不过一团糟，但帖在壁上看起来，却随时显出各样的文字，是处世的宝训，

---

① 鲁迅：《且界亭杂文·门外文谈》，见《鲁迅全集》第6卷，人民文学出版社2005年版，第103页。
② 〔英〕E. H. 贡布里希：《木马沉思录——艺术理论文集》，徐一维译，北京大学出版社1991年版，第42页。

立身的金箴。今年又到黑市去，又买的一张符，也是"鬼画符"。但帖了起来看，也还是那一张，并不见什么增补和修改。今夜看出来的大题目是"论辩的魂灵"；细注道："祖传老年中年青年'逻辑'扶乱灭洋必胜妙法太上老君急急如律令敕"。今谨摘录数条，以公同好——

"洋奴会说洋话。你主张读洋书，就是洋奴，人格破产了！受人格破产的洋奴崇拜的洋书，其价值从可知矣！但我读洋文是学校的课程，是政府的功令，反对者，即反对政府也。无父无君之无政府党，人人得而诛之。"①

"鬼画符"小序不仅引出了正文，更点出作者批判"处世宝训""立身金箴"的行文本质；此外，小序中"祖传老年中年青年'逻辑'扶乱灭洋必胜妙法太上老君急急如律令敕"数语，为文本奠定下荒诞不羁的语言基调，也使得正文漏洞百出、油滑搞笑的逻辑归谬法显得顺理成章。通过正文第一节我们可以看到，鲁迅在杂文中运用漫画式对话讥刺当时社会上的多种投机论调，所谓的"论辩"活脱脱是民国政治漫画的经典对白，整篇文章读起来仿佛一系列连缀的讽刺性政治漫画。《牺牲谟——"鬼画符"失敬失敬章第十三》从标题即可看出是《论辩的魂灵》的延续，古代《尚书》有《大禹谟》《皋陶谟》，这篇杂文依然采用戏仿的"对白"格式，只不过作者把另一方话语省略，从形式上看便象"独白"了。经过这一小小的细节处理，整篇文章的讽刺性立意更为凸显，读之不禁让人联想到意大利剧作家达里奥·福的诺贝尔获奖剧《一个无政府主义者的意外死亡》。

依照美国文论家杰姆逊的理论："寓言的意思就是从思想观念的角度重新讲或再写一个故事"②，"寓言精神具有极度的断续性，充满了分裂和异质，带

---

① 鲁迅：《华盖集·论辩的魂灵》，见《鲁迅全集》第3卷，人民文学出版社2005年版，第31页。

② 〔美〕弗雷德里克·杰姆逊：《后现代主义与文化理论：弗·杰姆逊教授讲演录》，唐小兵译，陕西师范大学出版社1987年版，第118页。

有梦幻一样的多种解释,而不是对符号的单一的表述"①。在这个意义上,鲁迅杂文中常用的戏拟、讽刺、隐喻等实质上都是具备现代寓言精神的漫笔手法。《战士与苍蝇》从标题看像是寓言,通篇却尽是象征和隐喻,"有缺点的战士终竟是战士,完美的苍蝇也终竟不过是苍蝇"②,作者在一种伟大的对比中完成了文本的批判性叙写。

《评心雕龙》堪称一篇"戏剧性"杂文,但它又只具备"戏剧"的外壳。文章写的是文化界围绕某人甲的"A-a-a-ch!"(德语感叹词,读如"啊喝")所发的种种无稽之论,有愤慨其卖国的,有奚落其忘祖的,有骂其人格破产的,有借而主张"读经"、大倡"文言"的等,以"寅"和"卯"的言论为例:

> 寅　不要破口就骂。满口谩骂,不成其为批评,Gentleman 决不如此。之于说批评全不能骂,那也不然,应该估定他的错处,给以相当的骂,像塾师打学生的手心一样,要公平。骂人,自然也许要得到回报的,可是我们也须有这一点不怕事的胆量:批评本来是"精神的冒险"呀!
>
> 卯　这却是一条熹微翠朴的硬汉!王九妈妈的崚嶒小提囊,杜鹃叫道"行不得也哥哥"儿。瀚然"哀哈"之蓝缕的蒺藜,劣马样儿。这口风一滑溜,凡有绯刚的评论都要逼得翘辫儿了。③

这两段文字明显是对丁西林、徐志摩文字的戏虐性模仿,言语间饱含着小说集《故事新编》中的"油腔滑调",这"对白"像无意义的碎片充满一种后现代的喜剧狂欢感。《拟预言———一九二九年出现的琐事》是发表于1928

---

① 〔美〕詹明信:《晚期资本主义的文化逻辑:詹明信批评理论文选》,陈清侨等译,生活·读书·新知三联书店1997年版,第528页。

② 鲁迅:《华盖集·战士和苍蝇》,见《鲁迅全集》第3卷,人民文学出版社2005年版,第40页。

③ 鲁迅:《华盖集·评心雕龙》,见《鲁迅全集》第3卷,人民文学出版社2005年版,第144页。

年 1 月 28 日《语丝》周刊的一篇杂文，这些"预言"都有什么呢？我们不妨看上几则："正月初三，哲学与小说同时灭亡""绑票公司股票涨至三倍半""有博士讲'经济学精义'，只用两句，云：'铜板换角子，角子换大洋。'全世界敬服"，"新诗'雇人哭丧假哼哼体'流行"等，①这些寓言式的预言读之不禁让人哑然失笑。

"戏仿"是鲁迅尤为钟爱的一种杂文叙写方式，他极擅运用夸张的模拟性语言指摘社会文化流行病，他的《曲的解放》一文甚至把模拟范围从"语言"扩大到"文体"，把古典杂剧降格为一场政治插科打诨式的作秀表演。歌德言："讽喻将现象转化为'概念'（concept）后继而转换为意象，而象征则是把现象转换为'理念'（idea）后又进一步转换为意象的。"②在鲁迅这里，"概念""理念"统御到其寓言修辞之下，成为他杂文创作的一系列漫画象征意象。

如前文所述，童年的美术修习经验开启了鲁迅卓异的形象思维能力，并让他对"词"的艺术感知显得尤为敏感："'词'的刺激非常容易引发他生动的表象，也就是说，语言形式在他能够迅速地、通畅恰当地转化为头脑中想象的和纸上直观的图画。从幼年到老年，他的这一习惯一直保持下来，且被不断强化……这种习惯的延续和强化，使鲁迅对'词'的刺激非常敏感，非常突出地发展了同'词'的刺激相联系的内视力即视觉想象能力。"③鲁迅后来在写作上提出过八字箴言："选材要严，开掘要深。"④所谓"开掘要深"者，也就是写作"主题"的定点运思文体，这与鲁迅关于"词"的定点运思实际上是一脉相承、互为表里的。

鲁迅的杂文中有一系列以"动作"为标题的文章非常引人注目，研究鲁

---

① 鲁迅：《而已集·拟预言——一九二九年出现的琐事》，见《鲁迅全集》第 3 卷，人民文学出版社 2005 年版，第 595—597 页。

② Goethe. Maximen, No. 314&1112-1113. Quoted from Rene Wellek. *A History of Modern Criticism*, Vol. 1. 211. 转引自张沛：《隐喻的生命》，北京大学出版社 2004 年版，第 121 页。

③ 阎庆生：《论美术活动对鲁迅的影响》，载《陕西师范大学学报》1996 年第 3 期。

④ 鲁迅：《二心集·关于小说题材的通信》，见《鲁迅全集》第 4 卷，人民文学出版社 2005 年版，第 377 页。

第四章　白描与漫笔：鲁迅作品与中国传统人物画

迅晚期杂文的郝庆军曾专章讨论了鲁迅创作中的"动作修辞学"现象。①笔者以为，从"词"的基本含义出发，扩张"词"的社会学、历史学、文法学功能与征象，可谓艺术家鲁迅抽象运思能力的集中表达。巴尔扎克说："艺术家的使命在于能找出两件最不相干的事物之间的关系，在于能从两件最平凡的事物的对比中引出令人惊奇的效果，这就不能不使艺术家给人的印象经常是一个不合情理的人。众人看来是红的东西，他却看出是青的。他是那样深知事物内在的原因，这就使他诅咒美景而为厄运欢呼；他赞扬缺点并为罪行辩护。他具有疯病的各种迹象，因为正是他所采用的手段愈能击中目标时看去却象离目标愈远。"②对鲁迅而言，他在"词"的背后看到的是隐含着的社会文明疾患：权力、等级、倾轧、漠视、欺骗等，于是乎他以近乎夸张的方式将他观察到的丑陋现象逐一放大，《推》《踢》《"推"的余谈》《爬和撞》《冲》《逃的辩护》诸文就是这样诞生的。

漫画是以人物的情态、动作为媒介语言的绘画艺术，常采用简练、夸张、比喻、象征的艺术手法勾勒人生百态。中国古代漫画如汉画像《夏桀》、石恪的《玉皇朝会图》、罗两峰的《鬼趣图》等，即表现出以形象夸张、寓意深刻、讽刺批判为总体风格的民族艺术特色。鲁迅聚焦"动作"修辞的系列杂文，"小题大做"而又寄意深远，在表现手法上与漫画多有相似之处。

> 我们在上海路上走，时常会遇见两种横冲直撞，对于对面或前面的行人，决不稍让的人物。一种是不用两手，却只将直直的长脚，如入无人之境似的踏过来，倘不让开，他就会踏在你的肚子或肩膀上。这是洋大人，都是"高等"的，没有华人那样上下的区别。一种就是弯上他两条臂膊，手掌向外，像蝎子的两个螯一样，一路推过去。不管被推的人是跌在泥塘或火坑里。这就是我们的同胞，然

---

① 郝庆军：《诗学与政治：鲁迅晚期杂文研究1933—1936》，文化艺术出版社2007年版，第193—225页。
② 〔法〕巴尔扎克：《论艺术家》，见王秋荣编：《巴尔扎克论文学》，盛澄华译，中国社会科学出版社1986年版，第11页。

而"上等"的,他坐电车,要坐二等所改的三等车,他看报,要看专登黑幕的小报,他坐着看得咽唾沫,但一走动,又是推。①

鲁迅对"高等""上等"华人的做派描写倘有漫画家付诸笔墨,将是两幅极为精彩的世态讽喻图。作者把此类人物精神上的蛮横霸道外化为动作上的目中无人,变抽象为具象,一方面增强了杂文语言的表现力,另一方面把人们习以为常的现象图像化,引导他们通过视觉联想的方式进入深度思考。在《伪自由书·现代史》一文中,鲁迅把一部"现代史"的演进比作人们的看"变戏法","'戏法人人会变,各有巧妙不同。'其实是许多年间,总是这一套,也总有人看……不过其间必须经过沉寂的几日"②,这篇杂文是作者以"主题"作定点运思的典型写法。

总的来看,喜剧"漫画感"不仅成为鲁迅杂文的重要艺术特征,更内化为作家鲁迅的一种艺术精神。以漫画为代表的民间艺术在某种意义上是作家鲁迅的审美理想,对"漫画"艺术的创作性化用,不仅让他的作品绽放出迥异于时代的活力与格调,更让他的艺术个性在幽默、怪异、戏谑的图画中得到凸显与重塑。

---

① 鲁迅:《准风月谈·推》,见《鲁迅全集》第5卷,人民文学出版社2005年版,第205页。

② 鲁迅:《伪自由书·现代史》,见《鲁迅全集》第5卷,人民文学出版社2005年版,第96页。

第五章　诗意与空白：鲁迅作品与中国传统文人画

"题画诗"是中国画的一种重要美学形式，"画难画之景，以诗凑成，吟难吟之诗，以画补足"①，这种诗、画联姻现象，在别的民族或为咄咄怪事，在中国却自魏晋以来就成为一种艺术惯例。老子"大象无形"②、庄子"得鱼忘筌"③说的哲学先觉，使得中国以文人为创作主体的绘画艺术，一开始就不满足于纯粹视觉幻象的摹拟，而执着于超以象外的诗意营造和观念追求。

"'中国诗人作诗时喜用绘画的看法'，'中国画家作画时喜用诗的看法'"，"在艺术的本质上着想，文学的工具言语，是时间性的，立体的。绘画的工具形色，是空间性的，平面的。'作诗时用画的看法'，便是用时间性的工具来表现空间性的境地，用立体的工具来表现平面的境地"。④ 时间、空间形式的交互转换，对梦想通过多种艺术手段（诗、书、画、印），达到强化主体表现之最高境界的中国画家来说，并不是什么难以跨越的门槛，相反，他们久已熟知借用相邻艺术门类的长处来补己之短处。钱钟书说："诗和画号称姊妹艺

---

① 〔南宋〕吴龙翰：《野趣有声画》序，见〔清〕曹庭栋编：《宋百家诗存》，第三十七卷，文渊阁《四库全书》本，第1477册。
② 〔魏晋〕王弼注：《老子道德经》（下篇），中华书局1985年版，第40页。
③ 陈鼓应注译：《庄子今注今译》（下），中华书局1983年版，第725页。
④ 丰子恺：《中国画与远近法》，载《中学生》1934年1月第41号。

术。有人进一步认为它们不但是姊妹,而且是孪生姊妹。"①中国画家最懂得诗、画之间的这种秘密情谊,自古画家多擅诗,诗人多能画,"摩诘本诗老,佩芷袭芳荪,今观此壁画,亦若其诗清且敦"②。后世尊王维为南宗绘画鼻祖,怕是与他早早参透了中国诗、画近乎同一的艺术雄心有关。

本章预备从取景、写景、布局等"构图"要素入手,就鲁迅小说和诗歌与传统文人画在情调意蕴、配景设色、观照视点等方面,以及鲁迅作品的空间结构形式与中国画空间布局特点的同构之处分别作出比较阐析。

一、从"题画诗"到"散文画":鲁迅诗性小说与中国文人画

20世纪20年代,为破除白话文难做"美文"的偏见,新文学作家们纷纷尝试调用古代山水画与山水文学的丰厚传统,企图锤炼文字以线条、色彩、构图绘画的功能,营造白话散文的"诗情画意",冰心、朱自清、孙福熙、倪贻德、闻一多、凌叔华等都曾有"用文字作画"的文学实践。朱自清的散文《月朦胧、鸟朦胧、帘卷海棠红》、孙福熙的散文《赴法途中漫画》堪称"散文画"③的代表。朱自清对画家孙福熙的散文集《山野掇拾》曾评论道:

> 他的文几乎全是画,他的作文便是以文字作画:他叙事,抒情,写景,固然是画;就是说理,也还是画。人家说"诗中有画",孙先

---

① 钱钟书:《中国诗与中国画》,见《七缀集》,生活·读书·新知三联书店2001年版,第5页。
② 〔宋〕苏轼:《凤翔八观·王维吴道子画》,见《苏东坡全集》第一卷,中国书店1986年版,第45页。
③ "散文画"理论由现代作家叶圣陶提出:"绍虞说孙福熙君的《赴法途中漫画》可称为'散文画',是一种综合的艺术作品。孙君那篇文章随意取所见,用画家的手段表现出来,而又不单是写实,处处流露作者的情思。"叶圣陶:《文艺谈·十五》,载《晨报·副刊》1921年4月5日。

第五章 诗意与空白:鲁迅作品与中国传统文人画

生是文中有画;不但文中有画,画中还有诗,诗中还有哲学。[①]

借用绘画技法来抒情写意,以诗画的水乳交融唤起文字的古典视觉美感,这一风气深得艺术修养优裕的新文学作家们喜爱,孙福熙如此,鲁迅、废名、郭沫若、郁达夫、丁玲、沈从文等也如此。

现代散文作家以文作画的创作经验,为小说家引绘画因素入小说树立了榜样,郭沫若说:"小说,我说它是用文字表现的绘画。"[②]朱光潜批评废名的小说《桥》亦从绘画角度切入,说它"充满的是诗境,是画境,是禅趣,每境自成一趣,可以离开前后所写境界而独立。它容易使人感觉到'章与章之间无显然的联络贯串'。全书是一种风景画簿,每章是一页画,一首诗"[③],中国诗画传统的根深蒂固,使得现代小说对绘画美的追求转而成为一种对诗意美的追求[④],"故事"退居次要地位,"诗"一跃升格为小说的核心审美要素,"情调"结构替代"情节"结构成为小说的一种重要文体结构,鲁迅的诗性小说就是五四时期小说"散文画"创作风潮的典型代表之一。

不少研究者已经注意到鲁迅小说的抒情性特征,究其原因,有的归诸古典诗文的潜在影响,有的归诸音乐结构的暗中契合。事实上,鲁迅短篇小说的深刻的单纯与中国美术的表现手法更为气韵相通,《孔乙己》《祝福》近乎人物白描,《兔和猫》《鸭的喜剧》是动物写生,《阿Q正传》是连环漫画,《示众》则是一幅世俗版的民国京城街景图;鲁迅的小说观照自然多取"静观远望"的态度,摹写景物也多崇尚文人画"宁静致远"的诗意气氛,凡此种种均符合现代小说"散文画"的艺术特征。笔者接下来预备从"文化意蕴"和"形式构成"两个层面略作阐述。

[①] 朱自清:《山野掇拾》,见《你我》,商务印书馆1936年版。
[②] 《沫若文集》第10卷,人民文学出版社1963年版,第223页。
[③] 孟实:《桥》,载《文学杂志》第1卷第3期。
[④] 朱光潜曾用"花"与"花架"的比喻强调小说中"诗"比"故事"的重要:"第一流小说家不尽是会讲故事的人,第一流小说中的故事大半只像枯树搭成的花架,用处只在撑持住一园锦绣灿烂生气蓬勃的葛藤花卉。这些故事以外的东西就是小说中的诗。"朱光潜:《谈读诗与趣味的培养》,见《朱光潜美学文集》第2卷,上海文艺出版社1982年版,第489页。

（一）全景与折枝：乡村牧歌图与水墨写意画

"中国古典诗歌对往事的复观只能以断片形式，以典故形式，以个别的意象形式表现，这可能与中国缺少叙事性的史诗有关。格律诗形式短小整齐，与断片的美学有一种同构关系"。① 与中国古典诗歌传统相似，鲁迅小说也多采用断片形式定格诗意瞬间，把诗意瞬间用画面形式存入记忆，这些画面一页一页装订起来，就成为个体生命的史诗图卷。笔者常常琢磨，鲁迅写作《社戏》的深层动机，或许来自于童年记忆里那个仙山楼阁般的临河戏台画面：

> 最惹眼的是屹立在庄外临河的空地上的一座戏台，模胡在远处的月夜中，和空间几乎分不出界限，我疑心画上见过的仙境，就在这里出现了。②

"河水""月夜""戏台"被一个远景画面修饰得像一幅飘渺的文人画，模糊、朦胧中透出一股淡淡的水墨气，如诗的年少岁月就在这波光潋滟的图画里得以保全。与之相对的，是作者在北京戏园里看中国戏时遭遇的"冬冬喤喤"之灾。两种经验一个简化为生命记忆的视觉形式，一个简化为听觉形式。依照常理，凡戏必有音乐，乡村社戏之被简化为一种视觉形式，实在是作者隔着时间长河取用的远景观照态度使然，"中国戏是大敲，大叫，大跳，使看客头晕脑眩，很不适于剧场，但若在野外散漫的所在，远远的看起来，也自有他的风致"③。现实的"远"转变为审美的"远"，经过两重阻隔，音乐的直感效果消弭殆尽，淡化成古典诗歌的一抹意境渲染，这就近于中国画的艺术

---

① 吴晓东：《从卡夫卡到昆德拉：20世纪的小说和小说家》，生活·读书·新知三联书店2003年版，第60页。

② 鲁迅：《呐喊·社戏》，见《鲁迅全集》第1卷，人民文学出版社2005年版，第592—593页。

③ 鲁迅：《呐喊·社戏》，见《鲁迅全集》第1卷，人民文学出版社2005年版，第589页。

形式了,"中国画宜写远景,而不宜写近景,西洋画则写远景近景皆宜。中国画以山水为正格,因为山水接远景,是中国画之所长"①。按照这样的审美标准,童年社戏本身就是自然山水里的一幅画。类似的情形在《故乡》中也有体现:

> 我的脑里忽然闪出一幅神异的图画来:深蓝的天空中挂着一轮金黄的圆月,下面是海边的沙地,都种着一望无际的碧绿的西瓜,其间有一个十一二岁的少年,项带银圈,手捏一柄钢叉,向一匹猹尽力的刺去,那猹却将身一扭,反从他的胯下逃走了。②

这是一幅极具中国画情调的乡村牧歌图,"深蓝的天空"、"金黄的圆月"与"碧绿的西瓜"为画面奠定纯净、幽远的艺术基调,深蓝、金黄、碧绿色彩的单纯的对比,亦是东方绘画惯用固有色(而非环境色)的色彩法;少年闰土的捏叉刺猹动作,则有一种静态的仪式感,宛如青春生命的自然舞蹈。这幅"神异的图画"同样是与天地合一的一个远景,仿佛作者只是随意安放他的视觉画框,用文字描摹下来了而已;而在刻画中年闰土历经沧桑磨砺后,石像般迟滞愚讷的生命形象时,作者却换用了近景模式:

> 他身材增加了一倍;先前的紫色的圆脸,已经变作灰黄,而且加上了很深的皱纹;眼睛也像他父亲一样,周围都肿得通红……他头上是一顶破毡帽,身上只一件极薄的棉衣,浑身瑟索着;手里提着一个纸包和一支长烟管,那手也不是我所记得的红活圆实的手,却又粗又笨而且开裂,像是松树皮了。③

---

① 丰子恺:《中国画与远近法》,载《中学生》1934年1月第41号。
② 鲁迅:《呐喊·故乡》,见《鲁迅全集》第1卷,人民文学出版社2005年版,第502页。
③ 鲁迅:《呐喊·故乡》,见《鲁迅全集》第1卷,人民文学出版社2005年版,第506—507页。

这幅人物画用的是纯粹的白描,全然没有背景,"画家之眼"近处逼视艰辛生活留给个体生命的悲苦怆痛,这种近景观照不复是记忆的诗,而是国民性改造的理性拷问了。

我们知道,中国早期绘画没有"个景"的概念,所见一切均可入画,到了东晋顾恺之时画家们方渐渐意识到情景烘托的重要性(大概是受文学启发所致,当时的绘画多以文学为蓝本),开始追求人物的虚拟"景观",虽则常犯"人大于山,水不容泛"的透视性原理错误,景的观念毕竟已在中国画中树立起来。唐宋以后,随着景观在画家心中地位的扶摇直上,人物在画幅中变得越来越小(甚至消失),昔日的绘画主角终于沦为山水的配景。[1] 陈振濂言:"景的观念的产生无异于在中国绘画发展轨道上扳了一次关键的道岔,把本来可以顺人物画方向呼啸而去的绘画拉向一个田园牧歌的景的世界。"[2] 也正是景的引入,让崇尚自然的古典诗歌与文人绘画结为亲密的姊妹艺术,古典诗歌"独与天地精神往来"[3]的天人合一的抒情叙写方式,影响到早期文人绘画上,是"全景"(远景)形式构造法的盛行:"大漠孤烟直,长河落日圆。"(王维《使至塞上》)五代北宋山水画家的荆、关、董、巨均以自然山水为底稿,郭熙在《林泉高致》中总结了这一阶段山水画"远取其势,近取其质"的笔墨精神。鲁迅的小说、诗歌中独具文化底蕴的"散文画"也多用全景构图,《奔月》中写后羿捕食野物,在树林遍寻无望时,"他只得绕出树林,看那后面却又是碧绿的高粱田,远处散点着几间小小的土屋。风和日暖,鸦雀无声"[4],后羿眼前呈现的也是一幅全景图。再以《好的故事》为例:

---

[1] 丰子恺说:"中国画自唐宋以来以'自然'为主要题材,'人物'为点景;西洋画则自古以'人物'为主要题材,'自然'为点景。"婴行(丰子恺):《中国美术在现代艺术上的胜利》,载《东方杂志》1930年10月第27卷第1号。

[2] 陈振濂:《中国画形式美探究》,上海书画出版社1991年版,第106—107页。

[3] 陈鼓应注译:《庄子今注今译》(下),中华书局1983年版,第884页。

[4] 鲁迅:《故事新编·奔月》,见《鲁迅全集》第2卷,人民文学出版社2005年版,第374页。

第五章 诗意与空白：鲁迅作品与中国传统文人画

> 我仿佛记得曾坐小船经过山阴道，两岸边的乌桕，新禾，野花，鸡，狗，丛树和枯树，茅屋，塔，伽蓝，农夫和村妇，村女，晒着的衣裳，和尚，蓑笠，天，云，竹……都倒影在澄碧的小河中，随着每一打桨，各各夹带了闪烁的日光，并水里的萍藻游鱼，一同荡漾。①

从绘画形式技法而论，这段风景描写确如有研究者指出的，很带些西方印象派绘画的艺术感觉，然而它的情调却是东方的，枯树、茅屋、伽蓝、村女、蓑笠等，仿佛"动态的笔墨衔接断连所构成的'流'的推移过程"②，它的构图是从自然取来，它的韵味是"静知"，这与印象派多所躁动的画面感是不同的。方锡德研究现代小说意境的文章说："在'五四'时期，除了鲁迅的一些抒情小说创造了深刻的意境之外，大量的各种体式的小说虽然表现了强烈的主观抒情倾向，却没有创造出深浓的意境。"③而鲁迅小说之所以能够创造出深刻的意境，与他对文人画全景构图方式的诗意借用不无关系。

在全景山水花鸟画之外，文人画还有一种类别曰"折枝"，清代邹一桂《小山画谱·铺殿折枝》有云："（徐熙）又尝画折枝小幅，多瓶插对临，宽幅写大折枝桃花一枝，谓之满堂春色。"④从绘画技法的角度，"折枝"与全景中堂花鸟画相对，也即所谓的"瓶插对临"也，陈衡恪赠送鲁迅的国画"梅花"就属典型的"折枝"画；而从绘画审美的角度，"折枝"取以小见大、以局部见整体、以背景之虚衬意境之实的态度，追求以少胜多、以有限胜无限的绘画观念，抛弃造景目标而改为造型目标，讲究写意至上，强调计白当黑的空白美学等。⑤鲁迅小说中亦不乏此类重抽象、重表现的写意画，最典型的是

---

① 鲁迅：《野草·好的故事》，见《鲁迅全集》第2卷，人民文学出版社2005年版，第190页。
② 陈振濂：《中国画形式美探究》，上海书画出版社1991年版，第7页。
③ 方锡德：《现代小说的"意境"追求》，见《中国现代小说与文学传统》，北京大学出版社1992年版，第394页。
④ 〔清〕邹一桂：《小山画谱》，中华书局1985年版，第39页。
⑤ 关于"折枝"截景图的美学特征，陈振濂曾有精审、详细的阐述，见《中国画形式美探究》，上海书画出版社1991年版，第110—111页。

《在酒楼上》的三幅风景图：

（1）窗外只有渍痕斑驳的墙壁，帖着枯死的莓苔；上面是铅色的天，白皑皑的绝无精采，而且微雪又飞舞起来了。

（2）几株老梅竟斗雪开着满树的繁花，仿佛毫不以深冬为意；倒塌的亭子边还有一株山茶树，从暗绿的密叶里显出十几朵红花来，赫赫的在雪中明得如火，愤怒而且傲慢，如蔑视游人的甘心于远行。

（3）窗外沙沙的一阵声响，许多积雪从被他压弯了的一枝山茶树上滑下去了，树枝笔挺的伸直，更显出乌油油的肥叶和血红的花来。[①]

这三幅视觉图景都是作者"隔窗"相望所见，这就相当于为笔下所摹之景装饰了一个天然的画框。类似这样的"剪窗"图景在《伤逝》中也曾出现："依然是这样的破窗，这样的窗外的半枯的槐树和老紫藤，这样的窗前的方桌，这样的败壁，这样的靠壁的板床"；"于是就看见带着笑涡的苍白的圆脸，苍白的瘦的臂膊，布的有条纹的衫子，玄色的裙。她又带了窗外的半枯的槐树的新叶来，使我看见，还有挂在铁似的老干上的一房一房的紫白的藤花。"[②] 如果说《故乡》《社戏》中的远景牧歌图含有浓郁的文化意蕴，这里的折枝写意画则表现出强烈的主体化特征，"老梅山茶图"也好，"枯槐紫藤图"也好，都是主人公个体情绪与心境的诗意表露，从绘画形态论，"老梅山茶图"和"枯槐紫藤图"从构图到设色都是典型的水墨写意画笔法，前者风格老辣、苍劲、古拙，后者婉丽、凄切、清新。

鲁迅小说中还有"远景"与"折枝"交相糅合的画面构形情况，以《白光》和《铸剑》的景物描写为例：

---

① 鲁迅：《彷徨·在酒楼上》，见《鲁迅全集》第2卷，人民文学出版社2005年版，第24页，第25页，第31页。

② 鲁迅：《彷徨·伤逝》，见《鲁迅全集》第2卷，人民文学出版社2005年版，第113页。

空中青碧到如一片海，略有些浮云，仿佛有谁将粉笔洗在笔洗里似的摇曳。月亮对着陈士成注下寒冷的光波来，当初也不过像是一面新磨的铁镜罢了，而这镜却诡秘的照透了陈士成的全身，就在他身上映出铁的月亮的影。①

杉树林的每一片叶尖，都挂着露珠，其中隐藏着夜气。但是，待到走到树林的那一头，露珠里却闪出各样的光辉，渐渐幻成晓色了。远望前面，便依稀看见灰黑色的城墙和雉堞。②

从构图特征而言，这两幅画都是远景（全景），从笔墨特征而言，《白光》中月亮的寒冷的光波，和《铸剑》中杉树叶尖剔透的露珠，又为画面营造出墨色过滤的朦胧效果，这让鲁迅的景物描写不但具有古典诗歌的意境感，更兼有了文人水墨的象征性。

（二）散点"透视"：面面观与步步看

前面谈到中国文人画喜写远景，这除了与古人尊崇自然的天人合一哲学有关，更与中国画散点"透视"（cavalier perspective）的艺术形式有关，"中国画形式最重要的个性之一，即是首先把立体的视觉印象转换成平面形式，再从平面形式中追求立体的艺术效果（而不是直观效果）"③，"远景自成平面形，要移写于纸上，甚为便当，且甚自然，在平面的纸上假造出立体形来，此事甚麻烦，且不自然，为中国画家所不喜又不会。中国画家只会写自成平面形的景象，即'天然的图画'，而不会在纸上玩弄错觉"④。对"天然的图画"的艺术追求，造成中国画构图多取主体与客体俯视观照的态度，而非西洋的

---

① 鲁迅：《呐喊·白光》，见《鲁迅全集》第 1 卷，人民文学出版社 2005 年版，第 572 页。
② 鲁迅：《故事新编·铸剑》，见《鲁迅全集》第 2 卷，人民文学出版社 2005 年版，第 437 页。
③ 陈振濂：《中国画形式美探究》，上海书画出版社 1991 年版，第 95 页。
④ 丰子恺：《中国画与远近法》，载《中学生》1934 年 1 月第 41 号。

平视观照。中国画家对自然常作"有情化"处理,故中国的山水与西洋的风景画多有不同①,中国画家用适度的"远景短缩"而不是"中心透视"来营造画面的立体感,"他的空间立场是在时间中徘徊移动,游目周览,集合数层与多方的视点谱成一幅超象虚灵的诗情画境"②,故中国画多非聚焦于一个视点,而是像摄影机缓慢驶过,在画面上留下多个视点痕迹,鲁迅小说的"视觉画面"就多取用这种散点"透视"的构造形式,以《药》为例:

秋天的后半夜,月亮下去了,太阳还没有出,只剩下一片乌蓝的天;除了夜游的东西,什么都睡着。华老栓忽然坐起身,擦着火柴,点上遍身油腻的灯盏,茶馆的两间屋子里,便弥满了青白的光。

太阳也出来了;在他面前,显出一条大道,直到他家中,后面也照见丁字街头破匾上"古□亭口"这四个黯淡的金字。

微风早经停息了;枯草支支直立,有如铜丝。一丝发抖的声音,在空气中愈颤愈细,细到没有,周围便都是死一般静。两人站在枯草丛里,仰面看那乌鸦;那乌鸦也在笔直的树枝间,缩着头,铁铸一般站着。③

第一幅画先从远景的天空、月亮写起,而后视点下移,转至茶馆房屋里的人与灯,并设置了人物擦燃火柴点灯的视觉动作,构成满壁生辉的画面核心焦点;第二幅画也先由太阳勾勒全景格局,再将视点一面移到人物和他眼前的大道,一面反向移到街头的破匾,大道与破匾上黯淡的金字构成两个对

---

① 台湾画家蒋勋对中国画的"山水"有过这样精彩的解释:"那山水是宇宙本体的探索;那山水,是洪荒到劫毁,万物赖以托庇的空间;那山水,是初始的终结,人所行经的途径;那山水是现象背后永恒的秩序,是困顿挫折的生命向往皈依的理想之国。"蒋勋:《美的沉思:中国艺术思想刍论》,文汇出版社2005年版,第192页。

② 宗白华:《论中西画法的渊源与基础》,见《中国美学史论集》,安徽教育出版社2000年版,第295页。

③ 鲁迅:《呐喊·药》,见《鲁迅全集》第1卷,人民文学出版社2005年版,第463页,第465页,第471页。

称的核心焦点。《孤独者》中出现过一个与此类似的视觉造型,"潮湿的路极其分明,仰看太空,浓云已经散去,挂着一轮圆月,散出冷静的光辉"①,只不过这个画面视点落在了隐含作者身上,而后由近及远到太空、浓云、圆月。需要补充的是,鲁迅特别爱写"路"这一意象,正如吴晓东说的:"'路'在小说中的功能往往体现为叙事性,它是空间性的。当然,它往往也是一种象征符码。"②鲁迅小说、诗歌中的"路"往往就是这种空间性的象征符码,它的蜿蜒、漫长在视觉上接近鲁迅喜欢的"蛇",在哲学上接近人类浩渺的时间之流,如《故乡》中的希望之路,《过客》中的人生之路,《起死》中的死生之路等。上述所引《药》的坟地画一向被阐释为西方表现主义绘画或现代木刻的典型笔法,它的荒寒、孤寂的气氛酷肖挪威画家蒙克的作品,但它的画面视点由枯草到人物到乌鸦,却是中国式的,它的极简主义的象征性也更近乎南宋文人画(残山剩水、折枝写生)执着于抽象虚实、布白结构的诗意风格。

散点"透视"笔法的运用使得鲁迅的小说画面极具舞台感,但又毫不喧闹,仿佛上演的是一出出哑剧或默片:

> 临河的土场上,太阳渐渐的收了他通黄的光线了。场边靠河的乌桕树叶,干巴巴的才喘过气来,几个花脚蚊子在下面哼着飞舞。面河的农家的烟突里,逐渐减少了炊烟,女人孩子们都在自己门口的土场上泼些水,放下小桌子和矮凳。③

> 首善之区的西城的一条马路上,这时候什么扰攘也没有。火焰焰的太阳虽然还未直照,但路上的沙土仿佛已是闪烁地生光;酷热

---

① 鲁迅:《彷徨·孤独者》,见《鲁迅全集》第2卷,人民文学出版社2005年版,第110页。
② 吴晓东:《从卡夫卡到昆德拉:20世纪的小说和小说家》,生活·读书·新知三联书店2003年版,第62页。
③ 鲁迅:《呐喊·风波》,见《鲁迅全集》第1卷,人民文学出版社2005年版,第491页。

满和在空气里面,到处发挥着盛夏的威力。许多狗都拖出舌头来,连树上的乌老鸦也张着嘴喘气。①

楚国的郢城可是不比宋国:街道宽阔,房屋也整齐,大店铺里陈列着许多好东西,雪白的麻布,通红的辣椒,斑斓的鹿皮,肥大的莲子。②

前两处场景描写笔墨视点接近《药》的开篇,鲁迅很擅于在作品伊始营造此般开阔、安静的视觉画面:从宇宙迹象到人间微物都在布告天下太平,在这一背景下,他再把嘈杂的故事纷扰呈现出来,这就形成一个动、静相照的知觉反差效果,鲁迅对"静"的把握多从古典诗歌或文人绘画汲取灵感。《非攻》中对楚国街道的描摹一步一景,视点跟随景物向前推移,"雪白""通红""斑斓""肥大"的物态造型逐一活现眼前。

徐书城说:"'文人画'的所谓逸气,用现代语来说,正是一种'高蹈'的'自由'精神———一种奔放不羁的情绪意境。"③对鲁迅而言,他的小说对文人画笔法的巧妙化用,不仅为他的作品创造了深刻的情绪意境,更让他的小说与古典小说相比,显得独具抒情性和舞台感。鲁迅的小说构成白话文运动以来,现代小说追求"综合美"艺术境界的一个典型范例。

二、文学的"写生":《野草》与鲁迅旧体诗的诗情画意

鲁迅有一首题赠日本画家望月玉成的七言绝句:"风生白下千林暗,雾塞

---

① 鲁迅:《彷徨·示众》,见《鲁迅全集》第2卷,人民文学出版社2005年版,第70页。
② 鲁迅:《故事新编·非攻》,见《鲁迅全集》第2卷,人民文学出版社2005年版,第472页。
③ 徐书城:《中国画之美》,中国社会科学出版社1989年版,第91页。

苍天百卉殚。愿乞画家新意匠，只研朱墨作春山。"①这首诗写景句对仗工整，意境悲壮苍凉，而又颇具画意，以"白下"代称南京，实乃绘画家言，"风生白下""雾塞苍天"是动态的气势渲染，"千林暗"、"百卉殚"是静态的物象描摹，最后落诸谈论笔墨技法的"只研朱墨作春山"。"文人画是一种绘画的文化气氛的特指，写意画则是绘画的形式构成的特征"②，从这个意义上，《赠画师》既是诗人之画，亦是画家之诗，可谓一帧情景交融的文人写意画。

鲁迅的诗性小说具有"散文画"特征，绘画元素的引入不仅为鲁迅的小说创造了深刻的意境，更为他的诗歌打上了强烈的视象印迹。丰子恺言："画家与诗人，对于自然的观照态度，是根本地相同的。不过画家用形状色彩描写，诗人用言语描写，表现的工技不同而已。故在一片自然景色之前，未曾着墨的画家，与未曾拈句的诗人，是同样的艺术家。"③此确言也，中国的诗人（作家）所能写的景象，多是画家所能画的部分，如景物描摹喜用美术的远近法和印象式的写法，对自然常取"有情化"的观察法等，都与中国画家一律。

鲁迅在小说《故乡》开篇的景物描写中就调用了文学的远近法："渐近故乡时，天气又阴晦了，冷风吹进船舱中，呜呜的响，从篷隙向外一望，苍黄的天底下，远近横着几个萧索的荒村，没有一些活气。"④"隐含作者"隔着船舱的远望之景，仿佛一幅平行拉至窗前的倪云林水墨画，"苍黄的天底"与"萧索的荒村"相接，这是经过绘画"远景短缩"后的视觉幻象，因为事实上，天底与荒村无论远到什么地方，断无相接的可能，它们始终隔着同样的距离，而竟至乎此，全在于作者对景物的"平面化"艺术处理，即面对风景时"假定自己眼前竖立着一块大玻璃板，而观察景物透过玻璃板时所成之状态。换言之，就是撤去距离，把远近一切物体拉到同一平面来观看。这样，

---

① 鲁迅：《集外集拾遗·赠画师》，见《鲁迅全集》第7卷，人民文学出版社2005年版，第465页。
② 陈振濂：《中国画形式美探究》，上海书画出版社1991年版，第144页。
③ 丰子恺：《文学中的远近法》，载《中学生》1930年9月1日第8号。
④ 鲁迅：《呐喊·故乡》，见《鲁迅全集》第1卷，人民文学出版社2005年版，第501页。

看实景便像看一幅天然的画图"①。中国古代诗人写景惯用这种"远近法"的绘画技艺,如"接天莲叶无穷碧"(杨万里《出净慈送林之放》)、"水浸碧天何处断"(张昇《离亭燕》)、"洞庭秋水远连天"(刘长卿《夕望岳阳》)等,鲁迅的旧体诗作中也有同样的表现,如:

> 六代绮罗成旧梦,石头城上月如钩。②
> 竦听荒鸡偏阒寂,起看星斗正阑干。③

"如钩月"与"石头城""星斗"与"阑干"本来一个在天一个在地,但在诗人以绘画的远近法眼光来看,即撤去其间渺邈的星汉间距,就好像月在城上、星在阑干了。鲁迅的散文诗《风筝》写"灰黑色的秃树枝丫叉于晴朗的天空中,而远处有一二风筝浮动"④,"树枝""风筝"是点缀于"天空"的风景,三者合为一体又是一幅简静、淡远的图画;《死火》写"这是高大的冰山,上接冰天,天上冻云弥漫,片片如鱼鳞模样。山麓有冰树林,枝叶都如松杉"⑤,"冰山""冻云""冰树林"直如文人山水的水墨写真。宗白华说:"中国画的境界似乎主观而实为一片客观的全整宇宙,和中国哲学及其他精神方面一样。"⑥鲁迅摹写的自然景物就像中国画一样,也充满这种天人合一的宇宙意识,它们往往以"天"为背景,构图又多取远景,这便让其笔下物象看来如天空幕布上的天然图画了。再以鲁迅小说《社戏》为例,"最惹眼的是屹立

---

① 丰子恺:《文学中的远近法》,载《中学生》1930年9月1日第8号。
② 鲁迅:《集外集拾遗·无题二首(其一)》,见《鲁迅全集》第7卷,人民文学出版社2005年版,第452页。
③ 鲁迅:《集外集拾遗·亥年残秋偶作》,见《鲁迅全集》第7卷,人民文学出版社2005年版,第475页。
④ 鲁迅:《野草·风筝》,见《鲁迅全集》第2卷,人民文学出版社2005年版,第187页。
⑤ 鲁迅:《野草·死火》,见《鲁迅全集》第2卷,人民文学出版社2005年版,第200页。
⑥ 宗白华:《论中西画法的渊源与基础》,见《中国美学史论集》,安徽教育出版社2000年版,第295页。

在庄外临河的空地上的一座戏台，模胡在远处的月夜中，和空间几乎分不出界限"①，"月夜""戏台""河水"隐去空间界限融为一幅画，天向下移，水往上移，正合乎"视线上的景物愈远愈低，视线下的景物愈远愈高"②的美术远近法逻辑。

在文学的远近法之外，鲁迅的诗歌写景还多取用印象式写法，对自然物象的形态、色彩体察常以模拟、夸张言语出之。青溪道人程正揆曰："铁干银钩老笔翻，力能从简意能繁。"③鲁迅的《秋夜》写枣树枝干也用"铁似的"词语表其形态，他的旧体诗中另有这样的诗句：

> 大野多钩棘，长天列战云。④
> 吟罢低眉无写处，月光如水照缁衣。⑤
> 如磐夜气压重楼，剪柳春风导九秋。⑥
> 禹域多飞将，蜗庐剩逸民。⑦
> 横眉岂夺蛾眉冶，不料仍违众女心。⑧

荆棘如钩、月光如水、夜气如磐、柳叶如剪、屋如蜗庐、眉如蚕蛾，自

---

① 鲁迅：《呐喊·社戏》，见《鲁迅全集》第1卷，人民文学出版社2005年版，第592—593页。
② 丰子恺：《文学中的远近法》，载《中学生》1930年9月1日第8号。
③ 〔清〕程正揆：《山庄题画》（六首之三），见《青溪遗稿》第一五卷，引自钱钟书：《七缀集·中国诗与中国画》，生活·读书·新知三联书店2001年版，第14页。
④ 鲁迅：《集外集·无题》，见《鲁迅全集》第7卷，人民文学出版社2005年版，第148页。
⑤ 鲁迅：《惯于长夜过春时》，见《鲁迅诗歌全集》，长江文艺出版社2007年版，第67页。
⑥ 鲁迅：《集外集·悼丁君》，见《鲁迅全集》第7卷，人民文学出版社2005年版，第159页。
⑦ 鲁迅：《集外集拾遗·无题》，见《鲁迅全集》第7卷，人民文学出版社2005年版，第468页。
⑧ 鲁迅：《集外集拾遗·闻谣戏作》，见《鲁迅全集》第7卷，人民文学出版社2005年版，第471页。

然景物经过鲁迅艺术之笔的润泽修饰，便宛如画中物象一般笼罩上一层静态美。绘画对大千世界的呈现可用线条、色彩直接摹写，诗歌（文学）则只能用文字间接模仿，表达工具的差异使得诗歌写景时不可能像绘画那样面面俱到、曲尽其妙，而是"在繁复的物象中，删去不重要的'琐屑点'，而摘取其可以代表这物象的性格的'特点'，夸张地描写出来"①，此所谓"文学的写生"法。《社戏》中写"淡黑的起伏的连山，仿佛是踊跃的铁的兽脊似的，都远远地向船尾跑去了"②，把"起伏的连山"喻为"踊跃的铁的兽脊"。正如白居易的"兽形云不一，弓势月初三"（《秋思》）一样，用的就是这印象式的文学写生法。上引鲁迅旧体诗中，用铁钩比荆棘，是为了形态特点的近似，用水比月光，是为了清淡、流丽特点的近似，用蚕蛾比眉毛，是为了倒垂特点的近似，凡此种种，都与中国绘画采用的印象笔法相通。

冯至曾说鲁迅"诗中的辞藻和句法秾丽处甚至使人想到李义山"③，辞藻主要表现在"色彩"的写法上。东洋画④的绘画色彩多用物质固有色，色感夸张而强烈，这与文学以语言当颜料的色彩观察法正好处于同一根基。李商隐《无题》诗云："隔座送钩春酒暖，分曹射覆蜡灯红。"以"红色"夸大蜡烛的"黄色"灯光效果，这是文学的色彩法。与此相类，鲁迅的散文诗《一觉》中也有："漂渺的名园中，奇花盛开着，红颜的静女正在超然无事地逍遥，鹤唳一声，白云郁然而起。"⑤用"红颜"代指美貌、青春的少女，并与"白云"（而

---

① 丰子恺：《文学中的写生》，载《中学生》第 11 号、第 12 号，1931 年 1 月 20 日、2 月 1 日出版。

② 鲁迅：《呐喊·社戏》，见《鲁迅全集》第 1 卷，人民文学出版社 2005 年版，第 592 页。

③ 冯至：《鲁迅先生的旧体诗》，见《冯至全集》第四卷，河北教育出版社 1999 年版，第 139 页。

④ "东洋画"，一般指东方绘画体系，是与西方绘画体系相对而言的，即在东方文明古国中发展起来的绘画，包括古埃及、波斯、印度、日本、越南、朝鲜、中国等，以中国画为主，也有人称之为亚洲绘画体系；在狭隘意义上，"东洋画"常被中国人用来指称"日本画"（尤其是水墨画）。本书此处取"东洋画"的一般意义。

⑤ 鲁迅：《野草·一觉》，见《鲁迅全集》第 2 卷，人民文学出版社 2005 年版，第 228 页。

非乌云、黑云、彤云等）相照，这便近乎"人面桃花相映红"（崔护《题都城南庄》）的艺术境界了；而从科学的物理层面分析，女子若果然长着一张红色脸孔如关云长，绝不能产生什么视觉美感，但向来女子化"红妆"，"红妆"与头上的"青丝"相照，就形成了"红颜"这一审美惯例，这是艺术的"真"。事实上，倘参照中国古代仕女画或日本浮世绘的人物画法，当会对中国艺术（绘画、诗词）的色彩夸张法有更深了解，它营造了中国绘画"如梦如幻"的独特意味。

为了强烈色感的渲染，在夸张法之外，诗歌还常用对比法描绘景物形态，并且，由于文词比不得绘画颜料的可以表现丰富色差，诗歌多出现同类色彩字眼混用的现象。鲁迅作品中黑、白、红、黄、青五行单色的色系词汇用得最多，使其艺术感整体呈现纯净、热烈的色调特征。本书第六章预备以《野草》为中心集中阐述鲁迅的色彩诗学，故兹处暂从略。现仅以鲁迅旧体诗为例稍作说明：

> 怵目飞红随蝶舞，关心茸碧绕阶生。①
> 文禽共惜春将去，秀野欣逢红欲然。②
> 昔闻湘水碧如染，今闻湘水胭脂痕。
> 湘灵妆成照湘水，皎如皓月窥彤云。③
> 洞庭木落楚天高，眉黛猩红涴战袍。④
> 唱尽新词欢不见，旱云如火扑晴江。⑤

---

① 鲁迅：《集外集拾遗补编·惜花四律（其一）》，见《鲁迅全集》第8卷，人民文学出版社2005年版，第538页。

② 鲁迅：《集外集拾遗补编·惜花四律（其四）》，见《鲁迅全集》第8卷，人民文学出版社2005年版，第538页。

③ 鲁迅：《集外集·湘灵歌》，见《鲁迅全集》第7卷，人民文学出版社2005年版，第150页。

④ 鲁迅：《集外集·无题》，见《鲁迅全集》第7卷，人民文学出版社2005年版，第153页。

⑤ 鲁迅：《集外集·赠人（其一）》，见《鲁迅全集》第7卷，人民文学出版社2005年版，第160页。

首先，这几处引例都涉及"红色"，有"飞红""火红""胭脂红"①"彤红""猩红"等，其中，"火红"出现了两次，说"秀野欣逢红欲然""旱云如火扑晴江"，这是典型的夸张法。此外，还有两处运用红、绿对比，以"飞红"对"茸碧"，以"碧如染"对"胭脂痕"，不仅充满古诗"灯红酒绿""红亭翠馆"的色彩情调，更兼及对物态的细微刻画（"茸""痕"）。至于"皓月""彤云""眉黛""猩红"的色彩对照，则与前述"红颜"的用例有些接近，是宫廷仕女画中女子妆容的色彩特点的延伸。

关于同类色彩字眼的混用现象，如古诗中多用苍、翠、青、绿来形容草色，对碧、蓝、苍、青、蓝、翠等色彩的调用也不甚区分，这种情况在鲁迅诗作中不胜枚举。以"青"为例，《野草》中就有用白中隐青、青白而表其白（《雪》《死火》《颓败线的颤动》）、青天而表其蓝（《好的故事》）、青烟而表其黑（《失掉的好地狱》）、青蝇而表其墨（《秋夜》《死后》）、青葱而表其绿（《秋夜》《腊叶》）等诸多用法；鲁迅诗中含有"红"色、"绿"色字眼的词汇比比皆是而又很少雷同，前者如粉红、鲜红、血红、大红、斑红、虹霓、火红、轻红、绯红、乌金等，后者如青葱、苍翠、冷绿、淡墨、澄碧、浓绿、葱郁等，这便几可直追绘画色彩的蓬勃、斑斓了。

中国的诗、画艺术除了远近法和印象式的观察法这两个共通视点，在观照自然的"有情化"立场上更为契合。诗歌比兴手法的先知先觉，使得"自然"成为中国艺术家情志表达的有效凭借。陈振濂说："中国人对山水画的观念是将之作为诠释自身对大自然的一种符号形式而不是描摹形式。"②换言之，山水画看似在摹写山川草木，实则是中国人思考宇宙生命的一种观念形式，"中国绘画的渊源基础却系在商周钟鼎镜盘上所雕绘大自然深山大泽的龙蛇虎豹、星云鸟兽的飞动形态，而以卍字纹、回纹等连成各式模样以为底，借以象征宇宙生命的节奏"③。在这个意义上，中国艺术家普遍抱持一种"泛神论"

---

① "胭脂红"用法在散文诗《野草》中也几处出现，如《好的故事》《颓败线的颤动》中的"胭脂水"等。

② 陈振濂：《中国画形式美探究》，上海书画出版社1991年版，第121页。

③ 宗白华：《论中西画法的渊源与基础》，见《中国美学史论集》，安徽教育出版社2000年版，第288页。

第五章 诗意与空白：鲁迅作品与中国传统文人画

的自然观，这是远古时代神话思维的延续，鲁迅说："神话不特为宗教之萌芽，美术所由起，且实为文章之渊源。"① 具体到中国，神话传说与后来的阴阳哲学成为辐射古代"艺术"几千年的观念基础，庄周梦蝶的物我合一，曹雪芹《红楼梦》的神话线索等，都属同一谱系的艺术表达，因为"梦"其实是一种神话形态。

黑格尔说艺术作品"在本质上是一个问题，一句向起反应的心弦所说的话，一种向情感和思想所发出的呼吁"②，文学艺术对自然万物（花、树、鸟、月、山、水等）形象模拟，即是对这"问题""话语""呼吁"的多种回应方式。仍以鲁迅旧体诗为例：

> 夹道万株杨柳树，望中都化断肠花。③
> 扫除腻粉呈风骨，褪却红衣学淡妆。④
> 何事脊令偏傲我，时随帆顶过长天！⑤
> 椒焚桂折佳人老，独托幽岩展素心。⑥
> 高丘寂寞竦中夜，芳荃零落无余春。⑦

在诗人眼中，"夹道杨柳"不再是单纯的植物，而是并排站立的亲密"兄

---

① 鲁迅：《中国小说史略·神话与传说》，见《鲁迅全集》第9卷，人民文学出版社2005年版，第19页。

② 〔德〕黑格尔：《美学》第1卷，朱光潜译，商务印书馆1996年版，第89页。

③ 鲁迅：《集外集拾遗补编·别诸弟（其二）》，见《鲁迅全集》第8卷，人民文学出版社2005年版，第531页。

④ 鲁迅：《集外集拾遗补编·莲蓬人》，见《鲁迅全集》第8卷，人民文学出版社2005年版，第532页。

⑤ 鲁迅：《集外集拾遗补编·和仲弟送别元韵（其三）》，见《鲁迅全集》第8卷，人民文学出版社2005年版，第536页。

⑥ 鲁迅：《集外集·送 O. E. 君携兰归国》，见《鲁迅全集》第7卷，人民文学出版社2005年版，第147页。

⑦ 鲁迅：《集外集·湘灵歌》，见《鲁迅全集》第7卷，人民文学出版社2005年版，第150页。

弟";莲花也不只是水中的一道风景,而是充分人格化的一种象征,作者称其为"莲蓬人";脊令鸟、桂花枝、凋零花也不是纯粹的花鸟静物画,而是诗人托物言志的心绪表达。在散文诗《风筝》中,鲁迅对幼时"风筝"的描写仿佛是在描写一个人,无意间流露出个体怅然神伤的心情:"还有寂寞的瓦片风筝,没有风轮,又放得很低,伶仃地显出憔悴可怜模样。"[①]以上种种间接"表情"的艺术方式与中国文人画(山水、花鸟)在精神上是一致的,"如果用一句话来简单概括中国画与西洋画的区别,那就是西方绘画更加重视客观物象形貌逼真的再现,中国画则更加注重视象内在精神和作者主观情感的表现"[②],中国艺术家笔下的自然是律动着的个体心灵,是跳跃不息的情感意念。

值得注意的是,鲁迅笔下的"有情"自然在抒情方式与思想表达上并不尽然是古典诗画情调,《野草》散文诗中充满各种或具象、或抽象的主体人格物象,"地火""枣树""夜游的恶鸟"是灵魂附体的摩罗诗人,"影"是彷徨痛苦的现代知识分子,"死火""朔方的雪"是自由、果敢的生命力量,但我们发现,诗人对这些自然物象的描摹不再囿于"诗画美"的象征意绪,毋宁说它们早已冲破古典诗意、禅趣的和谐宇宙,化身为西洋后期印象派绘画风格的现代艺术因子,魏韶华说在鲁迅的"艺术趣味和生命感知中,有一种强烈的反甜腻趋苦涩、反柔顺趋凌厉、反肥满趋瘦硬的倾向",又说"他所构筑的艺术世界是反中国古典审美趣味的"[③],所指即为此也,这一论点道出了鲁迅艺术的真实一面,并且由于五四西化语境下主流话语的附和、加强,一度几乎被视为鲁迅散文诗的唯一典型特征。

然而,我们必须看到,古代诗画艺术在鲁迅作品深处产生着某种挥之不去的潜在影响,他的写作旧体诗(且造诣很高[④])就是最佳证明。鲁迅翻译的

---

① 鲁迅:《野草·风筝》,见《鲁迅全集》第2卷,人民文学出版社2005年版,第187页。
② 彭吉象:《艺术学概论》,北京大学出版社1994年版,第304页。
③ 魏韶华:《鲁迅的"呐喊"与蒙克的"呼嚎"——纪念鲁迅先生诞辰120周年》,载《兰州大学学报》2001年第5期。
④ 郭沫若说:"鲁迅先生无心作诗人,偶有所作,每臻绝唱。或则犀角烛怪,或则肝胆照人。"郭沫若:《〈鲁迅诗稿〉序》,见上海鲁迅纪念馆编:《鲁迅诗稿》,上海人民美术出版社1961年版。

儿童文学语言温婉动人，他的散文诗《雪》和《好的故事》不失为上乘的文人画。在鲁迅用以自况的《腊叶》篇中，他对零落大地的"腊叶"的刻画也极尽丹青能事："他也并非全树通红，最多的是浅绛，有几片则在绯红地上，还带着几团浓绿。一片独有一点蛀孔，镶着乌黑的花边，在红，黄和绿的斑驳中，明眸似的向人凝视。"色调的丰富灌注着诗人内心的感动，这感动不是"把酒送春春不语"（朱淑真《蝶恋花·送春》）的哀伤，而是时间生命流逝的切肤之痛："将坠的病叶的斑斓，似乎也只能在极短时中相对，更何况是葱郁的呢。看看窗外，很能耐寒的树木也早经秃尽了；枫树更何消说得。"[①]若以两幅绘画描摹这两种形态，前者是绚烂、滋润的彩墨画，后者是清寂、淡远的水墨画。

鲁迅诗歌对"文学的绘画"技法的多重"借用"，为其作品营造了独具鲁迅味的诗情画意。"古画画意不画形，梅诗咏物无隐情。忘形得意知者寡，不若见诗如见画。"[②]但鲁迅的诗歌绝非尽是诗情画意，其散文诗《求乞者》《狗的驳诘》《立论》《这样的战士》等是现代寓言连环画；旧体诗《赠蓬子》是一幅速写式漫画："蓦地飞仙降碧空，云车双辆契灵童。可怜蓬子非天子，逃来逃去吸北风"[③]；《祭书神文》却无异于"反诗情画意"的连缀讽刺画了："钱神醉兮钱奴忙，君独何为兮守残籍？华筵开兮腊酒香，更点点兮夜长。人喧呼兮儒醉乡，谁荐君兮一觞。"[④]"钱神""书神"摇身而变为少年鲁迅价值观念的形象写照了。总的来看，绘画元素的引入丰富了鲁迅诗歌的文字表现力，使其作品在新诗绽放的五四时期独具意蕴与魅力。

---

① 鲁迅：《野草·腊叶》，见《鲁迅全集》第2卷，人民文学出版社2005年版，第224页。

② 〔宋〕欧阳修：《盘车图》，见《欧阳修全集》第6卷，中华书局2001年版，第99—100页。

③ 鲁迅：《集外集拾遗·赠蓬子》，见《鲁迅全集》第7卷，人民文学出版社2005年版，第457页。

④ 鲁迅：《集外集拾遗补编·祭书神文》，见《鲁迅全集》第8卷，人民文学出版社2005年版，第534页。

三、文学的"写意":《野草》的思想景深与象征图式

诗在本质上是生命体对过往经验的沉溺,是隐匿、包裹的情感和思想在当下的层层展开,"找回过去的自己,更是对现在的'我'的确证和救赎,是建构'此在'的方式"①,这种"建构"若以"梦"的无意识形式潜入历史记忆的根部,那么得到或即将得到救赎的就不再是生命体单纯的"小我",更是一个民族的集体"大我"。

《野草》是鲁迅的一系列"梦"的断片的连缀。这部诗集以迷离恍惚、神奇怪诞著称,学者刘彦荣把这种艺术效果的渊源直接指向作者对"原型意象"②的调用,以及文本对个人无意识乃至民族、人类集体无意识的多重表现,颇具卓识。③《野草》的意象序列交错混杂,既有现实生活遭际的高度浓缩,亦有主体观念的寓言式演绎,更有思维与逻辑形而上的抽象凝结。总体来看,在这些意象中尤以形而上抽象凝结者最为意蕴丰富。根据瑞典心理学家荣格的论述,这些意象大致可称作"原型意象",在《野草》中主要包括宇宙基本元素(五行)、阴阳意象和生灵图腾意象等。《野草》中的原型意象多可延伸到中国古代艺术的轴心时期。比照传统美术范畴的诸多形制,这些意象在造型构成方式与思想艺术韵味上,与主流正统"文人画"无不构成丰富的颠覆或对话关系。如果说鲁迅旧体诗是一种"文学的绘画",那么散文诗集《野草》大体上呈现的则是一种"反文人画"精神。现对其具体表现分层阐述如下。

---

① 吴晓东:《从卡夫卡到昆德拉:20世纪的小说和小说家》,生活·读书·新知三联书店2003年版,第64页。

② 瑞士心理学家荣格认为:"原始意象或原型是一种形象(无论这形象是魔鬼,是一个人还是一个过程),它在历史进程中不断发生并且显现于创造性幻想得到自由表现的任何地方……它们为我们祖先的无数类型的经验提供形式。可以这样说,它们是同一类型的无数经验的心理残迹。它们为日常的、分化了的、被投射到神话中众神形象中去了的精神生活,提供了一幅图画。"〔瑞士〕荣格:《论分析心理学与诗歌的关系》,见《心理学与文学》,冯川、苏克译,生活·读书·新知三联书店1987年版,第120页。

③ 参见刘彦荣:《〈野草〉的原型意象》,见《奇谲的心灵图影——〈野草〉意识与无意识关系之探讨》,百花洲文艺出版社2003年版,第76—97页。

（一）《题辞》：死生轮回的宇宙基本元素

《野草·题辞》是解读《野草》的一个总纲。这篇短文对金木水火土五行元素展开的创造性想象，为我们理解鲁迅的艺术哲思提供了一个很好的窗口。对这些死生轮回的宇宙基本元素，鲁迅的运用有何独特之处？

1. 土。《野草·题辞》中提出了一组正反命题，如"明与暗""生与死""过去与未来"等。这组命题对应于中国道家哲学的阴阳观念，并在文本中具体化为"土""木""水""火"之类宇宙基本元素（五行）的对立统一。"生命的泥委弃在地上，不生乔木，只生野草"①，泥土（土地）化生万物，待万物朽腐又复归泥土，完成一次生命的循环轮回，作者关于"生与死"的哲学思考便始于这"泥土"。"土地"是生机与死亡的双重象征，它是春的胚层，"野草"附着其上吸取露水和营养，耗尽地面装饰下陈死人的血肉精魂，而后它遭到践踏与删刈，成为冬日"剥落的高墙""倒败的泥墙"下随风肆虐的"灰土"。《求乞者》一文八次出现"灰土"，使得这个简单的意象上升为一种隐喻象征，弥漫成一幅摇曳模糊、颓丧无聊的心绪画面。最为典型的还有《过客》中的"土屋"与"坟"，"土屋"是农业社会的缩影，是哲学意义上华夏文明起点的象征；"坟"既是未来又是终结，是生命的保存与明证。"坟"可谓独具鲁迅特点的生命意象，《药》里即写到"层层叠叠""宛然阔人家里祝寿时候的馒头"②的丛冢，《在酒楼上》又有吕纬甫的"迁坟"，后来更把自己的第一部杂文集命名为"坟"，"一面是埋葬，一面也是留恋"，他希望《坟》这本书"能够暂时躺在书摊上的书堆里，正如博厚的大地，不至于容不下一点小土块"③，"土块"是鲁迅生命结晶的想象对应物，待世间万类湮逝，一切存在均化作坟茔复归大地。

1927年9月23日，鲁迅在广州作的《怎么写》一文中，曾描绘过他写作《野草·题辞》时的心情："我沉静下去了。寂静浓到如酒，令人微醺。望后

---

① 鲁迅:《野草·题辞》，见《鲁迅全集》第2卷，人民文学出版社2005年版，第163页。

② 鲁迅:《呐喊·药》，见《鲁迅全集》第1卷，人民文学出版社2005年版，第470页。

③ 鲁迅:《坟·题记》，见《鲁迅全集》第1卷，人民文学出版社2005年版，第4页。

窗外骨立的乱石中许多白点，是丛冢；一粒深黄色火，是南普陀寺的琉璃灯。前面则海天微茫，黑絮一般的夜色简直似乎要扑到心坎里。"①南普陀寺的琉璃灯透露出此情此境的宗教气息。我国传统五行观念强调"土"地的化育功能，故昔者有女娲"抟土造人"的神话传说。《易·系辞传》曰："安土敦乎人，故能爱。"②大概没有一个民族像中国人这样热爱泥土，在新石器时代，陶器工艺曾绽放过何等芳华绝代的艺术曙光，远古先民对泥土、水和火的特性的漫长认知，使得史前陶器几乎与农业文明同步发展。土地是华夏民族"创造"和"繁衍"历史的悠远象征。相形之下，鲁迅的"土"性意象却倾向于感知生命的收束，他的《野草》的灵魂泥土却只生野草而无乔木，只生褪尽落叶的枣树而无阔叶植被。这是一片荒凉、贫瘠的所在，它开启的虽是古代农业文明的纯朴记忆，却显然打上了一层深刻的现代思想烙痕。它的基质不是陶瓷玉器的温柔调和，不是文人画幅之上的辽阔江山③，而是死亡与新生的凭借物，是远古时空的变体与重置。

2. 木。"木"乃生命，是"泥土"的繁殖物。《腊叶》中写"繁霜夜降，木叶多半凋零"④，作者以"木叶"表现生命最初的诗意与单纯。屈原《九歌》有诗云"袅袅兮秋风，洞庭波兮木叶下"，后世沿用下来亦有"九月寒砧催木叶，十年征戍忆辽阳"（沈佺期《古意》）、"无边落木萧萧下，不尽长江滚滚来"（杜甫《登高》）之说。林庚先生曾言"木叶"给人以生命的质感和沧

---

① 鲁迅：《三闲集·怎么写——夜记之一》，见《鲁迅全集》第4卷，人民文学出版社2005年版，第18页。

② 周振甫：《周易译注》，中华书局1991年版，第234页。

③ 台湾知名画家蒋勋说："唐代'青绿山水'已完成了中国山水画的初步结构。这个结构，不仅解决了魏晋山水画'水不容泛'、'人大于山'的困境，同时，也为中国山水画，从根本上开创了不同于其他民族'风景画'的视野，使中国的'山水画'更近于哲学意义上的时间与空间，更具备川流不息的宇宙意义，更接近中国人所说的'江山'与'天下'的辽阔胸襟，而很不同于物质层次的风景模拟。"蒋勋：《美的沉思：中国艺术思想刍论》，文汇出版社2005年版，第178页。在这个意义上，鲁迅《野草》中的"土地"已不是农业文明下繁育与丰收的古典象征，毋宁说是一个更接近西方后期印象派绘画与现代哲学意义上的概念。

④ 鲁迅：《野草·腊叶》，见《鲁迅全集》第2卷，人民文学出版社2005年版，第224页。

桑感,"'木'不但让我们容易想起树干,而且还会带来'木'所暗示的颜色性"。^①那么,鲁迅夹在《雁门集》里的"腊叶"是什么颜色呢?"他也并非全树通红,最多的是浅绛,有几片则在绯红地上,还带着几团浓绿。一片独有一点蛀孔,镶着乌黑的花边,在红,黄和绿的斑驳中,明眸似的向人凝视。"^②这是一种近乎死亡的逼视,如同《秋夜》中"落尽叶子,单剩干子"的枣树一样,生命(文化)到了晚年,只剩下"被蚀而斑斓的颜色",就像古碑上脱去青春光泽的铭文,任它朝代更迭,战火硝烟,却一直在历历风中坚守"死生"的意义。唯其如此,"赤足著破鞋"的过客"支着等身的竹杖"就显得别有意味。"竹"在古代深受文人墨客喜爱。汉代以竹简为书,魏晋年间有竹林七贤,唐代教坊又有曲名(后用为词牌)竹枝词,宋陈师道《绝句四首》云"芒鞋竹杖最关身"。随着文化历史的沉积、演变,"竹"日益化身文人们精神品格、道德情操的象征,并成为传统绘画一个相当重要的题材。文同、苏轼、倪瓒、徐渭、石涛、郑板桥、蒲华、吴昌硕、黄宾虹、齐白石、潘天寿等皆为一代画竹大师。在《过客》中,"过客"虽以竹木为杖(这点明他的文人身份),却衣衫破碎、神情迟滞,毫无倜傥飘逸之姿,一副破落"文人"加"实干家"(大禹、墨子)的形象^③。光秃秃的竹木暴露出鲁迅内心深处中国近现代知识分子的灵魂图景。再者,《过客》中的"女孩"手里捧的是"木杯","老翁"与女孩家的门侧有一段"枯树根",老翁就坐在这"树根"上。我们知道,《出关》中鲁迅七次写到老子(孔子)"好像一段呆木头"。《庄子·田子方》记载老子接见孔子的传说中,形容老子形貌时这样写道:"向者

---

① 参阅林庚:《说"木叶"》,见《唐诗综论》,人民文学出版社1987年版,第283—289页。

② 鲁迅:《野草·腊叶》,见《鲁迅全集》第2卷,人民文学出版社2005年版,第224页。

③ 对照《过客》中"过客"与小说《理水》中的"大禹"、《非攻》中的"墨子"形象即可知。在《理水》中,大禹"把大脚对着大员们,又不穿袜子,满脚底都是栗子一般的老茧";在《非攻》中,墨子"旧衣破裳,布包着两只脚,真好像一个老牌的乞丐";鲁迅对"过客"的外貌描写是:"约三四十岁,状态困顿倔强,眼光阴沉,黑须,乱发,黑色短衣裤皆破碎,赤足著破鞋,胁下挂一个口袋,支着等身的竹杖。"

先生形体，掘若槁木，似遗物离人而立于独也。"①所谓"槁木"，枯木、朽木者也。"一段呆木头"在《出关》中的数次出现，一方面营造出文本结构的戏仿效果，另一方面以"枯木"喻儒、道精神源头（孔、老），又暗示出某种文化寻根诉求②。"枯木"亦是传统中国画的常见题材，倡导文人画的苏轼的存世画迹就有《古木怪石图卷》《竹石图》《潇湘竹石图卷》等。绍兴《天觉报》创刊号登载的鲁迅祝贺画《如松之盛》（1912年11月1日）③虽以松为题，这棵树却独有屈曲遒劲的躯干，它毫无繁茂跌宕之姿，充满张力的主干向左弯成一个生命的弧形。这种延续传统国画"枯木"意笔的作品在鲁迅的绘画实践中并不多见。如果用季节来喻示鲁迅笔下的"木"性意象，那么他偏爱的无疑是秋冬而非春夏，是万物的凋零而非荣发，是死而后生的凝重而非生机盎然的蓬勃，是《死后》的"棺木"，是《在酒楼上》与雪竞斗的老梅，是《伤逝》中窗外半枯的槐树和老紫藤。我们从中仿佛可以看到鲁迅之于老中国文化现实的深深焦虑，比之《诗经》《山海经》中关于动、植生物的鲜活呈现，犹惹人唏嘘感叹、掩卷沉思。

3. 水。鲁迅在作于1907年的《科学史教篇》中写道："冀直解宇宙之元质，德黎谓水，亚那克希美纳谓气，希拉克黎多谓火。其说无当，固不俟言。"④水虽非宇宙之元质，却素称生命之源泉。《野草·题辞》中说"野草"

---

① 陈鼓应：《庄子今注今译》（下），商务印书馆2007年版，第623页。
② 刘彦荣认为《过客》一文彰显出五四时期中西文明的矛盾对抗在鲁迅心灵深处的折射与影响，"小土屋那向着坟场开着的门侧的枯树根，却暗示着过客行为的寻根性质。"参见《奇诡的心灵图影——〈野草〉意识与无意识关系之探讨》，百花洲文艺出版社2003年版，第95页。
③ 关于这幅画的真伪问题学界曾有论争，早期张望、朱崟等老辈学者谈到这幅国画是鲁迅美术作品，此后大多研究者认同这一看法，王锡荣编选《画者鲁迅》一书（上海文化出版社2006年版）把该画收录入内。2008年8月19日倪墨炎先生在上海《文汇报》的《笔会》发表《〈如松之盛〉不是鲁迅作品》列出八大理由，主要依据为鲁迅日记日期不合、字迹出入等原因。顾农先生针对此文又于《博览群书》2010年9期发表《〈如松之盛〉仍有可能是鲁迅作品》予以商讨。笔者从此画风格、作者笔迹倾向于认同前辈学者观点：这幅画与鲁迅的诸多书法作品一样，是一幅很具鲁迅味的美术作品。
④ 鲁迅：《坟·科学史教篇》，见《鲁迅全集》第1卷，人民文学出版社2005年版，第26页。

的生存在于"吸取露,吸取水,吸取陈死人的血和肉"①。中国画以水墨、宣纸为材料,宣纸乃青檀树皮添加稻、楮、桑、竹、麻等辅助原料经过浸泡、蒸煮、水捞等十八道工序制成。在《历代名画记》《新唐书》书中即可见对宣纸的记载。墨乃植物(以松木为主)燃烧后的烟料经过入胶、和剂、蒸杵、模压等多道工序制成的。是故,水墨画不似西方的油画,它有一种内在生命的灵性,是植物遇水的再度复生。

《野草·雪》中江南的雪就是这样一幅饱富水墨气氛的风景画。鲁迅以"滋润""美艳"如许充满"水性"的字眼描述雪的娇媚:"那是还在隐约着的青春的消息,是极壮健的处子的皮肤。雪野中有血红的宝珠山茶,白中隐青的单瓣梅花,深黄的磬口的蜡梅花;雪下面还有冷绿的杂草。"②作者由江南的雪想到青春,想到雪野中冬花多姿多彩的风貌,江南的雪既有升华为"冰冷的坚硬的灿烂的雪"的质地,又有水作为五行"润下"功能的肌理。③鲁迅关于"水"的想象有其地域文化特性。他对江南的雪的描摹充满一种故乡的温情,这种温情借助传统文化艺术符号(如《雪》中的冬花烂漫图、塑雪罗汉图;《在酒楼上》的老梅斗雪图、山茶傲雪图)构成一种鲁迅式的古典抒情。《中庸》第二十二章云:"唯天下至诚,为能尽其性;能尽其性,则能尽之性;能尽人之性,则能尽物之性;能尽物之性,则可以赞天地之化育。"生存的意志把"物之性"的潜能发挥到极致,便培养了我们这个民族对"水""木"的特殊感情。在这个意义上,水墨画成为中国画的重要代表形式,也许是一种历史必然。在漫长的"石器时代"之后,原始先民敲凿石块的双手又开始渐渐亲近泥土,水与土的结合孕育了伟大的陶器时代。水以其柔性营养万物,并由此造就了华夏民族几千年的农业文明。瑞士心理学家荣格

---

① 鲁迅:《野草·题辞》,见《鲁迅全集》第2卷,人民文学出版社2005年版,第163页。
② 鲁迅:《野草·雪》,见《鲁迅全集》第2卷,人民文学出版社2005年版,第185页。
③ 《尚书·洪范上》记载周武王、箕子的对话中谈到:"五行:一曰水,二曰火,三曰木,四曰金,五曰土。水曰润下,火曰炎上,木曰曲直,金曰从革,土曰稼穑。润下作咸,炎上作苦,曲直作酸,从革作辛,稼穑作甘。"参见〔清〕孙星衍:《尚书今古文注疏》,中华书局1986年版,第296—297页。

说:"每一个原始意象中都有着人类精神和人类命运的一块碎片,都有着在我们祖先的历史中重复了无数次的欢乐和悲哀的一点残余,并且总的说来始终遵循同样的路线。它就象心理中的一道深深开凿过的河床,生命之流在这条河床中突然奔涌成一条大江,而不是象先前那样在宽阔然而清浅的溪流中漫淌。"①鲁迅对江南之雪水性的亲昵与喜爱,可能也蕴含有这样一份原始的感情吧。

与此同时,水还有另一种存在形态,作为死掉的雨的精魂,朔方的雪永远"如粉,如沙,他们决不粘连,撒在屋上,地上,枯草上","在晴天之下,旋风忽来,便蓬勃地奋飞,在日光中灿灿地生光,如包藏火焰的大雾,旋转而且飞腾,弥漫太空,使太空旋转而且飞腾地闪烁"。②仿佛是水的魂归大地,朔方的雪充满土性,它"粗粝"而"坚韧",似乎失却了尚柔的水性。这种中国脊梁式的汉子品格很受鲁迅欣赏。《在酒楼上》小说中他写S城的废园雪景时,也曾联想到"粉一般干""飞得满空如烟雾"的朔雪。朔方的雪是水的意志与力量的体现。在《颓败线的颤动》中,鲁迅几次用"波涛"来描绘老妇人愤怒至迷狂的幻觉图景:

1. 空中突然另起了一个很大的波涛,和先前的相撞击,回旋而成旋涡,将一切并我尽行淹没,口鼻都不能呼吸。

2. 当她说出无词的言语时,她那伟大如石像,然而已经荒废的,颓败的身躯的全面都颤动了。这颤动点点如鱼鳞,每一鳞都起伏如沸水在烈火上;空中也即刻一同振颤,仿佛暴风雨中的荒海的波涛。

3. 她于是抬起眼睛向着天空,并无词的言语也沉默尽绝,惟有颤动,辐射若太阳光,使空中的波涛立刻回旋,如遭飓风,汹涌奔腾于无边的荒野。③

---

① 〔瑞士〕荣格:《论分析心理学与诗歌的关系》,见《心理学与文学》,冯川、苏克译,生活·读书·新知三联书店1987年版,第121页。
② 鲁迅:《野草·雪》,见《鲁迅全集》第2卷,人民文学出版社2005年版,第186页。
③ 鲁迅:《野草·颓败线的颤动》,见《鲁迅全集》第2卷,人民文学出版社2005年版,第210—211页。

"漩涡"是古代美术尤其是青铜造型艺术中的常见纹饰。漩涡无限向内里收缩又无限向外部延宕，并在同一空间或平面无限自我重复的特征，很容易让人陷入一种宗教境界。台湾画家、美学家蒋勋曾就商周动物纹饰作过精彩解读："商周的动物纹被简化成以曲线和直线为主的各种勾连，在既均衡又不断暗示律动的粗细线条与圆点的交替中形成了一种交响乐的气势，使人的视觉不能安定和停留，常常在线与线的似断而连、若连实断的无限组合中进入印象冥想的世界。"①"漩涡"也是这样一种"印象冥想"的视觉符号。用"波涛""旋涡""回旋""奔腾"这样的动态字眼隐喻老妇人的抽象情绪，不禁让人联想到古代大禹治水、《圣经》中诺亚方舟的神话传说。②老妇人石像一般裸体矗立于荒野之上，她周身"辐射若太阳光"，像一位"女神"。在这里，"波涛"唤起一场遥远灾难的记忆，仿佛水要发挥死亡的力量，荡涤人间的一切罪恶，让世界回到原初，让大地从滋养一棵"野草"开始重新孕育生命。

鲁迅说过："我不爱江南。秀气是秀气的，但小气。"③这从他对朔方之雪充满激情的人格化描写中即可看出。在中国五行观念里，北方属于水，主"黑色"，其代表季节为冬。朔方的雪正是五行之水的典型象征。它的"在晴天之下，旋风忽来，便蓬勃地奋飞，在日光中灿灿地生光，如包藏火焰的大雾，旋转而且升腾，弥漫太空，使太空旋转而且升腾地闪烁"④，与滋养文人画的水墨之水已不可同日而语，仿佛这流淌了上千年的文化之水，在鲁迅的凌厉之笔下，要爆发颠覆旧有的原始力量，为尚柔至善的儒道伦理注入现代雄魂。

4. 火。当代诗人杨如风写过一组《金木水火土》的现代诗歌，其中《火》的最末三句这样写道："我要将每一个五百年要做的事情／都当作最后一堆篝

---

① 蒋勋:《美的沉思：中国艺术思想刍论》，文汇出版社2005年版，第62页。

② 事实上，在西南少数民族传说中，中国的伏羲、女娲也有一段类似西方神话诺亚夫妇的经历，只不过助你逃过灾难的不是"方舟"，而是"葫芦"。

③ 鲁迅:《书信·350901 致萧军》，见《鲁迅全集》第13卷，人民文学出版社2005年版，第532页。

④ 鲁迅:《野草·雪》，见《鲁迅全集》第2卷，人民文学出版社2005年版，第186页。

火／来燃烧。"①是的，当遥念远古，我们常会不由自主想到那最后一堆篝火，那篝火映照的喜悦的脸，那野兽皮毛烧焦的气味，甚至追慕起"奏九天之和乐，百兽率舞"②的动人场面。古人称"火曰炎上"，火意味着温暖与升腾，火意味着人类文明的第一道曙光。

然而，鲁迅《野草》中写到的却是"死火"，"有炎炎的形，但毫不摇动，全体冰结，像珊瑚枝；尖端还有凝固的黑烟，疑这才从火宅中出，所以枯焦"③。"死火"这一怪异意象迥然不同于西洋的炉中壁火，温暖而舒适，不同于闻一多、巴金灼烧的灵感之火，热烈而痛苦，不同于梁遇春的"救火夫"的生命之火，勇敢而无畏。④"死火"是被冻结的民族精魂，它在"冻灭"与"烧完"之间无地彷徨。鲁迅说："当我幼小的时候，本就爱看快舰激起的浪花，烘炉喷出的烈焰。"⑤但他创作了毫不绚烂的死火，死火是火遇冰的凝结物，它既不是汉画像中沸腾了庶民炊具的尘世烟火，也不是梵高画中澎湃着宗教激情的炽热火焰，它是古老中国日渐颓靡的创造力的象征，"我希望这野

---

① 参见杨如风新浪博客：http://rufengyang.blog.163.com。
② 王嘉：《拾遗记译注·炎帝神农》，黑龙江人民出版社1989年版，第5页。
③ 鲁迅：《野草·死火》，见《鲁迅全集》第2卷，人民文学出版社2005年版，第200页。
④ 闻一多在1942年11月25日给臧克家的信中说："我只觉得自己是座没有爆发的火山，火烧得我痛……说郭沫若有火，而不说我有火……这样的颠倒黑白……那就让你们说去，我插什么嘴呢？"参见闻一多：《给臧克家先生》，见《闻一多全集》第12卷，湖北人民出版社1993年版，第381页。巴金在《爱情的三部曲》序中说："我自己这个人就像一座雪下的火山。在平静的表面下，我隐藏了那么强烈的火焰。别人只看见雪，只有我自己才知道火。那火快要把我的内部烧尽了。我害怕，我害怕将来有一天它会爆发。"参见巴金：《爱情的三部曲·序》，见《巴金全集》第6卷，人民文学出版社1988年版，第43页。作家梁遇春有《吻火》《观火》《救火夫》等写火的作品，研究者韩素梅对此有一个出色解释：梁遇春"在否定中寻觅着重建世界的光——崇高性精神在他的幽默、调侃的现代精神之后是熠熠闪光的……'火'似乎总是和奉献和奋进相联，也即一种始自古希腊普罗米修斯高高举起的象征着崇高精神的火种。"参阅韩素梅：《"急景流年"饮"春醪"——关于梁遇春"伊利亚"体散文》，载《广西师范大学学报》（社科版）1998年第S2期。
⑤ 鲁迅：《野草·死火》，见《鲁迅全集》第2卷，人民文学出版社2005年版，第200页。

草的死亡与朽腐，火速到来"①，"死火"最终选择"烧完"结束生命。

中西方古代绘画史上都甚少关于火的作品。20世纪20年代初创于西昌地区的火绘艺术也主要关乎绘画工具的革新。那么，鲁迅的"死火"在艺术形式上究竟有何独创性？从格调氛围来看，"死火"身处冰谷之中，四周清净澄明，内含一种东方式的宁谧，倘若以梵高的绘画作类比，它比较接近于《日本情趣·梅花》或《开花的巴丹杏树枝》，而非《星月夜》《橄榄树》《龙柏》等系列作品；从审美意蕴来看，"死火"在冰谷四壁化为无量数影，并执意冲出冰谷完成生命的最后辉煌，其人格化力量更为接近西方的表现主义绘画，或者说更为接近鲁迅倡导的新兴木刻艺术。总的来看，从美术角度而言，鲁迅对五行之"火"的想象似乎是东方形式和西方精神的结合体，是对家国运命深沉忧虑着的鲁迅的卓越创造物，其间隐匿着他的无限才情，和那个时代倾斜着的浓重背影。

5. 金。古人称："金曰从革。"金主西方，为金属矿物质的统称，具有清洁、肃降、收敛的特性。《周礼·冬宫考工记第六》载云："凡攻木之工七，攻金之工六，攻皮之工五，设色之工五，刮摩之工五，搏埴之工二。"②周代的"工艺"以物质为分类基础，如木材、金属、皮革、色彩、玉石、陶土等。鲁迅作品中从"金"的意象可谓不胜枚举，现以《野草》为中心略析几例如下：

> 他简直落尽叶子，单剩干子，然而脱了当初满树是果实和叶子时候的弧形，欠伸得很舒服……而最直最长的几枝，却已默默地铁似的直刺着奇怪而高的天空，使天空闪闪地鬼眨眼；直刺着天空中圆满的月亮……我赶紧砍断我的心绪。③

---

① 鲁迅：《野草·题辞》，见《鲁迅全集》第2卷，人民文学出版社2005年版，第164页。
② 李学勤主编：《十三经注疏·周礼注疏》，北京大学出版社1999年版，第1062页。
③ 鲁迅：《野草·秋夜》，见《鲁迅全集》第2卷，人民文学出版社2005年版，第166—167页。

"刺"让人联想到旧石器时代尖锐的石质工具，给人以视觉的刺激感；"铁"给人以沉重的力量感；"砍"则给人以果决的动作感。

倘若用一柄尖锐的利刃，只一击，穿透这桃红色的，菲薄的皮肤，将见那鲜红的热血激箭似的以所有温热直接灌溉杀戮者。①

以"尖锐的利刃"对"菲薄的皮肤"，映衬热血喷涌而出的"激箭似的"视觉冲击感，"灌溉"喻示农耕文明。

丁丁地响，钉尖从掌心穿透，他们要钉杀他们的神之子了。②

再次出现"尖锐"的视觉感，是"金从革"的最好说明。

我的心也曾充满过血腥的歌声：血和铁，火焰和毒，恢复和报仇。③

混合着"血和铁"的歌声，该是一种什么质地！

二十年来毫不忆及的幼小时候对于精神的虐杀的这一幕……而我的心也仿佛同时变了铅块，很重很重的堕下去了。④

---

① 鲁迅：《野草·复仇》，见《鲁迅全集》第2卷，人民文学出版社2005年版，第176页。
② 鲁迅：《野草·复仇（其二）》，见《鲁迅全集》第2卷，人民文学出版社2005年版，第178页。
③ 鲁迅：《野草·希望》，见《鲁迅全集》第2卷，人民文学出版社2005年版，第181页。
④ 鲁迅：《野草·风筝》，见《鲁迅全集》第2卷，人民文学出版社2005年版，第188页。

第五章 诗意与空白：鲁迅作品与中国传统文人画

用密度比铁大的具象化的"铅块"描述个体抽象化的心情，质量感与形象感一并托出。

> 边缘都参差如夏云头，镶着日光，发出水银色焰。①

"金"也可以不是质量感的沉重，而是色彩感的璀璨与辉煌。

> 清白的两颊泛出轻红，如铅上涂了胭脂水。②

金与水的两相不融合，营造出一种视觉的尴尬而非妩媚。

此外，《野草》中含"金"的词汇尚有"铁线蛇""剑树""钢叉""投枪"等。鲁迅对"金"类元素的想象和运用主要聚焦于质感与色彩，尤以后者为主。他用"铁""铅""钢""铜"等的质量感与尖锐感表达五行"金从革"的原初内涵。若从色彩方面论，传统文人画以无色水墨为主，"金色"因其富丽堂皇，并不为主流绘画所接纳。鲁迅作品中鲜有的"水银"暖色实际上更接近西方印象派绘画的韵味。"枯草支支直立，有如铜丝"③，这种鲁迅偏爱的"纤细"而"坚硬"的艺术感，飘荡着一股创作木刻的刀味。金是埋葬于地壳内里的自然万物在岁月磨砺下的结晶体，是生命的肃杀与反抗。五行之"金"的引入使鲁迅作品散发明显的"鲁迅气"，我们仿佛能听到他对沉闷现实的无言抗击。

---

① 鲁迅：《野草·好的故事》，见《鲁迅全集》第 2 卷，人民文学出版社 2005 年版，第 190 页。
② 鲁迅：《野草·颓败线的颤动》，见《鲁迅全集》第 2 卷，人民文学出版社 2005 年版，第 209 页。
③ 鲁迅：《呐喊·药》，见《鲁迅全集》第 1 卷，人民文学出版社 2005 年版，第 471 页。

（二）阴阳意象：两组象征序列隐喻

阴阳意象①的并立（对峙/交融）是《野草》的一种隐在结构，文本诗情、诗境的展开很大程度上都仰赖于这种双重意象的艺术张力。《题辞》中的"乔木"（虚写）与"野草"（实写），以及由此引申开去的"明与暗""生与死""过去与未来""友与仇""人与兽""爱者与不爱者"等抽象概念，就是鲁迅生命哲学的二元呈现，是他对古人阴阳朴素自然观的创造性"再思考"。所谓阴者，为寒、为暗、为聚、为实体化，所谓阳者，为热、为光、为化、为气化，具体到东西方的美学艺术领域，则西洋有"壮美"与"优美"，东方有"雄浑美"与"清秀美"，那么，鲁迅的阴阳序列意象有何个性化特征呢？

现仅以《秋夜》《影的告别》《我的失恋》三文为例，大略举其重要阴阳意象如下：

（1）奇怪而高的夜空、星星、枣树、夜游的恶鸟。（阴性意象，《秋夜》）

（2）小粉红花、蝴蝶、蜜蜂、小青虫、猩红色的栀子。（阳性意象，《秋夜》）

（3）地狱、黑暗、黄昏。（阴性意象，《影的告别》）

（4）天堂、黄金世界、光明、黎明。（阳性意象，《影的告别》）

（5）猫头鹰、冰糖壶卢、发汗药、赤练蛇。（阴性意象，《我的失恋》）

（6）百蝶巾、双燕图、金锁表、玫瑰花。（阳性意象，《我的失恋》）

这些阴阳意象构成鲁迅诗作文本世界的两组象征序列，如果说星空、枣

---

① 阴阳概念源自古代中国人的自然观，古人观察自然界中诸般现象，如天地、昼夜、日月、男女、上下、寒暑等，运以哲学思想方式，归纳了"阴阳"的概念。阴阳概念早在《易传》《道德经》中已有提及，阴阳理论辐射渗透中国传统文化的方方面面，如宗教、历法、书法、哲学、中医、占卜等。

树、蜜蜂、小青虫等动植意象是中国传统"比兴"手法的现代演绎,那么地狱、天堂、猫头鹰、赤练蛇等则更带有东西方文化原型意味。《秋夜》中写"那老在白纸罩上的小青虫,头大尾小,向日葵子似的,只有半粒小麦那么大,遍身的颜色苍翠得可爱,可怜"①,作者由"小青虫"的"飞蛾扑火",联想到"向日葵""小麦"之类农耕文明象征的艺术符号,是一种典型的"阳性"暗示,那伏在画有一枝猩红栀子花的白纸罩上的小青虫,犹如一滴墨水,浸润、绽放于鲁迅艺术想象的潜意识空间,是感性与理性的双重调用。荣格说:"创作过程,在我们所能追踪的范围内,就在于从无意识中激活原型意象,并对它加工造型精心制作,使之成为一部完整的作品。通过这种造型,艺术家把它翻译成了我们今天的语言,并因而使我们有可能找到一条道路以返回生命的最深的泉源。艺术的社会意义正在于此:它不停地致力于陶冶时代的灵魂,凭借魔力召唤出这个时代最缺乏的形式。艺术家得不到满足的渴望,一直追溯到无意识深处的原始意象,这些原始意象最好地补偿了我们今天的片面和匮乏。"②鲁迅的阳性意象中对"光"和"土"的追踪,有一种对"力"的渴望,这种力是热力、生命力抑或繁殖力,是作者向无意识深处开掘的资源宝藏。"听到几声喜鹊叫,接着是一阵乌老鸦。空气很清爽——虽然也带些土气息"③,在死生之际预报福祸的鸣音里,"我"嗅到的依然是泥土清冽如初的味道。

我们知道,悠久的农业文明培养了华夏民族对于土地(以及土地繁殖物)的特殊情感,这是一种持久的感动,一份牢固的亲情,这种感动与亲情亦造就了我们这个民族借物抒情(比兴)的文学表达方式。表面来看,鲁迅的星星、夜空、小粉红花、蜜蜂、小青虫、蝴蝶、燕子等意象,似乎是《离骚》《诗经》比兴系统的现代沿用。但"艺术的形象,与此形象中波动着的生之情

---

① 鲁迅:《野草·秋夜》,见《鲁迅全集》第2卷,人民文学出版社2005年版,第167页。

② 〔瑞士〕荣格:《论分析心理学与诗歌的关系》,见《心理学与文学》,冯川、苏克译,生活·读书·新知三联书店1987年版,第122页。

③ 鲁迅:《野草·死后》,见《鲁迅全集》第2卷,人民文学出版社2005年版,第214页。

调，可以是游离的"①，鲁迅的阴阳意象相形之下更具备现代派艺术的人格力量，他着力表现的是冲突、自我、悖论，而非古诗文中的和谐、无我、统一。他试图赋予这些满载文化意义的符号以新的意义：《秋夜》中给我们印象深刻的是"枣树直刺夜空"的视觉画面，以及夜游恶鸟打破寂静的啸鸣，小粉红花做的是冻得"瑟缩"的梦，此刻天空有一轮"窘得发白"的月亮；《影的告别》中的"影"说"我将向黑暗里彷徨于无地"，"那世界全属于我自己"②。可以看出，在鲁迅的阴阳意象构造中，他执意沉湎于阴性那一面，强调阴性符号的"破坏"与"抗争"力量③，以此挑战虚假的阳性，打破俗世腐朽的天平。《好的故事》虽有印象派波光潋滟、光影交错的美术形式感，但内容和情调却是东方式的，更何况这好的故事（牧歌美景）最终也以破碎收场，陶渊明式的精神圆满毕竟已难寻得。

值得注意的是《我的失恋》中的两组意象序列，诗歌中的"我"回赠爱人的"猫头鹰""冰糖壶卢""发汗药""赤练蛇"等，与枣树、小粉红花、小青虫（《秋夜》）等动植物意象符号相比，它们更具有鲁迅意味和文化原型意味。其中，"赤练蛇"这一"蛇"的意象很容易让人想到上古创世神话中的女娲。《山海经·大荒西经》郭璞注曰："女娲，古神女而帝者，人面蛇身，一日中七十变。"④汉画像石造型中的伏羲、女娲兄妹呈雌雄二蛇交尾之象；南阳汉画像中刻绘的"嫦娥奔月"图像中，嫦娥也是"人身蛇尾"的形象。另据闻一多就"洪水造人故事"中葫芦的功用，及"伏羲"、"女娲"与"匏瓠"语音关系的考证研究，神话传说中的伏羲、女娲就是葫芦⑤。《我的失恋》对华夏始祖伏羲、女娲原型意象的提示，与《复仇》（之二）对耶稣被钉十字架原

---

① 胡兰成：《艺术与时代》，载上海艺术学会编：《上海艺术月刊》1943年第2卷第1期。
② 鲁迅：《野草·影的告别》，见《鲁迅全集》第2卷，人民文学出版社2005年版，第170页。
③ 鲁迅早年对尼采的赞扬主要着眼于其"据其所信，力抗时俗"，他希望借此鼓动国民自尊、自强、不畏凌辱，抗击旧中国朽腐与弊陋的决心和勇气；对尼采极端否定历史的决绝态度鲁迅是不苟同的，这在他对西洋未来主义绘画的批评中即可看出。
④ 袁珂：《山海经全译》，贵州人民出版社1991年版，第302页。
⑤ 《闻一多全集》第1卷，生活·读书·新知三联书店1982年版，第56—58页。

型故事的重写，为我们理解《野草》其他相关阴阳意象（男女）打开了新的视野。先看《复仇》（之一）中的"他"和"她"：

> 然而他们俩对立着，在广漠的旷野之上，裸着全身，捏着利刃，然而也不拥抱，也不杀戮，而且也不见有拥抱或杀戮之意。
> 他们俩这样地至于永久，圆活的身体，已将干枯，然而毫不见有拥抱或杀戮之意。①

再看《颓败线的颤动》中的老妇人：

> 她在深夜中尽走，一直走到无边的荒野；四面都是荒野，头上只有高天，并无一个虫鸟飞过。她赤身露体地，石像似的站在荒野的中央……她于是举两手尽量向天，口唇间漏出人与兽的，非人间所有，所以无词的言语。②

从意象造型方式来看，"他们俩"与"老妇人"第一均为裸体，第二均置身于"荒野"之上，第三均"石像似的站在荒野的中央"。

首先说"裸体"。"裸体"人像（雕塑、绘画）本是西方古典美术的常见题材，中国传统美术中甚少此等艺术形式。"一个符号，事实上是一个民族政治的、经济的、社会的、文化的共同缩影。"③ 西方对"个人"的重视造就了其恢弘、发达的人像艺术史，以物质（石块、颜料等）的"不朽"来完成生命的"不朽"，求得一份超自然力的精神圆满。这是西洋人像雕塑、绘画所以繁盛的原因。中国则与此不同，华夏先民古来重视部族的共同力量，他们把这

---

① 鲁迅：《野草·复仇》，见《鲁迅全集》第2卷，人民文学出版社2005年版，第176—177页。注：《复仇》一、二两篇文章同作于1924年12月20日。

② 鲁迅：《野草·颓败线的颤动》，见《鲁迅全集》第2卷，人民文学出版社2005年版，第210—211页。

③ 蒋勋：《美的沉思：中国艺术思想刍论》，文汇出版社2005年版，第44页。

种力量抽象为一种集体式的"图腾"符号，是故"伟大"与"不朽"很少与个人发生关联。中国早期的人像符号多表现为"陪葬俑"，"俑的历史构成了中国人像艺术的主流"。① 除了秦陵炫耀武功的兵马俑较为高大，中国的人像雕塑多清秀内敛，且多以群像表现集体的采桑、狩猎活动，它们不以"纪念"和"崇高"为目标，只为记录现世的"安稳"和"幸福"。在这一背景下，鲁迅作品中的"裸体"男女就显得尤为耐人寻味。《复仇》（之一）中的"他们俩"显然不是一对普通男女，这从鲁迅以"复仇"命名两篇同题作品的用意即可看出。顺着这一思路，如果我们把"他"和"她"想象为"伏羲"和"女娲"（东方基督），那是绝不为过的；《颓败线的颤动》也是一篇"复仇"之作，那老妇人"举两手尽量向天"的动作与耶稣被钉十字架的受难形象颇为相似，其周身"辐射若太阳光"则正好宣告了作者在此人物身上倾注的神性之力。与小说《补天》中的女娲一样，"他们俩"与"老妇人"都有"圆活的身体"，他们虽然裸露身体，但既非西方神话史诗中的妩媚女神，亦毫无尤物莎乐美般的性感诱惑力。鲁迅笔下的裸体男女充满了野性的力量，他们躯体遍布愤怒的情绪，有一种罗丹或珂勒惠支表现主义艺术风格的粗粝感。推测来看，鲁迅的裸体造型许是中国汉画像与西洋表现主义绘画综合影响的结果，其题材元素是中国式的，其审美意蕴是西方式的，从中隐约可见五四吁求追逐"大写的我"的个体意识的时代风潮。

接着说"荒野"，"荒野""旷野""沙漠"之类字眼在鲁迅作品中常能见到。他曾感叹当时的社会正是"风沙扑面，虎狼成群的时候"②，在这种境况下，中国的老百姓们"却就默默的生长，萎黄、枯死了，像压在大石底下的草一样，已经有四千年"③。英国现代诗人T. S. 艾略特以"荒原"隐喻西方文明颓丧之际一代人的精神幻灭与危机，鲁迅则以"荒野"象征沉默国民的枯

---

① 蒋勋：《美的沉思：中国艺术思想刍论》，文汇出版社2005年版，第53页。
② 鲁迅：《南腔北调集·小品文的危机》，见《鲁迅全集》第4卷，人民文学出版社2005年版，第591页。
③ 鲁迅：《集外集·俄文译本〈阿Q正传〉序及著者自序传略》，见《鲁迅全集》第7卷，人民文学出版社2005年版，第84页。

寂魂灵:"沉默呵,沉默呵!不在沉默中爆发,就在沉默中灭亡。"①因此,莫不如"站在沙漠上,看看飞沙走石,乐则大笑,悲则大叫,愤则大骂,即使被沙砾打得遍身粗糙,头破血流"②,至少暂得生命的自由与飞扬,是之谓"铁屋中的呐喊",鲁迅把其复仇男女置身荒野之上的用意怕也在此。"用一柄尖锐的利刃,只一击,穿透这桃红色的,菲薄的皮肤,将见那鲜红的热血激箭似的以所有温热直接灌溉杀戮者"③,用生命的剧烈创痛(肉体、精神)呼唤远古蛮荒时代的原始内力,驱逐"路人"的冷漠和无聊,以及腐朽文明粉饰下的虚伪道德,让"诚"与"爱"重现人间。

最后说说"石像"。"石像"这一比喻很自然的容易让人联想到鲁迅所喜爱的汉画像,胡兰成说:"一切艺术都是造型的。只是表现的方法不同,雕刻与建筑是以实物,文学是以文字,绘画是以色彩,音乐是以声音。"④鲁迅确乎是一位擅长以文字造型的作家,他特别热衷于"雕塑式"视觉画面的营构,除了上面引文的例证,《秋夜》中枣树直刺夜空的画面、《这样的战士》中一次次举起投枪的战士、《淡淡的血痕中》屹立于人间的叛逆的猛士、《奔月》中后羿搭箭射日的雄姿等,都给人凝重、浑厚的雕塑艺术感。仿佛情感凝注的一瞬间,语言的叙述之流暂停消歇,文字像石块或线条一样担负起塑形摹体的重任。"艺术之始,雕塑为先。盖在先民穴居野处之时,必先凿石为器,以谋生存;其后既有居室,乃作绘事,故雕塑之术,实始于石器时代,艺术之最古者也。"⑤鲁迅的"石像"造型既有汉画像的遗韵,亦有"东方卢浮宫"敦煌石窟宗教塑像(佛、菩萨)的气概。事实上,正是在"形式"的细枝末节处,方见古老艺术的恒久魅力。影响的痕迹无处不在,对鲁迅这样一位试

---

① 鲁迅:《华盖集续集·记念刘和珍君》,见《鲁迅全集》第3卷,人民文学出版社2005年版,第292页。
② 鲁迅:《华盖集·题记》,见《鲁迅全集》第3卷,人民文学出版社2005年版,第4页。
③ 鲁迅:《野草·复仇》,见《鲁迅全集》第2卷,人民文学出版社2005年版,第176页。
④ 胡兰成:《艺术与时代》,载上海艺术学会编:《上海艺术月刊》1943年第2卷第1期。
⑤ 梁思成:《中国雕塑史》,百花文艺出版社1997年版,第1页。

图开掘文字最大功效的创作者来说,他的作品潜藏着文学之外的更多秘密。

鲁迅的阴阳意象残留有祖先神话的遗迹,他对古代神话、传说、史实的浓厚兴趣付诸文学实践,在诗歌上诞生了《野草》,在小说上孕育了《故事新编》。写于1908年的《破恶声论》中鲁迅谈到神话时说:

> 夫神话之作,本于古民,睹天物之奇觚,则逞神思而施以人化,想出古异,诚诡可观,虽信之失当,而嘲之则大惑也。太古之民,神思如是,为后人者,当若何惊异瑰大之;矧欧西艺文,多蒙其泽,思想文术,赖是而庄严美妙者,不知几何。倘欲究西国人文,治此则其首事,盖不知神话,即莫由解其艺文,暗艺文者,于内部文明何获焉。①

这段话主要表达了两个意思,其一说神话是古之先民对世间宇宙奥秘的拟人化想象,其二说欧洲西洋文艺的发达多蒙受神话的恩泽,倘不解其神话传说,那么对其内部文明也将不明所以然。鲁迅在《中国小说史略》第二篇"神话与传说"中也说:"神话不特为宗教之萌芽,美术所由起,且实为文章之渊源。"② 鲁迅对神话的推重大概源于他幼时阅读宝书《山海经》的美好记忆,以及他作为一名小说家的独特眼光。③ "美术"与"文章"亦可谓鲁迅文艺工作的两条重要脉络。在小说集《故事新编》中,鲁迅对他喜爱的女娲补天、嫦娥奔月、大禹治水等古代神话传说,以漫画之笔进行了现代"重写";而《山海经》《穆天子传》中记载的西王母、昆仑山等神话材料,则在散文诗《野草》中有较多意象化用。伏羲、女娲及东王公、西王母(据说为伏羲、女娲所化)的形象在汉画像中很是常见,他们多呈人首蛇身交尾之像,刘彦荣曾受此阴阳原型图像之启发,就《墓碣文》的"人首蛇身"双重线索构形做

---

① 鲁迅:《集外集拾遗补编·破恶声论》,见《鲁迅全集》第8卷,人民文学出版社2005年版,第32页。
② 鲁迅:《中国小说史略》,《鲁迅全集》第9卷,人民文学出版社2005年版,第19页。
③ 廖诗忠:《回归经典——鲁迅与先秦文化的深层关系》,上海三联书店2005年版。本书中曾列专章研究"鲁迅与先秦神话"的关系,详细可参阅本书第61—110页。

过极富艺术想象力的阐释：

> 开头四句统领全文，为首；每一句的意象都包含了两个相对或相反的趋向，"二首"的意蕴包含在其中。以下的身躯却是长蛇，而以"身"、"心"相对，"身"、"心"在这里应读为互文，各有"身"、"心"也。"身"、"心"两段文字大意相同，又以阴阳出之，体雌雄二蛇交尾之象。但这时阴阳两极各自表现出一种向内运动（"自啮其身"、"抉心自食"），身心处于一种委顿、解体的状况之中。[①]

诱导研究者引入美术原型意象来考察《墓碣文》的原因，一方面是文本中"长蛇"意象的提示；另一方面是《野草》中二元观念（阴阳意象、结构、思维）、神话原型的普泛性存在：《雪》有江南之雪与朔方之雪，《好的故事》中万物融为一体又彼此离散；《复仇》中的裸体男女、《颓败线的颤动》中的野蛮人与老妇人让人想到《山海经》中的伏羲、女娲，其所矗立的"旷野""荒野"又颇有朴野"昆仑山"的原初风貌；《失掉的好地狱》中的"伟大的男子"虽为魔鬼，却"美丽，慈悲，遍身有大光辉"[②]，很有几分"佛"的神韵。总的来看，阴阳意象序列既为《野草》确立了一种艺术结构，又为文本的意义生成确立了空间和方向。

（三）生灵图腾：原型意象的文化意蕴

《野草·题辞》提出的一系列正反命题中，"人与兽"这一对二元观念常被忽视或遭庸俗社会学意义上的引申处理。事实上，"兽"（兽性）这一概念在五四文化语境下，多为一代思想者体察"人性"本质的一个参考维度。周

[①] 刘彦荣：《奇谲的心灵图影——〈野草〉意识与无意识关系之探讨》，百花洲文艺出版社2003年版，第80页。

[②] 鲁迅：《野草·失掉的好地狱》，见《鲁迅全集》第2卷，人民文学出版社2005年版，第204页。

作人在《人的文学》中说:"兽性与神性,合起来便只是人性。"①鲁迅作品中多处出现的野兽鸣禽等生灵动物意象和隐喻,如《狂人日记》中的"狗"与"狼",《我的失恋》中的"蛇"与"猫头鹰"等,也是基于同一参考维度的艺术创造,兹处仅就《野草》中颇具图腾原型意味的"蛇"予以重点阐述。

"蛇"这一意象在鲁迅作品中多以比喻方式出现,"我的身上喷出一缕黑烟,上升如铁线蛇"②,"有时,仿佛看见那生路就像一条灰白的长蛇,自己蜿蜒地向我奔来"③,"烟篆在不动的空气中上升,如几片小小夏云,徐徐幻出难以指明的形象"④。在这里,"烟篆"一词暗示"难以指明的形象"很可能为蛇。此外,鲁迅在《我的失恋》中戏谑称要回赠爱人"赤练蛇"。在《墓碣文》中亦写道:"有一游魂,化为长蛇,口有毒牙。不以啮人,自啮其身,终以殒颠。"⑤加上前文提及的《补天》、《复仇》(之一)、《颓败线的颤动》中人首蛇身的神话人物伏羲、女娲等,"蛇"在鲁迅作品(尤其是《野草》)中可以说频繁出现。《洪范·五行传》郑玄注曰:蛇,龙之类也;龙五角者曰蛇。我们知道,龙乃中国神话传说中的一种神异动物,其主体构形即为蛇。那么,鲁迅的"蛇"类意象是否称得上是一个集体无意识的原型意象呢?

"原型一词最早是在犹太人斐洛谈到人身上的'上帝形象'时使用的","一个众所周知的表达原型的方式是神话和童话"⑥,原型是神话、童话、宗教、文学、梦境、幻想中不断重复出现的意象,是一些特定的暗示固定内涵

---

① 周作人:《人的文学》,见钟叔河编订:《周作人散文全集》第2卷,广西师范大学出版社2009年版,第87页。

② 鲁迅:《野草·死火》,见《鲁迅全集》第2卷,人民文学出版社2005年版,第201页。

③ 鲁迅:《彷徨·伤逝》,见《鲁迅全集》第2卷,人民文学出版社2005年版,第132页。

④ 鲁迅:《野草·一觉》,见《鲁迅全集》第2卷,人民文学出版社2005年版,第229—230页。

⑤ 鲁迅:《野草·墓碣文》,见《鲁迅全集》第2卷,人民文学出版社2005年版,第207页。

⑥ 〔瑞士〕荣格:《集体无意识的原型》,见《心理学与文学》,冯川、苏克译,生活·读书·新知三联书店1987年版,第53页,第54页。

和主题的模式化"联想群"。它能唤起观者或读者潜意识中的原始经验,从某种意义上可与民俗学研究中的"母题"划等号。"母题表现了人类共同体(氏族、民族、国家乃至全人类)的集体意识,并常常成为一个社会群体的文化标识。"① 从这个意义上,《野草》的"蛇"类意象完全称得上是一个典型的原型意象。"中国古代天文学二十八恒星区划体系,分东西南北四组,每组七宿。古人用假想的线把这些星宿分别连接起来,组成青龙、白虎、朱雀、玄武的图形"②,这些假想的形象符号承载大量的信息意义,遂使抽象的青龙、白虎、朱雀、玄武成为中国传统艺术,尤其是平面绘画艺术具有丰富人文内涵的视觉符号。发现于湖南长沙的战国楚墓帛画《龙凤仕女图》,画面中的龙乃蛇形,到了楚墓帛画《人物御龙图》,画面中的龙张牙舞爪、扬厉恣肆,已颇具现代"龙"的雄姿。而在商周时期的青铜纹饰中,以殷墟出土的父辛尊为例,画面是一种被称作饕餮纹的兽面纹,其左右下角各配有一个小凤鸟与之呼应。古代传言龙生九子,饕餮是龙之第五子,饕餮兽面纹具备楚国造型艺术的典型特征。楚国的造型艺术一般而言"倾向于抽象的变化,线条刻意夸张,造成飞动轻盈的效果"③。龙的符号在青铜饕餮中完成了古代艺术的一种范式,是谓屈原老庄之浪漫派也。

然而,鲁迅作品中却很少关于龙的描写,他所喜爱的是蛇。《阿长与〈山海经〉》中就提到长妈妈讲的"美女蛇"的故事,和《山海经》中的"九头的蛇"(《山海经》中关于蛇的描绘多达几十种)。此外还有他常念及的"白蛇娘娘"(《论雷峰塔的倒掉》),与"蒙了白布,两手在头上捧着一支棒似的蛇头的蛇精"④。《我的失恋》中"我"回赠爱人的猫头鹰、冰糖壶卢、发汗药、赤练蛇,鲁迅曾亲口告诉孙伏园"他实在喜欢这四样东西"。⑤ 鲁迅对于比亚兹

---

① 陈建宪:《论比较神话学的"母题"概念》,载《华中师范大学学报》(人文社会科学版)2000 年第 1 期。
② 邵学海:《先秦艺术史》,山东画报出版社 2010 年版,第 8 页。
③ 蒋勋:《美的沉思:中国艺术思想刍论》,文汇出版社 2005 年版,第 63—64 页。
④ 鲁迅:《呐喊·社戏》,见《鲁迅全集》第 1 卷,人民文学出版社 2005 年版,第 593 页。
⑤ 姜德明:《鲁迅与猫头鹰》,见《活的鲁迅》,上海文艺出版社 1986 年版,第 163—167 页。

莱的蛇般妖艳纤秾的尤物装饰画也很感兴味，他旧居二楼卧室里还有一幅德国艺术家贝克尔的裸体木刻画《夏娃与蛇》。鲁迅作品中与蛇有关的字眼不胜枚举，如蜿蜒、毒、彷徨①、路等。而在现实生活世界中，鲁迅的属相为蛇，他的故乡绍兴古来即奉蛇为图腾，苏雪林著文咒骂鲁迅为"老毒蛇"，鲁迅则在信中把"枭蛇鬼怪"②当作昵称赠送给爱人许广平。

在中国传统文化中，龙属阳，蛇属阴，鲁迅说："见了酷烈的沉默，就应该留心了；见了什么像毒蛇似的在尸林中蜿蜒，怨鬼似的在黑暗中奔驰，就更应该留心了：这在预告'真的愤怒'将要到来。"③"从三皇五帝的眼光来看，讲科学和发议论都是蛇，无非前者是青梢蛇，后者是蝮蛇罢了；一朝有了棍子，就都要打死的。既然如此，自然还是毒重的好。"④蛇与枭、鬼并列均为与旧社会捣乱的不祥之物，蛇藏身于荒郊野外，其生存之境即为"过客"的人生之境，过客踉跄向野地闯进去的背影，在某种意义上正是鲁迅的生命自况。基于此，笔者对刘彦荣就《我的失恋》的一种解读持保留意见，他认为"如果说，猫头鹰是在报告民族精魂被冻结（与冰谷中的死火相似）的消息的话，则发汗药就是旨在驱寒发热，从中释放出龙的雄魂（赤练蛇，也与死火冰释后升腾起铁线蛇似的厌恶的意义相同）"⑤。然而，赤练蛇也好，铁线蛇也好，从文本中绝难看出任何"厌恶的意义"。鲁迅对蛇类意象的喜爱与其个体趣味、生命

---

① 《庄子·达生》篇曰"野有彷徨，泽有委蛇"，成玄英注疏云"彷徨"乃"其状如蛇，两头，五采"之物。靳新来认为："《彷徨》扉页的屈原句，在鲁迅心目中分明是一条长蛇的形象：一方面鲁迅是在引诗明志，一方面又是在借诗画蛇……从字面意思上看，扉页题辞与封面书名内容相悖；而从形象上看，二者却是高度一致和协调的。"参见靳新来：《鲁迅与蛇》，载《书屋》2003年第12期。

② 鲁迅：《坟·写在〈坟〉后面》，见《鲁迅全集》第1卷，人民文学出版社2005年版，第300页。

③ 鲁迅：《华盖集·杂感》，见《鲁迅全集》第3卷，人民文学出版社2005年版，第53页。

④ 鲁迅：《集外集拾遗·对于〈新潮〉一部分的意见》，见《鲁迅全集》第7卷，人民文学出版社2005年版，第235页。

⑤ 刘彦荣：《奇谲的心灵图影——〈野草〉意识与无意识关系之探讨》，百花洲文艺出版社2003年版，第79页。

哲学息息相关，这一点通过《墓竭文》一文最容易获得理解。

综上，鲁迅以《野草》为主体的诗文大量"袭用"中国传统艺术的符号密码，这种"袭用"在哲学意味和精神指向上，总体呈现出一种"反文人画"（山水精神）的现代特质。《野草》的思想景深与艺术参照，可以说是以五行元素、阴阳图腾等为基质的整个传统文化。鲁迅对传统经典原型意象的激活与创造性使用，表现出一种反天人合一的颠覆性对话特征。这与本书第三章所探讨的鲁迅与"文人画"的关系和态度是整体一致的。对传统美术的喜爱与谙熟，一则让鲁迅在文学创作中形成了摹人绘景的想象直觉，一则也让他对这些艺术符号产生了更为深刻复杂的审美悟解。

四、"画簿式"结构：鲁迅作品的空间布局与中国卷轴画

"与传统小说相比，现代主义小说运用时空交叉和时空倒置的方法，打破了传统的单一时间顺序，展露了追求空间化效果的趋势。在它们这里，传统的诗与绘画之间的空间障壁被打穿了，二者得到了混同与交流。"① 德国美学家莱辛在《拉奥孔》中提出的诗歌是时间艺术、绘画是空间艺术②的理论观念，正在20世纪以来的艺术实践中遭受挑战与质疑。现代小说空间形式的主要印记表现在"性格刻画对情节的替代，缓慢的速率，事件结局的欠缺，甚至是重复"③。参乎此，鲁迅的不少小说亦可归入空间形式小说的范畴。

---

① 秦林芳：《译序》，见〔美〕约瑟夫·弗兰克等：《现代小说中的空间形式》，北京大学出版社1991年版，第1—2页。

② 莱辛的原话是："绘画所用的符号是在空间中存在的，自然的；而诗所用的符号却是在时间中存在的，人为的"；"绘画运用在空间中的形状和颜色。诗运用在时间中明确发出的声音（进行创作）"。〔德〕莱辛：《拉奥孔》，朱光潜译，人民文学出版社1979年版，第171页，第181页。

③ 〔美〕戴维·米切尔森：《叙述中的空间结构类型》，见〔美〕约瑟夫·弗兰克等：《现代小说中的空间形式》，秦林芳译，北京大学出版社1991年版，第141页。

他的小说多聚焦于人物性格的刻画，故事结局也多取开放式，重复现象更是频繁出现。

郑家建说："从空间知觉与人类精神结构的内在关系来看，一个作品文本的空间形式最能显示作家是如何地来把握、感知、建构自我与周围世界的关系。"①在鲁迅的短篇小说中，"故事"整体退出叙述重心，情节性的"时间""顺序"显得不再重要，《狂人日记》虽为"日记体"小说，却并不强调时间的线性流动，只是略以"晚上""早上""大清早"等抽象时间词汇来暗示叙述的推衍，相反，狂人的"心理"变化特征却上升为主导小说进展的情绪线索。《伤逝》也是如此，涓生的这份手记全篇跃动着一己起伏不定的情感变化，他与子君的恋爱、结婚、分离在小说中并未处理成时间性标志事件。这种弃绝故事统领叙述节奏的写作模式，让鲁迅的小说呈现出空间式结构特征。鲁迅常常通过主题并置、故事重述、画境营造等手段丰富小说的文体结构，研究者们一般把他的这些作品称为诗性小说或抒情小说，把小说独特的结构方式命名为"画簿"式结构："现代作家对小说'散文画'的创造，对画面画境的追求……淡化了小说的情节要素，突破了以情节为结构中心的传统模式，为现代小说增添了新的结构形式，这就是'画簿'式结构。"②在"画簿"式结构中，"空白"与"重复"显得非常重要，"空白"造成叙述的诗意间隔，它化作小说整体布局上一个个虚幻的时间点，引领故事向前推进；"重复"是维系诗意间隔的情节要素，它使散落的意象得以串连，使作者文字背后的意图有迹可循。鲁迅的短篇小说《示众》布局严谨，可谓"画簿"式结构的典范运用。笔者接下来就以这篇文本为中心，试对鲁迅作品的空间形式进行阐述和分析。

《示众》是一个近乎无事的故事。它的开篇是一段场景描写：

首善之区的西城的一条马路上，这时候什么扰攘也没有。火焰

---

① 郑家建：《历史向自由的诗意敞开——〈故事新编〉诗学研究》，上海三联书店2005年版，第10页。

② 方锡德：《中国现代小说与文学传统》，北京大学出版社1992年版，第258页。

第五章 诗意与空白：鲁迅作品与中国传统文人画

焰的太阳虽然还未直照，但路上的沙土仿佛已是闪烁地生光；酷热满和在空气里面，到处发挥着盛夏的威力。许多狗都拖出舌头来，连树上的乌老鸦也张着嘴喘气，——但是，自然也有例外的。远处隐隐有两个铜盏相击的声音，使人忆起酸梅汤，依稀感到凉意，可是那懒懒的单调的金属音的间作，却使那寂静更其深远了。①

这段场景描写是一幅盛夏酷暑图。在这幅图画中，作者调用视觉、听觉和味觉等手段极力营造小说静寂、无聊的背景氛围。文字的前半部分是视觉构图，后半部分是听觉、味觉渲染。画面中心是一条横阔的马路，画面斜上方是一轮光芒四射的太阳，马路上枯涩的沙粒熠熠生辉，小狗拖出舌头来驱逐炎热，乌老鸦在与马路形成直角的树上张嘴喘气。作者勾勒的这幅空间图景简洁、淡远，画簿上仿佛故意留下无限空白等待填充。这时，铜盏相击的声音闯入画面，这声音懒懒的，时断时续，就像中国古琴奏出的音，仿佛也故意留下无限空白等待填充。②我们看到，作者在小说伊始设置了一幅留下大量"空白"的场景图。如果说《示众》是一帧长卷连环绘画，那么"盛夏酷暑图"只是左侧卷轴刚刚打开的一段序曲。接着看《示众》画面的展开：

> 只有脚步声，车夫默默地前奔，似乎想赶紧逃出头上的烈日。
> "热的包子咧！刚出屉的……"
> 十一二岁的胖孩子，细着眼睛，歪了嘴在路旁的店门前叫喊。声音已经嘶嗄了，还带些睡意，如给夏天的长日催眠。他旁边的破旧桌子上，就有二三十个馒头包子，毫无热气，冷冷地坐着。

---

① 鲁迅：《彷徨·示众》，见《鲁迅全集》第2卷，人民文学出版社2005年版，第70页。
② 台湾美学家蒋勋说："古琴里的音，常常是反音的表现的。它一点也不华丽、悠扬，不使人沉湎沉溺于音的煽情性上。相反的，它拙涩、犹豫，它反复低回。仿佛使音回到它最初的与物质的多样试探中，是捺、拧、按、抹、捻……试探手与一根弦的各种可能。而那大量的空白，便使音呈现了它最初始的表情，是洪荒中的初音，使人对音反省沉思。"蒋勋：《美的沉思：中国艺术思想刍论》，文汇出版社2005年版，第252页。

"荷阿!馒头包子咧,热的……"

像用力掷在墙上而反拨过来的皮球一般,他忽然飞在马路的那边了。在电杆旁,和他对面,正向着马路,其时也站定了两个人:一个是淡黄制服的挂刀的面黄肌瘦的巡警,手里牵着绳头,绳的那头就拴在别一个穿蓝布大衫上罩白背心的男人的臂膊上。这男人戴一顶新草帽,帽檐四面下垂,遮住了眼睛的一带。但胖孩子身体矮,仰起脸来看时,却正撞见这人的眼睛了。那眼睛也似乎正在看他的脑壳。他连忙顺下眼,去看白背心,只见背心上一行一行地写着些大大小小的什么字。

霎时间,也就围满了大半圈的看客。待到增加了秃头的老头子之后,空缺已经不多,而立刻又被一个赤膊的红鼻子胖大汉补满了。这胖子过于横阔,占了两人的地位,所以续到的便只能屈在第二层,从前面的两个脖子之间伸进脑袋去。

秃头站在白背心的略略正对面,弯了腰,去研究背心上的文字,终于读起来——

"嗡,都,哼,八,而……"

胖孩子却看见那白背心正研究着这发亮的秃头,他也便跟着去研究,就只见满头光油油的,耳朵左近还有一片灰白色的头发,此外也不见得有怎样新奇。但是后面的一个抱着孩子的老妈子却想乘机挤进来了;秃头怕失了位置,连忙站直,文字虽然还未读完,然而无可奈何,只得另看白背心的脸:草帽檐下半个鼻子,一张嘴,尖下巴。①

随着画幅的缓缓打开,车夫、卖包子的胖孩子、巡警、白背心囚犯、秃头、红鼻子胖大汉、抱孩子的老妈子等人物逐一走进画面,直到第一阶段"示众图"构形结束之际,作者方完成他的视觉摹写任务。苏珊·朗格说,

---

① 鲁迅:《彷徨·示众》,见《鲁迅全集》第2卷,人民文学出版社2005年版,第70—71页。

第五章 诗意与空白：鲁迅作品与中国传统文人画

"空间本身是个形象化的意象"①，"示众图"就是小说文本的一个空间意象。

小说这部分文字读来如活动影像，车夫"似乎想赶紧逃出头上的烈日"，他"默默"奔跑的姿态，预示着盛夏酷暑图行将结束。打破画卷空白宁静的是胖孩子"嘶嗄"的叫喊声，他的出现引导着"示众图"画卷向第二段演进。我们注意到，在这一段"示众图"中，作者依然运用简笔勾勒，却增添了漫笔白描法，这种手法笔者在上一章曾做过详细论述。这一部分的画面视点落在胖孩子身上，画幅跟随他的行踪游移前行，"热的包子咧！刚出屉的……""荷阿！馒头包子咧，热的……""喊，都，哼，八，而……"三句听觉话语，既像是画卷的脚本解说，又像是前一阶段喑哑断续的铜盏声，余音袅袅。叙述进行至此，观者眼前出现一幅视觉场景，作者完成了第一单元"示众图"。

"又像用了力掷在墙上而反拨过来的皮球一般，一个小学生飞奔上来"②，自此小说进入第二单元"示众图"，小学生成为画面视点，画卷追随他的行踪而游移前行；"他，犯了什么事啦？……"一个工人似的粗人的问话仿佛是第二单元画卷的脚本解说。与上一单元场景图相比，第二单元"示众图"多了一个小学生，他的加入致使看客之间彼此观照的情势产生细部变化。在这里，我们不得不佩服作者的巧妙安排，他利用叙述上的"重复"（上面加点文字），既让两单元"示众图"隔断开来，又让两者保持着内部联系，这就形成文本空间的"不变之变"。

在小说的第三单元"示众图"中，工人似的粗人退出，一个挟洋伞的长子进入画面，巡警"将脚一提"的一个小动作，成为新的画面视点，看客纷纷把眼光聚焦于此。在两段稍显沉闷的空间场景之后，第四单元"示众图"描绘了正在发生的骚乱：

> 忽然，就有暴雷似的一击，连横阔的胖大汉也不免向前一踉跄。同时，从他肩膊上伸出一只胖得不相上下的臂膊来，展开五指，拍

---

① 〔美〕苏珊·朗格：《情感与形式》，刘大基等译，中国社会科学出版社1986年版，第91页。

② 鲁迅：《彷徨·示众》，见《鲁迅全集》第2卷，人民文学出版社2005年版，第71页。

的一声正打在胖孩子的脸颊上。

"好快活！你妈的……"同时，胖大汉后面就有一个弥勒佛似的更圆的胖脸这么说。

胖孩子也跟跄了四五步，但是没有倒，一手按着脸颊，旋转身，就想从胖大汉的腿旁的空隙间钻出去。胖大汉赶忙站稳，并且将屁股一歪，塞住了空隙，恨恨地问道——

"什么？"

胖孩子就像小鼠子落在捕机里似的，仓皇了一会，忽然向小学生那一面奔去，推开他，冲出去了。小学生也返身跟出去了。

"吓，这孩子……"总有五六个人都这样说。

待到重归平静，胖大汉再看白背心的脸的时候，却见白背心正在仰面看他的胸脯；他慌忙低头也看自己的胸脯时，只见两乳之间的洼下的坑里有一片汗，他于是用手掌拂去了这些汗。①

画卷进入第四单元，文字"脚本"较之第三单元增添了三处，胖孩子与小学生退出画面，"示众图"又一次归入平静。不过，死水既现微澜，平静已难维系。在第五单元"示众图"中，抱小孩的老妈子头上的喜鹊尾巴似的"苏州俏"颠覆了画面原有的宁静，戴硬草帽的学生模样的人退出，一个满头油汗而粘着灰土的椭圆脸加入，画面视点最后移向新的骚乱，一声莫名的喝彩"好！"预示着画卷故事即将结束：

"刚出屉的包子咧！荷阿，热的……"

路对面是胖孩子歪着头，磕睡似的长呼；路上是车夫们默默地前奔，似乎想赶紧逃出头上的烈日。大家都几乎失望了，幸而放出眼光去四处搜索，终于在相距十多家的路上，发现了一辆洋车停放着，一个车夫正在爬起来。

圆阵立刻散开，都错错落落地走过去。胖大汉走不到一半，就

---

① 鲁迅：《彷徨·示众》，见《鲁迅全集》第2卷，人民文学出版社2005年版，第73页。

歇在路边的槐树下；长子比秃头和椭圆脸走得快，接近了。车上的坐客依然坐着，车夫已经完全爬起，但还在摩自己的膝髁。周围有五六个人笑嘻嘻地看他们。

"成么？"车夫要来拉车时，坐客便问。

他只点点头，拉了车就走；大家就惘惘然目送他。起先还知道那一辆是曾经跌倒的车，后来被别的车一混，知不清了。

马路上就很清闲，有几只狗伸出了舌头喘气；胖大汉就在槐荫下看那很快地一起一落的狗肚皮。

老妈子抱了孩子从屋檐阴下蹩过去了。胖孩子歪着头，挤细了眼睛，拖长声音，磕睡地叫喊——

"热的包子咧！荷阿！……刚出屉的……"①

在第六单元"示众图"中，胖孩子、奔跑的车夫与伸出舌头的狗再度回到画面，与文本开篇的序曲部分形成对应，看客的圆阵散开，他们开始寻找新的围观目标。小说在胖孩子瞌睡似的叫卖声中收拢整幅画卷。

"空间形式对于把我们的注意力集中在叙述技巧的发展上来说是一个有用的隐喻。"②在某种意义上，《示众》是鲁迅批判中国民众灵魂痼疾——"看客"意识——而完成的一系列视觉隐喻图式。小说的文本叙述虽在线性时间中不断推进，"情节"却始终停留在几幅"示众图"的此起彼伏上。在这里，结构的因素显得格外重要，小说的"空间"形式替代"时间"形式获得突出肯定，"小说的空间形式显示了作家主体的经验和存在的不同方式，所以，只有把空间形式看作是与作家的认识方式和感受方式相同构的东西，才可能通过对空间形式的研究来洞察作家形成经验的过程"③。小说写作方式的转变，使得观者

---

① 鲁迅：《彷徨·示众》，见《鲁迅全集》第2卷，人民文学出版社2005年版，第74—75页。

② 〔美〕埃里克·S.雷比肯：《空间形式与情节》，秦林芳译，见〔美〕约瑟夫·弗兰克等：《现代小说中的空间形式》，北京大学出版社1991年版，第137页。

③ 郑家建：《历史向自由的诗意敞开——〈故事新编〉诗学研究》，上海三联书店2005年版，第58页。

的阅读方式必须做出适度调整。对中国卷轴画较为留心的人，想必一定熟知它从右向左的独特观看方式：

> 在这由右向左发展的空间中，画家自然必须考虑到卷轴展开的速度与方向。中国的卷轴画，从来不是完全摊开来陈列的。也就是说，观赏者与长卷的内容，不会在同一个时间内做完全的接触。在画卷展开的过程中，观赏者一面展放左手的画卷，一面收卷右手的起始部分。右手收卷着过去的视觉，左手展放着未来。在收卷与展放之间，停留在我们视觉前的约莫一公尺左右的长度，在与我们视觉接触过程中，有千万种不同的变化，它分分秒秒在移动，和前后发生着组合上的各种新的可能。①

卷轴画的分段观看方式背后，寄寓着中国古人根深蒂固的宇宙哲学，时间无可奈何终将逝去，就像那不断摊展开来的画卷，空间虽可暂得停驻，让瞬间凝定成永恒，然而时间的长河汩汩向前，一切都将成为假相。与中国卷轴画（如南唐顾闳中的《韩熙载夜宴图》、唐代韩滉《五牛图》）的叙写方式相较，《示众》的特别之处在于，它的画卷收放到最后，与起始的序曲部分形成对接，围成了一个视觉的"圆"，恰如同看客围拢成的"示众图"那样。换种方式，《示众》就好像一首回文诗，顺序或者倒序阅读，都无碍文本意义的生成。

笔者借助中国卷轴画的视觉图式讨论《示众》，并不仅仅关注这篇小说的绘画因素，而是为了方便小说结构方式的直观呈现。因为在鲁迅的创作中，空间形式是他表情达意的重要手段，他不强调故事情节在时间上的线性延伸，而是着力把文本意图处理成一幅幅平行叠加的幻灯片，或一组组精心剪辑的场景画。作为获得空间形式的一种显要方式——"重复"（词语、句式、结构）在他的作品中无所不在，以杂文《我们现在怎样做父亲》为例，"只是前前后后，都做一个过付的经手人罢了"一句先后出现三次（第一次句式略有

---

① 蒋勋：《美的沉思：中国艺术思想刍论》，文汇出版社2005年版，第223页。

不同),"或者又怕,解放之后……"一句先后出现四次(第一次句式略有不同)①,造成一种内在的文本韵律;再以散文诗《这样的战士》为例,作者写对抗于无物之阵中的战士时,5次出现"但他举起了投枪"一语,以结构的复沓强化文本的表现力与空间感。音乐的节奏靠"重复"完成,"节奏是变化和延伸中的重复"②,音乐节奏一旦化用到小说中,就转变为文本的叙述节奏,文本的叙述节奏其实是一种空间结构。

一般而言,在现代主义小说中,用来获得空间形式的方法主要是"并置","并置"是指"在文本中并列地置放那些游离于叙述过程之外的各种意象和暗示、象征和联系,使它们在文本中取得连续的参照和前后参照,从而结成一个整体;换言之,并置就是'词的组合',就是'对意象和短语的空间编织'"③。在鲁迅的小说中,所谓的"并置"也就是"重复",他的"重复"有词语重复、句式重复、结构重复、主题重复等,《示众》中胖孩子的叫卖声是词的重复,"像用力掷在墙上而反拨过来的皮球一般"是句式重复,六单元"示众图"既是结构重复也是主题重复;此外,鲁迅的小说集《故事新编》中更有故事的"重复"。美国学者威廉·莱尔研究发现,鲁迅的小说在结构设计上总体有如下特点:

(一)重复:民谣式地反复使用同一词汇、道具、以至人物,建立起故事的基本框架。

(二)运用"封套":这是重复手法的一种特殊运用。把重复的因素放在一个故事或一个情节的开头和末尾,使这个重复因素起着戏剧开场和结束时幕布的作用。

(三)音响和寂静相对比:音响在寂静中爆发,表示故事开始;

---

① 鲁迅:《坟·我们现在怎样做父亲》,见《鲁迅全集》第1卷,人民文学出版社2005年版,第136—143页。

② 〔法〕让-伊夫·塔迪埃:《20世纪的文学批评》,史忠义译,百花文艺出版社1998年版,第263页。

③ 秦林芳:《译序》,见〔美〕约瑟夫·弗兰克等:《现代小说中的空间形式》,北京大学出版社1991年版,第3页。

由音响再回到寂静，表示故事结束。

（四）静止和行动相对比：故事开始时，种种人和事纷至沓来，进入行动；故事结束时，又回到原来的静止状态。①

这四个特点前两者讲"重复"，后两者讲"对比"，"对比"结构事实上也是一种重复，是意境与情态的重复。重复和对比为文本带来结构韵律，诱导读者在阅读中寻求"不变之变"与"变之不变"，这其实也是现代连环图画的叙事模式，画面与故事的推进有基于"重复"的内部连贯性。小说《出关》中孔子与老子的会面被刻意处理成两场独幕剧，道具场景保持不变，人物对话只略作调整，这种"结构性戏仿"很符合现代漫画精神。"重复"可以说是鲁迅小说结构的整体特征，而当一位创作者的作品在结构上"有规可循"时，这"规矩"往往意味着"思维方式"。

鲁迅是一位试图用文字勾勒绘画，用文字弹奏音乐的作家，他希望开掘出文字的最大功能，打破五四初期白话难作美文的偏见。约瑟夫·弗兰克说："普鲁斯特把或许可以称之为人物的纯粹观相的东西交给了我们——即在其生活的各个阶段里的他们'在视觉瞬间静止'的观相——并且允许读者的感觉把这些观相融为一体。每个观相都必须被读者作为一个单元来理解；只有当这些意义单元在一个瞬间内相互反应参照时，普鲁斯特的目的才实现。"②鲁迅的小说做的亦是同样的工作，他对视觉艺术的由衷热爱，养育了他独特的惯性艺术思维——空间结构方式。鲁迅执着于对个人肖像与社会图画的观相描摹，他把它们破碎的瞬间运用文字在画卷上一段一段固定下来，但他拒绝做出评判。虽然事实上，他已经用他的方式（留白）表达了欢喜与愤怒。

在中国艺术史上，"随着长卷式的绘画成为中国视觉艺术中最主要的一种形式，使观赏者经验着时间与空间的无限，同时，这新发展起来的'评话'

---

① 〔美〕威廉·莱尔：《故事的建筑师　语言的巧匠》，见乐黛云编：《国外鲁迅研究论集》（1960—1980），尹慧珉译，北京大学出版社1981年版，第334页。

② 〔美〕约瑟夫·弗兰克：《现代小说中的空间形式》，秦林芳译，北京大学出版社1991年版，第15页。

的文学形式,也逐渐地呈显了它特有的以'章''回'为独立单元,整体成为一漫漫时空的小说形式",明清小说那些"可以独立的片断'章''回',像极了长卷绘画中一段一段在卷收与展放中呈现的部分。它们既可独立又属于全体"①。从这样的角度来看,《示众》好比是一部微型的章回体小说,它的六幅"示众图"每一幅即是小说的一章(回),它们既彼此独立,贯穿起来又可形成新的整体。

空间结构方式丰富了鲁迅小说的叙述技巧,同时,也让小说的意义空间得以扩展。在空间式小说中,叙述的"空白"无处不在。仍以《示众》为例,在作者客观描画的六幅场景图之外,小说再无多余的呈现,好像"示众图"只是作者亲见的系列街景图的文字实拍。在这里,文本的"意义"成了读者最为好奇的秘密,"作者"在空间小说中躲得无影无踪。

中国传统绘画讲究"计白当黑"的虚空意识,"虚实相生,无画处皆成妙境"②。中国画家对"虚"的领悟转化到笔墨经验上则是:"用笔时,须笔笔实,却笔笔虚,虚则意灵,灵则无滞。"③"虚空"成为画家经营画面结构、意境不可或缺的艺术构成要素。"虚空"概念在西方美学观念中也占有重要地位,苏珊·朗格说:"在绘画中,虚空可以称为'首要幻象',所谓首要的,并不是说画家还没有在虚空中充实进各种形式之前就已经把虚空创造了出来——这个虚空是与线条和色彩一起产生的,并不是在这之前产生的——而是指在绘画艺术中创造出来的永远只能是一种虚空。"④与此相类,"结构"成为空间式小说文本经营的"首要幻象",在摊开的画卷之上,图像与空白交相混融,共同完成一个巨大的虚空。在中国文人画中,"留白"也是一种重要的艺术手段,"如果说泼墨是从实的角度去帮助形象的朦胧感的话,那么某些空白、某

---

① 蒋勋:《美的沉思:中国艺术思想刍论》,文汇出版社2005年版,第246页。
② 〔清〕笪重光:《画筌》,见沈子丞编:《历代画论名著汇编》,文物出版社1982年版,第310页。
③ 〔清〕恽格:《补遗画跋》,见《瓯香馆集:补遗诗补遗画跋附录》(三),中华书局1985年版,第256页。
④ 〔美〕苏珊·朗格:《艺术问题》,腾守尧、朱疆源译,中国社会科学出版社1983年版,第33页。

些断续的形象处理则是从虚的角度去进行努力"①。中国的艺术家懂得，从严格意义上，笔墨永远不可能曲尽其妙、面面俱到，所以他们早早就学会破除"执拗"，转而从"一无"中去追寻"万有"。西方20世纪六七十年代兴起的美学接受理论，强调读者对文本阅读的参与、接受，其实质也是注意到文学创作的空虚与不确定性。事实上，所有的艺术家都懂得虚实相生的妙处，所有的小说家都懂得故事不可能讲述圆满，尤其是那些现代主义艺术家与小说家们。

在鲁迅的空间式小说中，时间成为画卷上幽渺的虚空，《示众》中的"时间"隐退进画卷摊开的速度中。值得注意的是，鲁迅曾用的"戏剧体"结构，譬如《起死》，实质上是空间结构方式的极致状态。在"戏剧体"小说中，舞台结构也即空间体式成为文本的第一要素，人物对话的弦外之音则成为文本的诗意"空白"。宗白华说："诗与画的圆满结合（诗不压倒画，画也不压倒诗，而是相互交流交浸），就是情与景的圆满结合，也就是所谓'艺术意境'。"②在鲁迅的作品中，诗或小说与绘画的结合，也就是时间叙述与空间场景的结合，它势必带来崭新的文学结构方式——"空间结构"。鲁迅对"戏剧"艺术体式的喜爱（在《起死》外，散文诗《过客》《立论》以及杂文《评心雕龙》等也属戏剧体），可能就是出于对"空间结构"的喜爱，他说："'意义'在现代绘画上是一件很重要的事。"③"意义"在现代小说中何尝不是一件重要的事。茅盾称"鲁迅君常常是创造'新形式'的先锋"④，"空间结构"的引入不能不说是一个重要因素。

---

① 陈振濂：《中国画形式美探究》，上海书画出版社1991年版，第144页。
② 宗白华：《美学散步》，上海人民出版社1981年版，第11页。
③ 鲁迅：《绘画杂论——在上海中华艺术大学的讲演》（1930年2月21日），原载南京师范学院中文系：《文教资料简报》1976年6月第47、48期合刊，见刘汝醴记录，刘运峰编：《鲁迅佚文全集》（下），群言出版社2001年版，第789页。
④ 雁冰（茅盾）：《读〈呐喊〉》，载《文学旬刊》1923年10月8日第九十一期。

第六章　黑·白·红：鲁迅作品与中国美术的色彩传统

本书第四章和第五章分别讨论了鲁迅作品对中国传统人物画白描、漫画技法的创造性化用，鲁迅作品与传统文人画在取景、摹写、布局等"构图"方面的艺术同构性。本章拟就鲁迅作品的整体色彩特征与具体色彩表达做出阐述分析，进而透视"美术家"鲁迅的色彩性格与中国美术的色彩传统的关联性所在。

"鲁迅先生的作品，猛看上去，很像单色版画，但在凛冽的刀尖所刻画的景色和人物上，罩上了一层薄雾，迷蒙中具有色彩。不过这色彩太黯淡了，倘不仔细辨别，很难看出——像仅从一角射进一线阳光的庙堂，光线微弱而稀薄，反射在古旧的壁画上，所显示的隐约在幽暗中的色彩。"① 以美术的眼光、诗人的心灵察觉到，并以妥帖、适切的语言描画出鲁迅作品之色彩感的第一人，要属画家张仃，他把鲁迅作品的色彩感比作从"一角射进庙堂的阳光"，这阳光在单纯、悲戚的故事里涂抹上熙和、暖心的虹彩。笔者预备顺着这虹彩映照的艺术街衢，尝试走进鲁迅作品的色彩世界。

---

① 张仃：《鲁迅先生作品中的绘画色彩》，载《解放日报》（延安）1942年10月18日。

一、鲁迅作品的"色彩"运用统计

首先，我们先来看两份统计数据，第一份是关于《呐喊》《彷徨》《故事新编》中色彩词汇的统计，有学者通过细致测算发现，鲁迅小说中"出现色彩词语的地方有526处（不包括专有名词中的和用作其他词性的色彩词语，也就是说，这些色彩词主要是描述性的名词和区别词），使用频率从高到低分别是：白色系29.7%，黑色系21.5%，红色系15.9%，黄色系9.9%，青色系8.2%，绿色系5.5%，蓝色系4.4%，紫色系2.5%，拼色系1.5%，透明色系1.1%；同一色系的色彩还可以分为好几个层次，如黄色可分为松花黄、橙黄、金黄、金、灰黄、苍黄、土黄、青黄，以及一般的'黄'和人肌肤特有的'黄瘦'。鲁迅最看重的是三种颜色：白色、黑色、红色"[①]。第二份是笔者所作的关于散文诗《野草》中色彩词汇的统计数据：

黑色系：灰黑（《影的告别》）；灰土（8次）（《求乞者》）；灰黑色、淡墨色（《风筝》）；昏暗、乌桕（《好的故事》）；黑长袍、乌眼珠、白地黑方格长衫、黑须、黑色短衣裤（《过客》）；黑烟（2次）（《死火》）；乌黑的花边（《腊叶》）；乌金光（《一觉》）

白色系：雪白、月亮窘得发白（《秋夜》）；淡白（《复仇》之一）；苍白（2次）（《希望》）；白中隐青、洁白（《雪》）；白须发、白地黑方格长衫（《过客》）；青白（4次）（《死火》）；惨白（2次）（《失掉的好地狱》）；青白、发白、如银的月色（《颓败线的颤动》）；白云、苍白的微尘（《一觉》）

红色系：小粉红花（2次）、红惨惨、猩红色（2次）（《秋夜》）；鲜红（2次）、桃红色（《复仇》之一）；血红、通红（2次）（《雪》）；红纸条（《风筝》）；水银色焰、大红花、斑红花（2次）、胭脂水、红锦带、虹霓色（《好的故事》）；红影、红珊瑚色、红焰、

[①] 金玲：《鲁迅小说色彩与知识分子形象》，载《鲁迅研究月刊》2005年第9期。

红彗星(《死火》);轻红、胭脂水(《颓败线的颤动》);绯红(《死后》);红色、通红、绯红(《腊叶》);红颜的静女(《一觉》)

其他色系:苍翠、青葱、小青虫、非常之蓝(2次)(《秋夜》);紫袍(2次)(《复仇》之二);深黄、冷绿、紫芽姜(《雪》);澄碧、青天(《好的故事》);嫩蓝色(《风筝》);紫发(《过客》);青烟、蜂蜜色(《失掉的好地狱》);黄土、青蝇、暗蓝色(《死后》);青葱、浅绛、浓绿、红黄和绿的斑驳、黄蜡似的、葱郁(《腊叶》);碧绿的林莽、昏黄(《一觉》)

依据第二份统计数据,除去专有名词和用作其他词性的色彩词语,《野草》出现色彩词汇的地方共计99处,其中黑色系22处,白色系20处,红色系30处,其他色系27处;按照比例测算,各色彩色系使用频率从高到底依次是,红色系30.3%,黑色系22.2%,白色系20.2%。

这两份统计数据告诉我们:第一,鲁迅小说与散文诗中的色彩基调整体保持一致;第二,鲁迅作品中黑、白、红色系的色彩词汇使用频率普遍偏高;第三,鲁迅散文诗中红色系的色彩词汇使用频率较之小说有较大提升(近乎一倍)。黑格尔说:"颜色感应该是艺术家所特有的一种品质,是他们所特有的掌握色调和就色调构思的一种能力,所以是再现想象力和创造力的一个基本因素。"[①] 从这个意义上,关注艺术家(尤其是像鲁迅这样对色彩有敏锐感受力的作家[②])的色彩感觉、色彩感情和色彩想象,是深入研究其作品艺术形式、情感意蕴的一条重要路径。

---

① 〔德〕黑格尔:《美学》第3卷(上),朱光潜译,商务印书馆1981年版,第282页。
② 据萧红回忆,鲁迅在日本读书时,曾读过论及色彩学的美学书籍。鲁迅还曾就萧红的衣服颜色搭配问题发表过意见:"你的裙子配得颜色不对,并不是红上衣不好看,各种颜色都是好看的,红上衣要配红裙子,不然就是黑裙子,咖啡色的就不行了;这两种颜色放在一起很混浊……你没看到外国人在街上走的吗?绝没有下边穿一件绿裙子,上边穿一件紫上衣,也没有穿一件红裙子而后穿一件白上衣的。"萧红:《回忆鲁迅先生》,生活书店1946年版,第2页。

二、鲁迅作品的具体色彩表达

法国著名画家马蒂斯说:"东方人把黑色作为一种彩色使用。"① 在水墨之间、宣纸之上摩挲、钻研"黑""白"数百年的中国人,对黑、白二色的情感体悟应该已生长为整个民族的色彩记忆,以及美学趣味上的某种集体无意识。在所有的色彩之中,鲁迅最爱黑白。鲁迅小说给人的整体色感是黑白单色版画。在散文诗《野草·题辞》中,鲁迅提出过一系列二元对立概念:"明与暗""生与死""过去与未来""友与仇""人与兽""爱者与不爱者"。其中"明与暗"(也即"白与黑")位列第一,事实上,后面的五对概念虽所指有别,在哲学层面却只是"明与暗"的同构延伸,"黑色"以及与之相应的"白色"已成为某种本体论意义上的哲学概念。作为色彩光谱上的两种极色,黑、白其实相当于无色。"感情色彩是人的生命色彩的集中表现"②,鲁迅小说的"昏暗""无色"正是五四前后鲁迅生命色感的艺术呈现。

(一)黑色系

小说集《呐喊》的色彩意象可归之为"铁屋中的呐喊",其形象表征是《呐喊》原版封面的装帧图案。这个封面最显著的特点是调用了"色彩"的力量,黑色方块铸就的实体放置在赭红的背景底色上,反白的阴刻"呐喊"二字在内部灼灼闪光。黑暗、沉闷是鲁迅对旧中国社会现实的艺术体悟。在那个世界里,外面"黑漆漆的,不知是日是夜","屋里面全是黑沉沉的",③这让狂人感到惶惑、窒息;街上也是"黑沉沉的一无所有,只有一条灰白的路"④,

---

① 〔法〕马蒂斯:《黑色是一种彩色》,见杰克·德·弗拉姆编:《马蒂斯论艺术》,欧阳英译,河南美术出版社 1987 年版,第 161 页。
② 李广元:《色彩艺术学》,黑龙江美术出版社 2000 年版,第 32 页。
③ 鲁迅:《呐喊·狂人日记》,见《鲁迅全集》第 1 卷,人民文学出版社 2005 年版,第 449 页,第 453 页。
④ 鲁迅:《呐喊·药》,见《鲁迅全集》第 1 卷,人民文学出版社 2005 年版,第 463 页。

第六章　黑·白·红：鲁迅作品与中国美术的色彩传统

华老栓就靠着这黯淡的浑浊之光去为儿子寻求灵药；单四嫂子呢，她的眼前是"黑沉沉的灯光"，"暗夜为想变成明天，却仍在这寂静里奔波"①，但宝儿终于悄无声息地死去。在那个世界里，孔乙己的脸从"青白"变作"黑而且瘦"，华老栓的两个眼眶，"都围着一圈黑线"，华大妈"也黑着眼眶"，闰土则是"先前的紫色的圆脸已经变作灰黄"，陈士成又一次落地，他开始出现幻觉，"只见七个头拖了小辫子在眼前幌，幌得满房，黑圈子也夹着跳舞"②。总的来看，《呐喊》中鲁迅对黑暗现实的揭露偏于"外部"环境，它希望击破这世界虚伪阴鸷的外壳，袒露人们荒凉悲凄的生存境遇，像《白光》这样观察视点向内转的艺术表达，要到后来的小说集《彷徨》才有更为集中和普遍的体现。《彷徨》的原版封面由鲁迅喜爱的画家陶元庆装帧设计，这幅封面画调用的依然是黑、红二色，构图核心是三位（三人为众）石刻似的人物，他们表情木讷地面对一轮颤巍巍的太阳坐着，这太阳动感十足，它不圆，但"看了使人感动"③。这轮摇摇欲坠的太阳准确捕捉到了《彷徨》苍凉、凝重的基调，成为理解这部小说集绝妙的图像"副文本"。《彷徨》要剖析的是人黑暗的魂灵。这里有遭封建礼教迫害的祥林嫂，她"脸上瘦削不堪，黄中带黑，而且消尽了先前悲哀的神色，仿佛是木刻似的"④；有衰瘦、颓唐、眼睛失了神采的吕纬甫；有短小瘦削的魏连殳，他"长方脸，蓬松的头发和浓黑的须眉占了一脸的小半，只见两眼在黑气里发光"⑤，喻示着与这世界的不调和；涓生则在昏暗静寂的压迫下，"渐渐隐约地现出脱走的路径：深山大泽，洋场，电灯下的盛筵；壕沟，最黑最黑的深夜，利刃的一击，毫无声

---

① 鲁迅：《呐喊·明天》，见《鲁迅全集》第1卷，人民文学出版社2005年版，第473页，第479页。

② 鲁迅：《呐喊·白光》，见《鲁迅全集》第1卷，人民文学出版社2005年版，第571页。

③ 鲁迅：《书信·261029致陶元庆》，见《鲁迅全集》第11卷，人民文学出版社2005年版，第592页。

④ 鲁迅：《彷徨·祝福》，见《鲁迅全集》第2卷，人民文学出版社2005年版，第6页。

⑤ 鲁迅：《彷徨·孤独者》，见《鲁迅全集》第2卷，人民文学出版社2005年版，第90页。

响的脚步"①，如许激烈冲突的杂多意象，奔驰在他混乱的炼狱般苦闷的心底。敏感的读者或许会注意到，（就像《彷徨》封面上那轮太阳）黑色在鲁迅小说里开始爆发出某种破坏性力量。

  一般而言，黑色是秩序的象征，就像夜晚是白昼的收束一样。昔者秦始皇统一六国，易服色与旗色为黑，表达出一个帝制封建王朝的秩序与等级，以及文化层面上相应的威严与苛刻，比较而言，汉代对紫绶金印的色彩崇拜则表现出文化上某种难得的包容与温情。从色彩象征的角度，鲁迅小说中的"黑色"想象基本可分为两个层面：对旧文化中负面一极的形象否定与对旧文化中正面一极的热烈追寻，前者是对"死"的控诉，后者是对"生"的呼求，"鲁迅的特色却在于，他借用自己所承受的'负'的部分，从而呼唤起'正'的部分"②。在鲁迅"从古代和现代都采取题材"③的短篇小说集《故事新编》中，后羿的"身子是岩石一般挺立着"，"须发开张飘动，像黑色火"④，大禹是"一个粗手粗脚的大汉，黑脸黄须"⑤，墨子则"像一个乞丐。三十来岁。高个子，乌黑的脸"⑥，加上《铸剑》里黑须黑眉黑发的黑色人宴之敖者，这些鲁迅笔下的"中国的脊梁"，无一例外是黑面硬汉形象。据许广平回忆，鲁迅自己给人的最初印象就是"一团的黑"⑦，这些小说中的艺术形象无疑部分地打上了他自身的色感特征。鲁迅对"黑色"的肯定性艺术想象又与他对"夜"的

---

  ① 鲁迅：《彷徨·伤逝》，见《鲁迅全集》第2卷，人民文学出版社2005年版，第129页。
  ② 〔日〕高田淳：《鲁迅诗话》，见乐黛云编：《国外鲁迅研究论集》（1960—1980），严绍璗译，北京大学出版社1981年版，第430页。
  ③ 鲁迅：《故事新编·序言》，见《鲁迅全集》第2卷，人民文学出版社2005年版，第353页。
  ④ 鲁迅：《故事新编·奔月》，见《鲁迅全集》第2卷，人民文学出版社2005年版，第380页。
  ⑤ 鲁迅：《故事新编·理水》，见《鲁迅全集》第2卷，人民文学出版社2005年版，第399页。
  ⑥ 鲁迅：《故事新编·非攻》，见《鲁迅全集》第2卷，人民文学出版社2005年版，第474页。
  ⑦ 许广平：《鲁迅和青年们》，见《许广平忆鲁迅》，广东人民出版社1979年版，第223页。

喜爱脱不开关系,据女作家萧红回忆,鲁迅习于夜间创作①,他是一个"爱夜的人",曾写过《夜颂》和好几篇以"夜记"为副题的杂文,如《灯下漫笔》《写于深夜里》等。鲁迅对"夜"的诗性体悟在《怎么写——夜记之一》中表达得最为深刻动人:

> 我沉静下去了。寂静浓到如酒,令人微醺。望后窗外骨立的乱山中许多白点,是丛冢;一粒深黄色火,是南普陀寺的琉璃灯。前面则海天微茫,黑絮一般的夜色简直似乎要扑到心坎里。我靠了石栏远眺,听得自己的心音,四远还仿佛有无量悲哀,苦恼,零落,死灭,都杂入这寂静中,使它变成药酒,加色,加味,加香。②

夜的"静"与"黑"成为鲁迅醇化心灵、拓展思绪的根基,它"大地"一样承载、支撑着鲁迅的文学想象,为他带来持久、鲜活的"烟士披里纯"(inspiration,梁启超语)。鲁迅的小说也多处涉笔"黑夜",作为黑色的一种特殊表达,夜在鲁迅小说的黑色意象中起一种"提示"作用,它导引我们由此进入鲁迅生命的色感世界。

鲁迅小说中关于"夜晚"的描写随处可见:《狂人日记》的开篇是"今天晚上,很好的月光";《药》起始于"秋天的后半夜,月亮下去了,太阳还没有出,只剩下一片乌蓝的天;除了夜游的东西,什么都睡着"③;《风波》也在"太阳渐渐的收了他通黄的光线"的时候方才波澜四起;《白光》中落第的陈士成寓在家里,邻居都陆续熄了灯火,"独有月亮,却缓缓的出现在寒

---

① 作家萧红在回忆文章中说:"全楼都寂静下去,窗外也是一点声音没有了,鲁迅先生站起来,坐到书桌边,在那绿色的台灯下开始写文章了……人家都起来了,鲁迅先生才睡下";"鲁迅先生的工作时间,多半是下半夜一两点起,天将明了休息"。萧红:《回忆鲁迅先生》,生活书店1946年版,第19页、第29页。

② 鲁迅:《三闲集·怎么写——夜记之一》,见《鲁迅全集》第4卷,人民文学出版社2005年版,第18页。

③ 鲁迅:《呐喊·药》,见《鲁迅全集》第1卷,人民文学出版社2005年版,第463页。

夜的空中"①，慰藉他无边的颓丧与孤独；《在酒楼上》"我"与吕纬甫作别出来，"天色已是黄昏，和屋宇和街道都织在密雪的纯白而不定的罗网里"②；《肥皂》也写到"惟一的盆景万年青的阔叶又已消失在昏暗中，破絮一般的白云间闪出星点，黑夜就从此开头"③；《高老夫子》临近结末，也有"骨牌拍在紫檀桌面上的声音，在初夜的寂静中清彻地作响"④；《奔月》中后羿打猎还未到家，"天色已经昏黑；蓝的空中现出明星来，长庚在西方格外灿烂"⑤。可以看出，夜（以及预示着夜的黄昏）在鲁迅小说中就像一种主导意象，成为笼罩作品的色感氛围，作者的悲愤、绝望、哀愁就隐没在这荒凉浓郁的黑影里。美学家苏珊·朗格曾对各民族使用的圆圈、三角形等基本图案的符号意义做过出色阐释，她说："作为一种组织方式，它给了艺术家的想象一个起点，在一种极为朴素的意义上诱导着创作。"⑥黑夜对于鲁迅何尝不是这样？作为一种组织方式，黑夜为鲁迅的艺术想象提供起点，诱导并规训着他的小说的色彩（情感）基调。抽象艺术理论家康定斯基认为："黑色的基调是毫无希望的沉寂……黑色像是余烬，仿佛是尸体火化后的骨灰。因此，黑色犹如死亡的寂静，表面上黑色是色彩中最缺乏调子的颜色。它作为中性的背景来清晰地衬托出别的颜色的细微变化。"⑦"毫无希望的沉寂"，正是《呐喊》的黑色基调给人的感觉，除去《故乡》《社戏》中取自记忆的诗意暖色，鲁迅的这部小说集

---

① 鲁迅：《呐喊·白光》，见《鲁迅全集》第1卷，人民文学出版社2005年版，第572页。
② 鲁迅：《彷徨·在酒楼上》，见《鲁迅全集》第2卷，人民文学出版社2005年版，第34页。
③ 鲁迅：《彷徨·肥皂》，见《鲁迅全集》第2卷，人民文学出版社2005年版，第50页。
④ 鲁迅：《彷徨·高老夫子》，见《鲁迅全集》第2卷，人民文学出版社2005年版，第85页。
⑤ 鲁迅：《故事新编·奔月》，见《鲁迅全集》第2卷，人民文学出版社2005年版，第377页。
⑥ 〔美〕苏珊·朗格：《情感与形式》，刘大基等译，中国社会科学出版社1986年版，第82页。
⑦ 〔俄〕瓦·康定斯基：《论艺术的精神》，查立译，中国社会科学出版社1987年版，第51页。

第六章　黑・白・红：鲁迅作品与中国美术的色彩传统

绝少充满希望的亮色；与之相比，《彷徨》《故事新编》中的色调则不再那么贫乏单调，表现之一就是拼色、对比性色彩的加强，这种情形在散文诗《野草》中要更为明显。

鲁迅诗歌、杂文中的譬喻、用例也常运用黑色意象，在1918年发表于《新青年》的现代诗歌《梦》，与1933年发表于《申报·自由谈》的《夜颂》中，鲁迅曾两度写到他对"黑色"的感觉，"去的前梦黑如墨，在的后梦墨一般黑；去的在的仿佛都说，'看我真好颜色'"①，"夜是造化所织的幽玄的天衣，普覆一切人，使他们温暖，安心，不知不觉的自己渐渐脱去人造的面具和衣裳，赤条条地裹在这无边际的黑絮似的大块里"②。梦是"墨一般黑"，夜是"黑絮似的大块"，鲁迅把他对黑色的感觉具象化为中国文人画的水墨语言，灵动而卓异。在这里，"色彩"并非象物摹形的艺术手段，它只是作者无意间编织的语汇密码。英国语言学家罗杰·福勒说："小说设计及其实施以语言为媒介，而语言是社会群体的资产，群体的价值和思想模式都寄寓在语言之中。"③事实上，不止小说如此，所有文学都以语言这种"社会群体资产"为媒介，并且，语言也不止仅仅寄寓着社会群体价值和思想模式，它同样是艺术家个体风格的栖息地。

在"黑色"之外，鲁迅还喜用"灰色"表达情感反应："《现代评论》的作者固然多是名人，看去却很显得灰色，《语丝》虽总想有反抗精神，而时时有疲劳的颜色"④；"我有一个母亲，还有些爱我，愿我平安，我因为感激他的爱，只能不照自己所愿意做的做，而在北京寻一点糊口的小生计，度灰色的生涯。因为感激别人，就不能不慰安别人，也往往牺牲了自己，——至少是一部分"⑤。鲁迅这里的"色彩"其意不在美术修饰，它只是作者的主观视觉感

---

① 鲁迅：《集外集·梦》，见《鲁迅全集》第7卷，人民文学出版社2005年版，第31页。
② 鲁迅：《准风月谈·夜颂》，见《鲁迅全集》第5卷，人民文学出版社2005年版，第203页。
③ 〔英〕罗杰·福勒：《语言学与小说》，於宁、徐平、昌切译，重庆出版社1991年版，第88页。
④ 鲁迅：《两地书》，见《鲁迅全集》第11卷，人民文学出版社2005年版，第33页。
⑤ 鲁迅：《书信·250411致赵其文》，见《鲁迅全集》第11卷，人民文学出版社2005年版，第477页。

知,就像鲁迅曾用暗赭色来形容北京一样,"陶璇卿君是一个潜心研究了二十多年的画家,为艺术上的修养起见,去年才到这暗赭色的北京来的"①,"色彩"只是他表达抽象幻觉的一种手段,是他艺术本能的一种惯性打开。

"以'无中生有'的道家思想观念看,黑色的寂灭似乎在最简的色彩形式中象征着最原始的色彩本质和精神现象。道家崇尚黑色是因为他们认为一切颜色从玄黑中生长出来并以黑为显在条件。"②黑色有一种简化结构的力量,鲁迅小说的黑色基调让小说的艺术结构显得单纯而深刻。依照人类学的集体无意识观念,鲁迅对黑色的偏爱,与美术学上"最原始的精神现象"未始不存在对话关系,关于此点,本章稍后详论。这里要转到由黑色作为衬托色、"从玄黑中生长出来并以黑为显在条件"的白色——月光(月亮)在鲁迅小说中的艺术运用。

(二)白色系

月光是鲁迅投射于小说灰黑空间的一束白光,除此之外,小说中较为鲜亮、瞩目的白色就是雪花了。鲁迅的日本弟子增田涉说:"鲁迅好像喜欢月亮和小孩。在他的文学里,这两样常常出现。"③的确如此,月亮、月光、月色在鲁迅作品中频繁出现,与道路、旷野、坟墓等一样,已成为鲁迅小说的核心意象。《狂人日记》中三次提到月光:"今天晚上,很好的月光","今天全没月光","天气是好,月色也很亮了"。④《明天》中与月光类似的"银白色的曙光"也三次出现,如果说这几处的"月光"更趋近对小说场景、气氛的烘托,《白光》中的"月光"却是与主人公的精神、心理状态交相辉映:

---

① 鲁迅:《集外集·〈陶元庆氏西洋绘画展览会目录〉序》,见《鲁迅全集》第7卷,人民文学出版社2005年版,第272页。
② 李广元:《色彩艺术学》,黑龙江美术出版社2000年版,第83页。
③ 〔日〕增田涉:《鲁迅的印象》,钟敬文译,湖南人民出版社1980年版,第55页。
④ 鲁迅:《呐喊·狂人日记》,见《鲁迅全集》第1卷,人民文学出版社2005年版,第444页,第445页,第450页。

第六章 黑・白・红：鲁迅作品与中国美术的色彩传统

空中青碧到如一片海，略有些浮云，仿佛有谁将粉笔洗在笔洗里似的摇曳。月亮对着陈士成注下寒冷的光波来，当初也不过像是一面新磨的铁镜罢了，而这镜却诡秘的照透了陈士成的全身，就在他身上映出铁的月亮的影。

他突然仰面向天，月亮已向西高峰这方面隐去，远想离城三十五里的西高峰正在眼前，朝笏一般黑魆魆的挺立着，周围便放出浩大闪烁的白光来。①

就像李白《月下独酌》的诗句"举杯邀明月，对影成三人"所表达的荒凉孤独感，第一段引文中照耀陈士成的月光是他理想寂灭后，所感到的空前无助的孤独，他凄苦的心已远离人间冷暖，独与天际宇宙的冷月相对。到第二段引文中，月光更成为陈士成摆脱苦闷的救命稻草，幽灵一般虚幻的白光预示着他已濒临精神崩溃的边缘。此外，《肥皂》中的四铭于苦闷之际，"看见一地月光，仿佛铺满了无缝的白纱，玉盘似的月亮现在白云间，看不出一点缺"②；《孤独者》中"我"与魏连殳两次作别也都写到月亮，"我辞别连殳出门的时候，圆月已经升在中天了，是极静的夜"，"潮湿的路极其分明，仰看太空，浓云已经散去，挂着一轮圆月，散出冷静的光辉"③，作者以风清月白反衬心境的凝重；《弟兄》中写心绪复杂的沛君也多次提及月光，"经过院落时，见皓月已经西升，邻家的一株古槐，便投影在地上"，"强烈的银白色的月光，照得纸窗发白"，"院子里满是月色，白得如银"④，人物或哀或喜，月亮却只兀自放射自己的光芒，就像一位冷傲的旁观者，注视着大千世界里不可告人的隐秘；《补天》两次写到"生铁一般的冷而且白的月亮"；《奔月》中

---

① 鲁迅：《呐喊・白光》，见《鲁迅全集》第1卷，人民文学出版社2005年版，第572页，第574页。

② 鲁迅：《彷徨・肥皂》，见《鲁迅全集》第2卷，人民文学出版社2005年版，第55页。

③ 鲁迅：《彷徨・孤独者》，见《鲁迅全集》第2卷，人民文学出版社2005年版，第100页。

④ 鲁迅：《彷徨・弟兄》，见《鲁迅全集》第2卷，人民文学出版社2005年版，第139页，第142页。

的后羿于"月亮在天际渐渐吐出银白的清辉"时还未到家,但"圆的雪白的月亮照着前途",捕获一只小母鸡的他心情大好,不料妻子嫦娥已奔月弃他而去,"女辛用手一指,他跟着看去时,只见那边是一轮雪白的圆月,挂在空中,其中还隐约现出楼台,树木;当他还是孩子时候祖母讲给他听的月宫中的美景,他依稀记得起来了。他对着浮游在碧海里似的月亮,觉得自己的身子非常沉重"①,对后羿而言,雪白的圆月让他更清晰地看到良辰美景不再的冰冷现实,多动人的夜色也只落得虚空;《采薇》中的伯夷、叔齐在"有星无月的夜"被心事折磨,难以成眠;《铸剑》里眉间尺的母亲"坐在灰白色的月影中",哀愁与愤恨在胸口炽烈燃烧。我们看到,鲁迅多写圆月、冷月,"在伊斯兰诗歌中,月亮是时间的镜子,具有双重的意义:易碎性和永恒性"②。鲁迅小说中的人们如同月下夜行人,爱恨悲苦在时间的轮辐下碾蚀殆尽,唯有夜空里千古如斯的月光,漠漠送来问候与慰安。

"原始色彩活动最常见的为黑、白和红色。从人的视觉能力看,白色为阳光的颜色,黑色为阳光的熄灭,而红色则直接联系着动物性征和血液的色彩。"③联系鲁迅的小说,他的人物多活动在"阳光熄灭"的黑夜,月亮——太阳的夜间对应物,它银白、灰白的清辉就像作者赋予人间的夜晚阳光。这里有的是吃人的"白厉厉的牙齿""白而且硬的鱼眼"(《狂人日记》),是孔乙己"青白脸色"上"乱蓬蓬的花白胡子"(《孔乙己》),是茶馆里"青白的光",街上黑沉沉的"灰白的路"和"不怕冷的几点青白小花"(《药》),是祥林嫂头上扎的"白头绳"、身上穿的"月白背心"(《祝福》),是子君"带着笑涡的苍白的圆脸,苍白的瘦的臂膊"和"挂在铁似的老干上的一房一房的紫白的藤花"(《伤逝》)。《淮南子·原道训》曰:"色者,白立而五色成矣。"④色者成于白而隐于黑,色彩的"有"生于"无"是中国古人对色彩本质的发现,

---

① 鲁迅:《故事新编·奔月》,见《鲁迅全集》第2卷,人民文学出版社2005年版,第379—380页。
② 张箭飞:《鲁迅诗化小说研究》,广西教育出版社2004年版,第114页。
③ 李广元:《色彩艺术学》,黑龙江美术出版社2000年版,第62页。
④ 〔西汉〕刘安:《原道训》,见《淮南鸿烈解》(一)第一卷,中华书局1985年版,第22页。

第六章　黑·白·红：鲁迅作品与中国美术的色彩传统

道家追求回归原始无色世界，主张以"阴静"制"阳动"，"知其白，守其黑，为天下式。为天下式，常德不忒，复归于无极。知其荣，守其辱，为天下谷。为天下谷，常德乃足，复归于朴"①，即出于对这种色彩本质的哲学认同。鲁迅小说的白色（与黑色一道）为作品打上浓重的冷色调，却并未流于哲学玄虚，他的白色"不是死亡的沉寂，而是一种孕育着希望的平静"，"犹如生命诞生之前的虚无和地球的冰河时期"。②这里的月光不沉溺于黑暗，而在挣扎着报晓曙光的来临。从色彩诗学的角度，黑白既是鲁迅生命色感的表露，又与作品的思想基调对应统一。小说对"红色"的零星运用，如《药》中鲜红的人血馒头，《铸剑》中饲养宝剑的人血，都与上述原ική红色的"动物性征和血液的色彩"意蕴相关。这就使鲁迅小说对红色的运用，与黑白二色比较带有更强的象征性。本章开篇的统计数据显示，鲁迅小说中黑、白、红色系词汇的出现频率远远高于其他色系，而拼色系的色彩词汇仅占1.5%，这就是说，鲁迅小说具有明显的单色性特征，他极少运用混色词汇（与白色相混的灰白、青白之类不算）。相异色系词汇的并用，如黑与红、红与白、黄与绿等，在文本中起到的效果是"对比"与"强化"，色彩自身并不会出现诸如西洋油画色彩之间相互吞并或弱化的现象。"单色性是原始色彩的时代特征"③，中国古代有过漫长的单色崇拜和单色肯定时期，《礼记·檀弓》篇有言："夏后氏尚黑，殷人尚白，周人尚赤。"④张岱《夜航船·帝王》也说："太昊配木，以木德王天下，色尚青。炎帝配火，以火德王天下，色尚赤。皇帝配土，以土德王天下，色尚黄。少昊配金，以金德王天下，色尚白。颛顼配水，以水德王天下，色尚黑。"⑤青、赤、黄、白、黑也就是史上常说的五行之色。关于五行与色彩、宇宙基本元素等的对应关系，我们不妨参看下表：

---

① 〔晋〕王弼注：《老子道德经》（上篇）第二十八章，中华书局1985年版，第26—27页。
② 〔俄〕瓦·康定斯基：《论艺术的精神》，查立译，中国社会科学出版社1987年版，第50—51页。
③ 李广元：《色彩艺术学》，黑龙江美术出版社2000年版，第67页。
④ 〔清〕朱彬：《礼记训纂》（上），中华书局1996年版，第83页。
⑤ 〔明〕张岱：《夜航船》第3卷，浙江古籍出版社1987年版，第103页。

表2

五行	季节	五色	方位	十干	五脏	五味	生物	五帝
木	春	青	东	甲、乙	脾	酸	羽	太皞
火	夏	红	南	丙、丁	肺	苦	毛	炎帝
土	土用	黄	中	戊、己	心	甘	裸	黄帝
金	秋	白	西	庚、辛	肝	辛	甲	少皞
水	冬	黑	北	壬、癸	肾	咸	鳞	颛顼

说明：本表是在日本学者城一夫所制作表格基础上删减、重新排列而成的。①

  无独有偶，鲁迅小说的高频色彩词汇（白、黑、红、黄、青）恰好就是上面五行图中的五色，散文诗《野草》的情况也基本一致。依照心理学家荣格的集体无意识理论："原型意象或者原型是一种形象，它在历史进程中不断发生并且显现于创造性幻想得到自由表现的任何地方"，"它们为我们祖先的无数类型的经验提供形式。可以这样说，它们是同一类型的无数经验的心理残迹"。②具体到鲁迅身上，他的色彩运用与中国史前，乃至中国近古以来历朝历代人民的色彩经验积淀就不能说毫无关系。可以提供的另一些例证是，除了五色，鲁迅作品中还常出现天干地支、金木水火土宇宙基本元素和生物毛革等五行相关词汇，如《铸剑》中后羿的三个女仆名为女辛、女乙、女庚；《野草》中两处用"鱼鳞"作形容词："这是高大的冰山，上接冰天，天上冻云弥漫，片片如鱼鳞模样"③；"她那伟大如石像，然而已经荒废的，颓败的身躯的全面都颤动了。这颤动点点如鱼鳞，每一鳞都起伏如沸水在烈火上"④；《补天》中也有"满天是鱼鳞样的白云"，而涉及或运用五行元素作区

---

① 〔日〕城一夫：《色彩史话》，亚健、徐漠译，浙江人民美术出版社1990年版，第53页。

② 〔瑞士〕荣格：《心理学与文学》，冯川、苏克译，生活·读书·新知三联书店1987年版，第120页。

③ 鲁迅：《野草·死火》，见《鲁迅全集》第2卷，人民文学出版社2005年版，第200页。

④ 鲁迅：《野草·颓败线的颤动》，见《鲁迅全集》第2卷，人民文学出版社2005年版，第211页。

别词或核心词的就更多了,笔者简要列举数例如下:

金:1.(枣树)默默地铁似的直刺着奇怪而高的天空(2次,《秋夜》);2.我的心也仿佛同时变了铅块(《风筝》);3.我的身上喷出一缕黑烟,上升如铁线蛇(《死火》);4.(鬼魂们的叫唤与)钢叉的震颤相和鸣(《失掉的好地狱》);5.青白的两颊泛出轻红,如铅上涂了胭脂水(《颓败线的颤动》);6.微风早经停息了;枯草支支直立,有如铜丝……那乌鸦也在笔直的树枝间,缩着头,铁铸一般站着(《药》)7.(月亮)当初也不过像是一面新磨的铁镜罢了(《白光》);8.炭火也正旺,映着那黑色人变成红黑,如铁的烧到微红(《在酒楼上》)

木:1.(鬼魂们)得到永劫沉沦的罚,迁入剑树林的中央(《失掉的好地狱》);2.那墓碣似是沙石所制,剥落很多,又有苔藓丛生(《墓碣文》);3.繁霜夜降,木叶多半凋零(《腊叶》);4.(山茶树)树枝笔挺的伸直,更显出乌油油的肥叶和血红的花来(《在酒楼上》);5.她又带了窗外的半枯的槐树的新叶来……还有挂在铁似的老干上的一房一房的紫白的藤花(《伤逝》)

水:1.江南的雪,可是滋润美艳之至了;(雪罗汉)很洁白,很明艳,以自身的滋润相粘结,整个地闪闪地生光(《雪》);2.(河中物象)边缘都参差如夏云头,镶着日光,发出水银色焰(《好的故事》);3.当我幼小的时候,本就爱看快舰激起的浪花,洪炉喷出的烈焰(《死火》);4.这颤动点点如鱼鳞,每一鳞都起伏如沸水在烈火上(《颓败线的颤动》)

火:1.我的心也曾充满过血腥的歌声:血和铁,火焰和毒,恢复和报仇(《希望》);2.(朔方的雪花)在晴天之下,旋风忽来,便蓬勃地奋飞,在日光下灿灿地生光,如包藏火焰的大雾,旋转而且升腾(《雪》);3.冰谷四面,又登时满有红焰流动(《死火》);4.(山茶树)赫赫的在雪中明得如火(《在酒楼上》)

土:1.我顺着剥落的高墙走路,踏着松的灰土(8次,《求乞者》);2. 朔方的雪花在纷飞之后,却永远如粉、如沙,他们决不粘连(《雪》);3. 空气很清爽,——虽然也带些土气息(《死后》);4. 积雪的滋润,著物不去,晶莹有光,不比朔雪的粉一般干(《在酒楼上》)

拿五行中的"金"来说,鲁迅作品以"金"入喻的就有铁、铅、钢、铜、水银等,金属类词汇的运用(唤起的是人类的触觉)为作品打上鲁迅式的特殊质感,加上诸如粉尘、沙石、火焰、浪花、木叶等,很容易让人嗅出中国古文明时期的"原初"味,仿佛一切又回到历史的原点,火的威力、土的性格、水的多变重新焕发激情,鲁迅试图引导我们去回溯生命的源头,那饱满绽放的创造力,那掷地有声的民族气。我们知道,"'绘'在《周礼·考工记》中写作'缋',是一种染丝的技术,也可以说是对'颜色'的掌握。《考工记》中列为'设色之工'"①。艺术在最初都是以先人对某种物质材料(性情特点)的熟稔把握为里程界碑,譬如打磨石头的新旧石器时代,烧制黄土的陶器时代,冶铸金属的青铜时代等,对丝绸染化也即染料技能的掌握,预示了着墨于绢帛上的绘画即将诞生。是故,鲁迅对五行之金的触觉感知的调用,与他早期复苏中华民族"固有之血脉"的热望,其实存在千丝万缕的联系,有研究者指出:"'新生'诉求的确沁入鲁迅自我生命的基底,鲁迅思想的深刻性与独特性与此当有密切关系。"②换个角度,鲁迅艺术的丰赡性与鲜明性何尝与"新生"诉求毫无瓜葛?在五四启蒙语境下,鲁迅一方面采取激烈的反传统立场;但与此同时,他临摹碑帖、把玩古文物、写作旧体诗,他研究中国古典小说,他召唤和灌注中国传统美术精神于现代美术运动中,这一切未尝不可以看作是鲁迅某种特殊的复古冲动。但是,他不是如同"学衡派"那样仅仅满足于用洋理论来评估老经典,他要唤起的是一种来自远古中国的伟大文化力量,"顾吾中国,则夙以普崇万物为文化本根,敬天礼地,实与法式,发育

---

① 蒋勋:《美的沉思:中国艺术思想刍论》,文汇出版社2005年版,第26页。
② 廖诗忠:《回归经典——鲁迅与先秦文化的深层关系》,生活·读书·新知三联书店2005年版,第35页。

张大,整然不紊"①,也就是说,"在鲁迅心目中,黄帝时代,扩而大之,传说中的三皇五帝时代的中国传统文化是值得肯定的"②。鲁迅的这一思想诉求,除去那些以中国上古文明作题材的《故事新编》作品外,其实更多地表现在他审美修辞的各个方面,色彩诗学只是其中的一环。

前文已经讨论过鲁迅小说的黑白二色,现在将以《野草》为核心重点讨论红色。

(三)红色系

在某种意义上,《野草》可谓鲁迅色彩哲学的"集大成",仅以《秋夜》为例,"奇怪而高的夜空"乃"黑","几十个星星的冷眼"乃"白","瑟缩地做梦的小粉红花"乃"红","苍翠得可爱的小飞虫"乃"青",黑、白、红、青色正是鲁迅惯用的几种象征色。这里的黑色不仅仅是一种单纯色彩,更是一种具有吸纳力的实体,夜空是广大无边的绝对存在,枣树、花草只是与黑色肉搏、抗衡的"异类"。总体来看,如果说《药》中的人血馒头象征血液,《补天》的红色云彩是原始洪荒时代的生命力,如果说《在酒楼上》的红色山茶花充满苍劲朴拙的古典情调,《铸剑》的绯红颜色是火的表征,那么《野草》中的"红"则是血液、生命力、火焰、情感色等的融合会通。《野草》中最耀眼的红色意象莫过于死火了,"这是死火。有炎炎的形,但毫不摇动,全体结冰,像珊瑚枝;前端还有凝固的黑烟,疑才从火宅中出,所以枯焦。这样,映在冰的四壁,而且互相反映,化为无量数影,使这冰谷,成红珊瑚色"③。冰谷的光洁与红珊瑚的艳丽交相辉映,再与凝固、枯焦的黑烟和光影对照,形成一派洁净澄明的冰火世界,五光十色,鲁迅在这里对"死火"的想象诡异而又极富创造力。与《补天》中颇具西洋表现主义美术或后期印象派

---

① 鲁迅:《集外集拾遗补编·破恶声论》,见《鲁迅全集》第8卷,人民文学出版社2005年版,第29页。
② 任广田:《鲁迅与远古中国文化精神》,载《鲁迅研究月刊》1998年第9期。
③ 鲁迅:《野草·死火》,见《鲁迅全集》第2卷,人民文学出版社2005年版,第200页。

韵味的赭红不同，死火是"红"（表现生命）与"黑"（喻示死亡）的结合体，既有火的光，又有冰的形，是鲁迅凝结冷与热、水与火，思考生命体复杂悖论命题的哲学意象。《死火》创作一年有余，鲁迅在小说《铸剑》中再次写到"火红"："那白气到天半便变成白云，罩住了这处所，渐渐现出绯红颜色，映得一切都如桃花。我家的漆黑的炉子里，是躺着通红的两把剑。你父亲用井华水慢慢地滴下去，那剑嘶嘶地吼着，慢慢转成青色了。这样地七日七夜，就看不见了剑，仔细看时，却还在炉底里，纯青的，透明的，正像两条冰。"①与《死火》类似之处在于，这里写"火红"再次写到"黑"，写到"水"与"冰"，似乎鲁迅特别喜欢冰火两重天的世界，喜欢以"黑色"来陪衬、加强艺术效果②。"红得如火"是鲁迅极为偏爱的一种夸张比喻，《在酒楼上》窗外山茶树的十几朵红花"赫赫的在雪中明得如火"，《奔月》中嫦娥脸上虽"粉有些褪了，眼圈显得微黄"，但"嘴唇依然红得如火"，前者的火红被赋予了强烈的人格情感，后者的火红无意间表露出作者对女性性感特征的态度。

《野草》中红色的另一种表现形式为血液。在《复仇》的开篇，鲁迅写道："人的皮肤之厚，大概不到半分，鲜红的热血，就循着那后面，在比密密层层地爬在墙壁上的槐蚕更其密的血管里奔流，散出温热。"③这里"鲜红的热血"正是复仇的资本——人的生命力。在《颓败线的颤动》中，垂老的妇人"青白的两颊泛出轻红，如铅上涂了胭脂水"，轻红是性的刺激引起的血液之色。"这以前，我的心也曾充满过血腥的歌声：血和铁，火焰和毒，恢复和报仇"④，以铁喻血的质感，以毒喻火的威力，把铁和毒注入生命，希图以此唤

---

① 鲁迅：《故事新编·铸剑》，见《鲁迅全集》第 2 卷，人民文学出版社 2005 年版，第 435 页。

② 色彩理论家康定斯基说："在白色的衬托下，红色显得迟钝和混浊，在黑色的衬托下它就显出了清晰的强度。"〔俄〕瓦·康定斯基：《论艺术的精神》，查立译，中国社会科学出版社 1987 年版，第 51 页。

③ 鲁迅：《野草·复仇》，见《鲁迅全集》第 2 卷，人民文学出版社 2005 年版，第 176 页。

④ 鲁迅：《野草·希望》，见《鲁迅全集》第 2 卷，人民文学出版社 2005 年版，第 181 页。

起民族强劲的爆发力。《墓碣文》中的"抉心自食"意象,血和铁化为"自啮其身"的毒蛇,红色的心成了自我的另一种表征,鲁迅用一种怪诞、奇崛的想象方式联结血(心)与毒(蛇),是色彩诗学与生命哲学两相合一的极端表现。此外,鲁迅作品中还有以红色喻生殖力的篇章,《补天》中女娲"擎上那非常圆满而精力洋溢的臂膊,向天打一个欠伸,天空便突然失了色,化为神异的肉红"①。《复仇》中裸露着桃红色的皮肤,"捏着利刃,对立于广漠的旷野之上"的他和她也有"圆活的身体"。鲁迅在这里赋予他们女娲一样人类母亲的形貌特征。我们知道,在原始时代,人类对红色的感知主要源于对太阳、火、血液等的认识,山顶洞人在死亡同伴的尸体旁边撒上红色矿物颜料(代血液),以求其起死回生,古人还常以赤铁矿石画身。"在西方文化中,直到古罗马时期,那些在战争胜利后凯旋归来的将军还有用红色涂身的传统。"②印度一些少数民族直到今天还保留有"泼红节"(染色的红水)。在漫长的历史进程中,"红色的感性形式中积淀了社会内容,红色引起的感性愉快中积淀了人的想象和理解,或许原始人从红色想到了与他们生命攸关的火,或许想到了温暖的太阳,或许想到了生命之本的鲜血,反映出主体文化心理结构的形成"③。在鲁迅的"红色"想象中,一方面是复归民族主体文化心理结构的共性认知,一方面是共性认知基础之上的自我创造。鲁迅的红色不是自然物象的简单模拟(火与太阳),不是梭罗《瓦尔登湖》里舒适温暖的壁炉之火,而是彰显生命热力的"地火",是久经衰颓、丧失殆尽的人类的原初创造力,"地火在地下运行,奔突;熔岩一旦喷出,将烧尽一切野草,以及乔木,于是并且无可朽腐"④。鲁迅的地火带有一股强烈的摩罗精神,它要烧尽世间一切腐朽,以凤凰涅槃式的魄力和气场来呼唤民族的"新生"。从色彩象征的角度,对鲁迅而言,可以说红色代表他斗志昂扬的一面,黑色代表他冷峻深刻的一

---

① 鲁迅:《故事新编·补天》,见《鲁迅全集》第2卷,人民文学出版社2005年版,第357页。
② 李广元:《色彩艺术学》,黑龙江美术出版社2000年版,第76页。
③ 彭吉象:《艺术学概论》,北京大学出版社1994年版,第46页。
④ 鲁迅:《野草·题辞》,见《鲁迅全集》第2卷,人民文学出版社2005年版,第163页。

面，白色代表他淡泊致远的一面，他是一个冷得发热的思想者，是一位外表拙朴而内燃诗情的艺术家。

（四）复色系

对鲁迅作品中黑、白、红的单色运用有了整体感知后，我们现在转向鲁迅文本的华美"复色"①。前文列举统计数据显示，《野草》中红色系的色彩词汇较之小说增加了近乎一倍，在这部散文诗集中，鲁迅对"色彩"的想象显得更为积极，这表现为文本单色系色彩词汇的丰富化和复色系色彩词汇的多样化，仅红色就有粉红、猩红、绯红、鲜红、桃红、血红、大红、斑红、胭脂红、轻红等，白色也有淡白、雪白、苍白、洁白、白中隐青、青白、惨白、月白等诸多变化。总的来看，有几种色彩对比是鲁迅特别爱用的，这就是黑与红（前文已论及）、红与白、白与黑、白与青、红与青（绿）等，现简要分别论述如下：

1.黑与红。在遥远的古代，原始人用来涂抹壁画的黑色一般从燃烧过的骨头中提取，黑（色）与火（红）在那时就有了某种根深蒂固的联系。鲁迅作品的黑、红色彩相遇也多数与火相关，最明显的，譬如尖端冒着凝固黑烟的"死火"。在鲁迅的小说中，华老栓把包着人血馒头的破灯笼塞进灶里，燃起"一阵红黑的火焰"（《药》）；眉间尺的父亲干将最末次开炉那一日，看到"漆黑的炉子里，是躺着通红的两把剑"，煮有眉间尺头颅的金鼎里"炭火也正旺，映着那黑色人变成红黑，如铁的烧到微红"（《铸剑》）。这几处的红色

---

① 严格意义上，鲁迅作品中的色彩多为"原色"和"间色"，而非"复色"。原色（Primary Color）也叫基色，指不能通过其他颜色混合调配而得的基本色，叠加型三原色（光谱分析）是红色、绿色、蓝色，消减型三原色（美术绘画）是（品）红、（柠檬）黄、（湖）蓝；间色（Secondary Color）指由相邻两种原色调配而成的颜色，橙（黄）、绿（青）、紫为三种间色，三原色、三间色为标准色；复色（Tertiary Color）指由三种原色按不同比例调配，或间色与间色调配而成，纯度低，种类繁多。除了黑、白二极色，鲁迅的色彩多用标准色。本书此处的"复色"并非色彩学术语，指的是标准色的复合并置现象，是与"单色"相对而言的。

都出之火光,红黑对照,色相呈现出更为清晰、强烈的效果。此外,鲁迅作品中与火无关的红黑对比也不少,《秋夜》中冻得"红惨惨"的小粉红花开在"奇怪而高"的黑色夜空下,深秋的木叶在"绯红地上","一片独有一点蛀孔,镶着乌黑的花边"(《腊叶》),《在酒楼上》被雪压弯了的山茶树伸直树枝,"更显出乌油油的肥叶和血红的花来"。一般而言,作为最缺乏调子的颜色,黑色能以中性背景衬托其他颜色的细微变化,红色也不例外,鲁迅的红、黑对比让红色显得更红,与此同时,黑色却没有被弱化或吞噬,丧失自身的色彩性格,相反,在红色映照下,黑亦显得更黑,且变得像一种"彩色"那样鲜亮、动人。

2. 红与白。红白对比在鲁迅作品中表现得也很普遍。《药》中的华老栓提着"一个红红白白的破灯笼",他看到兵们衣服上有"大白圆圈"和"暗红色的镶边";《明天》中有"银白的曙光渐渐显出绯红";《兔和猫》中三太太的一对白兔生有"小小的通红的长耳朵";《在酒楼上》山茶树的十几朵红花"赫赫的在雪中明得如火";《补天》中女娲"全身的曲线都消融在淡玫瑰色的光海里,直到身中央才浓成一段白";《采薇》中首阳山脚下"新叶嫩碧,土地金黄,野草里开着些红红白白的小花";《非攻》中楚国郢城的大店铺里陈列着"雪白的麻布,通红的辣椒";《秋夜》中灯罩"雪白的纸,折出波浪纹的叠痕,一角还画出一枝猩红色的栀子"。如许多的红白对比中,鲁迅尤为钟爱"雪"白与"血"红,在散文诗《雪》中,他不仅写到"雪野中血红的宝珠山茶"(远景),还特写了一个孩子们堆的雪罗汉(近景),这罗汉目光灼灼,"嘴唇通红"(胭脂红),显得异常美丽可爱;在《死火》中,"上下四旁无不冰冷,青白。而一切青白冰上,却有红影无数,纠结如珊瑚网。我俯看脚下,有火焰在"①,一片冰红、洁净的世界。这里虽没写到雪,却写了与雪同质(水)的冰,冰谷放射的青白冷气与火焰的红影暖气纠结缠绕,鲁迅的色彩想象表现出宗教般神秘、奇幻的超迈创造力。康定斯基说:"任何颜

---

① 鲁迅:《野草·死火》,见《鲁迅全集》第 2 卷,人民文学出版社 2005 年版,第 200 页。

色，只要跟白色相调和，就会变得混浊不清，仅剩下一丝微弱的共鸣。"①鲁迅的红、白对比却并不显得混浊，他的红与白从未试图隐没对方（除了《补天》中"身中央浓成一段白"的女娲在"淡玫瑰色"光海的离散作用下，显出几分"两相调和"的朦胧意），相反它们执着坚守自身的单色品性，它们的"共鸣"不是彼此取消，而是彼此合作酿成新的气象、新的意境。那在纸的一角折出一枝猩红栀子花的构图（《秋夜》），不就是一幅色泽明艳、馥郁芬芳的笺谱吗？

3. 白与黑。鲁迅的黑、白色对比运用前文已有涉及，这里仅作简单补充。一般而言，黑、白这两种色调的对比会造成画面的明暗倾向，"黑色代表了惰性的阻力，而白色则代表了无阻力的静止（仿佛一道无尽头的墙壁或一个无底深渊）"②，黑、白的结合会造成沉寂与宁谧，造成无声的光与凝重的色。"街上黑沉沉的一无所有，只有一条灰白的路"（《药》），这是"光"在低语；西高峰"朝笏一般黑魆魆的挺立着"，周围放出"浩大闪烁的白光"（《白光》），这是"光"在放歌；祥林嫂"头上扎着白头绳，乌裙，蓝夹袄，月白背心"（《祝福》），这是"色"在哀伤；"上面是铅色的天，白皑皑的绝无精采"（《在酒楼上》），这是"色"在沉睡；"我不愿彷徨于明暗之间，我不如在黑暗里沉没"（《影的告别》），这是"色"在思想。总的来看，鲁迅的黑、白对比就像现代木刻的刀线那样，它要调动的是一种积极的心理作用③，让人通过光色的明暗读出隐衷，读出情调，读出时代。

4. 白与青。在可见光谱上，青色是一种介于绿色和蓝色之间的颜色，它清脆而不张扬，伶俐而不圆滑。在上文表2的五行图中，青色为"木"，在方位上对应"东方"，季节乃"春"。鲁迅爱用"青白"描写不起眼的生命

---

① 〔俄〕瓦·康定斯基：《论艺术的精神》，查立译，中国社会科学出版社1987年版，第51页。

② 〔俄〕瓦·康定斯基：《论艺术的精神》，查立译，中国社会科学出版社1987年版，第48页。

③ 现代创作版画研究会出版的《现代版画》（第1集）"卷首话"中说："木刻本质上保有一种心理组织的积极性，用她特有的强烈的明暗对照，可以表出比任何艺术更深刻的感情。"现代创作版画研究会编：《现代版画》第1集，1934年12月17日出版。

（动、植物）的颜色：茶馆里弥满了"青白的光"，坟上有"不怕冷的几点青白小花"（《药》）；"地上都嫩绿了"，到处是"桃红和青白色的斗大的杂花"，高山之上"满天是鱼鳞样的白云，下面则是黑压压的浓绿"（《补天》）。与"黑压压的浓绿"相比，青色显得隐忍、退让，"青白"只比"灰白"多稍许亮色，但它从内里自然散发纯正、圣洁的光感，《死火》篇的冰谷"上下四旁无不冰冷，青白"，这里"青白"是冰（水）的颜色，五行中"水"代表"冬"日的肃杀，其对应色为黑，鲁迅的冰谷虽有"冬"的寒气，却并不肃杀，他以艺术家的直觉用"青白"来形容冰色，既写了冰的白又写了水的黑（我国北方部分地区方言中青色指的就是黑色），实质上是相当贴切的。青原本就是一种冷色调，《补天》中鲁迅用"黑压压"来描述"浓绿"（青的一种色态），就是抓住了这一特征。此外，无论"白纸罩上的小青虫"（《秋夜》），雪野里"白中隐青的单瓣梅花"（《雪》），还是"大火聚冒出的青烟"和远处"细小惨白"的曼陀罗花（《失掉的好地狱》），以及孔乙己的"青白脸色"，垂老女人的"青白的两颊"（《颓败线的颤动》），无不体现出青白的这一色感特征。

5. 红与青（绿）。《野草》是一部以"青"与"红"作统领色调的散文诗集，其主导意象是"野草"（青）和"地火"（红），一面是生长，一面是破坏。鲁迅作品中红青（绿）并用的时候不太多，这是一种过于炫目的对比色，《社戏》中他以"几个红的绿的"代称舞台上的演员，褒贬意趣很是明显。《明天》中"黑沉沉的灯光，照着宝儿的脸，绯红里带一点青"[①]，这里的"青"已倾向于"黑"。此外，鲁迅作品有两处堪称"缤纷"的色彩描写，其中涉及红与青，第一处是《幸福的家庭》的结尾："他看见眼前浮出一朵扁圆的乌花，橙黄心，从左眼的左角漂到右，消失了；接着一朵明绿花，墨绿色的心；接着一座六株的白菜堆，屹然的向他叠成一个很大的 A 字。"[②] 这段心理

[①] 鲁迅：《呐喊·明天》，见《鲁迅全集》第 1 卷，人民文学出版社 2005 年版，第 473 页。

[②] 鲁迅：《彷徨·幸福的家庭》，见《鲁迅全集》第 2 卷，人民文学出版社 2005 年版，第 42 页。

描写堪称神来之笔，作者以色彩的流动暗示主人公的幻觉逻辑，"乌"（黑）、"橙"（红）、"黄"、"绿"（青）、"白"次第隐现，给人一种既"怪"又"奇"的感觉。第二处《腊叶》中那个明眸似的眼睛（落叶蚀孔）："他也并非全树通红，最多的是浅绛，有几片则在绯红地上，还带着几团浓绿。一片独有一点蛀孔，镶着乌黑的花边，在红，黄和绿的斑驳中，明眸似的向人凝视。"① 这里又是色彩的错综变换（浅绛、绯红、浓绿、乌黑），红、绿是往昔青春的象征，黑、黄则是死亡的预兆，这片鲁迅拿来自况的病叶②，以一种悖论性的斑驳呈现了作者的生命色感。

此外，鲁迅作品中还有温暖的黄色（金黄、松花黄等），譬如"丁字街头破匾上'古□亭口'这四个黯淡的金字"（《药》），"窗外的白杨的嫩叶，在日光下发乌金光"（《一觉》），老子出关骑的牛车也消失在流流黄尘中。总的来看，鲁迅的色彩以青红黄白黑的五行单色（标准色）为主，给人纯净而热烈的感觉。我们知道，"从原始生命本能自发的色彩感情是人类全部色彩感情的核心和基础"③，在文明的发展历程中，每个民族渐渐形成自发的社会色彩，社会色彩对社会个体拥有强大、冥顽的辐射力，这就产生"色彩固着"，一个艺术家如果陷入"色彩固着"而始终不能形成自性色彩（自我色彩个性），那他就很难做出什么真正开创性的贡献。以这个标准衡量鲁迅，他可谓近现代以来形成了自性色彩的文学家。他的黑白未曾流于水墨诗情的哲学玄虚，他的红绿也并不营造金碧堂皇的富丽气象，一切都回到原初，从色彩最远古的历史记忆开始，他要唤醒的是民族的艺术性和艺术的民族性。

---

① 鲁迅：《野草·腊叶》，见《鲁迅全集》第2卷，人民文学出版社2005年版，第224页。

② 鲁迅曾说："《腊叶》，是为爱我者的想要保存我而作的。"（《二心集·〈野草〉英文译本序》，见《鲁迅全集》第4卷，第365页）据孙伏园回忆，这里的"爱我者"指许广平。见孙伏园：《腊叶》，见《鲁迅先生二三事》，湖南人民出版社1980年版，第21页。

③ 李广元：《色彩艺术学》，黑龙江美术出版社2000年版，第39页。

三、鲁迅作品的色彩品性与艺术意蕴

有两个事实也许可以帮助我们理解鲁迅的色彩取向，一是鲁迅从童年时代就非常喜爱《山海经》类图画书，这一来使他"了解神话传说，扎下创作的根"①。二来使他对含有神话性质的美术（比如汉代石刻、秦汉瓦当、金石土俑等）产生浓烈兴趣；二是鲁迅终生赏爱民间美术（比如年画、剪纸、连环画、漫画等），他不但拥有大量藏品，更屡次在通信、专论中立言倡导从这类艺术中汲取创作灵感。

前文提到，远古时期的美术以单色为品性。事实上，在中国绘画走向写意山水、写意花鸟之前，曾一度风靡过受印度佛画影响的重彩画，敦煌和永乐宫的壁画、唐三彩等就是典型代表。重彩画的颜料以粉质天然矿物为主，画面崇尚重色敷染，讲求鲜亮瑰丽的视觉冲击力。鲁迅说："就绘画而论，六朝以来，就大受印度美术的影响，无所谓国画了。"②这是很有见地的卓识，从色彩方面论，"最明显的不单是汉唐之间色彩趋向富丽辉煌，而且色调由过去中原画风多以暖调为主转而出现许多冷色调的绘画作品"③。反过来看，中国画之所以能够在外来触媒之下接受"被影响"，实在是因为"重彩"与中国古代的色彩传统并未偏离。晚近出土的新旧石器时代的彩陶、黑陶，考古发现的阴山岩画以及战国时期的帛画壁画等，都是施杂色而讲求装饰效果的。鲁迅欣赏的汉代石刻也多以色晕染（色泽经岁月剥蚀，现已难辨全貌），从诸如《君车画像》之类珍贵拓本来看，红、黑可算是汉代石刻的主色。重彩画中常见的红、蓝、紫与五行单色并不对抗，"重彩"形成的色彩传统后来在民间美术中延续发展，从严格意义上，敦煌、永乐壁画其实已带有"民间性"，因为它的绘画主体是民间画工，这些民间艺人朴质、本色、鲜活的艺术感觉定会

---

① 周遐寿：《鲁迅的故家》，人民文学出版社1957年版，第70页。
② 鲁迅：《书信·350204 致李桦》，见《鲁迅全集》第13卷，人民文学出版社2005年版，第372页。
③ 李广元：《色彩艺术学》，黑龙江美术出版社2000年版，第123—124页。

不经意间流淌于笔端。鲁迅偏向"古代"与"民间"的美术趣味,虽不能说与他的色彩选择有直接对应关系,却给我们提示了一个重要的努力方向,即到中国画的源头处(魏晋之前)去寻找答案。

《吕氏春秋·仲夏》载:"太一出两仪,两仪出阴阳。阴阳变化,一上一下,合而成章。"① 阴阳合一的太极之图是中国古人对宇宙运行规律的形象认知,太极图由黑白构成,预示阴静与阳动,研究者大多都认为"远古先民产生太极图的外在影响为月亮的圆缺变化"②,所以,重阴性之月亮就构成中国文化的特征之一,而阴阳五行观念之所以流传不衰,正因为它是以时空万象关系为依据的。前文已谈到,鲁迅也特别喜欢写月亮,写它的阴晴圆缺、辉煌黯淡,作为中国文化原型的表征之一,月光构成他作品基质的韵律、情调、诗性与谱系。鲁迅作品的色感特征以单色冷调为主,色彩的象征性大于装饰性,也就是说,他的色彩多以文化色替代自然色(《补天》《在酒楼上》《好的故事》是少数例外),他的红色让人想到火、血液、生命力,黑色让人想到死亡、衰败、腐烂,白色让人想到冰、匮乏与绝望。

有几则鲁迅喜爱的(书籍)封面装帧设计可以看作他色彩诗学的典型代表,它们是《呐喊》《彷徨》《朝花夕拾》《野草》《桃色的云》《苦闷的象征》《故乡》(许钦文著)、《心的探险》(高长虹著)、《国学季刊》(第1卷第1号)等。从这些鲁迅钟爱的封面插图色彩来看,它们几乎是五行单色的各种排列组合,以《故乡》为例,它的构图与色彩搭配(红、白、黑、蓝)堪称完美,一个女人手捏剑柄,剑身赫然垂下,她的表情与长衣(大红袍)、宽袖、黑发融合为一,形成一种神异魔幻的破坏力,发出"介于妖艳和素朴之间的性灵之光"③。再以《苦闷的象征》为例,其构图是一个圆形,内有一个裸女手拿利刃,在红色、黑色、灰色映照下呈现扭曲惊颤之美,这幅画与意大利版画家迪绥尔多黎的《罗勒多的艺文神女》在艺术美感的营造上异曲同工。我们知道,《故乡》和《苦闷的象征》的封面画均由陶元庆装帧设计,鲁迅曾誉

---

① 〔秦〕吕不韦辑:《吕氏春秋·仲夏》,中华书局1991年版,第137—138页。
② 李广元:《色彩艺术学》,黑龙江美术出版社2000年版,第101页。
③ 孙郁:《鲁迅藏画录》,花城出版社2008年版,第57页。

第六章　黑·白·红：鲁迅作品与中国美术的色彩传统

陶璇卿"夙善中国画"，他的作品渗出"固有的东方情调"，"融成特别的丰神"。① 在某种意义上，可以说陶元庆的绘画是鲁迅美术趣味的某种程度的实现，他的敷彩施色亦折射出鲁迅的色彩格调。陶元庆画中的"东方情调"和"特别丰神"究竟是什么呢？《大红袍》（即《故乡》封面，笔者注）那半仰着脸的姿态，当初得自绍兴戏的《女吊》"②，《彷徨》的封面既有现代木刻刀法的痕迹，也有古埃及石壁雕塑的人物画特征，《朝花夕拾》的封面在橙黄、白、黑间透出简朴稚拙的原始童趣，《唐宋传奇集》则是汉代石刻君车出行阵容的生动改造，色彩为纯黑。看得出来，陶元庆封面图中的绘画元素与鲁迅的美术旨趣很是契合，汉画像也好，古装民间戏剧也好，无不表现出鲁迅文化理想的复古一面。

日本学者伊藤虎丸说鲁迅日本时期的评论文章中存在一个"原鲁迅"，"鲁迅的思想或小说主题，实际上几乎都可以在这一时期的评论中找到原型"③。鲁迅的艺术笔法何尝不是这样？他的色彩绝非对中国画水墨诗情的拙劣模仿，他倾慕的是艺术诞生之初的妖冶神光。美学家蒋勋曾说中西色彩哲学的区分源于物质选择的差异："西方绘画中的布、油、颜色，是为了以物质达到美感上浓重、强烈、激动的结果；中国绘画中的纸、水、墨，则是以物质达到美感上空灵、淡远、平静的结果；艺术的物质材料，在选择上，是服务于美学上的最终目的。"④ 这种认识无疑非常深刻，以此反观鲁迅的色彩质料，我们发现，他既很少用西方的油彩也很少用中国的水墨（少用，并非完全不用），他用的似乎是矿物颜料，是焚烧过的尸骨，是流淌着的鲜血，是太阳或月亮洒下的银辉，他的色彩似乎远未达到纸上水墨的成熟期，他还踟蹰在粗糙、凌厉的远古色彩表达阶段。依照蒋勋的逻辑，既然艺术物质材料迥异，那么鲁迅要服务的应该是别种截然不同的美学目的。这一美学目的可能与

---

① 鲁迅：《集外集拾遗·〈陶元庆氏西洋绘画展览会目录〉序》，见《鲁迅全集》第7卷，人民文学出版社2005年版，第272页。
② 许钦文：《鲁迅和陶元庆》，见《鲁迅先生二三事——前期弟子忆鲁迅》，河北教育出版社2000年版，第134—135页。
③〔日〕伊藤虎丸：《鲁迅与日本人》，李冬木译，河北教育出版社2001年版，第60页。
④ 蒋勋：《艺术概论》，生活·读书·新知三联书店2000年版，第64页。

"原鲁迅"的文化理想密切相关,也可能是民族集体无意识的某种呈现。无论怎样,鲁迅作品的色彩都在告诉我们,作为一种艺术符号,它其实不单是黑白红黄青,它暗示着艺术家潜藏在字里行间的生命体验,以及民族审美和文化的密码。

尾　章

  我有一时，曾经屡次忆起儿时在故乡所吃的蔬果：菱角、罗汉豆、茭白、香瓜。凡这些，都是极其鲜美可口的；都曾是使我思乡的蛊惑……惟独在记忆上，还有旧来的意味存留。他们也许要哄骗我一生，使我时时反顾。[①]

——鲁迅：《朝花夕拾·小引》

  弗洛伊德说："一个人对成熟期事件的有意识记忆，完全可以和第一类历史写作（当时事件的编年史）相比较；而他关于童年期的记忆，就它们的起源和可靠性来说，与民族最初年代的历史相类似，这是后来汇编的，是出于倾向性的理由。"[②] 鲁迅的《朝花夕拾》不是"带露折花"之作，而是他关于幼时记忆的"历史汇编"，从寓言层面解读，《朝花夕拾》可谓鲁迅整个艺术生涯的"上古阶段"，它不预期未来会有芳华绝代的奇迹发生，它只是兀自尽心做着应有的准备。

  《朝花夕拾》的十篇文章（特别是写于北京的前五篇）多与书画有关，近

---

① 鲁迅：《朝花夕拾·小引》，见《鲁迅全集》第 2 卷，人民文学出版社 2005 年版，第 236 页。
② 〔奥〕西格蒙德·弗洛伊德：《列奥纳多·达·芬奇和他童年时代的一个记忆》，见《论艺术与文学》，常宏等译，国际文化出版公司 2007 年版，第 121 页。

乎鲁迅童蒙、私塾教育期的读书传记。从艺术创作主体的角度来看，《朝花夕拾》中涉及的书、画多为"生产者的艺术"，换言之，亦可称作民间美术。这些民间美术资源基本可分作五种：第一，画谱类，如《花镜》《点石斋丛画》《诗画舫》、绣像本《荡寇志》《西游记》等；第二，插画书，如《山海经》《毛诗草木鸟兽虫鱼疏》《尔雅音图》《毛诗品物图考》等；第三，年画类，如"八戒招赘""老鼠成亲"；第四，宣教类版画，如《文昌帝君阴骘文图说》《玉历钞传》《二十四孝图》《百孝图》《女二十四孝图》等；第五，地域民俗类，如《五猖会》《无常》（包括后来的《女吊》）等。周作人说："鲁迅从小就喜欢看花书，也爱画几笔。"① 美术为童年鲁迅的学习生活带来了无限乐趣。

"美术活动对鲁迅的人生道路和文学创作产生了多方面而又深刻的影响。这种影响，概括地说，表现在：一，幼年时代对绘画的酷爱与练习，为鲁迅后来走上文学道路，准备了最初的心理素质；二，青年以至晚年的多种美术活动，对鲁迅文学创作心理的建构、演化有着不可忽视的介入、参与作用，并促使其艺术构思与艺术表现呈现出高度的浓缩性。"② 事实上，幼年的美术经验不仅为作家鲁迅准备了最初的心理素质，更为美术家鲁迅艺术趣味的塑造、审美理想的养成构成潜在影响。鲁迅面对传统美术时常常抱持一种"非主流"的民间立场，这恐怕与他童年时代对民间美术的大量"接受"分不开关系。

鲁迅幼时临摹的画谱除专授技法的花鸟虫鱼、水木山石之外，多是诗文小说的书籍插图，这让他那时就对神话、故事类作品产生浓厚兴趣。《山海经》《尔雅音图》《毛诗品物图考》中尽是活泼有趣的动植物图画，在孩子的眼中，万物有灵，他们对艺术的接受鲜有禁忌约束，想象的翅膀在栩栩如生的物象空间里自由翱翔，这是比得任何理论说教都有效的艺术修炼。"宝书"《山海经》不仅引得鲁迅青年时代对生物标本发生兴趣，还成为他后来文学创作的意象灵感来源。"八戒招赘""老鼠成亲"类汇聚了底层民众幽默智慧的

---

① 周遐寿：《鲁迅的故家》，人民文学出版社1957年版，第36页。
② 阎庆生：《论美术活动对鲁迅的影响》，载《陕西师范大学学报》1996年第3期。

年画，也是鲁迅特别喜爱的艺术形式。我们知道，中国传统年画多以民间故事、风俗传说为题材，"几乎所有的民间故事与传说都带有神话色彩"①，年画的绘画色彩多用红绿配比，格调纯净热烈，与文人画色彩褪尽、诗意缠绵的写意画风迥然不同。鲁迅《从百草园到三味书屋》一文开篇那段著名的景物描写，细细体察其实就携有这"老鼠成亲"式的简朴、诙谐之风。进入少年鲁迅的"百草园"，乍一感觉好像进入纸本《毛诗草木鸟兽虫鱼疏》的田园图画。《朝花夕拾》中还有一种宣教类版画，如《二十四孝图》《文昌帝君阴骘文图说》等，以图释文，是为平民百姓宣传忠孝节义的道德箴言。这种画书小孩子多当作故事画来读，《朝花夕拾》"后记"中的鲁迅把它拿来用作考镜历史的风俗画，"观民风是不但可以由诗文，也可以由图画"②，《二十四孝图》与《耕织图》《唐风图》类风俗版画一样，在敏锐的史学家眼里，是比正史更为真实的美学文献。

幼年鲁迅"接受"的民间美术资源中，有一类独具绍兴地域特色的民俗社戏，如迎神赛会时演出的目连戏、大戏等。"我以为绍兴有两种特色的鬼，一种是表现对于死的无可奈何，而且随随便便的'无常'"。一种是"带复仇性的，比别的一切鬼魂更美，更强的鬼魂，这就是'女吊'"③。"无常"与"女吊"分别代表了鲁迅喜爱的两种民间精神：一是活泼诙谐精神；一是果敢复仇精神。"无常"鬼和"女吊"鬼在扮相上极具民间气，"无常"是浑身雪白，"女吊"则是"大红衫子，黑色长背心，头发蓬松"，"石灰一样白的圆脸，漆黑的浓眉，乌黑的眼眶，猩红的嘴唇"④，我们注意到，从美术的角度，"无常"与"女吊"的色彩总起来恰恰就是鲁迅最为喜爱的黑、白、红。

"鬼"在鲁迅后来的文学创作中成为一个非常重要的命题，日本学者丸

---

① 李城希：《鲁迅与中国传统文化》，云南人民出版社2006年版，第40页。

② 鲁迅：《南腔北调集·上海的儿童》，见《鲁迅全集》第4卷，人民文学出版社2005年版，第581页。

③ 鲁迅：《且界亭杂文末编·女吊》，见《鲁迅全集》第6卷，人民文学出版社2005年版，第637页。

④ 鲁迅：《且界亭杂文末编·女吊》，见《鲁迅全集》第6卷，人民文学出版社2005年版，第638—639页。

尾常喜专门写过一部书《"人"与"鬼"的纠葛》①，深入讨论了鲁迅小说中的"鬼"。周作人说："我常觉得中国人民的感情与思想集中于鬼，日本则集中于神，故欲了解中国须得研究礼俗，了解日本须得研究宗教。"②鬼神在民间百姓生活中占有极其重要的位置，子不语怪力乱神，肯定"生"的儒家观念截断了国人对"死"的深度哲学思考，"死"的缺席导致中国主流文学艺术中"神话性"品格的匮乏。《易传》曰："古者包牺氏之王天下也，仰则观象于天，俯则观法于地，观鸟兽之文与（天）地之宜，近取诸身，远取诸物，于是始作八卦，以通神明之德，以类万物之情。"③阴阳八卦的鬼神传统替代精神宗教成为广大庶民的朴素信仰，中国传统艺术对鬼神的想象性表现也多存于民间。郑振铎说："有一个重要的原动力，催促我们的文学向前发展不止的，那便是民间文学的发展。"④民间艺术同样也是文学创作向前发展的原动力。1913年2月，鲁迅在《拟播布美术意见书》中提出："当立国民文术研究会，以理各地歌谣，俚谚，传说，童话等；详其意谊，辨其特性，又发挥而光大之，并以辅翼教育。"⑤在向来被视为鲁迅晚年重要文本的《我的第一个师父》《女吊》中，鲁迅仍在采用"朝花夕拾"的方式讲述他迷恋一生的乡俗鬼事。

一般而言，民间艺术具有素朴、简约的特点，它往往就地取材、随手拈来，是为包括"生产劳动、衣食住行、人生礼仪、节日风俗、信仰禁忌和艺术生活在内的自身社会生活需要而创造的艺术"⑥。民间艺术在表现技法上多朴质无华，造型夸张幽默，色彩浓烈喜庆，在直感意念的宣泄中祈求生的祝福，和对悲苦现实的无耐抗议。鲁迅说在"中国的诗歌中，有时也说些下层

---

① 〔日〕丸尾常喜：《"人"与"鬼"的纠葛——鲁迅小说论析》，秦弓译，人民文学出版社1995年版。
② 周作人：《我的杂学》十四，北京出版社2004年版，第30页。
③ 《周易·系词下传》，见周振甫：《周易译注》，中华书局1991年版，第256页。
④ 郑振铎：《插图本中国文学史》（一）绪论，见《郑振铎全集》第八卷，花山文艺出版社1998年版，第13页。
⑤ 鲁迅：《集外集拾遗补编·拟播布美术意见书》，见《鲁迅全集》第8卷，人民文学出版社2005年版，第54页。
⑥ 靳之林：《中国民间美术》，五洲传播出版社2004年版，第8页。

社会的苦痛。但绘画和小说却相反，大抵将他们写得十分幸福，说是'不识不知，顺帝之则'，平和得像花鸟一样。是的，中国的劳苦大众，从知识阶级看来，是和花鸟为一类的。我生长于都市的大家庭里，从小就受着古书和师傅的教训，所以也看得劳苦大众和花鸟一样"①。从某种意义上，鲁迅的文学创作是在执意破除这一认知迷雾，他试图打开劳苦大众"诗乐园"的美学面纱，让坚硬的现实一一进驻。他在书写中看到了庶民的艰辛、蒙昧、愚钝、陈腐，与此同时，也看到了他们的善良、乐观、幽默、自由，如果说前者养育了启蒙家鲁迅的良知与使命，那么后者重塑了艺术家鲁迅的审美理想与价值诉求。本书对鲁迅与中国传统美术关系问题的讨论，正是对鲁迅一生美术经验的一次尝试梳理与阐发。

孙郁说："绘画之于鲁迅，不都是美学层面的话题，那里存在着不是宗教的宗教，不是诗的诗，不是哲学的哲学。"②本书的讨论只是对鲁迅艺术精神世界一个侧面的呈现，是对"鲁迅与美术"这一宏大论域的试探性介入。韦勒克说："各种艺术（造型艺术、文学和音乐）都有自己独特的进化历程，有自己不同的发展速度与包含各种因素的不同的内在结构。毫无疑问，它们相互之间是有着经常的关系的，但这些关系并非从一点出发从而决定其他艺术的所谓影响；而应该被看成一种具有辨证关系的复杂结构，这种结构通过一种艺术进入另一种艺术，反过来，又通过另一种艺术进入这种艺术，在进入某种艺术后可能发生完全的形变。"③艺术拒绝条分缕析的严酷剖析，把一张美感充盈的画幅分解成点、线、面的三维数据，在某种意义上是对艺术精神的反叛。艺术是灵感照进想象的一束光，是坚硬的理论难以左右的寄托与执迷，是欲说还休、一说即错的无限变幻着的心灵结构。笔者深知本书关乎美术与文学跨学科关系的讨论不仅面临方法论的挑战，更受到艺术自身的质询与拷问。

---

① 鲁迅：《集外集拾遗·英译本〈短篇小说选集〉自序》，见《鲁迅全集》第7卷，人民文学出版社2005年版，第411页。
② 孙郁：《鲁迅藏画录》，花城出版社2008年版，第227页。
③ 〔美〕勒内·韦勒克、奥斯汀·沃伦：《文学和其他艺术》，见《文学理论》，刘象愚等译，江苏教育出版社2005年版，第152页。

世间没有一件清晰的精神事件，没有一种无懈可击的研究模式，我们所能做的，只能是竭尽一己之力，无限靠近真实。本书把鲁迅与中国传统美术相互影响的"复杂结构"分解成可被辨识的几个方面，完全是为了讨论与叙述的方便。笔者明白美感体验的神秘性与完整性，知晓绘画艺术中题材与技法彼此依赖、彼此协作的辩证统一关系，更何况美术情感有时本身就是一个矛盾体，拿鲁迅来说，他一方面神往于秦砖汉瓦的雄浑质朴，一方面却又着迷古玩笺谱的微小格局；他一方面对民间艺术充满喜悦与感动，一方面又在警惕它的盲目与保守；他时而对美术怀抱一种改革家的信仰："美术家固然须有精熟的技工，但尤须有进步的思想与高尚的人格。他的制作，表面上是一张画或一个彫像，其实是他的思想与人格的表现。令我们看了，不但欢喜赏玩，尤能发生感动，造成精神上的影响。我们所要求的美术家，是能引路的先觉，不是'公民团'的首领。我们所要求的美术品，是表现中国民族知能最高点的标本，不是水平线以下的思想的平均分数。"① 时而又对文艺的功用充满怀疑："中国现在的社会情状，止有实地的革命战争，一首诗吓不走孙传芳，一炮就把孙传芳轰走了。自然也有人以为文学于革命是有伟力的，但我个人总觉得怀疑，文学总是一种余裕的产物，可以表示一民族的文化，倒是真的。"②

　　然而，"美术"陪伴了鲁迅一生。他以一种伟大的业余感终生守护着美的信念，作家鲁迅的创作、言论、思想、生活均与美术存在千丝万缕的联系。萧振鸣说："鲁迅对美术之爱，甚至超越了他文学的抒发，史学的考辨和哲学的思辨。"③ 总体而言，在中国传统美术一域，鲁迅选择的是一个"非主流"的民间立场。在五四新文化运动时期，胡适鼓吹宣扬中国古典文学的白话传统，鲁迅竭力倡导中国传统美术的民间传统。视觉感与空间性成为鲁迅创作的重要文本特征，他的色彩单纯而热烈，他的构图洗练而传神，他的线条充满韵

---

① 鲁迅：《热风·随感录四十三》，见《鲁迅全集》第1卷，人民文学出版社2005年版，第346页。
② 鲁迅：《革命时代的文学》，见《鲁迅演讲全集》，长江文艺出版社2005年版，第112页。
③ 萧振鸣：《鲁迅美术活动年谱》，国家图书馆出版社2010年版，第2页。

尾 章

律节奏,这就使他的作品异彩纷呈且极具象征意味,读来多近乎绘画作品。在中国近现代美术转型语境下,鲁迅的美术思想既不失前瞻性又不失建设性,在"传统""写实"等一些重要问题上,他在美术方面的言论常能一语中的、切中肯綮,他的眼光生辣而老道,他的见解多富于历史感和现实性,他的"一家之言"表现出职业美术家也难以企及的开阔视野与理论高度。正是在这种意义上,美术方才成为我们理解鲁迅的一个重要维度,成为我们探询鲁迅创作秘密的一个必要支撑点,成为我们追索这位作家成长路径的艺术指南针。

最后,笔者谨以维吉尼亚·伍尔芙在她《批评的功能》一文中的著名断语作为本书的结束:"天地广阔无边;没有什么东西——没有什么'方法',没有什么实验,即使最想入非非的——不可以允许,唯独不许虚假和做作。"[①]

[①] 〔英〕维吉尼亚·伍尔芙:《批评的功能》,见(英)戴维·洛奇编:《二十世纪文学评论》,罗经国译,上海译文出版社1987年版,第166页。

附　录

一、鲁迅书籍封面装帧艺术新论

"美术家"鲁迅留给我们的一方面是其数量惊人的书籍收藏，包括古今中外的画册、汉魏碑帖、汉画像石画像砖拓片、藏书票、年画、文物等，另一方面是其作为"中国现代木刻之父"力倡并指导木刻青年写下的大量书信、组织的多次展览，和其主动搜求、热心出版的各类画册。他亲笔绘有"活无常"（《朝花夕拾》插图）、"老莱娱亲图""猫头鹰""如松之盛"（《天觉报》创刊号）等几幅珍贵画作。此外，鲁迅还是一位现代书籍装帧大家，传统线装书的陈旧格局在他这里得以彻底打破，装饰画、版画、汉画等都被大胆引入封面，版式设计也力求推陈出新。作为鲁迅文学文本的视觉表征，"封面画"显在地呈现了"美术家"鲁迅的美学趣味。李欧梵在《鲁迅与现代艺术意识》一文中提到："读《野草》中的散文诗，时常使我想到画和木刻，这恰好印证了鲁迅文字中丰富的视觉感，所以在鲁迅的创作中文学和美术毕竟还是有相通之处。"[①] 孙郁也说："鲁迅无意之间，打通了美术与诗、小说的通道。他关于文学的论述，大多适宜于美术，反之，那些关于木刻的思想，也可说

---

① 〔美〕李欧梵：《铁屋中的呐喊》，尹慧珉译，河北教育出版社2002年版，第209页。

是其文学理念的另一种表达式。"① 那么，聚焦鲁迅的书籍"封面画"能否观察到他文学观念的蛛丝马迹？换句话说，他在视觉艺术上的美学趣味与其文学品质有否暗合之处？回答这一问题，需要我们对鲁迅的书籍"封面画"进行分类考查。

（一）静雅蜕变

一如鲁迅的洗练文笔，"静雅"风格在其书籍封面中为数不少。此类装帧表面上延续的是传统线装书的简朴，实则内中已含"改良"意味。小说集《呐喊》的封面是鲁迅自己装帧设计的。这个封面最为显著的特征是调用了"颜色"力量，黑红对比加之反白式的阴刻字，在整体的雅致韵味外又弥散出几分现代意味。"呐喊"二字置于黑色方块铸就的实体内，暗含"铁屋中的呐喊"之深刻寓意，与整本书的主旨基调甚为融合。灵活多变的美术字体是鲁迅书籍封面的一大特色，这从阴刻的"呐喊"二字，以及由鲁迅设计或手书的"鲁迅：而已集""华盖集续编""木刻纪程（壹）"等即可窥见。在教育部任职期间，鲁迅常常出入琉璃厂、小市一带搜求旧书和汉魏碑帖。"在'五四'前，大量收集了汉、魏、六朝到唐代的刻石图画等的拓片，精心加以整理、考证，并曾经一度在厦门大学开过展览会。"② 在《呐喊·自序》中鲁迅曾这样描述自己的抄碑经验："S会馆里有三间屋，相传是往昔曾在院子里的槐树上缢死过一个女人的，现在槐树已经高不可攀了，而这屋还没有人住；许多年，我便寓在这屋里钞古碑。客中少有人来，古碑中也遇不到什么问题和主义，而我的生命却居然暗暗的消去了，这也就是我惟一的愿望。"③ 在这种对逝去岁月的诗意回望中，"抄碑"与"高不可攀的槐树"相互映照，开启了鲁迅"对话"传统典籍的寂寞旅程。他通过汉字潜入历史，把捉一个个质地

---

① 孙郁：《鲁迅藏画录》，花城出版社2008年版，第100页。

② 钟敬文：《〈中国小说史略〉与增田涉教授》，见〔日〕增田涉：《鲁迅的印象》，湖南人民出版社1980年版，第107页。

③ 鲁迅：《〈呐喊〉自序》，见《鲁迅全集》第1卷，人民文学出版社2005年版，第440页。

硬朗的动人细节。在中国的历史情境下,"书画同源",触摸到汉字的精魂相当于最大限度地走近了传统文化的根部。据鲁迅好友许寿裳回忆,他曾有意撰写《中国字体变迁史》,只因时间关系未能如愿。对鲁迅书法风格颇有心得的增田涉是这样看待鲁迅的"字"与"人"的:

> 他写的字,决不表现这锐利的感觉或可怕的意味。没有棱角,稍微具着圆形的,与其说是温和,倒象有些呆板。他的字,我以为是从"章草"来的。因为这一流派,所以既不尖锐也不带刺,倒是拙朴、柔和的。据说字是表现那写字人的性格的,从所写的字看来,他既没有霸气又没有才气,也不冷严。而是在真挚中有着朴实的稚拙味,甚至显现出"呆相"。①

"拙朴""柔和"既是鲁迅的书法特征,也是其《呐喊》类封面设计的整体风格。这种脱胎于古典线装书的静雅味在《梅斐尔德木刻士敏土之图》一书的封面装帧上完成了一次"功能性"革命,这本书是珂罗版精印,宣纸线装本,是鲁迅首次以中国传统书籍装帧用于西洋画册的大胆尝试。《凯绥·珂勒惠支版画选集》是继此之后的第二本。这种中西结合的装帧构想足见鲁迅的艺术创新意识。另外,《呐喊》类封面装帧都留有大量余白,视野开阔,从容不迫,给人一种雍容、优雅的美感。鲁迅一向在意人生(艺术)的余裕之美,从容美学在其观念里有生命哲学的严肃性在内。与这类封面装帧相对应的,《孔乙己》《在酒楼上》《孤独者》是最具鲁迅味的小说,《孔乙己》在叙述上的从容不迫比《狂人日记》的急躁凌厉更为鲁迅自身所看重。值得注意的是,鲁迅的书法风格就经历过"由瘦长清挺到宽博从容的嬗变"②,增田涉的论述对象是1917年后基本定型的鲁迅书体,充满某种优雅的文人气。

作为从传统迈向现代的过渡的一代,鲁迅身上带有"过去的痕迹"。比

---

① 〔日〕增田涉:《鲁迅的印象》,钟敬文译,湖南人民出版社1980年版,第35页。
② 江平:《作为书法大家的鲁迅》,载《鲁迅研究月刊》2003年第6期。

如，他是不折不扣的"毛边党"，这是鲁迅自己也供认不讳的。具体到鲁迅的作品，《狂人日记》开篇用文言写就的那段对话性"前文本"不能不说与传统的笔记小说存在关系。鲁迅懂得新诗是新文化运动之后诗歌的必然归途，但他依然写旧体诗（虽然他的旧体诗在旨趣、境界上与唐宋诗歌已不可同日而语）。鲁迅把中国线装书装帧艺术运用于西洋画册，与他取西方小说技法入自家创作是同一个问题的正反两面，所谓"拿来主义"、开拓创新也。他懂得老故事，所以能够"故"事"新"编，从内部捣乱，把古圣先贤放在人性觉醒的标度里重新造像。静雅的外观下暗藏革命，变化正在悄然发生。

（二）汉画遗韵

1935年9月9日，在致木刻家李桦的信中，鲁迅写道："我以为明木刻大有发扬，但大抵趋于超世间的，否则即有纤巧之憾。惟汉人石刻，气魄深沉雄大，唐人线画，流利如生，倘取入木刻，或可另辟一境界也。"[①]鲁迅对木刻青年的期待是西方技巧与东方神韵的完美结合，这与前面所谈的"拿来主义"思想是一脉贯通的。中国传统美术中他尤其喜爱汉画与唐人线画。他曾一度希望印制汉至唐的画像，并请朋友四方广为搜求，1934年在致台静农的信中写道："对于印图，尚有二小野心……即印汉至唐画象，但唯取其可见当时风俗者，如游猎、卤簿、宴饮之类，而著手则大不易。"[②]值得注意的是，这两封信均写于鲁迅生命的最后两年，他对汉画像的搜寻早在二十年前就已开始，到了晚年还在继续努力，为的是出一本拓本画册。另据许寿裳先生说："他（鲁迅——笔者注）不但搜集并研究汉魏六朝石刻，不但注意其文字，而且研究其画像和图案，是旧时代考据家鉴赏家所未曾着手的。他曾告诉我：汉画像的图案，美妙无伦，为日本艺术家所采取。即使一鳞一爪，

---

① 鲁迅：《书信·350909致李桦》，见《鲁迅全集》第13卷，人民文学出版社2005年版，第539页。

② 鲁迅：《书信·340609致台静农》，见《鲁迅全集》第13卷，人民文学出版社2005年版，第145页。

已被西洋画家交口赞许，说是日本的图案如何了不得，了不得，而不知其渊源固出于我们的汉画呢。"[①]鲁迅对汉画的盛赞与热爱在其装帧实践中有何体现呢？

在鲁迅编辑出版的书籍中，有几部书的封面均是直接引汉画入图。由国立北京大学主编的《国学季刊》第一卷第一号出版于1923年1月，这一期的封面装帧是鲁迅设计、蔡元培题字。封面构图整体分作三栏，以汉画边饰图案入画。分栏构图是汉画的一种重要"叙事"手段。封面图画部分以白、红对称，红色照例是鲁迅喜爱的凝重、深沉的暗赭红。蔡元培的题字以黑色笔体分三列置于中央部位，形成纵、横对照的参差之美。客观上说，从封面画的效果而言，这个封面不算特别成功，作为封面底纹的图画部分颜色过于浓烈，掩盖了蔡元培先生的黑色题字。汉画本以宏大、凝重为美，分栏插图装饰书面有头重脚轻之嫌。不过，这个封面构图创意足见鲁迅艺术视野的阔达，它的视觉冲击力堪称一流。高长虹的《心的探险》出版于1926年6月，是鲁迅用六朝人墓门画像构成图案装帧设计的。这幅画以汉画常有的羽人、蛟龙入题，画面上的蛟龙姿态灵动，羽人或倒立、或做捕猎状、或翱翔于上空与群鸟和鸣，呈现了阴间魔怪（人的另一处居所）喜悦祥和的另一番景象。《桃色的云》是鲁迅参考汉代石刻祥云图案入画的另一杰出设计。云朵的颜色依然是《呐喊》式的暗红色，并以镂空型图案铺展在红色底子上，显得醒目而又空灵，正合"桃色的云"的童话主题。《唐宋传奇集》和《工人绥惠略夫》的封面构图有相似之处，即在封面上端运用汉画像游猎出行队伍入画。《工人绥惠略夫》的封面画由陶元庆装帧设计，这幅画在汉画特征以外又加入木刻元素，造型极为独特。给外国书籍（不论画册还是小说）套上典型的中国式装帧艺术，是鲁迅喜爱的一种设计方式。

鲁迅对汉画像的喜爱与其对历史文物的浓烈兴趣是一致的，据鲁迅博物馆研究人员统计："北京鲁迅博物馆现存有鲁迅收藏的历代金石拓片5100余种，6200余张，其数量仅次于他的藏书数量，其主要类型大致可以分为三类：一是刻石类，即碑碣、汉画像、摩崖、造像、墓志、阙、经幢、买地券；二

[①] 张望编：《鲁迅论美术》，人民美术出版社1956年版，第217—218页。

是吉金类,即钟鼎、铜镜、古钱;三是陶文类,即古砖、瓦当、砚、印。"① 通过绘画与文物潜入历史,感知相对真切的历史情境,这是鲁迅收藏行为可供想象的"表面"逻辑。在触摸历史、感知人情之外,以汉画像为例,其气魄宏大与汪洋恣肆的神异表现对鲁迅的吸引力或许更为直接。我们知道,鲁迅自幼喜爱绘画而非练字,对鬼怪、神话、寓言类的中国"小传统"书籍更感兴趣,如《山海经》、《酉阳杂俎》和《玉历钞书》等。越文化的历史积淀更强化了他的潜在意趣。鲁迅多次把汉画引入封面装帧,到晚年对汉画的兴趣仍丝毫未减。美国学者史景迁把鲁迅晚年基本放弃小说创作的原因归咎为鲁迅的"旧乡村"故事没有大城市的景色,没有使城市青年心跳的东西,小说晦涩难懂,不受读者欢迎,因此才把大量时间用在视觉艺术上。② 这种看法作为一家之言有耳目一新之处,然而从"读者反应"的角度推测鲁迅的创作行为可能失之偏颇。首先,鲁迅对视觉艺术的兴趣几乎延续一生,他并非因小说不受欢迎才转而大力倡导木刻;其次,"巧妙的措辞和隐喻"是鲁迅小说的一贯特征,他作品的"晦涩难懂"绝非"后来的事"。不过,鲁迅对视觉艺术的兴趣对其小说创作有着根本性影响则是肯定的。美术图画的视觉刺激可能是导致鲁迅讲究辞令、偏爱隐喻的原因之一,所谓"晦涩难懂",无非是诗意气质过于浓烈,真意被隐退进象征的形式底层。而鲁迅作品诗意气质的获得,我以为是视觉艺术带来的恩惠。中国现代小说之所以能够在鲁迅一个人手上萌芽并成熟与这一因素脱不开干系。

(三)现代追寻

以《苦闷的象征》《彷徨》《故乡》(许钦文著)为代表的系列封面出自陶元庆之手,这些封面构图是最具《野草》气质的图像典型。鲁迅可谓陶元庆的艺术知音,对其才能和创作极为欣赏。陶元庆的画(封面)以幽玄、惊悸

---

① 夏晓静:《鲁迅的书法艺术与碑拓收藏》,载《鲁迅研究月刊》2008年第1期。
② 〔美〕史景迁:《天安门:知识分子与中国革命》,尹庆军等译,中央编译出版社1998年版,第240页。

为特征，饱富浓郁的现代意味。看陶元庆的封面装帧很容易让人联想到鲁迅小说，他有把鲁迅小说的深层结构一笔勾出、划破象征真实的本领。国际知名汉学家韩南说："对鲁迅来说，视觉艺术和文学差不多具有同等意义。如果说他对这两个领域的趣味毫无联系，那倒是奇怪的事。他对漫画、动画、木刻的提倡肯定超过了它们的实际效果。他的短篇小说的深刻的单纯和表现方法的曲折也许正可以和这些艺术形式单纯的线条及表现相比美。"[1] 如果要从鲁迅书籍封面中挑选一种"艺术形式"来与其"短篇小说的深刻的单纯和表现方法的曲折"相比较，陶元庆的作品无疑是最相宜的。

　　陶元庆的封面设计在构图上极具冲击力，他深谙造型原理。鲁迅小说集《彷徨》的封面图画向来广受赞誉，几位木刻似的人物表情迥异地面对摇摇欲坠的太阳坐着，人物和太阳是黑色，底色是暗红。这里的人物构图与《唐宋传奇集》的封面人物有相似之处，都加入木刻元素，人物的脸部特征又与汉画像有几分神似。这个封面画的精妙之处在于那轮动感十足的太阳，它不圆，（拿鲁迅的话来说）但"非常让人感动"。这轮颤巍巍的太阳准确捕捉到《彷徨》苍凉、凝重的基调，成为理解这部小说集绝妙的图像"副文本"。许钦文小说《故乡》的封面设计是由鲁迅推荐陶元庆完成的，它的构图与颜色（红、黑、蓝）搭配堪称完美，一个女人手捏剑柄，剑身赫然垂下，她的表情与长衣（大红袍）、宽袖、黑发融合为一，给人一种神异魔幻的破坏力，是"介于妖艳和素朴之间的性灵之光"[2]。《苦闷的象征》的封面构图是一个圆形，内有一裸女手拿利刃，在红色、黑色、灰色映照下表现出扭曲惊颤之美。这幅画与意大利版画家迪绥尔多黎的《罗勒多的艺文神女》在艺术美感的营造上异曲同工。野兽派绘画大师马蒂斯曾说"东方人把黑色作为一种彩色使用"[3]，黑色拥有简化结构的惊人力量。暗红色、黑色与白色交相对照是鲁迅封面装帧的常见搭配，黑色与红色对他已融化为某种深沉的感情，尤其是黑色，在鲁

---

[1] 〔美〕韩南：《鲁迅小说的技巧》，见《国外鲁迅研究论集》(1960—1981)，北京大学出版社1981年版，第332页。

[2] 孙郁：《鲁迅藏画录》，花城出版社2008年版，第57页。

[3] 〔英〕杰克德·弗拉姆编：《马蒂斯论艺术》，欧阳英译，河南美术出版社1987年版，第161页。

迅作品中犹如一道游移不定的光芒，积淀甚重。关于《苦闷的象征》与《故乡》的封面，许钦文在《鲁迅和陶元庆》一文中写道："元庆由国画而西洋画，水彩画和油画都有相当的成就。外国印新文艺书籍，以图案作封面，由鲁迅先生译的《苦闷的象征》开始。鲁迅先生在介绍这书时，说是有元庆作的封面画，使《苦闷的象征》披了凄艳的外衣。这封面画由一个半裸体的女子，披着长长的黑发，用鲜红的嘴唇舔镗叉的尖头变化而成……元庆在北京画成的图案画中，《大红袍》是突出的一幅。"① 陶元庆是位不幸的艺术天才，年纪轻轻便被病魔夺去生命。鲁迅想必是在他的这些创作里嗅到了天籁般的纯真音律，他的混然天成的敏锐性和表现力有着深沉的诗歌韵味。陶元庆的封面画是可以拿来与《彷徨》《野草》甚至《朝花夕拾》对读的。《坟》与《出了象牙之塔》的封面构图亦属同一类别的作品。鲁迅对陶元庆作品的赞誉有加无意中透露了他的美学趣味，即好的作品必须是内容与形式的完美结合，甚至形式本身就能产生动人心魄的力量。从这个意义上，陶元庆的封面构图最具《野草》气质，因为《野草》是仅以形式本身就足以动人心魄的作品。汉学家韩南与佛克马说"鲁迅对现实主义作品并没有多大兴趣，他感兴趣的是现实主义之前和之后的作品"②。这个判断是很有见地的。鲁迅的作品表面看来是对现实发言，但在技巧上他绝不局限于现实主义，甚至毋宁说是现代主义的，一篇一种形式。正如他在美术上的趣味，喜爱雄浑凝重的汉画甚于纤巧流利的宋人院画，喜爱观照现实但高于现实的木刻而非绵软无力的庸俗之作。

1929年前后，鲁迅为朝花社选印的艺苑朝华系列画选做了封面设计。其中，比亚兹莱的颓废画一度让人困惑，他的作品柔软艳丽，多画"尤物"类充满诱惑力的女性。鲁迅不是欣赏珂勒惠支的革命（反抗）吗？他怎能同时喜欢比亚兹莱？李欧梵对这一问题的解释是："珂勒惠支的木刻，不仅在主题上充满了人道主义的社会情操，而且在形式上也发扬了表现主义的艺术技

---

① 许钦文：《鲁迅和陶元庆》，见《鲁迅先生二三事——前期弟子忆鲁迅》，河北教育出版社2000年版，第134—135页。
② 〔美〕李欧梵：《铁屋中的呐喊》，尹慧珉译，河北教育出版社2002年版，第20页。

巧——鲁迅当然顺理成章地大加推崇。比亚兹莱的画在艺术价值上虽有可取之处，但在社会功能上是最难自圆其说的，于是鲁迅一面翻印他的画，一方面却又在卖画册的广告上表明是为了'发掘现在中国时兴艺术家的外国的祖坟'。"①点破叶灵凤画风的渊源或许是鲁迅出版比亚兹莱画册的原因之一，但只是一个小小的原因。事实上，细心的读者能感知到，陶元庆的大红袍女吊形象与比亚兹莱的尤物女性存在某些相似之处，她们都掩藏神秘的破坏力，不与世苟同。更重要的，比亚兹莱、珂勒惠支也好，陶元庆也好，他们在绘画技法上都颇为现代，技巧上乘或许才是鲁迅喜爱他们的根本原因。

（四）装饰哲学

在鲁迅书籍封面装帧设计中，有一些封面图案仅仅重在"装饰性"。换句话说，这类封面不强调构图的隐喻性，不刻意祈求封面与文本之间密切关联，并试图以此制造某种象征性。比如孙福熙为《野草》绘制的星夜图，再比如由鲁迅自己设计封面、陈师曾题字的《域外小说集》的日出图，以及仅有一圆形花色图案做装饰的《小彼得》，等等。由鲁迅动手设计的《奇剑与其他》的封面虽有几颗星星，这几颗星星甚至还有出处，它们来自朝花社出版的《蕗谷虹儿画选》扉页的装饰画，但是这些星星仍然只单纯地散发"文艺"气息。清新、悦目之美即是它们的全部意义。

陈烟桥在《鲁迅与木刻》一书中曾说："鲁迅先生是非常爱'美'的，而且对于美的了解程度很深。他曾自己动手绘过封面画，非常雅致。并且他的日常用品如信笺、信封等，很多都印上木刻画。"②动手绘制封面画自不待言，至于信笺、信封问题，鲁迅曾与郑振铎合编出版有《北平笺谱》（六册）、《十竹斋笺谱》（四册）；《鲁迅手稿全集》③中的大部分手稿都写在印有精美配图的笺纸上，文字与图案交相辉映，本身即是一副颇具美感的作品。这种对清新、

---

① 〔美〕李欧梵：《铁屋中的呐喊》，尹慧珉译，河北教育出版社 2002 年版，第 198 页。
② 陈烟桥：《鲁迅与木刻》，开明书店 1949 年版，第 6—7 页。
③ 《鲁迅手稿全集》，文物出版社 1983 年版。

自然之美的趣味追寻反映在画册出版上，日本画家蕗谷虹儿画册的出版当属此类。蕗谷虹儿是少男少女插图画家，他的作品清丽动人，多表达少年人的喜乐哀愁。鲁迅是位美术修养极好的人，他对西洋美术史与中国美术都相当了解，他对蕗谷虹儿的喜爱很可能与类似书籍封面中"为装饰而装饰"的趣味哲学有关，所求只是一种清新的美感。就像李欧梵所细心留意到的，在上海大陆新村的鲁迅旧居会客室与卧室里所挂图画截然不同一样①，他在美术方面的私人兴趣有可能无关任何"主义"，为的仅仅是美。这就正如一篇小说中的景物描写，它可能与人物命运有某种潜在相关性，也可能仅仅为了给故事增添些气氛，这气氛也即人生的美学色调。

以孙福熙设计的《野草》封面图来说，黑色的幕布上几笔简单的弧形线条构成的星空图，线条是白色的，下方是棕黄色的银河或道路，右上是鲁迅的题字，书名"野草"二字是美术体，"鲁迅先生著"五字是手写体。这个封面图给人的总体感觉是空灵、幽深，是一种诗意情境的营造。在这个意义上，我们不能说它对《野草》的篇章内容不构成任何暗示、象征作用，但我偏向于认为它的"唯美"成分更重。它是一帧诗意盎然的装饰图。苏联导演塔可夫斯基在回忆自身电影生涯时说："当我谈论诗的时候，我并不把它视为一种类型，诗是一种对世界的了解，一种叙述现实的特殊方式。所以诗是一种生命的哲学指南。"②塔可夫斯基的电影完成了"诗歌"与"影像"的最佳融合，依照他的诗意（电影）逻辑，我们可以说，鲁迅的装饰性封面图画仅仅意在装饰，他并不把其当作任何"主义"或思想的宣称（正面或反面），它只是他美学趣味的一种表现，它不代表全部，但它存在。

（五）连环版画

引木刻版画入封面插图在鲁迅这里是最不成问题的问题，他是现代木刻

---

① 〔美〕李欧梵：《铁屋中的呐喊》，尹慧珉译，河北教育出版社2002年版，第191页。
② 〔苏〕安德烈·塔可夫斯基：《雕刻时光》，陈丽贵、李泳泉译，人民文学出版社2003年版，第16页。

的提倡者和指导者，他在这方面的修养和兴趣毋庸置疑。《近代美术史潮论》的封面由鲁迅装帧设计，封面图画是美国画家米勒的《播种》；《不走正路的安得伦》是曹靖华所译作品，鲁迅装帧设计的，封面图画为一版画插图；《坏孩子和别的奇闻》出版于1936年，是鲁迅选用苏联V.马修丁所作木刻设计的封面。取情节性较强的连环版画插图做封面是这类书籍装帧的基本特点，它们一般用于从外国翻译过来的文艺丛书，版画作品是原书即有的。鲁迅对书籍插图非常喜爱，甚至有"因图译书"的情况出现。鲁迅对木刻与连环版画的推崇有其"以美育代宗教"的启蒙思想在内。引版画入封面与其选印出版《近代木刻选集》（1、2）、《凯绥·珂勒惠支版画选集》《苏联版画集》等的思想是内在统一的，"美育"与"宣传"合而为一。

鲁迅在《"连环图画"辩护》一文中写道："书籍的插画，原意是在装饰书籍，增加读者的兴趣的，但那力量，能补助文字之所不及，所以也是一种宣传画。这种画的幅数极多的时候，即能只靠图像，悟到文字的内容，和文字一分开，也就成了独立的连环图画。"[①] 由此可知，鲁迅对版画作为"宣传画"的功效是非常清楚也寄予期待的，他对不少外国版画家的作品如数家珍。仇英、陈老莲、任渭长等的中国式连环插图、人物像赞也是他所喜爱的，只因没有内容合宜的书籍故而未能在封面出现而已。鲁迅在《〈一个人的受难〉序》中说："这种画法的起源真是早得很。埃及石壁所雕名王的功绩，'死书'所画冥中的情形，已就是连环图画。别的民族，古今都有，无须细述了。这于观者很有益，因为一看即可以大概明白当时的若干的情形，不比文辞，非熟习的不能领会。到十九世纪末，西欧的画家，有许多很喜欢作这一类画，立一个题，制成画帖，但并不一定连贯的。用图画来叙事，又比较的后起，所作最多的就是麦绥莱勒。我想，这和电影有极大的因缘，因为一面是用图画来替文字的故事，同时也是用连续来代活动的电影。"[②] 这段话连同上面的那

[①] 鲁迅：《南腔北调集·"连环图画"辩护》，见《鲁迅全集》第4卷，人民文学出版社2005年版，第458页。

[②] 鲁迅：《南腔北调集·〈一个人的受难〉序》，见《鲁迅全集》第4卷，人民文学出版社2005年版，第572页。

封信对理解鲁迅的连环版画思想非常重要。其一是版画的启蒙功用；其二是版画与文字、电影的关系。第一点多次申述略去不说；第二点对鲁迅的视觉（小说）观念产生了深远影响，图画（电影）在鲁迅的审美思维方面具有某种"原型"性的功能。可以做出的一个大胆猜测是，他的小说甚至部分散文诗很可能是"先图画而后文"的，先把故事衍化为几幅经典画面储存心中，而后在想象力的辅佐下，跟着画面的逻辑由文字点染而成。鲁迅的大部分小说都有很强的画面感，他善于在"看"与"被看"或"今非昔比"的对比情境中展开故事，把人物命运放置于连续、动态的情节两极，强调世事变幻、时空转移之后令人唏嘘不已的人世沧桑。在散文诗《野草》中，鲁迅很讲究为人物主体或特殊场景"造型"，他能够运用开篇的聊聊数语为文章"造势"，奠定全文的基调，就像画家在绘画之前必要的整体布局一样。他的形象思维与理性思维同样强健，是以他能同时达到"诗意"的真与"观念"的深。善于杂文的鲁迅是世间丑态的敏锐观察者，他像医生那样严谨，并能迅速做出诊断，把病患的老底儿和盘托出。在这个意义上，美术众多品类中最适宜于鲁迅的应该是讽刺性漫画。"刺他"或"讽己"，把人物的不堪与尴尬处境推向极致，捅破那最里层的一点虚荣或尊严，在"谩"与"爱"的矛盾思想中安顿命运。《故事新编》不就是这类笔法的典型代表吗？杂文写作者的鲁迅是当时社会的摄像师，他用快照式的文字拍下种种痼疾，"立此存照"。在鲁迅的理解里，连环图画是代替文字的活动电影，图像与文字之间的关系如同摄像机与胶卷一样，所不同的，媒介、手段而已。

从这个意义上，在鲁迅把外国文艺书籍、版画介绍进国内的同时，他引入的也是一种观念的更新，一种强化文艺手段的可能性。"左图右史"是中国古典书籍的一贯做法，图文并茂本就是我们的传统。鲁迅大力宣扬版画的启蒙教化功能也算是"整理国故"、吸取传统文化精华的一种表现吧？这也是他游历于"小传统"带给五四的重要遗产之一。

在对鲁迅的书籍封面装帧情况做了大致了解之后，我们可以说，从文学（思想）"副文本"的角度来看，这些封面图画所透视出来的美学趣味与鲁迅的文学创作、启蒙思想、文化理念以及私人爱好等都存有千丝万缕的联系。鲁迅一生的美术行为与其文学创作的实践构成了相互解释、相互渗透的互文关系。深谙美术之道与文学之道的鲁迅留给我们的是一个庞大的谜题,他自由出入两间而无碍,我们后来人的阅读虽不能臻至此境,向着这个方向做无限努力则是走近鲁迅的应有准备。塔可夫斯基说:"复制真实人生的感觉并非电影的主要目的,但是却能赋予它美学的意义,成为进一步严肃思考的介媒。"① 对于鲁迅来说,倡导美术(木刻、版画、连环画、汉画等)可能并非他助益文学创作的本来目的,但是却能赋予文学创作以新的形式、观念、思想和意义,成为进一步拓宽文学视野及审美思维的重要资源。

二、鲁迅藏阅中国传统绘画统计简表

品名	绘者/刻者/著者/注者	备注
毛诗草木鸟兽虫鱼疏	〔三国〕陆玑著	插图画
毛诗品物图考	〔日〕冈元凤绘	插图画
插图本《山海经》		插图画
尔雅音图	〔清〕姚之麟绘	插图画
插图本《荡寇志》	〔清〕俞万春著	插图画
插图本《西游记》	〔明〕吴承恩著	插图画
插图本《镜花缘》	〔明〕李汝珍著、王新摹图本	插图画
插图本《儒林外史》	〔清〕吴敬梓著	插图画
插图本《三国演义》	〔明〕罗贯中著	插图画
插图本《封神榜》	〔明〕许仲琳著	插图画
聊斋志异图咏	〔清〕蒲松龄著	插图画
后聊斋志异图咏	〔清〕王韬著	插图画
插图本《绿野仙踪》	〔清〕李百川著	插图画
插图本《义妖传》	〔清〕陈玉乾著	插图画

---

① 〔苏〕安德烈·塔可夫斯基:《雕刻时光》,陈丽贵、李泳泉译,人民文学出版社 2003 年版,第 19 页。

续表

品名	绘者/刻者/著者/注者	备注
红楼梦图咏	〔清〕曹雪芹著、改琦绘	插图画
插图本《天雨花》	〔清〕陶贞怀著	插图画
点石斋丛画	〔清〕吴友如绘	时事画报
吴友如墨宝	〔清〕吴友如绘	杂画
花镜	〔清〕陈淏子著	画谱
广群芳谱	〔清〕汪灏等著	画谱
海仙画谱（十八描法）	〔日〕小田海仙绘	画谱
芥子园画传	〔清〕巢勋补辑	画谱
冶梅兰谱	〔清〕王寅绘	画谱
冶梅竹谱	〔清〕王寅绘	画谱
百花诗笺谱	〔清〕张兆祥绘	笺谱
梅岭百鸟画谱	〔日〕幸野梅岭绘	画谱
圆明园图咏	〔清〕唐岱、沈源绘	画谱
阜长画谱	〔清〕任薰绘	画谱
椒石画谱	〔清〕潘岚绘	画谱
北平笺谱（六册）	鲁迅、西谛编纂	笺谱
十竹斋笺谱（四册）	〔明〕胡正言编	笺谱
诗画舫		画谱
诗中画	〔清〕马镜江绘	画谱
天下名山图咏	〔清〕沈锡龄辑	画谱
野菜谱	〔明〕王磐绘	画谱
古今名人画谱		画谱
海上名人画稿	〔清〕任阜长、钱慧安等绘	画谱
晚笑堂画传	〔清〕上官周绘	人物画
三十六赏心乐事	〔清〕王寅绘	人物画
百将图传	〔清〕丁日昌辑	人物画
陈氏重刻越中三不朽图赞		人物画
于越先贤像传	〔清〕任渭长绘、蔡容庄刻	人物画
剑侠传	〔清〕任渭长绘、蔡容庄刻	人物画
高士传	〔清〕任渭长绘	人物画

续表

品名	绘者/刻者/著者/注者	备注
列仙酒牌	〔清〕任渭长绘	人物画
孔子圣迹图		人物画
凌烟阁功臣图	〔清〕刘源绘	人物画
鬼趣图	〔清〕罗聘绘	人物画
三十六声粉铎图	〔清〕宣鼎著	人物画
百丑图		人物画
《圣谕像解》插图		人物画
南陵无双谱	〔清〕金古良绘	人物画
玉历钞传		宣教版画
二十四孝图	〔元〕郭居敬辑	宣教版画
百孝图五本	〔清〕俞葆真撰、俞泰绘	宣教版画
男女百孝图全传	〔清〕俞葆真撰、何云梯绘	宣教版画
二百四十孝图	〔清〕胡文炳辑	宣教版画
二十四孝图诗合刊	〔清〕李锡彤绘	宣教版画
女二十四孝图	〔清〕吴友如绘	宣教版画
前后二十四孝图	〔清〕吴友如绘	宣教版画
百美新咏四本	〔清〕王翙绘	宣教版画
阴骘文图证	〔清〕费丹旭绘	宣教版画
文昌帝君阴骘文图说		宣教版画
吴昌硕书画册	吴昌硕绘	书画
吴昌硕花果册	吴昌硕绘	花鸟画
冬心先生集	〔清〕金农绘	杂画
金冬心花果册	〔清〕金农绘	花鸟画
陈章侯人物册	〔明〕陈洪绶绘	人物画
大涤子山水画册	〔清〕石涛绘	山水画
马江香花卉鸟虫册	〔清〕马江香绘	花鸟画
中国名画集（21册）		杂画
陈师曾山水花卉九幅	陈师曾绘	山水画、花鸟画
郦荔臣花鸟四幅	郦荔臣绘	花鸟画
袁匋庵山水四幅	袁匋庵绘	山水画

续表

品名	绘者/刻者/著者/注者	备注
戴克让山水二幅	戴克让绘	山水画
包公超山水一幅	包公超绘	山水画
刘笠青山水一幅	刘笠青绘	山水画
北京风俗图	陈师曾绘	风俗胡
徐青藤水墨画卷	〔明〕徐渭绘	花鸟画
王孤云圣迹图	〔元〕王振鹏绘	人物画
观无量寿佛经图赞		人物画
李龙眠九歌图	〔宋〕李公麟绘	人物画
阮刻顾恺之画列女传	〔东晋〕顾恺之绘	人物画
黄子久秋山无尽图卷	〔元〕黄公望绘	山水画
敦煌石室真迹录		人物画
蒋南山画册	〔清〕蒋廷锡绘	花鸟画
秋波小影册子	〔清〕舒位辑	
董香光山水册	〔明〕董其昌绘	山水画
大涤子山水册	〔清〕石涛绘	山水画
王石谷晚年拟古册	〔清〕王翚绘	山水画
《西厢记》插图	胡考绘	插图画
唐风图	〔宋〕马和之绘	插图画
阎仲彬惠山复隐图	〔元〕阎骧绘	人物画
沈石田灵隐山图卷	〔明〕沈周绘	人物画
文征明潇湘八景图	〔明〕文征明绘	山水画
龚半千细笔画册	〔清〕龚贤绘	
龚半千山水册	〔清〕龚贤绘	山水画
梅瞿山黄山圣迹图册	〔清〕梅清绘	
马扶曦花鸟草虫册	〔清〕马元驭绘	花鸟画
戴文节仿古山水册	〔清〕戴熙绘	山水画
戴文节销寒画课一帖十枚	〔清〕戴熙绘	
王小梅人物册	〔清〕王素绘	人物画
倪云林山水	〔元〕倪瓒绘	山水画
恽南田山水	〔清〕恽寿平绘	山水画

续表

品名	绘者/刻者/著者/注者	备注
仇十洲麻姑仙图	〔明〕仇英绘	人物画
仇十洲飞燕外传图	〔明〕仇英绘	人物画
华秋岳鹦鹉图	〔清〕华嵒绘	花鸟画
顾西眉画册	〔清〕顾洛绘	
费晓楼仕女册	〔清〕费丹旭绘	人物画
贯休画十六应真象石刻	〔五代〕贯休绘	
佩文斋书画谱三十二册	〔清〕王原祁、孙岳颁纂辑	画谱
画征录	〔清〕张庚著	
瓯钵罗室书画过目考	〔清〕李玉棻著	
笔耕图	〔日〕和田斡男编	风俗画
陈白阳花鸟真迹	〔明〕陈道复绘	花鸟画
红雪山房画品十二册	〔清〕潘曾莹著	
诸葛武侯祠堂碑拓本		人物画
武梁祠画像佚存石拓本		人物画
南宋院画录四册	〔清〕厉鹗著	
天寒翠袖诗意	马湘兰绘	诗画
流虹桥遗事图	黄皆令绘	诗画
孤山感逝图	董小宛绘	诗画
秦楼惜别图	方白莲绘	诗画
说文统系第一图	〔清〕罗聘绘	人物画
纫斋画胜	〔清〕陈允升绘	
寰宇贞石图	〔清〕杨守敬编	
陈居中女史箴图	〔南宋〕陈居中绘	人物画
绘图三教源流搜神大全		
黄瘿瓢人物册	〔清〕黄慎绘	人物画
沈石田移竹图	〔明〕沈周绘	人物画
历代画象传		人物画
阎立本帝王图	〔唐〕阎立本绘	人物画
唐刻佛像拓本		人物画
古名器图录		器物画

续表

品名	绘者/刻者/著者/注者	备注
柳川重信水浒传画谱	〔日〕柳川重信绘	画谱
北斋水浒画传	〔日〕葛饰北斋绘	画谱
清内府藏唐宋元名迹		
毛诗草木疏新校正本		插图画
天籁阁宋人画册		
石印圣谕像解	〔清〕梁延年编	人物画
东亚墨画集		
明圣谕图解		人物画
九九消寒图		年画
吴道子观音像一枚	〔唐〕吴道子绘	人物画
离骚图二种四本	〔明〕陈洪绶、萧云从绘	插图画
汉魏六朝名家集三十本		
唐土名胜图会六本		
御制耕织图二本	〔清〕焦秉贞绘、朱圭刻	风俗画
汉画二本		故事画
漫画大观（10本）		漫画
老莲会真记图	〔明〕陈洪绶绘	人物画
影印贯休画罗汉象拓本	〔五代〕贯休绘	人物画
八大山人画谱	〔清〕朱耷绘	画谱
梅花喜神谱二本	〔宋〕宋伯仁绘	画谱
历代名人画谱四本	〔明〕顾炳摹	人物画
漫画西游记		漫画
水浒传画谱		插图画
名数画谱四本		画谱
海仙画谱三本	〔日〕小田海仙绘	画谱
图画醉芙蓉三本		花鸟画
插画本项羽和刘邦		人物画
清代学者象传四本		人物画
新郑古器图录二本		器物画
儿童剪纸画二枚		剪纸

续表

品名	绘者/刻者/著者/注者	备注
支那古名器泥象图说		器物画
南阳汉画象集		人物画
顾恺之女史箴图一本	〔东晋〕顾恺之绘	人物画
益智图并续图四本		杂画
益智燕几图二本		杂画
益智图千字文八本		杂画
郭忠恕辋川图卷	〔宋〕郭忠恕绘	山水画
天籁阁旧藏宋人画册	李拔可辑	
唐土名胜图绘	〔日〕冈田玉山等编	
师曾遗墨	陈师曾绘	
文衡山高士传真迹	〔明〕文征明绘	人物画
陈老莲画册	〔明〕陈洪绶绘	人物画
石涛纪游图咏	〔清〕石涛绘	
石涛山水精品一本	〔清〕石涛绘	山水画
百华诗笺谱一函二本	〔清〕张苏盦绘	花鸟画
潘锦作三国画象二本	〔清〕潘昼堂绘	人物画
青在堂梅谱		画谱
历代名将图二本		人物画
陈老莲博古酒牌	〔明〕陈洪绶绘	人物画
影印萧云从离骚图二本	〔明〕萧云从绘、汤复刻	插图画
影印耕织图诗		人物画
影印凌烟阁功臣图		人物画
唐宋元明名画大观二本		
石涛（关雪作）		人物画
李龙眠九歌图册	〔宋〕李公麟绘	插图画
仇文合作飞燕外传	〔明〕仇英绘	插图画
仇文合作西厢会真记图二本	〔明〕仇英绘	插图画
释石涛东坡时序诗意	〔清〕石涛绘	
石涛山水册	〔清〕石涛绘	山水画
石涛和尚八大山人山水合册	〔清〕石涛、朱耷绘	山水画

续表

品名	绘者/刻者/著者/注者	备注
黄尊古名山写真册	〔清〕黄鼎绘	山水画
插图本中国文学史		插图画
长恨歌画意	李毅士绘	插图画
少年画帖一帖八枚		
金瓶梅词话廿本图		插图画
历代名人画谱四本		画谱
石印圆明园图咏二本		诗画
晚笑堂竹庄画传四本	〔清〕上官周绘	人物画
三十三剑客图二本		人物画
列仙酒牌二本		人物画
以俅画集	梁以俅绘	
重雕芥子园画谱三集一部	〔清〕王槩兄弟编	画谱
芥子园画传四集四本	〔清〕王槩兄弟编	画谱
芥子园画传初集五本	〔清〕王槩兄弟编	画谱
芥子园画传二集四本	〔清〕王槩兄弟编	画谱
满洲画帖一函二本		
白岳凝烟	〔清〕汪次侯绘	插图画
石印耕织图二本		风俗画
顾虎头列女传四本	〔东晋〕顾恺之绘	人物画
海上名人画稿二本		
武梁祠画象考二本		人物画
红楼梦图咏四本	〔清〕改琦绘	插图画
小百梅集	〔清〕改琦绘	花鸟画
清石刻薛涛象拓片		人物画
支那山水画史一本附图		山水画
贯休画罗汉	〔五代〕贯休绘	人物画
黄山十九景册		山水画
明越中三不朽图赞		人物画
宋人画册		
南阳汉画象拓片六十五幅		人物画

续表

品名	绘者/刻者/著者/注者	备注
高士传像		人物画
於越先贤像传赞二本		人物画
南阳汉画象拓片五十枚		人物画
南阳汉画象石拓本四十九枚		人物画
汉唐砖石刻画象拓片九枚		人物画
影印博古酒牌		人物画
南阳汉石画象六十七幅		人物画
聊斋志异图咏		插图画
山水画意	林琴南绘	山水画
麻姑献寿图	〔清〕任渭长绘	人物画
漫游随录图记	〔清〕王韬著、张志瀛绘	风俗画
淞隐漫录	〔清〕王韬著	插图画
长江无尽图卷		山水画

说明：本表中所用"画象拓片"的"象"（像）、"水浒传"的"伝"（传）等字均据鲁迅日记惯用文字写法。

三、鲁迅美术活动及美术散论统计简表

篇名/活动名	时间	备注
美术略论	1912.6.21—1912.7.17	演讲（5次），讲稿未存
两幅手绘土偶等图的说明	1913.2.3	手绘土偶
全国儿童艺术展览会	1913.3—1914.6	筹办美术展览会
拟播布美术意见书	1913.2	专论，原载教育部编纂处月刊
《寰宇贞石图》整理后记	1916.1.2	散论
北大校徽	1917.8	工艺美术设计
吕超墓出土吕郡郑蔓镜考	1918.7.29	散论
《美术》杂志第一期	1918.12.29	散论，原载《每周评论》第二号"新刊批评"木兰
随感录四十三	1918	散论，收入《热风》

续表

篇名/活动名	时间	备注
随感录四十六	1918	散论，收入《热风》
随感录五十三	1918	散论，收入《热风》
致蔡元培（1封）	1923.1.8	散论
《俟堂专文杂集》题记	1924.9.21	散论
看镜有感	1925.2.9	散论，收入《坟》
《陶元庆氏西洋绘画展览会目录》序	1925.3.16	论评，原载1925年3月18日《京报副刊》，收入《集外集拾遗》
致许钦文（3封）	1925.9.29—1925.11.8	散论
致李霁野（1封）	1926.10.29	散论
致陶元庆（3封）	1926.5.11—1926.11.22	散论
《朝花夕拾》后记	1927.7.11	散论，收入《朝花夕拾》
关于《近代美术史潮论》	1927.12.6	散论，原载《北新》2卷4号
致李小峰（1封）	1927.12.6	散论
致江绍原（1封）	1927.12.9	散论
当陶元庆的绘画展览时——我所要说的几句话	1927.12.13	论评，收入《而已集》
看司徒乔君的画	1928.3.14	论评，原载《语丝》第4卷第14期，收入《三闲集》
关于《近代美术史潮论》插图	1928.4.11	散论，原载《北新》2卷12号
《奔流》编校后记	1928.9.15	散论，收入《集外集》
《近代木刻选集》（1）小引	1929.1.20	论评，原载《艺苑朝华》第1期第1辑，收入《集外集拾遗》
《蕗谷虹儿画选》小引	1929.1.24	论评，原载《艺苑朝华》第1期第2辑，收入《集外集拾遗》
《近代木刻选集》（1）附记	1929.1.26	论评，原载《艺苑朝华》第1期第1辑，收入《集外集拾遗》
致《近代美术史潮论》的读者诸君	1929.2.25	散论，原载《北新》3卷5号
《近代木刻选集》（2）小引	1929.3.10	论评，原载《艺苑朝华》第1期第3辑，收入《集外集拾遗》
《近代木刻选集》（2）附记	1929.3	论评，收入《集外集拾遗》

续表

篇名/活动名	时间	备注
《比亚兹莱画选》小引	1929.4.20	论评,原载《艺苑朝华》第1期第4辑,收入《集外集拾遗》
《小彼得》译本序	1929.9.15	散论
在上海中华艺术大学的讲演	1930.2.21	演讲
《新俄画选》小引	1930.2.25	论评,原载《艺苑朝华》第1期第5辑,收入《集外集拾遗》
致方善境(2封)	1930.4.12—1930.8.2	散论
致孙用(5封)	1930.9.3—1931.9.15	散论
《梅斐尔德木刻士敏土之图》序言	1930.9.27	论评,收入《集外集拾遗》
致崔真吾(1封)	1930.11.19	散论
《毁灭》后记	1931.1.17	散论
《勇敢的约翰》校后记	1931.4.1	散论,收入《集外集拾遗补编》
一八艺社习作展览会小引	1931.5.22	散论,原载1931.6.15《文艺新闻》,收入《二心集》
致曹靖华(7封)	1931.6.13—1934.6.29	散论
上海文艺之一瞥	1931.7.20	散论,原载1931.7.27—8.3《文艺新闻》第20期、第21期,收入《二心集》
致蔡永言(1封)	1931.8.16	散论
凯绥·珂勒惠支木刻《牺牲》说明	1931.9.20	论评,收入《集外集拾遗末编》
《夏娃日记》小引	1931.9.27	散论,收入《二心集》
墨西哥理惠拉壁画之一《贫人之夜》	1931.10.20	散论,原载1931年10《北斗》月刊第1卷第二期
介绍德国作家版画展	1931.12.7	论评,原载1931.12.7《文艺新闻》第39号,收入《集外集拾遗补编》
致曹靖华(10封)	1932.6.24—1936.5.3	散论
论"第三种人"	1932.10.10	散论,收入《南腔北调集》
"连环图画"辩护	1932.10.25	专论,收入《南腔北调集》
致郑振铎(9封)	1933.2.5—1935.4.10	散论
致邹韬奋(1封)	1933.5.9	散论

续表

篇名/活动名	时间	备注
致罗清桢（15封）	1933.7.6—1935.5.3	散论
致何家骏、陈企霞（1封）	1933.8.1	散论
《一个人的受难》序	1933.8.6	专论，收入《南腔北调集》
上海的儿童	1933.8.12	散论
致杜衡（1封）	1933.8.14	散论
小品文的危机	1933.8.27	散论
致赵家璧（4封）	1933.10.8—1936.9.9	散论
致山本初枝（2封）	1933.10.30—1934.1.27	散论
论翻印木刻	1933.11.6	专论，原载《涛声》第2卷第46期，收入《南腔北调集》
《木刻创作法》序	1933.11.9	专论，收入《南腔北调集》
致吴渤（8封）	1933.11.9—1934.10.16	散论
捣鬼心传	1933.11.22	散论，收入《南腔北调集》
致陈铁耕（4封）	1933.12.4—1934.7.12	散论
致何白涛（12封）	1933.12.19—1934.12.25	散论
致郑野夫（2封）	1933.12.20—1936.2.17	散论
致姚克（6封）	1934.1.5—1934.8.31	散论
致苏希仁斯基等（1封）	1934.1.6	散论
《引玉集》后记	1934.1.20	散论
致山本初枝（2封）	1934.1.27—1934.7.30	散论
致陈烟桥（12封）	1934.2.11—1935.5.24	散论
致刘岘（5封）	1934.2.26—1935.2	散论
致刘川鄂（1封）	1934.3.22	散论
致魏猛克（3封）	1933.6.5—1934.4.9	散论
《无名木刻集》序	1934.3.14	散论，收入《集外集拾遗补编》
致张慧（4封）	1934.4.5—1935.3.22	散论
论"旧形式的采用"	1934.5.2	专论，收入《且界亭杂文》
连环图画琐谈	1934.5.9	专论，收入《且界亭杂文》
看图识字	1934.5.30	散论，原载1934年7月1日北平《文学季刊》第3期，收入《且界亭杂文》

续表

篇名/活动名	时间	备注
谁在没落?	1934.5.30	散论,原载1934.6.2《中华日报·动向》,收入《花边文学》
《木刻纪程》小引	1934.6	散论,收入《且界亭杂文》
致曹聚仁	1934.6.2—1935.3.29	散论
致杨霁云（1封）	1934.6.3	散论
致台静农（4封）	1934.6.9—1935.11.15	散论
致许寿裳（1封）	1934.6.24	散论
致内山嘉吉（1封）	1934.7.23	散论
《母亲》木刻十四幅序	1934.7.27	散论,收入《集外集拾遗补编》
致韩白罗（1封）	1934.7.27	散论
门外文谈	1934.8.24—1934.9.19	散论,收入《且界亭杂文》
题《淞隐漫录》	1934.9.3	散论,收入《集外集拾遗补编》
题《淞隐漫录》残本	1934.9.3	散论,收入《集外集拾遗补编》
题《风筝误》	1934.9.3	散论,收入《集外集拾遗补编》
致沈振黄（1封）	1934.10.24	散论
奇怪	1934.10.25	散论,收入《花边文学》
题《芥子园画谱三集》赠许广平	1934.12.9	散论,收入《集外集拾遗补编》
致李桦（7封）	1934.12.18—1935.9.9	散论
致金肇野（3封）	1934.12.18—1935.2.14	散论
《表》译者的话	1935.1.12	散论,收入《译文序跋集》
致张影（1封）	1935.1.18	散论
致赖少麒（3封）	1935.1.18—1935.7.24	散论
致段干青（2封）	1935.1.18—1936.4.24	散论
致唐诃（2封）	1935.1.18—1936.9.21	散论
致孟十还（4封）	1935.2.24—1936.3.22	散论
漫谈"漫画"	1935.2.28	专论,收入《且界亭杂文二集》
漫画而又漫画	1935.2.28	专论,收入《且界亭杂文二集》
致曹聚仁（1封）	1935.3.29	散论
在现代中国的孔夫子	1935.4.29	散论,原载1935年6月号日本《改造》月刊,收入《且界亭杂文二集》

续表

篇名/活动名	时间	备注
致增田涉（1 封）	1935.4.30	散论
《全国木刻联合展览会专辑》序	1935.6.4	散论，原载《文地》月刊第 1 卷第 1 号，收入《且界亭杂文二集》
致唐英伟（2 封）	1935.6.29—1936.3.23	散论
致聂绀弩（1 封）	1935.11.20	散论
致艾丁格尔（3 封）	1935.12.6—1936.9.7	散论
《死魂灵百图》小引	1935.12.24	散论，收入《且介亭杂文二集》
《凯绥·珂勒惠支版画选集》序目	1936.1.28	论评，收入《且界亭杂文末编》
致沈雁冰（2 封）	1936.2.3—1936.2.14	散论
记苏联版画展览会	1936.2.17	散论，收入《且介亭杂文末编》
《城与年》插图本小引	1936.3.10	散论，收入《集外集拾遗》
致曹白（6 封）	1936.3.21—1936.8.7	散论
写于深夜里	1936.4.7	散论，收入《且界亭杂文末编》
《出关》的"关"	1936.4.30	散论，收入《且界亭杂文末编》
《苏联版画集》序	1936.6.23	散论，收入《且界亭杂文末编》
致普实克（1 封）	1936.7.23	散论
死	1936.9.5	散论，收入《且界亭杂文末编》
在第二回全国木刻联合流动展览会上的谈话	1936.10.8	讲演
半夏小集	1936.10.15	散论，收入《且界亭杂文末编》

四、鲁迅书籍封面装帧概况统计简表

书籍名称	出版时间	装帧设计
域外小说集	1909.3	鲁迅设计封面，陈师曾题封面字
呐喊	1922.8	鲁迅装帧设计
国学季刊	1923.1	鲁迅设计封面，蔡元培题封面字

续表

书籍名称	出版时间	装帧设计
桃色的云	1923.7	鲁迅参考汉代石刻装帧设计
中国小说史略	1923.10	鲁迅装帧设计
歌谣纪念增刊	1923.12	鲁迅设计封面,沈尹默题封面字
苦闷的象征	1924.12	鲁迅设计封面,陶元庆作封面画
热风	1925	鲁迅装帧设计
出了象牙之塔	1925.12	陶元庆装帧设计
心的探险	1926.6	高长虹著,鲁迅以六朝人墓门画象构成图案作装帧
彷徨	1926.8	陶元庆装帧设计
华盖集	1926	鲁迅装帧设计
坟	1927.3	陶元庆作封面画,鲁迅设计封面文字及扉页装饰图案
华盖集续编	1927.5	鲁迅设计封面
工人绥惠略夫	1927.6	陶元庆装帧设计
野草	1927.7	孙福熙设计封面,鲁迅题封面字
一个青年的梦	1927.7	封面由作者武者小路实笃作画
唐宋传奇集(上、下)	1927.11	陶元庆作封面画,鲁迅设计封面;重印有鲁迅手绘封面样
语丝	1927.12	陶元庆装帧设计
小约翰	1928.1	孙福熙设计封面;再版鲁迅题写书名,并以勃伦斯的"爱神与鸟"图作为装饰
思想·山水·人物	1928.6	孙福熙设计封面
奔流	1928.6	鲁迅设计封面并题写刊名
朝花夕拾	1928.9	陶元庆设计封面并题写书名,鲁迅手绘《朝花夕拾十篇》扉页版样
而已集	1928.10	鲁迅设计封面并题写书名
朝花	1928.12	鲁迅设计封面,用英国阿瑟·拉克哈姆画作刊头,"朝花"二美术字为鲁迅写定
近代木刻选集(1)	1929.1	鲁迅设计封面
蕗谷虹儿画选	1929.2	鲁迅设计封面
壁下译丛	1929.4	鲁迅设计封面,书面图案选自日本《先驱艺术丛书》
比亚兹莱画选	1929.4	鲁迅设计封面

续表

书籍名称	出版时间	装帧设计
近代木刻选集（2）	1929.4	鲁迅设计封面
奇剑及其他	1929.4	鲁迅设计封面
艺术论	1929.6	鲁迅设计封面
接吻	1929.8	鲁迅设计封面
在沙漠上	1929.9	鲁迅设计封面
文艺与批评	1929.10	钱君匋设计封面
近代美术史潮论	1929	鲁迅设计封面，以米勒的《播种》图为装饰
萌芽月刊	1930.1	鲁迅设计封面并题写书名
文艺研究	1930.2	鲁迅设计封面并题写书名
巴尔底山	1930.4	鲁迅题写刊名
新俄画选	1930.5	鲁迅设计封面
文艺政策	1930.6	钱君匋设计封面
艺术论	1930.7	钱君匋设计封面
浮士德与城	1930.9	鲁迅设计封面，首次提倡运用木刻于书籍装帧
静静的顿河	1930.10	鲁迅设计封面并题写书名
梅斐尔德木刻士敏土之图	1931.2	鲁迅首次以中国传统书籍装帧用于西洋画册
前哨	1931.4	鲁迅设计封面并题写刊名
毁灭	1931.11	第二版由鲁迅设计封面，选用苏联威绥斯拉夫插图作为书面装饰
勇敢的约翰	1931.10	鲁迅选定插图并装帧设计封面
铁流	1931.12	鲁迅设计封面，封面画采用毕斯凯莱夫木刻插图作装饰
三闲集	1932.9	鲁迅设计封面并题写书名
二心集	1932.10	鲁迅设计封面并题写书名
竖琴	1933.1	鲁迅头像由马国亮所画
十月	1933.2	钱君匋装帧设计
鲁迅自选集	1933.3	陈之佛设计封面，鲁迅题封面字
萧伯纳在上海	1933.3	鲁迅设计封面
一天的工作	1933.3	封面的鲁迅像由梵澄所刻
两地书	1933.4	鲁迅设计封面

续表

书籍名称	出版时间	装帧设计
不走正路的安得伦	1933.5	鲁迅设计封面
鲁迅杂感选集	1933.5	鲁迅设计封面
创作的经验	1933.6	鲁迅设计封面并题写书名
一个人的受难	1933.9	鲁迅设计封面
伪自由书	1933.10	鲁迅设计封面并题写书名
北平笺谱	1933.12	沈兼士题写书名,鲁迅设计封面
南腔北调集	1934.3	鲁迅设计封面并题写书名
引玉集	1934.3	(平装本)鲁迅装帧设计,上有图案
解放了的董吉诃德	1934.4	鲁迅设计封面,选用苏联毕斯凯莱夫的装饰画作书面图案
译文	1934.9	鲁迅设计封面,郑川谷题写刊名
十竹斋笺谱	1934.9	鲁迅设计封面和扉页,魏建功题写书名
木刻纪程（一）	1934.10	鲁迅设计封面
准风月谈	1934.12	鲁迅设计封面并题写书名
集外集	1935.5	原为鲁迅装帧,出版时经审查被更改。1948年群众图书公司刊行增订再版恢复鲁迅装帧设计
表	1935.7	鲁迅设计封面,郑川谷题写书名
俄罗斯的童话	1935.8	鲁迅参与书籍装帧
死魂灵	1935.8	钱君匋装帧设计
八月的乡村	1935.8	鲁迅题写书名
海燕	1936.1	鲁迅设计封面并题写书名
故事新编	1936.1	吴郎西、丽尼装帧设计
死魂灵百图	1936.5	从选纸到封面设计由鲁迅承担,钱君匋题写书名
凯绥·珂勒惠支版画选集	1936.5	鲁迅设计封面
花边文学	1936.6	鲁迅设计封面
坏孩子和别的奇闻	1936	鲁迅设计封面,选用苏联V.马修丁的木刻作书面装饰
且界亭杂文	1937.7	鲁迅设计封面并题写书名
且界亭杂文二集	1937.7	鲁迅设计封面并题写书名
且界亭杂文续编	1937.7	鲁迅设计封面并题写书名

参考文献

一、著作类

（一）鲁迅著作

［1］《鲁迅全集》（十八卷），人民文学出版社2005年版。

［2］刘运峰编：《鲁迅佚文全集》（上、下），群言出版社2001年版。

［3］北京鲁迅博物馆：《鲁迅辑校石刻本手稿》（3函18册），上海书画出版社1987年版。

［4］鲁迅手稿全集编辑委员会：《鲁迅手稿全集》（八卷），文物出版社1983年版。

［5］鲁迅：《俟堂专文杂集》，文物出版社1962年版。

［6］《鲁迅译文集》（十卷），人民文学出版社1958—1959年版。

［7］上海鲁迅纪念馆：《鲁迅诗稿》，文物出版社1959年版。

（二）鲁迅与美术关系研究著作

［1］萧振鸣：《鲁迅美术年谱》，国家图书馆出版社2010年版。

［2］王锡荣：《鲁迅的艺术世界》，江苏文艺出版社2009年版。

［3］孙郁：《鲁迅藏画录》，花城出版社2008年版。

［4］杨永德：《鲁迅最后十二年与美术》，文化艺术出版社2007年版。

［5］韦力：《鲁迅古籍藏书漫谈》，福建教育出版社2006年版。

［6］王锡荣编：《画者鲁迅》，上海文化出版社2006年版。

［7］李允经：《鲁迅与中外美术》（修订本），书海出版社2005年版。

［8］杨永德：《鲁迅装帧系年》，人民美术出版社2001年版。

［9］冯光廉编：《多维视野中的鲁迅》，山东教育出版社2001年版。

［10］鲁迅博物馆鲁迅研究室编：《鲁迅年谱》（四卷），人民文学出版社2000年版。

［11］李允经：《鲁迅藏画欣赏》，西北大学出版社1999年版。

［12］叶淑穗、杨燕丽：《从鲁迅遗物认识鲁迅》，中国人民大学出版社1999年版。

［13］北京鲁迅博物馆：《鲁迅文献图传》，大象出版社1998年版。

［14］孙郁：《一个漫游者与鲁迅的对话》，新疆人民出版社1998年版。

［15］陈漱渝编：《世纪之交的文化选择——鲁迅藏书研究》，湖南文艺出版社1995年版。

［16］北京鲁迅博物馆：《鲁迅藏书研究》，中国文联出版公司1991年版。

［17］李允经、马蹄疾：《鲁迅木刻活动年谱》，上海人民美术出版社1986年版。

［18］马蹄疾、李允经：《鲁迅与中国新兴木刻运动》，人民美术出版社1985年版。

［19］〔日〕内山嘉吉、奈良和夫：《鲁迅与木刻》，韩宗畸译，人民美术出版社1985年版。

［20］张光福：《鲁迅美术论集》，云南人民出版社1982年版。

［21］刘思平、邢祖文：《鲁迅与电影：资料汇编》，中国电影出版社1981年版。

［22］人民美术出版社编：《回忆鲁迅的美术活动》，人民美术出版社1979年版。

［23］人民美术出版社编：《回忆鲁迅的美术活动》（续编），人民美术出版社1981年版。

［24］王观泉：《鲁迅与美术》，上海人民美术出版社1979年版。

［25］王观泉编：《鲁迅美术系年》，人民美术出版社1979年版。

［26］单演义编：《鲁迅在西安》，西北大学鲁迅研究室资料组印1978年版。

［27］张望：《鲁迅论美术》，人民美术出版社1956年版。

［28］姜维朴：《鲁迅论连环画》，人民美术出版社1956年版。

［29］陈烟桥：《鲁迅与木刻》，开明书店1949年版。

（三）鲁迅研究著作

［1］王家平：《鲁迅域外百年传播史：1909—2008》，北京大学出版社2009年版。

［2］张杰：《鲁迅杂考》，福建教育出版社2006年版。

［3］李城希：《鲁迅与中国传统文化：接受 偏离 回归》，云南人民出版社2006年版。

［4］沈金耀：《鲁迅杂文诗学研究》，福建教育出版社2006年版。

［5］郑家建：《历史向自由的诗意敞开——〈故事新编〉诗学研究》，上海三联书店2005年版。

［6］〔日〕竹内好：《近代的超克》，李冬木等译，生活·读书·新知三联书店2005年版。

［7］廖诗忠：《回归经典——鲁迅与先秦文化的深层关系》，上海三联书店2005年版。

［8］张箭飞：《鲁迅诗化小说研究》，广西教育出版社2004年版。

［9］刘彦荣：《奇谲的心灵图影——〈野草〉的意识与无意识关系之探讨》，百花洲文艺出版社2003年版。

［10］〔美〕李欧梵：《铁屋中的呐喊》，尹慧珉译，河北教育出版社2002年版。

［11］孙玉石：《现实的与哲学的——鲁迅〈野草〉重释》，上海书店出版社2001年版。

［12］叶世祥：《鲁迅小说的形式意义》，作家出版社1999年版。

［13］周作人：《关于鲁迅》，新疆人民出版社1997年版。

［14］〔日〕丸尾常喜：《"人"与"鬼"的纠葛——鲁迅小说论析》，人民文学出版社1995年版。

［15］〔日〕片山智行：《鲁迅〈野草〉全释》，李冬木译，吉林大学出版社1993年版。

［16］中国社科院文学研究所鲁迅研究室编：《1913—1983鲁迅研究学术论著资料汇编》（五卷），中国文联出版公司1985—1989年版。

［17］钱理群：《心灵的探寻》，上海文艺出版社1988年版。

［18］张梦阳编：《鲁迅杂文研究六十年》，浙江文艺出版社1986年版。

［19］《鲁迅研究资料》，天津人民出版社1980—1986年版。

［20］王瑶：《鲁迅作品论集》，人民文学出版社1984年版。

［21］乐黛云编：《国外鲁迅研究论集》，北京大学出版社1981年版。

［22］刘再复：《鲁迅美学思想论稿》，中国社会科学出版社1981年版。

［23］〔日〕增田涉：《鲁迅的印象》，钟敬文译，湖南人民出版社1980年版。

［24］许寿裳：《亡友鲁迅印象记》，峨嵋出版社1947年版。

［25］萧红：《回忆鲁迅先生》，生活书店1946年版。

（四）与鲁迅研究有关的美术类作品、资料

［1］鲁迅、郑振铎编：《北平笺谱精选》，西泠印社出版社2007年版。

［2］彭国梁、杨里昂编：《跟鲁迅评图品画》（中国卷），岳麓书社2004年版。

［3］彭国梁、杨里昂编：《跟鲁迅评图品画》（外国卷），岳麓书社2003年版。

［4］《中国画像石全集》（八卷），河南美术出版社2000年版。

［5］中国古代书画鉴定组编：《中国绘画全集》（全三十册），文物出版社、浙江人民美术出版社等1997—2001年版。

［6］刘正成编：《中国书法全集》（全八十六卷），荣宝斋出版社1997年版。

［7］裘沙、王伟君：《鲁迅之世界全集》（三卷），广东教育出版社1996年版。

［8］上海鲁迅纪念馆：《版画纪程：鲁迅藏中国现代木刻全集》（五册），江苏古籍出版社1991年版。

［9］杨化选辑：《中国古代怪异图：上海经插图选》，天津杨柳青画社1989年版。

［10］郑振铎编：《中国古代版画丛刊》（四卷），上海古籍出版社1988年版。

［11］《康有为先生墨迹丛刊》（四），河南美术出版社1988年版。

［12］陈师曾：《北京风俗图》，北京古籍出版社1986年版。

［13］北京鲁迅博物馆、上海鲁迅纪念馆：《鲁迅藏汉画像》，上海人民美术出版社1986年版。

［14］北京鲁迅博物馆：《拈花集：鲁迅收藏苏联木刻》，人民美术出版社1986年版。

［15］马镜江绘：《诗中画》，荣宝斋1986年版。

［16］任渭长绘：《列仙酒牌》，上海书画出版社1986年版。

［17］任渭长绘：《高士传像》，上海书画出版社1986年版。

［18］任渭长绘：《剑侠传像》，上海书画出版社1986年版。

［19］任渭长绘：《於越先贤像》，上海书画出版社1986年版。

［20］李百川：《绣像绘图绿野仙踪》，内蒙古人民出版社1985年版。

［21］陆玑：《毛诗草木鸟兽虫鱼疏》（2册），中华书局1985年版。

［22］郭璞：《尔雅音图》，中国书店1985年版。

［23］冈元凤纂辑：《毛诗品物图考》，中国书店1985年版。

［24］李汝珍：《绘图镜花缘》，中国书店1985年版。

［25］改琦绘：《红楼梦图咏》，中国书店1984年版。

［26］上官周绘：《晚笑堂画传》，中国书店1984年版。

［27］中国古代书画鉴定组：《中国古代书画精品录》，文物出版社1984

年起陆续出版。

[28]《中国美术全集》(全六十卷),人民美术出版社、上海人民美术出版社、文物出版社等1984年起陆续出版。

[29]《康有为先生墨迹丛刊》(二),中州书画社1983年版。

[30]《诗画舫》(上、下),中国书店1983年版。

[31]《吴友如画宝》(全三册),上海古籍书店1983年版。

[32]《丰子恺绘画鲁迅小说》,浙江人民出版社1982年版。

[33]《十竹斋书画谱》,中国书店1982年版。

[34]上海鲁迅纪念馆:《鲁迅与书籍装帧》,上海人民美术出版社1981年版。

[35]《鲁迅编印画集辑存》(4册),上海人民美术出版社1981年版。

[36]张望:《比亚兹莱装饰画》,辽宁美术出版社1981年版。

[37]马克、卜维勒:《麦绥莱勒木刻选集》,上海人民美术出版社1980年版。

[38]丁聪:《鲁迅小说插图》,人民美术出版社1978年版。

[39]范曾:《鲁迅小说插图集》,荣宝斋1978年版。

[40]《鲁迅收藏中国现代木刻选集》(1931—1936),人民美术出版社1963年版。

[41]〔比利时〕麦绥莱勒:《一个人的受难》,上海人民美术出版社1957年版。

[42]〔德〕珂勒惠支:《凯绥·珂勒惠支版画选集》,人民美术出版社1956年版。

[43]〔俄〕阿庚:《死魂灵一百图:尼古拉·果戈里的诗篇》,文化生活出版社1936年版。

[44]朝花社:《蕗谷虹儿画选》,朝花社1929年版。

[45]朝花社:《近代木刻选集》,合记教育用品社1929年版。

[46]朝花社:《比亚兹莱画选》,合记教育用品社1929年版。

[47]胡协寅校勘:《儒林外史:绣像仿宋完整本》(上、下),广益书局1911年版。

（五）与鲁迅研究有关的美术类理论、研究

［1］蒋勋：《汉字书法之美》，广西师范大学出版社2009年版。

［2］〔日〕内藤湖南：《中国绘画史》，栾殿武译，中华书局2008年版。

［3］Xiaobing Tang. *Origins of the Chinese Avant-Gardes*：*The Modern Woodcut Movement*. Berkeley：University of California Press，2008.

［4］王祖龙：《楚美术观念与形态》，巴蜀书社2008年版。

［5］姜澄清：《中国色彩论》，甘肃人民美术出版社2008年版。

［6］〔美〕杨晓能：《另一种古史：青铜器上的纹饰、图形文字与图像铭文的解读》，唐际根、孙亚冰译，生活·读书·新知三联书店2008年版。

［7］徐小蛮、王福康：《中国古代插图史》，上海古籍出版社2007年版。

［8］刘宗超：《汉代造型艺术及其精神》，人民出版社2006年版。

［9］郑振铎：《中国古代木刻画史略》，上海书店出版社2006年版。

［10］〔美〕巫鸿：《武梁祠：中国古代画像艺术的思想性》，柳扬、岑河译，生活·读书·新知三联书店2006年版。

［11］〔美〕巫鸿：《礼仪中的美术：巫鸿中国古代美术史文编》，郑岩等译，生活·读书·新知三联书店2005年版。

［12］祝重寿编：《中国插图艺术史话》，清华大学出版社2005年版。

［13］蒋勋：《美的沉思：中国艺术思想刍论》，文汇出版社2005年版。

［14］陈师曾：《中国绘画史》，中国人民大学出版社2004年版。

［15］张满弓编：《古典文学版画》（四卷），河南大学出版社2004年版。

［16］张晓凌：《中国原始艺术精神》，重庆出版社2004年版。

［17］张建军：《中国古典绘画的观念视野》，齐鲁书社2004年版。

［18］裘沙：《陈洪绶研究：时代、思想和插图创作》，北京人民美术出版社2004年版。

［19］张延风：《中国艺术的文化阐释》，北京人民美术出版社2003年版。

［20］李泽厚：《美学三书》（《美的历程》《华夏美学》《美学四讲》），天津社会科学出版社2003年版。

［21］丰子恺：《绘画与文学》，湖南文艺出版社2001年版。

［22］顾恺之：《论画》，见潘公凯：《中国绘画史》，上海古籍出版社2001年版。

［23］陈平原、夏晓红：《图像晚清：点石斋画报》，百花文艺出版社2001年版。

［24］蒋勋：《艺术概论》，生活·读书·新知三联书店2000年版。

［25］欧阳中石：《书法与中国文化》，人民出版社2000年版。

［26］信立祥：《汉代画像石综合研究》，文物出版社2000年版。

［27］郎绍君、水天中编：《二十世纪中国美术文选》，上海书画出版社1999年版。

［28］胡传海：《笔墨氤氲：书法的文化视野》，复旦大学出版社1998年版。

［29］傅抱石：《中国绘画变迁史纲》，上海古籍出版社1998年版。

［30］彭吉象主编：《中国艺术学》，高等教育出版社1997年版。

［31］陆梅林、李心峰编：《艺术类型学资料选编》，华中师范大学出版社1997年版。

［32］徐娟主编：《中国历代书画艺术论著丛编》（全六十卷），中国大百科全书出版社1997年版。

［33］李允经：《中国现代版画史》，山西人民出版社1996年版。

［34］彭吉象：《艺术学概论》，北京大学出版社1994年版。

［35］张晓凌：《中国原始艺术精神》，重庆出版社1992年版。

［36］阮荣春、胡光华：《中华民国美术史》（1911—1949），四川美术出版社1991年版。

［37］王树村：《中国民间年画史论集》，天津杨柳青画社1991年版。

［38］胡东放：《中国画黑白体系论》，人民美术出版社1991年版。

［39］黄休复：《益州名画录》，中华书局1991年版。

［40］徐书城：《绘画美学》，人民出版社1991年版。

［41］杨学芹、安琪：《民间美术概论》，北京工艺美术出版社1990年版。

［42］徐岱：《艺术文化论》，人民文学出版社1990年版。

［43］徐书城：《中国画之美》，中国社会科学出版社1989年版。

［44］于安澜编：《画论丛刊》（上、下），人民美术出版社1989年版。

［45］朱伯雄、陈瑞林编：《中国西画五十年：1898—1949》，人民美术出版社1989年版。

［46］胡经之编：《中国古典美学丛编》（上、中、下），中华书局1988年版。

［47］〔英〕贡布里希：《艺术发展史：艺术的故事》，范景中译，天津人民美术出版社1988年版。

［48］〔英〕贡布里希：《艺术与错觉——图画再现的心理学研究》，林夕等译，浙江摄影出版社1987年版。

［49］〔法〕杰克·德·弗拉姆：《马蒂斯论艺术》，欧阳英译，河南美术出版社1987年版。

［50］宗炳：《画山水序》，北京大学出版社1987年版。

［51］徐复观：《中国艺术精神》，春风文艺出版社1987年版。

［52］宗白华：《艺境》，北京大学出版社1987年版。

［53］张彦远：《法书要录》，上海书画出版社1986年版。

［54］毕克官、黄远林：《中国漫画史》，文化艺术出版社1986年版。

［55］Franklin R. Rogers, Mary Ann Rogers. *Painting and Poetry: Form, Metaphor, and the Language of Literature*. Associated University Presses, Inc, 1985.

［56］傅雷：《世界美术名作二十讲》，生活·读书·新知三联书店1985年版。

［57］周积寅编：《中国画论辑要》，江苏美术出版社1985年版。

［58］〔瑞士〕约翰内斯·伊顿：《色彩艺术》，杜定宇译，上海人民美术出版社1985年版。

［59］〔奥〕里尔克：《罗丹论》，梁宗岱译，四川美术出版社1985年版。

［60］〔美〕阿恩海姆：《艺术与视知觉》，腾守尧、朱疆源译，中国社会科学出版社1984年版。

［61］汪流等编：《艺术特征论》，文化艺术出版社1984年版。

［62］潘天寿：《中国绘画史》，上海人民美术出版社1983年版。

［63］李域铮、赵敏生：《西安碑林书法艺术》，陕西人民美术出版社 1983 年版。

［64］北京大学哲学系美学教研室编：《中国美学史资料选编》（上、下），中华书局 1982 年版。

［65］姜今：《画境：中国画构图研究》，湖南美术出版社 1982 年版。

［66］沈子丞编：《历代论画名著汇编》，文物出版社 1982 年版。

［67］〔德〕莱辛：《拉奥孔》，朱光潜译，人民文学出版社 1979 年版。

［68］张彦远：《历代名画记》，人民美术出版社 1963 年版。

［69］〔法〕丹纳：《艺术哲学》，傅雷译，人民文学出版社 1963 年版。

［70］王伯敏：《中国版画史》，上海人民美术出版社 1961 年版。

［71］姚最、谢赫：《古画品录　续画品录》，人民美术出版社 1959 年版。

［72］阿英：《中国连环图画史话》，中国古典艺术出版社 1957 年版。

［73］杨宗荣编：《战国绘画资料》，中国古典艺术出版社 1957 年版。

［74］朱傑勤：《秦汉美术史》，商务印书馆 1957 年版。

［75］郑振铎：《插图本中国文学史》（一），人民文学出版社 1957 年版。

［76］俞剑华编：《中国画论类编》（上、下），人民美术出版社 1957 年版。

［77］祝嘉：《书学史》，教育书店 1947 年版。

［78］康有为：《广艺舟双楫》，商务印书馆 1937 年版。

（六）其他学术著作

［1］李学勤：《文物中的古文明》，商务印书馆 2008 年版。

［2］〔美〕勒内·韦勒克、奥斯汀·沃伦：《文学理论》，刘象愚等译，江苏教育出版社 2005 年版。

［3］余华：《音乐影响了我的写作》，上海文艺出版社 2004 年版。

［4］《范曾谈艺录》，中国青年出版社 2004 年版。

［5］叶舒宪：《山海经的文化寻踪："想象地理学"与东西文化碰撞》，湖北人民出版社 2004 年版。

［6］张沛：《隐喻的生命》，北京大学出版社 2004 年版。

［7］吴晓东:《从卡夫卡到昆德拉》,生活·读书·新知三联书店2003年版。

［8］卢辅圣:《历史的象限》,上海书画出版社2003年版。

［9］〔日〕柄谷行人:《日本现代文学的起源》,赵京华译,生活·读书·新知三联书店2003年版。

［10］〔加〕诺思洛普·弗赖伊:《批评的剖析》,陈慧等译,百花文艺出版社1998年版。

［11］〔法〕让-伊夫·塔迪埃:《20世纪的文学批评》,史忠义译,百花文艺出版社1998年版。

［12］刘大杰:《魏晋思想论》,上海古籍出版社1998年版。

［13］王瑶:《中国现代文学史论集》,北京大学出版社1998年版。

［14］Ulla Britta Lagerroth, Hans Lund, Erik Hedling. *Interart Poetics : Essays on the Interrelations of the Arts and Media*. Rodopi B. V., Amsterdam-Atlanta, GA, 1997.

［15］严家炎、吴福辉编:《二十世纪中国小说理论资料》,北京大学出版社1997年版。

［16］陈平原、夏晓红编:《二十世纪中国小说理论资料》,北京大学出版社1997年版。

［17］〔德〕黑格尔:《美学》,朱光潜译,商务印书馆1996年版。

［18］任建树等编:《陈独秀著作选》(三卷),上海人民出版社1993年版。

［19］Brown, Claudia, and Ju-hsi Chou. *Transcending Turmoil : Painting at the Close of China's Empire*, 1796–1911. Phoenix: Phoenix Art Museum, 1992.

［20］〔美〕约瑟夫·弗兰克等:《现代小说中的空间形式》,秦林芳译,北京大学出版社1991年版。

［21］〔英〕E. H.贡布里希:《木马沉思录:艺术理论文集》,徐一维译,北京大学出版社1991年版。

［22］〔日〕城一夫:《色彩史话》,亚健、徐漠译,浙江人民出版社1990年版。

［23］〔法〕勒内·于格:《图像的威力》,钱凤根译,四川美术出版社

1988年版。

［24］朱狄：《原始文化研究：对审美发生问题的思考》，生活·读书·新知三联书店1988年版。

［25］〔英〕戴维·洛奇编：《二十世纪文学评论》（上、下），葛林等译，上海译文出版社1987年版。

［26］〔捷克〕普实克：《普实克中国现代文学论文集》，李燕乔译，湖南文艺出版社1987年版。

［27］高平叔编：《蔡元培美育论集》，湖南教育出版社1987年版。

［28］〔美〕苏珊·朗格：《情感与形式》，刘大基等译，中国社会科学出版社1986年版。

［29］〔匈〕乔治·卢卡契：《审美特性》（两卷），徐恒醇译，中国社会科学出版社1986、1991年版。

［30］〔德〕弗里德里希·席勒：《审美教育书简》，冯至、范大灿译，北京大学出版社1985年版。

［31］〔英〕科林伍德：《艺术原理》，王至元译等译，中国社会科学出版社1985年版。

［32］〔英〕克莱夫·贝尔：《艺术》，周金怀等译，中国文联出版公司1984年版。

［33］〔美〕苏珊·朗格：《艺术问题》，腾守尧译，中国社会科学出版社1983年版。

［34］陈鼓应：《庄子今注今译》（上、中、下），中华书局1983年版。

［35］Seymour Chatman. *Story and Discourse：Narrative Structure in Fiction and Film*. New York：Cornell Univ. Press，1978.

［36］《李贺诗歌集注》，王琦等注，上海古籍出版社1978年版。

［37］〔古希腊〕柏拉图：《文艺对话集》，朱光潜译，人民文学出版社1963年版。

［38］〔古希腊〕亚里士多德：《诗学》，罗念生译，人民文学出版社1962年版。

［39］袁珂：《中国古代神话》，中华书局1960年版。

［40］〔俄〕列夫·托尔斯泰:《艺术论》,丰陈宝译,人民文学出版社1958年版。

二、期刊文章

［1］陈丹青:《鲁迅与艺术》,载《南方周末》2011年1月27日。

［2］孙郁:《苦行者》,载《收获》2010年第2期。

［3］强英良:《鲁迅藏碑拓研究概说》,载《鲁迅研究月刊》2009年第2期。

［4］戴晓云:《鲁迅藏汉画像中伏羲女娲形象释读》,载《鲁迅研究月刊》2009年第1期。

［5］夏晓静:《鲁迅的书法艺术与碑拓收藏》,载《鲁迅研究月刊》2008年第1期。

［6］强英良:《鲁迅藏碑拓研究》(三),载《鲁迅研究月刊》2007年第10期。

［7］肖振鸣:《鲁迅与民国书法》,载《鲁迅研究月刊》2007年第7期。

［8］夏晓静:《鲁迅藏瓦当拓片》,载《鲁迅研究月刊》2007年第7期。

［9］强英良:《鲁迅藏碑拓研究》(二),载《鲁迅研究月刊》2006年第8期。

［10］韩传喜、姚慧卿:《意义的生成与发现——重读鲁迅〈拟播布美术意见书〉》,载《国画家》2006年第6期。

［11］强英良:《鲁迅藏碑拓研究》,载《鲁迅研究月刊》2006年第5期。

［12］杨霞:《鲁迅二十年代小说中的视觉因素解析》,载《鲁迅研究月刊》2006年第4期。

［13］夏晓静:《"有力之美"——鲁迅对珂勒惠支版画的审美选择》,载《鲁迅研究月刊》2005年第8期。

［14］陈力君:《剥离、吸纳与整合——鲁迅民间意识的阐析》,载《鲁迅

研究月刊》2005 年第 8 期。

　　[15] 牛天伟：《鲁迅藏南阳汉画像中的独角神兽考》，载《鲁迅研究月刊》2005 年第 8 期。

　　[16] 王家平：《20 世纪前期欧美的鲁迅翻译和研究》，载《鲁迅研究月刊》2005 年第 4 期。

　　[17] 崔云伟：《新时期"鲁迅与美术"研究述评》，载《东岳论丛》2004 年第 5 期。

　　[18]〔澳〕寇志明：《鲁迅旧体诗注释和英译略述》，华芬译，载《鲁迅研究月刊》2004 年第 4 期。

　　[19] 江平：《作为书法大家的鲁迅》，载《鲁迅研究月刊》2003 年第 6 期。

　　[20] 凌云岚：《鲁迅与民间文化——游子的精神返乡之旅》，载《鲁迅研究月刊》2003 年第 1 期。

　　[21]〔捷〕奥尔加·洛莫娃：《诗人鲁迅：鲁迅旧体诗研究》，载《鲁迅研究月刊》2002 年第 11 期。

　　[22] 江弱水：《论〈野草〉的视觉艺术及其渊源》，载《浙江学刊》2002 年第 6 期。

　　[23] 魏韶华：《鲁迅的"呐喊"与蒙克的"呼嚎"——纪念鲁迅先生诞辰 120 周年》，载《兰州大学学报》（社科版）2001 年第 5 期。

　　[24] 周怡：《鲁迅作品中的色彩意象》，载《鲁迅研究月刊》2001 年第 3 期。

　　[25] 汤大民：《鲁迅书法的特质和渊源》，载《南京艺术学院学报》（美术及设计版）2001 年第 3 期。

　　[26] 毛晓平：《鲁迅与民间美术》，载《鲁迅研究月刊》2000 年第 9 期。

　　[27] 郑家建：《论〈故事新编〉的绘画感》，载《中国现代文学研究丛刊》2000 年第 1 期。

　　[28] 胡辉杰：《从目连戏看鲁迅和他的文本世界》，载《鲁迅研究月刊》1999 年第 7 期。

　　[29] 顾晓梅：《仿佛是木刻似的——鲁迅小说艺术形象的造型特色及其成因》，载《山东师范大学学报》1999 年第 4 期。

［30］张云龙：《鲁迅与插图艺术》，载《鲁迅研究月刊》1998年第11期。

［31］任广田：《鲁迅与远古中国文化精神》，载《鲁迅研究月刊》1998年第9期。

［32］安危：《论〈野草〉的色彩美》，载《鲁迅研究动态》1989年第4期。

［33］夏晓静：《鲁迅与魏碑》，载《鲁迅研究月刊》1997年第10期。

［34］赵英：《鲁迅手稿书法艺术雏议》，载《鲁迅研究月刊》1996年第10期。

［35］王吉鹏、秦岭：《〈朝花夕拾〉的文献价值》，载《鲁迅研究月刊》1996年第4期。

［36］魏韶华：《抑郁的艺术精灵——鲁迅与爱德华·蒙克》，载《东方论坛》（青岛）1996年第4期。

［37］阎庆生：《论美术活动对鲁迅的影响》，载《陕西师范大学学报》1996年第3期。

［38］王奇：《鲁迅提倡风俗画》，载《鲁迅研究月刊》1995年第7期。

［39］魏韶华：《鲁迅与表现主义》，载《兰州大学学报》（社科版）1995年第2期。

［40］刘喜印、拓跋天石：《略谈鲁迅小说的图式化外观层面》，载《鲁迅研究月刊》1994年第10期。

［41］葛红兵：《殉道者 伟人 狂人——关于鲁迅与凡高的一种主观阐释》，载《鲁迅研究月刊》1994年第5期。

［42］魏韶华：《论鲁迅的艺术趣味》，载《东方论坛》1994年第2期。

［43］孙中田：《色彩的意蕴与鲁迅小说》，载《鲁迅研究月刊》1993年第10期。

［44］刘艳：《鲁迅小说的绘画效果及其成因探寻》，载《文艺理论研究》1993年第2期。

［45］王颖：《美术视野中的鲁迅——鲁迅美术活动研究述评》，载《鲁迅研究月刊》1993年第1期。

［46］顾农：《鲁迅与碑刻文字》，载《贵州大学学报》1992年第2期。

［47］朱晓进：《鲁迅与民俗文化》，载《鲁迅研究月刊》1991年第10期。

[48] 王士菁：《关于"钞古碑"》，载《鲁迅研究月刊》1991 年第 4 期。

[49] 赵雁君：《鲁迅书法艺术论》，载《绍兴文理学院学报》1991 年第 3 期。

[50] 孙瑛：《鲁迅藏碑辑述》（附辑），载《鲁迅研究月刊》1991 年第 2 期。

[51] 钱初颖：《论〈野草〉语言的绘画美》，载《淮北煤炭师范学院学报》1990 年第 2 期。

[52] 李允经：《鲁迅与裸体画艺术——兼与李欧梵先生商榷》，载《鲁迅研究月刊》1987 年第 4 期。

[53]〔美〕李欧梵：《鲁迅与现代艺术意识》，载《鲁迅研究月刊》1986 年第 11 期。

[54]〔英〕卜立德：《鲁迅的杂文与中国寓言之关系》，载《鲁迅研究月刊》1986 年第 11 期。

[55]《李欧梵杂谈鲁迅研究》，载《鲁迅研究月刊》1985 年第 2 期。

[56] 张望：《鲁迅与汉画像——兼谈〈俟堂专文杂集〉的古画砖》，载《美苑》1984 年第 3 期。

[57] 王树村：《鲁迅与年画的收集和研究》，载《美术研究》1982 年第 1 期。

[58] 周积寅、马鸿增：《鲁迅与中国画遗产》，载《新美术》1981 年第 3 期。

[59] 段云惠：《浅谈鲁迅与美术遗产》，载《新疆师范大学学报》1981 年第 2 期。

[60] 高信：《鲁迅先生的画》，载《美苑》1981 年第 1 期。

[61] 刘炳善：《鲁迅与美术》，载《河南大学学报》1978 年第 2 期。

[62] 王逊：《鲁迅和美术遗产的研究》，载《美术》1956 年第 10 期。

[63] 张望：《鲁迅美术工作年谱》（初稿），载《美术》1955 年第 9 期。

[64] 张仃：《鲁迅先生作品中的绘画色彩》，载《解放日报》（延安）1942 年 10 月 18 日。

三、博士、硕士论文

［1］向红：《关于鲁迅的文学与美术之关系的跨学科研究》，湖南师范大学硕士论文，2008年。

［2］崔云伟：《鲁迅与西方表现主义美术》，山东师范大学博士论文，2006年。

［3］曹新发：《黑·白·红：鲁迅作品色彩运用及其意蕴》，吉林大学硕士论文，2004年。

［4］崔云伟：《论鲁迅文本中的表现主义绘画感》，青岛大学硕士论文，2003年。

［5］Sun, Shirley Hsiao-Ling. *Lu Hsun and the Chinese Woodcut Movement, 1929-1936*. Ph. d, diss. Stanford University, 1974.

后 记

本书是在我 2011 年撰写的博士论文的基础上修订而成的。

时间如沙漏，一点一点细碎地逝去，缓慢而美好。我在首都师范大学读书六年（硕士三年、博士三年），而今距离我毕业已又过去六载。现在，我仍清晰记得博士论文答辩时，张志忠老师曾开玩笑地对我说："你在这里读书六年，都把我给熬老了！"首师大的一草一木、图书馆、运动场与我可敬可爱的师友们一起，陪我度过了人生最后六年珍贵的读书时光。工作这几年，狼狈的时刻，我常如羁旅负重的异乡人堕入白日梦，幻想三点一线的校园岁月并未结束。

我自 2005 年来到首都师大投身王家平教授门下攻读研究生。这十几年来，我一直在蒙受导师的悉心指教与提携督促。这篇学位论文从选题、构思、成文、修改无不浸透着老师的心血。老师带我走入鲁迅研究的大门，并引领我在学术道路上从"一腔不成熟的热情"逐渐走向进步。老师"一对一"授课与我逐字逐句共读梁启超《中国近三百年学术史》等学术著作的场景，常在回忆中不经意间浮现于眼前。讨论问题时，每遇相似或相关话题，老师顺手就从高大的书架上取下几本书，顺着问题延伸挖掘开去。一个上午的课结束，取下来的书常要摞起来厚厚一叠。如此难得的亲聆受教的宝贵机会，这辈子恐怕不会再有了！

衷心感谢对本专著贡献过宝贵意见的师长们。谢谢参加我论文开题、预答辩、答辩的诸位前辈老师：鲁迅博物馆的李允经、张杰研究员，中国人民大学的李今、姚丹教授，中国社科院的刘福春研究员，中国传媒大学的袁庆丰教授，中国劳动关系学院的雷世文教授，首都师范大学的张志忠、王晓琴、张桃州教授。你们的批评与学识让我终生受益。感谢北京大学李杨教授的鼓励、肯定以及您针对论文如何改进提出的建议。

谢谢李逸峰、谢文娟、段凌宇等同窗好友。逸峰兄在书法问题上对我多有指点。文娟和凌宇则在我论文写作陷入崩溃状态时多次拉我"上岸"，鼓励我继续前行。

本专著的写作完成也离不开家人的关爱支持，谢谢我的婆婆、女儿，尤其是我的爱人邢大鹏。大鹏陪伴、鼓励我读书六年，一人承担家庭重担，无怨无悔支持我为学术理想而努力。我写作中的不良情绪时时惹得他也寝食难安，每每想来都觉愧疚不已。我慈爱、和善的父母给予我最为坚实的精神力量。父亲在毫无征兆的情况下于去年4月猝然离世，让我体验到这世间天塌地陷般的锥心之痛。我每一天都在想念他。在这里，谨以这些简陋的诗句来表达一下对父亲无尽的思念："往回数／第三百四十八天／与日后必将重叠的／每一个雨落花开的记忆／在我默读春天的诗稿时／共同碎裂／六米之内／有人沙发前打开新闻联播／有人宣告与死神决斗失败／口香糖与白芷花／正平分这个荒诞的世界／三米之内／有人用高过青藏高原的哭声／表示情感的沸腾／有人用面容平静／执守属于她的第八个白天／布谷鸟空灵的歌唱／伴随颓败的丁香花／护送着一个不愿告退的灵魂／那生命最后的气味／含着熟悉与酸苦／一米之内／废墟在心底掀起风暴／又一枚蒲公英的种子／在绿不到边的风中／重新走回大地／春天啊春天／敢问这花如今开在何方伊甸园。"(《碎裂的诗稿》)我相信父亲的在天之灵愿意看到我的点滴进步。

时至今日，很庆幸鲁迅先生仍是我心底一位诚挚的朋友；心情晦暗的时候，阅读鲁迅先生的文字仍能给我带来莫大的安慰。吾本愚钝，研读、思考与先生相关的学术问题并不轻松，但想起蹲守图书馆艺术阅览室的日日夜夜，心中泛起的却是静谧与温暖的感觉。我一直尝试从知识发生学的立场来理解鲁迅与中国传统美术相关的思想与诗学问题。对于形式诗学的过分注意，在一定程度上遮蔽了本书在思想视界上理应达到的广度与深度，这是我已经意识到并在着力完善的地方。本书的局部章节已在《首都师范大学学报》(社会科学版）、《东岳论丛》、《艺术广角》等期刊发表（相关文字以此为准），在此对这些刊物的编辑老师深表感谢。

最后，感谢北京人文在线文化艺术有限公司范继义先生和中央编译出版社的编辑老师为本书的出版付出辛劳。感谢"绘画"曾一度点燃我沉睡的诗情。感谢时间给予我的所有馈赠。

张素丽　2017年8月
于北京丽园路30号院